往事如大海沉沙无影无踪
揭秘似田野炊烟一书一味

武汉谍战

孙志卫 著

下

The
Espionage
War in
WuHan

重庆出版集团 重庆出版社

目　录

第四十二章　铁血锄奸 ································· 1

华相成瞄准张若柏，屏住呼吸，然后稳稳地扣动狙击步枪的扳机。
赵云清和方仁先乘机混在围观的人群中靠近汽车。他们俩一左一右，突然从腰间拔出手枪，对着汽车里面被突如其来的枪口吓得目瞪口呆的唐炳炎开枪射击。

第四十三章　手刃鬼子兵 ····························· 10

姚明春在日军慰安所吉庆里旁的一条巷子里伏击落单的日本兵。一名日本兵沿着巷子走过来，姚明春扬起手中的刀，向这个日本兵的喉咙猛地挥过去。只听咔嚓一声，锋利的刀刃一下就切断日本兵的喉咙。

第四十四章　暗杀比格亚 ····························· 17

日军宪兵队无线电侦测车侦测到一部秘密电台在比格洋行，因此怀疑比格亚是军统情报员。由于比格亚是法国公民，又住在法租界里面，日伪特工对其毫无办法，因此决定采取暗杀手段。

第四十五章　秘密电台 ································· 25

日伪特工潜入法租界，利用拉闸停电、上门推销、传教、砸住户的窗户玻璃等方式，配合法租界外的无线电侦测车，试图锁定其他三部活动频繁的秘密电台。

第四十六章　战略情报 ································· 29

比格亚的真实身份是美国海军情报局特工，他的商人身份是第一层掩护，军统特工身份是他的第二层掩护。
比格亚虽然遭暗杀，但只是脖子受伤。法租界向日军提出抗议，日军只好下令保证比格亚的安全。

比格亚从日信洋行经理伊藤那里获取日军将南下夺取荷属东印度的石油供应地，推断日军势必和美英开战。

第四十七章　惩戒鬼子兵 ································· 39

李国盛亲自指挥唐新、方仁先、华相成等人在新市场袭击日军巡逻队。

等日军巡逻队走到离唐新和方仁先大约二十多米远的时候，他们俩突然挥手将手榴弹朝行进中的日军巡逻队扔过去。

第四十八章　太平洋战争爆发 ··························· 45

1941年12月8日（美国时间12月7日），日军联合舰队在海军大将山本五十六的指挥下，偷袭了美国的珍珠港海军基地，太平洋战争爆发。

12月8日美国向日本宣战。英国紧接着美国，当天对日本宣战。12月9日，中国正式对日本宣战，10日又对德、意宣战。

第四十九章　炸毁铁路桥 ································· 48

李国盛化装成日军铁路桥梁工程师，带领赵云清等人以测量桥梁振动的名义，将藏有炸药的测量仪表箱放在武昌余家湾附近的一座铁路桥的桥墩上。等日军运兵列车经过铁路桥时，他们立刻引爆炸药，铁路桥被炸毁，日军运兵列车一头栽进河中。

日军恼羞成怒，拼命追赶李国盛等人。最后，大部分队员中弹牺牲，只有李国盛、赵云清和宋岳逃脱。

第五十章　被捕 ·· 57

方仁先和杜兴城重伤被捕，在日军武昌陆军医院抢救。整个军统武汉区陷入危机，戴笠命令武汉区人员撤离。

李国盛为了营救方仁先和杜兴城，独自一人来到日军武昌陆军医院侦察，不料正好撞上汉口宪兵队特高课长伍岛茂，李国盛不幸被捕。

第五十一章　劝降 ·· 64

美座时成非常重视李国盛，亲自对李国盛劝降，遭到李国盛拒绝。

戴笠得知李国盛被捕，立刻下令逮捕吴应天等潜伏在国军内部的日军间谍，并派宋岳带人打掉汉口的三浦诊所情报站。

第五十二章　假降 ························· 73
美座时成带着冈本矢一来看望李国盛。他们离开后，李国盛发现沙发缝里留下一张小纸片。戴笠命令李国盛向日军假降。

第五十三章　孤岛沦陷 ························· 80
日军给汉口法租界当局下了最后通牒，不论法租界巡捕厅同意与否，他们都将进入法租界搜捕抵抗组织。法租界当局和巡捕厅面对日军咄咄逼人的压力和复杂的国际形势，不得不向日军让步。

比格亚和军统法租界特别组长尉迟钜卿先后在宪兵队的威逼下自首，承认自己是军统特工，并同意为日伪充当秘密情报员。

第五十四章　伪黄卫军 ························· 89
李国盛按照戴笠的命令向日军假降后，日军任命李国盛为黄卫军（伪军）参谋长。方仁先和杜兴城伤好后，也加入黄卫军，担任李国盛的副官和警卫排长。

李国盛认为是冈本矢一给他传的戴笠密信，因此约冈本矢一见面。冈本矢一根据组织指示，向李国盛承认自己一直是在为共产党工作。

第五十五章　军统绝密 ························· 96
几年前，戴笠根据一本日记的内容，冒充中共情报组织和冈本矢一接头，并任命冈本矢一为秘密情报员，为组织收集日军重要情报。冈本矢一一直蒙在鼓里，以为自己是在为共产党工作。

李国盛假降后，戴笠派联络员到武汉和李国盛接头，恢复军统和李国盛小组的联系。

第五十六章　重建联络站 ························· 104
赵云清奉命在汉口重建武汉区联络站。

比格亚自首后，继续偷偷用电台向美国战略情报局提供日军情报。美国战略情报局也向比格亚提供一些国际情报，让比格亚去应付日本人。

武汉谍战

第五十七章　刺杀美座时成 ·················· **108**

美座时成到湖北大冶开治安会议，李国盛将此情报发给重庆总部。

宋岳奉命率领华相成等人来到大冶刺杀美座时成。在美座时成乘坐铁甲车巡查时，他们将铁甲车炸翻。当日本兵从铁甲车里救出受伤的美座时成时，华相成用狙击步枪瞄准美座时成的心脏开了一枪。

第五十八章　福本龟治 ······················· **120**

福本龟治接替美座时成担任汉口宪兵队长。他以前是日军著名的间谍学校——陆军中野学校的创建人和负责人。

福本龟治上任后开展一系列的秘密行动，派出他的学生向武汉的抵抗组织渗透。

第五十九章　战友重逢 ······················· **127**

方仁先看到绸布店外送客人的赵云清，不由自主地将车停下。

赵云清以为叛徒方仁先认出自己，准备拔枪。华相成赶紧出来制止赵云清，将他拉回店里。

姚明春奉命将抗日基层组织的几名学生安全送到新四军根据地。

第六十章　落入圈套 ························· **131**

这是福本龟治的一个阴谋。现在他的特工混在学生当中安全潜入了新四军根据地，而姚明春小组也彻底暴露，正受到福本龟治宪兵队的严密监视。

向小雨到姚明春的蔬菜水果行传递情报后，发现有人跟踪。向小雨将此特工引到一条僻静的巷子干掉，然后赶回王家瑞的电器行向王家瑞报告情况。王家瑞立刻采取措施，救援姚明春小组。

第六十一章　根据地陷落 ····················· **139**

日军第十一军司令官冢田攻的飞机被国军大别山根据地的138师击落。日军第十一军新任司令官横山勇调集日军开始对大别山根据地进行报复性的扫荡，国军大别山根据地沦陷。

接着，日军第十一军对江汉平原的王劲哉第128师发动江北歼灭战，全歼128师并俘房师长王劲哉。

| 第六十二章 | 后勤计划书 | 147 |

横山勇决定发动江南歼灭战（鄂西会战）。

李国盛来到日军武汉特务部出席后勤会议，打算窃取日军江南歼灭战后勤计划书。王家瑞的情报员、特务部翻译袁方易也担负着同样的任务。最后李国盛和袁方易相互配合，顺利地窃取日军后勤计划书。

| 第六十三章 | 查证身份 | 159 |

窃取日军江南歼灭战后勤计划书后，李国盛认为时机成熟，要求与王家瑞见面。见面后，李国盛请王家瑞联系组织，帮他查证身份。

王家瑞答应李国盛的要求，给组织发电请求查证李国盛的中共情报员身份。

| 第六十四章 | 鄂西会战 | 169 |

鄂西会战打响。

在会战最关键的时刻，李国盛发动伪军阵前起义，从背后向日军发起突然进攻，将日军击退，使得战局转危为安。

| 第六十五章 | 识时务者 | 180 |

李国盛回到武汉后受到日伪调查，不过由于他安排得滴水不漏，轻易就过了关。

由于夏文远的情报来源基本枯竭，他逐渐失去了日本人的信任。日本人派人取走夏文远配备给冈本矢一的电台，并指示冈本矢一停止向夏文远提供任何情报。

| 第六十六章 | 内心的挣扎 | 187 |

战局的发展，让人看到日本迟早会战败。在这种情况下，继续向中国提供情报，让冈本矢一有时候难免觉得自己是在出卖同胞和国家利益，使他产生负罪感。

延安的中共情报机关负责人李天驰开始查证李国盛的身份。他来到抗大找到李国盛的前妻张菲菲了解当时的情况。

武汉谍战

第六十七章　"一号作战" ·· 191

　　日军为挽救败局，决定发动"一号作战"，打通大陆交通线，支援南方军作战。为了防止情报泄露，日军采取了严格的保密措施。

　　夏文远来到汉口请冈本矢一提供"一号作战"计划，可冈本矢一这个级别的军官手里没有。

第六十八章　误入陷阱 ·· 202

　　李国盛和冈本矢一合作，在第十一军作战部长办公室的保险柜里窃取到日军"一号作战"计划，并发给组织。

　　夏文远当晚也从第十一军司令部窃取了一份"一号作战"计划。

　　这是日军为夏文远设置的一个陷阱，故意将假"一号作战"计划让夏文远轻松窃取到，企图进行战略欺骗。没想到李国盛和冈本矢一也误入陷阱。

第六十九章　误判 ·· 210

　　"一号作战"打响后，随着战局的发展，让冈本矢一感到困惑。

　　冈本矢一和李国盛见面，终于弄清他们窃取的"一号作战"计划是假的。因此他们得出结论：他们早已暴露。日军利用他们传出假"一号作战"计划给中国方面，就是为了战略欺骗。

第七十章　破釜沉舟 ·· 220

　　正当李国盛和冈本矢一准备从日军作战部长龟田敏夫手中强夺"一号作战"计划书时，龟田敏夫却主动将计划书交给冈本矢一，并告诉他"一号作战"计划解密。

　　戴笠让唐新打电话到冈本矢一办公室通知李国盛，他们并没有暴露，命令他们放弃自杀行动。

　　一系列的事情让冈本矢一和李国盛发现，冈本矢一的所谓组织其实就是戴笠。

第七十一章　重返故地 ·· 233

　　冈村宁次被任命为第六方面军司令官，从北京乘列车赴武汉上任。

　　爆炸声和紧急刹车将冈村宁次惊醒。

　　冈村宁次看着铁路前面远处映红天空的火光，突然对打通大陆交通线失去了兴趣。

第七十二章　日本投降 ··· 240

1945年8月15日，日本天皇发表诏书宣布日本投降。

宪兵队长福本龟治和特务部长福山太乙郎召集伪军高级军官开会，告诉他们日军准备向新四军投降，共同对抗蒋介石的重庆军，希望伪军与日军合作。伪军官们知道日军气数已尽，内心里不愿意和日军合作，只是表面敷衍日本人。

第七十三章　垂死挣扎 ··· 244

李国盛偷听到福本龟治和一名潜伏在新四军内部的日军特工谈话，得知日军正在实施一个巨大的阴谋，企图挑起国军和新四军的冲突。李国盛将此情报发给戴笠，希望戴笠能够阻止国军向武汉进军。接着他去通知王家瑞，可王家瑞不在。

第七十四章　身份确认 ··· 250

张菲菲和儿子李浩在李国盛留下的一只手表后盖里发现李国盛中共情报员的证据。他们找到李天驰请他确认。

上级决定恢复李国盛党籍和情报员身份，并密电在新四军根据地开会的王家瑞将此消息通知李国盛。

第七十五章　决战 ··· 260

李国盛、方仁先和杜兴城三人进入日军第十一军司令部，和冈本矢一一起将正在实施阴谋的日军军官控制起来，并以日军司令部名义电令已经进入伏击地点的日军放弃行动马上撤回，成功阻止了日军的阴谋。

第七十六章　成仁 ··· 271

日本天皇特使来到日军司令部大楼前，宣布日军立刻投降，要求李国盛等人释放被扣押的日军军官，并保证李国盛等人的安全。李国盛释放了日军军官，结束危机。

王家瑞走过去正要告诉李国盛组织上已经恢复他的党籍和身份时，突然传

武汉谍战

来一声枪响，李国盛中弹倒下了。

尾声 ··· 289

戴笠命令宋岳停止监视王家瑞和其他武汉特委成员，并指示宋岳派人将王家瑞等人护送到延安。

第四十二章 铁血锄奸

一

早晨,华相成隐蔽在汉口一德里斜对面的一个四层楼房的窗户前。他端起德国毛瑟K98狙击步枪,透过瞄准镜观察着一德里的巷子口。从这里可以清楚地看到一德里巷子口的情况,视界中没有任何障碍。

华相成今天执行制裁汉奸的行动——刺杀目标是伪湖北省财政厅长张若柏。

张若柏每天早上八点从他在一德里的寓所出发,到江边码头乘坐轮渡去设在武昌司门口原金城银行武昌分行大楼里的伪湖北省政府上班。接送张若柏的汽车每天早上都会在一德里的里弄口等他。随车来的一个保镖会去张若柏的寓所接他出来,保护张若柏上那辆等在里弄口的汽车。

从张若柏走出里弄口到他上车这段时间,华相成已经计算过,大概只有十几秒钟,这对于一个有经验的狙击手来说已经足够了。

李国盛特意选定今天实施对张若柏的制裁行动,因为张若柏今天上午要在武昌的伪省政府举行记者会,公布新的财政政策。

所有策应人员都已经进入各自的岗位,做好准备。

华相成的狙击位置距离一德里的里弄口有150米左右,这个距离对华相成来说是很有把握的。

武汉谍战

7点45分，华相成观察到前来接张若柏的汽车准时来到一德里，缓缓停在里弄口旁的马路边。汽车停稳后，副驾驶这边的车门打开，张若柏的保镖从汽车上下来，走进一德里。

八点钟到了。

张若柏像平常一样，在保镖的保护下，从一德里的寓所出来，沿着巷子朝里弄口走去。不一会儿，张若柏走到里弄口，出现在华相成的视野里。

张若柏今天穿着灰色的中山服，戴着一顶灰色的礼帽，手里提着一个黑色的公文包。保镖在张若柏前面五六米远，一边走一边警惕地观察周围的情况。

华相成已经调匀呼吸，他的枪口随着张若柏的身体慢慢移动。他的狙击步枪瞄准镜的十字标记一直对准着张若柏的心脏部位。

张若柏不紧不慢地走着，没有察觉到空气中正弥漫着杀机。

华相成瞄准张若柏，屏住呼吸，然后稳稳地扣动狙击步枪的扳机。

砰的一声枪响，张若柏随即胸口中弹。他的身体摇晃了一下，然后无力地低下头，好像是要看看自己胸口怎么啦，接着就慢慢地倒下了。

走在张若柏前面的保镖听到枪声后，本能地从腰间拔出手枪，同时大声叫喊有刺客。

保镖一边朝四周观察，一边一步步地往后退，来到躺在地上的张若柏身边。保镖蹲下来仔细察看张若柏伤势，只见张若柏左胸中弹，鲜血直往外冒。见此状况，保镖一边继续观察四周的情况，一边大声叫司机过来帮他。

听见枪声后，车上的司机立刻意识到有刺客。他迅速从车上下来，掏出手枪，朝枪响的方向观察，试图发现狙击手的位置。

听到保镖的喊叫声，司机立刻跑过来。

整个过程中，保镖和司机根本没有搞清楚子弹是从哪里射出的，只是凭着枪声，知道一个大概的方向。

保镖和司机见张若柏伤重，再也顾不着去找刺客，二人赶忙将张若柏抬上汽车，飞快地朝附近的万国医院驶去。

华相成从容地收起狙击步枪，将枪装进帆布袋，然后下楼出门，沿着一条巷子撤离。他很快来到巷子口，钻进等在那里接应他的汽车。

华相成上车后，汽车马上开走了。

直到华相成的汽车转进鄱阳街，来到天津路口时，才听到一德里方向传来警笛声。

整个行动相当顺利，没有出现任何意外。

张若柏被送进万国医院，经抢救后不治身亡。

二

两个星期后的早晨七点半左右，赵云清和方仁先两人来到花楼街。

花楼街是汉口的一条著名商业街。这里说的花楼街是后花楼街，指的是花楼街上起民生路下至江汉路一段。前花楼街指的是黄陂街的下段。

第二次鸦片战争后，汉口开埠，英国人在汉口沿江一带设立英租界。甲午战争后，俄、法、德、日在汉口相继设立租界。英国人见此便要求扩展租界，获清政府同意。因此英租界的太平街（注：江汉路的前身）从鄱阳街向西延伸至后花楼街并起名为歆生路（太平街和歆生路后来合并成江汉路），统统划归英租界。

因为前后花楼街与英租界的太平街和歆生路相连，所以前后花楼街就自然形成华埠与英租界之间的商品集散地，从此歆生路和前后花楼就开始兴旺起来。

花楼街里茶楼、酒楼、商号、金铺以及银楼林立，成为汉口最繁荣的街道。因此，很多富商在后花楼街这个繁华闹市置办产业，兴建楼房。由于这些楼房的檐翎梁柱饰彩绘花，门楣窗棂雕花镂草，因此人们将这条街称为花楼街。

赵云清和方仁先两人来到花楼街洋台子巷斜对面的田恒启餐馆。二人在餐馆门外摆在街边的一张桌子旁坐下，各叫了一碗糊汤粉和两根炸油条。

这田恒启的糊汤粉和炸油条是武汉三镇有名的早点。

田恒启糊汤粉的汤，是用鲜鱼块在锅里熬至鱼骨完全化掉之后的鱼汤，因此味道特别鲜美，成为三镇的美食；田恒启的油条也是外酥内嫩，香脆而不扎嘴，因此慕名到这里来吃糊汤粉和油条的食客每天都络绎不绝，常常需要排队。好多武昌和汉阳的人，专门乘坐轮渡过江到汉口花楼街，就是为了吃一碗田恒启的糊汤粉和两根炸油条。

赵云清和方仁先等了大概有十五分钟，店里的伙计才把他们要的糊汤粉和油条送过来。

赵云清和方仁先两人也不谦让，一人抓起一根油条，顾不得刚出锅的油条还有点烫嘴，张嘴就咬了一大口，然后又是哈气又是咀嚼，顿时感到满嘴溢香，又嫩又脆；接着吃一口重胡椒味、又鲜又辣又润嘴的糊汤粉，顿时满嘴滋润，胃口大开。吃完一根油条后，他们用手将第二根油条撕成一短节、一短节的，浸在糊汤粉里面泡着吃，又是别有一番风味。

武汉谍战

赵云清和方仁先两人今天不是专门到花楼街田恒启吃糊汤粉和油条的，他们今天来这里，是奉命执行制裁汉奸唐炳炎的任务。

唐炳炎住在花楼街的洋台子巷里面。他每天早上都会在八点十五分从家里出门，然后乘专车去江边的码头，再转乘轮渡过江去武昌的伪湖北省高等法院上班。乘专车去码头的路上，由一个保镖和一名司机负责他的安全保卫工作。

由于花楼街的人流总是川流不息，比肩接踵，狙击手的视野受到很大的限制，很难在十几秒钟时间内捕捉到开枪的机会。因此李国盛与唐新和宋岳商量之后，决定采取近距离刺杀唐炳炎的方案，执行人是赵云清和方仁先。

赵云清和方仁先吃完他们的糊汤粉和油条后，并没有马上离开，而是坐在那里等着唐炳炎的车开过来。

汉口组的小鲁此刻正站在离赵云清不远的路边，他的身边有一辆板车，车上装着一些蔬菜。他的装扮看起来就像是从乡下来城里卖菜的菜贩子。

没多久，赵云清和方仁先就看到负责监视的杜兴城取下头上戴的帽子。这是杜兴城在向他们发出信号，唐炳炎的车过来了。

赵云清和方仁先看到信号后，相互使了一个眼色，然后站起身来朝各自的位置走去。赵云清留在马路的这一边，并且向不远处的小鲁发出信号，方仁先走到马路的另一边。

小鲁看到赵云清的信号后，马上推着板车朝赵云清这边走来。

因为街上的人多，司机必须闪避行人，所以唐炳炎的汽车在路上开得很慢。大概过了两分钟，汽车才开到田恒启餐馆的门前。

这时，只见小鲁推着板车，朝唐炳炎的汽车走去。

在离唐炳炎的汽车不到十米的地方，小鲁猛然发现汽车正朝他开过来，不由得惊慌失措地推着板车左闪右避，结果还是没能避开唐炳炎的汽车，直接让汽车给撞上。

板车轮子给撞扁了，汽车前面的防撞杆也给撞凹进去。

唐炳炎的汽车急刹车停下。

保镖从车里下来，骂骂咧咧地说小鲁没长眼睛。

小鲁一听保镖骂人，这可不依，立刻用脏话骂回他。

接着两人就吵起来。

周围的行人马上围过来看热闹。

赵云清和方仁先乘机混在围观的人群中靠近汽车。他们俩一左一右，突然从腰间拔出手枪，对着汽车里面被突如其来的枪口吓得目瞪口呆的唐炳炎开枪射击。

砰，砰砰……

唐炳炎的头部和胸部中弹，当场毙命。

坐在汽车前面的司机此刻反应过来，伸手就去腰间拔枪。方仁先不等司机拔出枪来，对着司机的脑袋连开两枪，司机立刻倒毙在座位上。

正和小鲁吵架的保镖听到枪声之后，本能地回头来看，同时伸手掏枪。赵云清见状，抬手向保镖开了一枪，将保镖打死。

枪响之后，街上顿时一片混乱。围观的行人见有人被杀，立刻像炸锅一样，四处逃散。

刺杀唐炳炎的地方离花楼街宪佐队不远。听到枪声后，所有的宪佐队员立刻冲出宪佐队，朝枪响的地方赶过去。

可是，街上四散逃命的人群让宪佐队员在混乱的人群中左闪右避，无法迅速赶到现场。

赵云清、方仁先和小鲁乘着混乱离开现场，分头来到接应地点——江汉路上的黄陂路口，上了接应他们的汽车，安全撤离。

等宪佐队员赶到现场时，街上早已空荡荡，只剩下唐炳炎的汽车和小鲁的板车以及三具尸体。

三

宜昌作战——中国称为枣宜会战，按照日军第十一军的计划于5月1日展开。

日军第十一军在第一阶段的作战中，重创第五战区第84军、第33集团军和第75军。第33集团军司令张自忠将军和第173师师长钟毅壮烈殉国。

日军第十一军在第一阶段的枣阳作战快要完成时，按照事前的布置，故意宣传在第一阶段作战完成后，返回原防地。不仅如此，第十一军情报课长岩田正隆还故意制造假命令，丢在撤退的路途中，让中国军队捡到，从而进一步迷惑中国军队，使中国军队对日军的第二阶段作战疏于防范。

日军第十一军在第一阶段结束之后，部队经过近一个月的作战，已经相当疲劳。因此，还要不要进行第二阶段作战这个问题，在日军中国派遣军和第十一军司令部内部引起争论。

正是由于存在着对第二阶段作战的分歧，冈本矢一完全没有意识到冈村宁次在离任前已经对泄露情报的事有所防范，并利用泄露出去的情报来达到迷惑中国军队的目的。

在争论的同时，日军第十一军司令官园部和一郎却按照冈村宁次事前的布置，秘密集中六个汽车中队偷偷运输养给和弹药给前线部队，暗中做好第二阶段作战的准备。

5月31日，日军第39师团和第3师团分别从宜城北面和襄阳东南面渡过汉江，开始第二阶段的作战。日军第13师团和池田支队也于6月4日从沙洋一线渡过汉江，向宜昌发起强有力的进攻。

冈村宁次的计谋完全起作用了。

中国军队对日军的第二阶段作战基本上没有做任何相应的部署调整。当日军突然展开第二阶段进攻时，中国军队措手不及。

此时，中国军队在宜昌周围的兵力空虚。虽然紧急调遣部队阻击日军的进攻，但实属仓促应战，不能组织起有效的防守体系。日军的进攻势如破竹。

6月12日，日军击溃仓促布防的中国军队，占领宜昌。根据日军的作战计划，日军并没有确定是否要长期占领宜昌，因此占领宜昌的日军于6月17日凌晨一度退出宜昌。可是在接到大本营继续占领宜昌的命令后，撤出宜昌的日军又折返回来于6月17日下午再度占领宜昌。

中国军队在丢失宜昌后，曾经组织军队反攻宜昌，但是最终没有能够从日军手中夺回宜昌。

丢失宜昌的后果，在以后几年日军对重庆实施的轰炸中完全显现出来。

日军的宜昌作战（中国称为枣宜会战）大获成功。这次会战中国第五战区伤亡和失踪达10万人，日军的伤亡仅仅7000人，不成比例。

虽然在枣宜会战期间，中国军事委员会下令第九战区和第三战区在既有战线反击日军，威胁武汉，但由于攻击力度不够，没有起到牵制作用。第五战区在大别山根据地的第二十一集团军和鄂东游击纵队依照第五战区司令部的命令，在平汉线以东发起进攻，一度游击到黄陂和孝感附近，威胁日军平汉线南段，配合第五战区作战，但由于不够坚决，也没能让日军第十一军参加宜昌作战的部队掉头回防。

冈本矢一对自己的疏忽感到非常懊悔。

四

特工总部武汉区长姚筠伯对于伪湖北省政府两名高级官员相继被刺杀感到

第四十二章　铁血锄奸

非常恼火。

一方面，自从特工总部武汉区成立之后，日本人对他寄予很大希望。没想到自己还没有抓到一个抵抗分子，却有两名官员接连被杀。虽然岩田正隆和美座时成都没有责怪姚筠伯的意思，但他自己觉得太丢面子。

另一方面，汪精卫在日本人的扶植下刚刚建立的伪南京政府需要拉拢和吸收大批社会名流加入和支持，以便与蒋介石的国民政府分庭抗礼。而张若柏和唐炳炎的被杀给那些死心塌地的汉奸和犹豫不决的人造成很大的心理威慑，这是汪精卫伪政府非常不愿意看到的。因此，汪精卫的南京伪政府迫切希望特工总部武汉区采取必要措施扭转当前的不利局面。

姚筠伯决定采取行动进行反击，他的目标是法租界的温安久和尉迟钜卿。

根据他在法租界巡捕厅刚刚发展的内线报告，法租界巡捕厅的尉迟钜卿和温安久确实有可能是军统的人，不然他们不会如此胆大与日本人作对。

姚筠伯现在还没有掌握确凿的证据证明尉迟钜卿和温安久是军统特工，但他认为他们很有可能是。

因此，姚筠伯制订了一个既可以报复军统，又能够威慑法租界当局的一箭双雕计划。他计划通过刺杀法租界的密探头目温安久，警告法租界当局，打击军统。

温安久的公开身份是法租界的华人密探头目，但他可能是军统特工。刺杀温安久可以让法租界的上层明白，虽然碍于国际关系和外交纠纷的影响，日军不能对法租界采取强硬措施，但是通过暗杀手段刺杀法租界的上层人士，就算法租界明白是日本人在幕后操纵的，也没有证据指责日本人。另外，刺杀温安久可以对法租界巡捕厅头目尉迟钜卿和隐藏在法租界的军统人员和抵抗分子产生震慑；同时也警告法租界巡捕厅法籍头目普鲁苏等高层管理人员在以后想要庇护法租界内的抵抗组织时，必须三思而行。

姚筠伯将刺杀法租界巡捕温安久的计划报上海76号特工总部以及汉口宪兵队批准之后，便着手开始实施。在宪兵队特高课的支持和配合下，姚筠伯的侦缉行动科长费克光安排特工进入法租界监视并观察记录温安久日常出入的时间和地点，为具体实施刺杀行动做准备。

五

组织上对王家瑞武汉特委的工作表现非常满意，给武汉特委发来嘉奖令。

武汉谍战

　　姚明春小组每个月都会固定地从仁济医院黄经理那里弄到一批药品。除此之外，姚明春和秦晋南还分别从其他渠道弄到一些药品，这些药品源源不断地送往新四军大、小悟山根据地，有力地支援了新四军的作战。与此同时，新四军需要的纸张、布匹、火油等物资，也通过秦晋南的运输公司，不断输送到新四军根据地。

　　总部在嘉奖令中特别提到江岸车站日军军列的情报非常重要，并向王家瑞的武汉特委转达了重庆国民政府军事委员会的嘉奖令。

　　自从启动潜伏在江岸车站的情报员朱和汉之后，王家瑞每个星期都会收到江岸车站日军军列的情报，并转发给总部。

　　平汉线铁路破坏队根据王家瑞提供的情报，恢复对平汉路南段日军军列有针对性的袭击，从而给日军的铁路运输线造成很大破坏。

　　王家瑞收到总部的嘉奖令后，专门召集武汉特委会，向周秉炎、姚明春和秦晋南传达总部的嘉奖令，同时鼓励大家再接再厉。

　　虽然枣宜会战第五战区和江防军大败，并且丢失宜昌的结果令人失望，但是戴笠和李国盛却对中共提供的江岸车站日军军列的情报非常满意。

　　李国盛虽然不知道日军军列情报的来源，但他相信这些情报是王家瑞的组织提供的。

　　更加有趣的是，李国盛发现，王家瑞那个漂亮的女朋友现在和王家瑞住在一起，成为他的太太。这种情况对于李国盛这个老党员看来，再正常不过了。

　　假扮的夫妻也好，真正的夫妻也罢，这都是中共情报组织惯用的掩人耳目的手段之一。

　　王家瑞和他的女朋友住到一起，是不是和他打电话警告周秉炎日军无线电侦测车的事情有关联呢？

　　李国盛这样想着，觉得很有意思。他进一步设想，如果是这样的话，王家瑞的女朋友其实只是他的报务员，现在假女友从报务员变成和王家瑞住在一起的太太，不管是真太太还是假太太，每天有这么一个年轻漂亮的女人陪在身边，总是让人愉快的事情。

　　他们应该感谢我！想到这里，李国盛得意地笑了。

　　王家瑞和向小雨的关系，不禁勾起李国盛对自己太太和年幼儿子的思念，他的心感到一股难以承受的刺痛。

　　他不知道他们现在在哪里。

第四十二章　铁血锄奸

他们还留在共产党里面吗？他们会因为他是叛徒而受到牵连和歧视吗？抑或他们母子现在已经离开共产党，在一个没人认识的地方生活，又或者他们已经……

李国盛不敢再继续往下想了。

前年军统开办临澧训练班的时候，不少像李国盛这样高职位的军统人员都在训练班里面挑选年轻漂亮的女学员做工作太太。很多同事见此状况，都建议李国盛也在训练班的女学员中找一个工作太太，但李国盛每次都笑着摇摇头，拒绝了他们的好意。

武汉沦陷前，总部建议即将潜伏敌后的李国盛挑选一名女特工做他的工作太太，留在他身边做掩护，结果还是让他给拒绝了。

他不是不需要女人，只是她们不是他需要的女人。

李国盛坐在他的办公室想着他杳无音讯的太太和孩子，想着自己的秘密身份，想着噩梦里从天边传来的恐怖声音，心里涌出一阵阵的酸楚与彷徨。

有时候他在想，如果他在某一天被日本人杀死，他的墓碑应该刻上怎样的墓志铭呢？是中华民国军事调查统计局情报员、国民党员李国盛呢？还是中共中央社会部情报员、中国共产党员李国盛呢？如果要他选择，毫无疑问是后者。他很在乎这一点，近乎偏执。因此有时候他真的想大声地宣布，他是共产党情报机关用苦肉计打进军统的间谍！可是，有谁会相信他呢？戴笠还是李天驰？或者是更高层的领导人？

无处倾诉的内心痛苦，长期压抑在内心的忧虑，让他的眼泪在不知不觉中涌入眼眶。外表坚强的他，内心也有脆弱的一面。

猛然间，李国盛意识到这是在办公室里面，他不能让别人看出他内心的脆弱与彷徨。

他赶忙掏出手绢，擦干他眼里的泪水。他必须默默地承受这一切，希望有一天能够结束这种痛苦的煎熬。

他摇了摇头，平静了一下自己的情绪。

第四十三章　手刃鬼子兵

一

姚明春决定晚上去新市场附近的积庆里，看看有没有落单的日本兵让他下手。积庆里位于新市场南面统一街靠近新市场的地方。

自日军占领武汉以后，不久就征用了积庆里的多栋楼房，开设随军慰安所。

由于靠近新市场这个汉口娱乐中心和华埠商业中心花楼街，很多日本兵在逛街消遣之后，喜欢到积庆里的慰安所寻欢作乐，因此积庆里的慰安所生意一下子就火爆起来。不久，积庆里的慰安所就从刚开始的一两家发展到二十家。其中有九家是日本人开设的，十一家是朝鲜人经营的，共有日本慰安妇130多人和朝鲜慰安妇150多人。从此以后，积庆里就成了日军慰安所相当集中的一个地方。

积庆里被征用为慰安所之后，日本宪兵队还专门在积庆里的出入口设置了宪兵岗哨，派宪兵站岗，负责维护慰安所的治安。

积庆里慰安所属于日本陆军，只为日本陆军官兵服务，因此中国人和日本平民，甚至是日本海军官兵也不允许进去。

姚明春守候在新市场和积庆里之间一条僻静的巷子里，等着落单的日本兵下手。

这是一条百十来米长的巷子，整条巷子的两头和中间共有三盏路灯。虽然

第四十三章　手刃鬼子兵

路灯不是很亮，但足以让巷子里的行人看清楚整条巷子里的情况。

姚明春觉得路灯给他偷袭日本兵造成不方便，因此他在地上找到一块石头，走到那盏路灯下，将石块对准这盏路灯扔去。由于路灯不高，姚明春只扔了一次就将这盏路灯的灯泡给砸破。啪的一声，路灯立刻灭了，巷子里顿时变得漆黑。

姚明春偷偷地笑了，他对自己扔石头的准头很满意。

姚明春坐在黑暗处的一个门洞里，等着落单的日本兵。

偶尔有路过的行人看到他，以为他是乞丐或者喝醉酒的路人，没怎么在意他。

现在快到晚上十一点了，姚明春在此等了足足有一个小时，还没有遇到合适的机会。

姚明春决定再等十分钟。如果仍然没有落单的日本兵出现，今晚就放弃。

好像是天遂人愿一样，不一会儿就有一个日本兵从积庆里慰安所的巷子口出来。这个日本兵吹着口哨，迈着轻快的步子走进姚明春埋伏的这条巷子。

姚明春在黑暗中看到这个日本兵走过来，便慢慢地贴着门站起来，藏在门洞里。他从绑在腰间的刀鞘里抽出匕首，握在手里。

这个日本兵越来越近，姚明春屏住呼吸。由于巷子里太黑，日本兵没有发现贴着门站在浅浅的门洞里的姚明春。可是，当这个日本兵走过姚明春藏身的门洞时，他眼睛的余光似乎看到门洞里有个人影。这个日本兵下意识地停下脚步，想要转过身来仔细看清楚。

姚明春不待日本兵转过身来，已经冲了出去。

日本兵转过身来，正好看到冲过来的姚明春，顿时吓得目瞪口呆。此刻，他的喉咙正好暴露在姚明春的面前。

不等日本兵作出反应，姚明春已经挥起手中的刀，向这个日本兵的喉咙猛地挥过去。只听咔嚓一声，锋利的刀刃一下就切断日本兵的喉咙。

日本兵的喉咙顿时喷出鲜血。

日本兵本能地用手去捂住自己的喉咙，同时想要叫喊，可是他的喉咙已经被切断，只能发出很轻微的咕咕声。日本兵的眼睛瞪着姚明春，跟跟跄跄地朝前走了几步，最后终于支持不住，倒在地上。

姚明春蹲下身子，割下日本兵的头颅，让其身首分离；然后，他在日本兵的衣服上擦干净匕首和手上的血迹；接着，他从口袋里拿出一张纸。和上次一样，他将这张纸放在日本兵的尸体上。这张纸上同样写着几个血红的字：为王

武汉谍战

家河惨案复仇！

姚明春盯着这个日本兵的脸看了片刻，然后站起身来。他环顾了一下四周，没有任何动静。于是，他将手中的刀插回腰间的刀鞘，然后沿着巷子快步朝新市场方向走去。

姚明春穿过巷子，来到新市场的大门外。

此时新市场正好有一场电影散场，很多人从新市场出来。姚明春混在从新市场出来的人流中，沿着中山马路（中山大道硚口至江汉路一段）往北走，很快就远离刺杀日本兵的现场。

二十分钟后，姚明春来到大智路。他沿着大智路穿过铁路，然后沿着铁路边的马路朝太平中街他的蔬果行走去。

一路上都很顺利，前面不远就到家了。

可是，当姚明春走到大智门火车站后面的何家墩附近时，看到一个日本兵从何家墩朝大智门车站方向走过来，看样子这个日本兵是要翻过铁路到大智门车站去。

姚明春发现这是一个落单的日本兵，心里立刻动了杀机。

他装着若无其事的样子和这个日本兵擦身而过，然后猛地转身，拔出腰间的匕首，迅速朝日本兵背后扑去。

这个日本兵因为深夜一个人走路，本来就提心吊胆，充满防范意识。在和姚明春擦身而过的一瞬间，他的直觉让他感受到姚明春身上带着一股强烈的杀气，使他浑身的汗毛直竖。当这个日本兵听到身后的动静时，立刻回过头来查看。见姚明春持刀冲过来，便往后退。

姚明春冲到日本兵跟前，挥刀就向日本兵的胸口刺过去。

这日本兵一点都不慌乱，他略微侧身，闪过姚明春刺过来的匕首，然后乘着姚明春招数使尽，用左手握住姚明春持刀的右手手腕，顺势向外一拧，姚明春握刀的手不由自主地松开了。日本兵的右手趁势将姚明春手里的匕首夺下，然后向姚明春的胸口刺去。日本兵的整个动作非常熟练，一看便知道有格斗功底。

姚明春由于右手被这个日本兵擒住，一时之间躲避不及，被日本兵一刀刺中左肩。

被刺中的姚明春感到一阵剧痛。好在他的力气很大，立刻使蛮力挣脱被日本兵擒住的右手，并顺势踹了日本兵一脚。趁着日本兵后退的当口，姚明春暂时摆脱了被动。

可是，这个日本兵得势不饶人，他调整了一下姿势，挥刀向姚明春冲过来。

第四十三章 手刃鬼子兵

见这架势，姚明春有点蒙了。他从来没有练过武术，根本不知道怎样闪避刺向他的锋利匕首，眼看着刀尖直奔姚明春的胸口而来，姚明春感觉今天是在劫难逃了。

在这千钧一发之际，姚明春看见日本兵身后闪出一个人来，此人手里的扁担已经急速地砸向日本兵的脑袋。只听嘭的一声，日本兵的脑袋立刻开花，刺向姚明春的匕首从他的手中脱落。

没等这个日本兵倒下，日本兵身后又出现第二个人，只见这个人手中的白光一闪，手中的刀已经刺进日本兵的后心。日本兵一声不吭地慢慢倒下。

姚明春这才看清楚这两人，一个是张景午，另一个是钟有田。钟有田蹲下身来在日本兵身上擦掉他刀刃上的血迹，然后捡起掉在地上的匕首，站起身来，将匕首还给姚明春。

张景午敲日本兵脑袋的那一下发出的声音很大。幸运的是，此时正是半夜十二点钟左右，路上没有其他行人。

姚明春冲张景午和钟有田点头笑了笑，算是感谢他们的救命之恩。他接过钟有田递给他的手巾，按住肩膀上的伤口，跟着张景午和钟有田匆匆离开现场。

回到蔬果行后，张景午立刻给姚明春包扎伤口。

好在姚明春的伤口不深，加上蔬果行总是存有一些外伤药品，因此止住血之后包扎好就没事了，不需要去医院。

原来，张景午、钟有田和夏帮贵三个人看到姚明春晚上没打招呼就出去，很晚还没有回来，就有些担心。三人商量之后，决定由张景午和钟有田出去找姚明春，夏帮贵留在家里等姚明春。

出门之前，张景午拿了一根扁担，钟有田带了一把刺刀。两人出门之后，就过了铁路，然后顺着铁路往南走，到大智路时，姚明春刚刚从这里过铁路，因此他们错过了。

张景午和钟有田没有找到姚明春，就在大智路口过了铁路，到铁路的另一边看看。这样他们就正好跟在姚明春的后面，因此才有了刚才张景午和钟有田救姚明春那一幕。

当晚，张景午、钟有田和夏帮贵三个人以小组成员的名义，批评姚明春蛮干。大家你一言、我一语地向姚明春指出，对日寇的国仇家恨并不是某一个人的事，而是整个民族和国家的事。他们要求姚明春今后必须遵守组织纪律，不能擅自行动。

姚明春终于认识到自己的错误。他答应向上级报告此事，并向组织做检讨。

武汉谍战

倒在大智门火车站后面何家墩的日本兵尸体第二天早上被路上的行人发现，并立刻报告了警察局。

过了不久，日本兵被杀现场就来了一些警察、宪佐和宪兵。他们对现场进行了勘验，拍了一些照片，然后将日本兵的尸体装进一个布袋，用汽车拉走。

接着，警察和宪佐带着日本宪兵在附近搜查，挨家挨户地询问附近的居民，昨天晚上有没有听到什么动静，有没有看到过什么可疑的人？并希望附近居民一旦想起任何线索，立刻向警察局报告。

闹腾半天之后，这帮人才离开。

几天后，姚明春约王家瑞见面，当面向王家瑞报告他在横店和汉口杀日寇报仇的事，请求组织给予处分。王家瑞听了姚明春的报告后，对姚明春的错误进行严厉的批评。

王家瑞告诉姚明春，报仇不是他一个人的事，需要听从组织的命令和指挥，才能更好地报仇，更有效地打击日寇。如果每个人都像他这样无组织、无纪律，不仅不能打败日本人，还会给组织带来巨大的损失，希望姚明春以后不要再这么蛮干。王家瑞告诉姚明春，他会向组织报告此事，请求组织对此事作出处理。姚明春诚恳地接受王家瑞的批评，表示今后不再犯这样的错误。

虽然王家瑞批评了姚明春，但他内心里对姚明春干掉制造王家河惨案的门协却是非常欣赏。

二

经过一段时间的监视和观察后，姚筠伯已经弄清楚温安久平时的出入时间、地点及活动规律。

温安久在法租界的马尔纳街（现在的汉口友谊街车站路口至一元路口）开了一家巴黎饭店。他每天都会在上午十点到十一点之间从巴黎饭店出来，然后沿着马尔纳街向南行，到铁路饭店的拐角处左转回庆平里的家。姚筠伯认为这一段路是很好的狙击地点。

可是还没等姚筠伯展开行动，又有两个日本兵在同一个晚上接连被暗杀。其中在积庆里被杀的日本兵头颅被割下，凶手在尸体旁边留下复仇的字条。

姚筠伯觉得不能再忍耐了，必须马上采取行动进行有力的回击。他与侦行科科长费克光商量之后，确定了刺杀温安久的时间、地点和行动方案。

八月的一天，汉口宪兵队特高课高级特工河野率领一组特工分乘两辆汽车在玛领事街法租界出入口铁栅栏外面负责接应；另一组特工由特工总部武汉区费克光率领直接潜入法租界，埋伏在温安久的巴黎饭店附近准备执行备用方案。

狙击手林元龙此刻正埋伏在法租界外面离铁路饭店门前不远的一个三层民居里，执行狙杀温安久的任务。一旦狙击手林元龙没有机会或者未能将温安久射杀，费克光率领潜入法租界的这一组特工将执行备用方案，在法租界里面近距离刺杀温安久。

法租界玛领事街出入口设置了一道铁栅门，铁栅门长期紧闭不开，过往行人只能由铁栅门两边人行道上的小门出入。租界分界线两边分别由宪佐队员和安南（越南）巡捕在各自界沿内执勤。

狙击手林元龙埋伏在法租界外面的狙击位置，等待温安久的出现。这是一座三层楼的房子，房子的窗口居高临下正好对着马尔纳街西段，是一个很好的狙击位置。他可以从这里越过租界铁丝网的顶端看到马尔纳街到铁路饭店大门口这一段路上的所有行人，整个视界中没有任何障碍；而且，从这里射杀目标之后，林元龙可以从容撤退。因为他在法租界的外面，属于日军的控制区域。

温安久大约十点半钟从巴黎饭店出来，他穿着格子短袖衬衣和西装短裤。他在饭店门外点燃一支香烟，然后沿着马尔纳街向南行。走到铁路饭店的拐角处时，温安久进入狙击手林元龙的视界。

此刻，林元龙站在窗口，双手举起德国毛瑟K98狙击步枪，通过瞄准镜瞄准温安久。这支德国毛瑟K98狙击步枪是他被捕投敌之前就在使用的，他已经习惯使用这支枪。

当温安久转过铁路饭店的转角处时，林元龙就开枪了。

砰的一声枪响，温安久应声倒地，他手上的香烟也掉在地上。温安久的头部中弹，当场死亡。

由费克光带领进入法租界的这组特工见林元龙得手，立刻从法租界出入口两边的小门撤出法租界，然后分乘停在外面接应的两辆汽车离开。

三

法租界巡捕厅怀疑暗杀温安久一案与日本人有关。不过，经过巡捕厅调查之后，除了发现狙击手是从法租界外面开枪射杀温安久以及狙击手用的是毛瑟K98狙击步枪之外，没有发现任何其他的线索，更没有发现日本人参与暗杀的任何证据，最后只好将温安久被杀作为悬案不了了之。

武汉谍战

尉迟钜卿见温安久被暗杀，心里马上明白是日本人干的。他不知道日本人会不会采取同样的手段对付他，但他知道这只是事情的开始。不管怎样，这件事都可以当作是日本人对他的一次警告。

以前，尉迟钜卿根本没有想过日本人也会采取暗杀手段来对付抵抗组织。因此，温安久的死确实让尉迟钜卿受到震慑。

尉迟钜卿本来就不是一个真正的民族主义者。他的法租界特别组只是在沦陷前，由戴笠临时组建起来的一个小组，主要任务是掩护潜伏在法租界的军统组织，保护军统人员的安全。除了法租界特别组的报务员叶昭文之外，包括温安久和他自己，还有另外两名华籍巡捕，都是沦陷前不久才加入军统的。

现在日本人杀了温安久，尉迟钜卿担心，如果自己继续与日本人作对，日本人肯定不会放过他。尉迟钜卿开始感到害怕，毕竟他不是受过训练的特工。

李国盛得知温安久被暗杀的消息后非常震惊。

在常人看来，暗杀通常是被压迫的弱势一方采取的反抗手段。日本人现在是武汉乃至半个中国的征服者，是强势的一方，仅仅因为法租界当局的不合作，就采取这样的暗杀手段，真是让人匪夷所思。

李国盛之前就已经知道他的对手又多了一个，这就是成立不久的汪伪76号特工总部武汉区。他知道76号在对付上海的军统和中统潜伏组织方面卓有成效。很多他的老同事和朋友都被76号给逮捕，最后都叛变投靠了76号。

像王天木这样的高级特工也投靠了76号，在李国盛看来76号并非浪得虚名。因此，李国盛告诫自己，工作中一定要更加谨慎。

李国盛知道姚筠伯原来是中统的人，但对他并不是很了解。不过，李国盛判断这次暗杀温安久的行动是姚筠伯策划的。

通过这次暗杀温安久的行动，李国盛认为姚筠伯是一个不拘泥于固定思维方式的人，必须对他加以防范。

第四十四章　暗杀比格亚

一

伍岛茂和姚筠伯决定对法租界里面的无线电台进行精确定位，再由潜入法租界内的日伪特工在锁定区域内进行秘密侦察，弄清电台的确切位置，然后对出入此处的人进行跟踪监视，顺藤摸瓜，找出更多的抵抗组织成员，最终一举消灭隐藏在武汉的抵抗组织。

这是一个很完整的计划。以前，由于宪兵队刚刚接受德国引进的无线电侦测车，对其性能还不是很了解，不能完全发挥侦测车的优越性能。现在他们通过一段时间的使用、摸索和研究之后，逐步掌握了侦测车的许多优越性能。

汉口宪兵队无线电侦测队做过试验，如果用三辆侦测车同时侦测一个无线电台，就算是在离电台五百米远的距离，也可以将这部电台精确定位在大约七八十米直径的圆形范围内；如果侦测车能够更加接近电台，那么三辆侦测车可以将电台定位在更小的范围。这对于特高课和特工总部的特工去弄清楚秘密电台的具体位置很有帮助。

法租界是一个长宽五六百米的长方形区域，因此侦测车在法租界外面就能够很好地侦测并定位法租界里面的秘密无线电台。

汉口宪兵队总部将武昌的两辆侦测车全部调回汉口使用。其中三辆用于对

武汉谍战

法租界里面的秘密无线电台进行侦测，另外一辆作为机动侦测车，负责侦测汉口法租界以外的秘密无线电台。

与此同时，特工总部和特高课安排一批特工，取得法租界的合法居民身份进入法租界潜伏下来。一旦无线电侦测车测定某一个秘密无线电台的活动区域后，潜伏在法租界里面的日军特工就会去这个区域作进一步侦察。他们会用各种方法弄清楚电台具体藏在哪栋房子里，这栋房子的主人以及出入这个房子的其他人员，并对这些人进行跟踪监视。

所有的准备工作就绪后，日军无线电侦测车就开始对法租界实行每天24小时侦测。

经过一个多月的侦测，宪兵队无线电侦测车侦测到至少有十几部秘密无线电台在法租界里面活动，其中四部电台活动频繁。

因此，宪兵队长美座时成决定将侦测重点首先集中在这四部活动频繁的秘密电台上。

日军无线电侦测车目前已经基本确定这四部秘密电台的活动区域。这四部电台的活动区域分别在靠近河街（沿江大道）的比格洋行，福煦大将军街（蔡锷路）的首善里，玛领事街东南面的公德里，以及亚尔萨罗南尼街北面的昌年里。

确定这四部秘密电台的基本活动区域后，伍岛茂、姚筠伯和费克光亲自去这四个地方仔细地观察了一遍。

比格洋行里面的秘密电台肯定是法国人比格亚的，因为比格洋行在江边的河街，靠近一元路口，侦测车可以非常靠近电台活动的位置进行侦测。因此，侦测车已经将电台的确切位置确定在比格洋行里面。除了比格亚本人，还有谁可以在他的洋行里面设置电台呢？这对于汉口宪兵队和特工总部武汉区来说是一个重要发现。

首善里秘密电台活动的区域里有十六间房子，住着十六户人家。

公德里秘密电台活动的区域里面有四栋房子，共有二十四户人家。

昌年里秘密电台活动的区域里有七栋房子，总共住着十四户人家。

伍岛茂和姚筠伯需要进行重点调查的对象是首善里的十六户、公德里的二十四户以及昌年里的十四户人家。

由于这是在法租界里面，宪兵队无法直接搜查这些住户的房间，因此伍岛茂和姚筠伯必须使用一些特殊方法确定秘密电台到底藏在哪一家。

要想确定电台在哪一家而又不至于引起住户的警惕，确实需要动一番脑筋。

为此，伍岛茂和姚筠伯专门设计了一些侦察手段。

第四十四章 暗杀比格亚

第一种方式是拉闸停电。当某一个区域的秘密电台开始活动时，对这个区域里面的嫌疑住户，采取逐户或分片拉闸停电的方式，确定电台在哪一家。

第二种是方式是用各种手段惊吓、骚扰住户。比如上门查电表，或者上门宣教，甚至砸住户的玻璃等。总之，就是迫使正在发报的人因为突然来自外界的干扰而暂停或者终止发报，以此来确定电台到底在哪一户。

伍岛茂和姚筠伯将特工总部潜伏在法租界的特工分成三组，分别调查和确认三个锁定区域里的秘密电台。第一组负责公德里，第二组负责首善里，第三组负责昌年里。三个小组都在各自负责的区域附近租下房子，并在房子里面安装了电话，方便与总部联络。

伍岛茂和姚筠伯明白这是一项长期细致的工作，需要时间和耐心。完成这项工作可能需要好几个月，甚至更长的时间。这项工作已经开始，他们相信迟早会有收获。

二

李国盛将温安久被杀的消息以及法租界特别组目前的状况电告重庆总部。

总部回电告诉李国盛，总部已经从尉迟钜卿那里获知此事，并命令尉迟钜卿的法租界特别组暂时停止一切活动，视事态的进一步发展再确定下一步行动。总部指示李国盛密切注意法租界特别组，特别是尉迟钜卿的一举一动。如果法租界特别组发生问题，必须立刻切断和法租界特别组的联系，不要因此受到破坏。

除此之外，总部在回电中还下达了局长戴笠对日军的惩戒令。

惩戒令命令所有军统人员："对身着军服的日本军人，一旦得到机会，无需申报，直接当场干掉！"

三

赵云清收到唐新转达的对日军惩戒令之前，就已经将何慧娴和孩子接回武昌。

何慧娴在一月顺利地生下一个健康的男孩，赵云清高兴得跳起来。

赵云清父母心里的高兴就更不用提了。

何慧娴在赵云清父母完全放弃希望的时候，给赵家添了一个孙子，为赵家延续了香火，让赵云清的父母喜出望外。他们非常感激这个媳妇。

孩子的爷爷和奶奶坚持要让孙子过完夏天才回武汉，因此何慧娴只好留在纸坊照顾孩子，直到过了中秋节。在此期间，赵云清回去了两三趟看望父母和老婆孩子。孩子已经大半岁了，能吃能喝能睡，长得白白嫩嫩的，挺逗人疼。

其实，赵云清也考虑过将何慧娴和孩子留在纸坊的老家，那里有自己的父母和岳父母照顾，比留在自己身边更舒适；更重要的是，他从事的是危险的秘密工作，万一出事，难免会连累到家人。因此，将何慧娴和孩子留在老家会更安全。

不过，总是这样分开也不是个事儿。因此，他决定先将何慧娴母子接回来，如果察觉到有危险，就立刻让他们母子回纸坊。

昨天，何慧娴发现自己可能又怀孕了。因此今天她去看了大夫，大夫确认她怀孕了。

回家后，何慧娴兴奋地将自己怀孕的消息告诉赵云清。

赵云清得知何慧娴怀上第二个孩子，不禁高兴得手舞足蹈起来。他希望这次是个女儿。

四

美座时成对于法国商人比格亚的洋行里频繁使用电台这件事情非常重视，要求伍岛茂和姚筠伯尽快查明真相。

虽然现在还不清楚比格亚的电台是什么用途，但顺着这条线索追查下去，说不定会有意想不到的收获。

可是，由于比格亚是法国人，对比格亚的调查弄不好会引起两国的外交纠纷，这让伍岛茂和姚筠伯感到有些棘手。

如果比格亚的电台是用于商业通讯，那么伍岛茂对他还真的无可奈何。

在上海和其他大城市里，用于商业通讯的电台并不少，不是什么新鲜事。比格亚在法租界，是在法国的治权之下，就算要禁止使用电台，也只能由法租界当局下令禁止。

伍岛茂和姚筠伯为此绞尽脑汁，也想不出一个好的办法对付比格亚。不得已，姚筠伯提出采取对付温安久的办法，暗杀比格亚。

姚筠伯可没有所谓国际纠纷方面的顾虑。他认为这是唯一可以阻止比格亚继续使用电台的方法，不管他使用电台的目的是什么，也不管他与抵抗组织有没有关系。

自从温安久被暗杀后，伍岛茂和姚筠伯都发现确实起到了震慑作用。

尉迟钜卿不再像以前那样，嚣张地拒绝与宪兵队和特工总部合作。巡捕厅的高级管理层也不像以前那样暗中支持尉迟钜卿庇护抵抗组织。

美座时成没有更好的办法，只好同意姚筠伯对比格亚实施暗杀行动。他让姚筠伯制订一个详细计划交汉口宪兵队和特工总部批准。

不过，美座时成强调，一旦刺杀比格亚的行动造成任何意想不到的后果，日本方面不会承担任何责任，希望姚筠伯和伍岛茂谨慎行事。

姚筠伯和伍岛茂很快就拟定好行动计划，并获得汉口宪兵队和76号特工总部批准。

据监视人员观察发现，比格亚有一个习惯，他每天早晨都会在比格洋行门前散步，这是刺杀比格亚的最好时间和地点。因此，伍岛茂和姚筠伯选定在这个时间和地点刺杀比格亚。

由于比格洋行在法租界临江的河街上，两边的建筑物都是国际银行和领事馆之类的国际机构，如果狙击手在这些建筑里面射杀比格亚，恐怕撤退时会遇到很多困难。因此，姚筠伯和伍岛茂决定，让狙击手从停在河街上的汽车里面射杀比格亚。完成刺杀任务后，汽车可以立刻带着狙击手撤退。

五

深秋一个阴霾的早晨，刮起阵阵北风。

枯黄的法国梧桐树叶被凄厉的北风从枝头吹落，随风在空中飘荡，最后纷纷飘落到地面。

落到地面上的枯黄树叶又被一阵阵呼啸的北风从地面刮起，翻滚着在半空中乱舞，直到这阵风过后，再次飘落回地面。

秋风中漫无边际飘零的枯叶，使这阴霾的深秋，显得更加凄凉。

此时，特工总部的费克光和特高课特工河野正带领着几名行动队员和狙击手林元龙分乘两辆汽车，顶着凄厉的北风前往河街，执行刺杀法国人比格亚的任务。

汽车到达河街之后，费克光和河野的两辆汽车相隔50米，一前一后停在比格洋行门前的河街对面，靠近江滩一侧的马路边。由于这里靠近江边码头，汽车停在这里不会引起别人的注意。

狙击手林元龙在前面一辆车里面。他坐在后座上，透过车窗的玻璃观察着

武汉谍战

比格洋行的大门；费克光和司机坐在汽车的前面。司机已经做好准备，如果发生任何意外，他会马上开车离去。

这个位置是林元龙亲自挑选的。这里到比格洋行大门口大约80米远，视野中没有障碍物遮挡。因此，在这里从汽车里面开枪射杀比格亚应该是万无一失的。

宪兵队特高课特工河野和四名特工在后面一辆汽车，他们的任务是掩护狙击手林元龙射杀比格亚之后安全撤退。

早上八点半钟，比格亚和平时一样，从比格洋行的大门里面走出来。他像往常一样，在门前的花圃旁边慢慢地来回散步，一边活动身体、呼吸新鲜空气，一边思考当天的工作。

林元龙看到比格亚出来散步，立刻慢慢地将车窗的玻璃摇下来。他的双手稳稳地端起狙击步枪，透过瞄准镜瞄准比格亚，枪口慢慢地随着比格亚的身形移动。

空中飘落的树叶，有点妨碍林元龙的视线，他不得不抬起头，看了看远处的比格亚，然后再次瞄准；可是，这些讨厌的树叶又在空中漂荡，让林元龙没办法捕捉到合适的机会开枪。

林元龙心里骂了一句脏话，然后迫使自己平静下来。他再次瞄准比格亚：这一次运气很好，没有飘落的树叶遮挡住狙击步枪瞄准镜的视野，这是很好的机会。林元龙屏住呼吸，扣动扳机。

就在这一瞬间，一片枯黄的树叶飘进林元龙狙击步枪的瞄准镜视野，遮挡住他的目标。他马上想停下来，可是已经来不及了。

"砰"的一声枪响，子弹飞了出去。林元龙抬头看到比格亚应声倒下。

费克光也清楚地看到比格亚中弹倒下。

"开车！"见林元龙得手，费克光赶忙对司机下达撤退命令。

司机立刻启动汽车，飞快地开走了。

比格亚确实中弹倒下。可是狙击手林元龙心里并不踏实，他担心这一枪并没有杀死比格亚。因此，他的脸上不仅没有一丝笑容，反而显得忧心忡忡的。

林元龙的汽车很快就远离了现场，除了河野的汽车跟在他们后面外，没有发现其他汽车跟踪。

费克光不知道刚才发生的事，他只看到比格亚中弹倒地，他认为这次任务成功了。

"好枪法！"费克光回过头来对后座的林元龙赞扬道，"一枪毙命！"

"科长，刚才，刚才可能没打中，不！我的意思是说刚才可能没有打中要

第四十四章　暗杀比格亚

害。"林元龙吞吞吐吐地说。

"没打中要害？应声倒地，还没打中要害？你太谦虚了，伙计！"说完，费克光和司机哈哈大笑起来。到目前为止一切都很顺利，费克光和司机都很高兴。

林元龙没办法解释刚才发生的事情，只好陪着费克光和司机尴尬地笑。他怀着侥幸的心理安慰自己，说不定这一枪没受那片该死的树叶影响，直接命中比格亚的头部呢？想到这里，他的心情略为宽慰了一些。

林元龙的直觉是对的，那片该死的树叶确实影响了他的射击精度。

那片树叶救了比格亚的命，他只是被子弹击中颈部的非要害部位，并没有生命危险。

受伤的比格亚立刻被送进附近的同仁医院。经过医生的治疗，比格亚不久之后就出院了。

暗杀比格亚的事件发生之后，引起一场不大不小的外交风波。

法租界当局和法国领事强烈抗议驻武汉日军涉嫌参与或纵容对法国公民比格亚的暗杀，要求日本当局调查事件真相，查办凶手，并保证今后不再发生此类事件。

日本当局迫于来自法国的压力，只好责令驻武汉日军表示一下姿态。因此，驻武汉日军发表声明，公开谴责这次暗杀行动，并承诺对此事件展开调查。

这次失败的暗杀行动以及由此引起的外交风波，让美座时成、伍岛茂和姚筠伯遭到上峰的严厉训斥。上峰命令他们暂时停止暗杀比格亚的所有行动。

不过，这次刺杀行动还是对比格亚起到一定的威慑作用。

伤好之后，比格亚就很少在公开场合露面。他取消了每天早上在洋行门前散步的习惯，也不敢独自外出。法租界巡捕厅在比格亚的要求下，每天在比格洋行门前安排两名武装巡捕站岗，负责保护他的安全。

这次刺杀行动还有一个最明显的效果——日军宪兵队的无线电侦测车发现，自从比格亚遭暗杀后，他的电台不再像以前那样活动频繁，几乎停止对外联络。

李国盛得知比格亚被刺杀的消息后，觉得非常奇怪。他不能理解日本人为什么要刺杀一个无关紧要的法国人。

比格亚的军统身份目前只有李国盛和戴笠两人知道，日本人不可能知道比格亚在为军统工作。

到底日本人为什么会刺杀比格亚呢？李国盛找不到合理的解释。他的脑海里不禁产生了疑问。他向重庆军统总部报告比格亚遇刺的消息，希望总部知道原因。可是，总部和李国盛一样，也弄不清楚究竟是为什么。

重庆军统总部的答复，加深了李国盛的疑虑。他不相信日本人发现了比格亚的军统身份，更不相信比格亚只是因为帮助军统保管备用电台就被日本人暗杀，这太不合情理。

李国盛认为，一定有其他的原因让日本人用刺杀手段对付比格亚。

第四十五章　秘密电台

一

法租界公用局陆续接到首善里、公德里和昌年里住户投诉，经常发生短暂的停电。公用局派人检查了投诉住户区域的电箱和电路，没有发现问题。

公用局怀疑可能是有人恶作剧拉闸停电，因此在这三个里分的电箱上加装了锁。

可没想到有人居然撬开电箱的锁，继续拉闸停电。

更奇怪的是，首善里、公德里和昌年里有好几个住户投诉公用局的人晚上很晚的时候来查电表。

公用局从来没有安排人员晚上查电表，一定是有人出于什么目的冒充公用局的人。

公用局觉得事情很棘手，只好报告给巡捕厅。

除了公用局的报告之外，巡捕厅还接二连三地接到这三个里分住户的投诉，说是有人晚上拉电闸；砸窗户的玻璃；冒充公用局人员晚上查电表；传教士晚上九点十点钟以后上门传教；销售人员晚上九点十点钟以后上门做销售广告，这些行为严重地影响了居民的正常生活和休息，希望当局管一管。

自从日军占领武汉以来，大量难民涌入法租界。法租界当局不得不在租界

武汉谍战

的四周架起高高的铁丝网，并在各个路口通道上设置了铁栅门，限制进入法租界的人口。即便如此，法租界的人口还是成倍增加，人员成分更加复杂。

刚接到投诉时，巡捕厅认为出现一些治安方面的问题在所难免。后来才发现问题可能没这么简单，因为几乎所有的投诉都来自首善里、公德里和昌年里这三个里分（武汉方言，指城市中一个小范围的居住区域。区域中有相同或不同风格的多幢住宅建筑，由巷子连通这些建筑，形成一个里分。其他城市称其为里弄、弄堂。）。

因此，巡捕房对住户投诉的问题更加重视。他们派出密探，晚上守候在经常出问题的三个里分，希望能够弄清楚是什么人在搞恶作剧，或者说在搞破坏。

这天晚上十点多钟，安守文正在向重庆军统总部发报。

突然，附近传来了警笛声，接着就是嘈杂的声音。

外面发生的事打断了安守文。他暂停发报，来到窗前，透过窗帘缝朝巷子里看去。只见巷子里面聚集着一些人，不知道在议论什么。

安守文觉得没什么危险，便回到桌前继续发报。

完成收发报工作后，安守文收好电台。

他再次到窗口观察，发现仍然有好些人围在巷子口。他决定去看看到底发生了什么事。

安守文走进巷子口的人群，发现大部分人都是昌年里的邻居。于是，他向他们打听发生了什么事。

不一会儿，安守文就弄清楚事情的原委。

原来，刚才有两个人偷偷地溜到巷子里的电箱边，准备撬开电箱门上的锁。埋伏在不远处的一个巡捕厅密探，见撬锁拉闸的人出现，立刻冲上去抓这两个人。这两个人见状，拔腿就跑。密探在后面一边追赶，一边吹响警笛。没想到这个密探追到巷子的拐角处时，就被人打晕。

两个撬电箱的人逃掉了。被打晕的巡捕厅密探不一会儿就清醒过来，被赶来的其他巡捕送去医院治疗。

安守文还打听到，他住的昌年里最近出现很多怪事情。除了拉电闸之外，还有两个住户的窗户玻璃晚上被人砸碎。另外还有人晚上冒充公用局的人查电表。更让人奇怪的是，居然有传教士夜晚上门传教。推销员夜晚上门做广告这样的事情以前从未发生过。

安守文之前没有听说过这样的事情。他觉得事情很蹊跷，并敏感地想到会不会与他的电台有关。他详细询问邻居们一般都在晚上几点发生这样的事情，邻居们告诉他一般都在晚上十点以后。安守文心里大概明白了是怎么回事。

第四十五章　秘密电台

上峰将他的电台移进法租界，就是为了避开宪兵队的无线电侦测车。

很有可能是宪兵队的无线电侦测车在租界外面侦测出他的电台活动区域，然后让潜入法租界的特工进一步调查电台的具体位置！想到这里，安守文全身惊出一身冷汗。

二

李国盛听完安守文通过梁问天转来的消息后，觉得事情比较严重。仅仅依靠法租界的巡捕去对付日军宪兵队和特工总部的特工，肯定是没有用的。

这样下去，安守文的电台迟早会被特工总部和宪兵队发现。然后，日本人可以根据这个线索，追查到军统武汉区总部。到时候就算法租界当局不配合，日本人也有其他的办法摧毁整个军统武汉区。

可是，不可能不使用电台与重庆总部联系。李国盛觉得只能采取针锋相对的办法对付法租界里面的日军宪兵队和特工总部的特工。

李国盛叫来唐新和宋岳，告诉他们发生的事情以及应对措施。

"唐新，请你安排我们的行动队员，晚上在昌年里附近埋伏，不要惊动巡捕厅的密探。如果发现可疑人员想要去拉电闸，而周围没有巡捕厅密探出来制止他们时，我们的行动人员必须立刻制止他们，必要时干掉他们！"

"明白了！"唐新回答。

"至于那些砸玻璃的、上门查电表的、传教的和做广告的人，我断定也是宪兵队和特工总部的特工装扮的，其目的就是故意侵扰正在发报的人。如果发报的人此时中断发报，他们就会根据信号中断的时间判断出电台的具体位置。"

李国盛停顿了一下，端起茶杯喝了一口水，才继续说：

"通知安守文，让他以后在屋顶阁楼上发报。告诉他在受到干扰时，不要停止发报。我们给他配备一个队员和他住在一起。遇到这样的情况发生时，由这个队员去应付这些侵扰。这样，宪兵队和特工总部就会排除安守文家里有电台的嫌疑，至少是暂时排除！"

"也可以用干电池做电源，这样即使被拉闸断电，安守文也可以继续发报。"唐新建议。

"好主意！可是需要用很多干电池。用废的干电池会不会引起别人的注意呢？"李国盛也想到过用干电池，但是他有些顾虑。

"应该不会，可以分批处理废电池。"唐新很有把握地回答。

"好吧。弄清楚安守文的电台可不可以用干电池。如果不能使用干电池，就必须换一部电台。这个应该没问题，我们有多部备用电台。"李国盛同意唐新的建议。

唐新和宋岳离开办公室后，李国盛立刻开始写信。他要用匿名信的方式通知王家瑞，日本人正在法租界调查秘密电台。

三

早上，向小雨买完菜回家。

到了家门口，她习惯性地打开信箱查看信件。

信箱里面有一封信。她将信取出，然后锁上信箱。

开门进屋后，她将菜篮放进厨房，转身上了二楼。

向小雨坐在二楼客厅的沙发上拆开信封，开始看信。

信中写道：

各位住户，日本人正在租界里查找抗日分子的秘密电台，搞得租界里面鸡犬不宁。听说他们监听到抗日分子的秘密电台信号之后，就采取拉闸停电，砸玻璃窗，冒充公用局的人查电表，冒充传教士上门传教，以及冒充销售人员上门做广告等手段，查找电台的具体位置。结果弄得住户们不得安宁。希望各位住户小心！

这是一封匿名信，后面没有落款。

向小雨觉得这封信很不寻常，她的第一反应就是这里已经暴露。因此，她急忙打电话将此事告诉王家瑞。

王家瑞听了之后，第一反应和向小雨一样，担心电台已经暴露。不过，他冷静思考了一下后，认为事情可能没想象的那么严重。于是，他让向小雨马上去问一问周围的邻居，看看他们有没有收到同样的信，如果有的话，就没问题，如果没有，就有可能出了问题。

向小雨照王家瑞的话，赶紧去问邻居们有没有收到相同的信。邻居们回答说他们也收到同样的信。

知道邻居们也收到这样的信，向小雨悬着的心终于踏实下来。她立刻回家打电话给王家瑞，告诉他周围邻居都收到同样的信，让他放心。

第四十六章　战略情报

一

比格亚颈部的枪伤已经好了，可他再也不敢像以前那样，每天早上在比格洋行大门前散步。为了自身安全，比格亚尽量减少在公共场所露面的机会，免得再遭日本人暗杀。

比格亚的真实身份是美国海军情报局特工，他的商人身份是第一层掩护，军统特工身份是他的第二层掩护。

比格亚是法裔美国人，他幼年时随父母移民到美国。

比格亚一家移民到美国后，定居在马萨诸塞州的波士顿。

他的父母开了一家杂货店，一家人靠这间杂货店生活。虽然不是很富有，但全家人的生活倒是没有问题。

比格亚从小就是一个非常聪明的孩子。他的记忆力惊人，并且具有常人所没有的语言天赋。从小学开始，他的学习成绩都很优秀。

比格亚总是很低调，在班上和学校里不是那种引人注目的学生。他的老师给他的评语是聪明，冷静，思维缜密，谨慎。他不喜欢哗众取宠，习惯于将自己淹没在人群中。他的天赋和性格非常适合当间谍。

高中毕业后，比格亚的天赋引起美国情报部门的兴趣。美国海军情报局决

武汉谍战

定招募比格亚，他们派出官员与比格亚本人以及他的父母谈话，希望比格亚加入海军情报局为国家服务。比格亚经过慎重的考虑之后，接受了美国海军情报局的招募。因为他喜欢冒险。

接受美国海军情报局的招募之后，比格亚进入哈佛大学读书。

大学期间，比格亚每个假期都被海军情报局安排到秘密地点接受间谍训练。

大学毕业后，比格亚按照海军情报局的安排，回到法国，在巴黎大学继续攻读经济学硕士学位。两年后他拿到硕士学位，并且取得法国护照。

1932年，比格亚奉美国海军情报局的命令，以法国人的身份来到中国，成为海军情报局潜伏在远东的情报员。

比格亚在中国的任务主要是负责收集中国和日本的政治、经济和军事情报；分析中日两国之间的利益冲突，为美国政府制订美中、美日政策提供依据。

刚到中国的时候，比格亚在上海的一家法国洋行当职员。一年后，比格亚奉命辞去他在上海的工作，独自到汉口法租界注册了一家进出口公司，取名"比格洋行"。

比格洋行是一个进出口贸易公司，主要从事茶叶、棉花、食用油等中国商品的出口贸易以及电器、咖啡、布匹和煤油等欧美商品的进口贸易。比格亚用比格洋行老板的身份做掩护，在汉口为美国海军情报局收集各种情报。

由于有海军情报局的暗中扶持，比格洋行的生意逐步兴隆起来。不出几年时间，比格亚的生意逐渐做大，他也慢慢地在汉口商业界有了一些名声。比格亚利用自己在商界的名声，不仅同法国领事及法租界工部局和巡捕厅官员建立了个人之间的友谊，而且还和中国政府官员建立了良好的关系。与此同时，比格亚与汉口著名的日本洋行日信洋行建立了生意伙伴关系，并且通过日信洋行经理伊藤的引荐，与日本驻汉口的领事成为朋友。

比格亚利用他的人际关系，收集到很多中国和日本的重要政治情报和军事情报。他将这些情报源源不断地通过电台发送回美国海军情报局。

比格亚的情报工作和生意一直都很顺利。

武汉沦陷之前，比格亚被军统局招募为特工。

七七事变后，中日战争全面爆发。不久南京沦陷，武汉成为中国的政治、军事中心。

武汉沦陷前，李国盛在一次朋友聚会上认识了比格亚。

第一次见到比格亚，李国盛便对他产生了浓厚的兴趣。因此他暗中对比格亚进行仔细的观察。

第四十六章　战略情报

李国盛认为比格亚沉稳、冷静、机敏，且行事低调，从不哗众取宠，并对他的语言天赋感到吃惊。李国盛觉得如果能够发展比格亚成为军统局的间谍，说不定会有意想不到的收获。

因此，李国盛单独找到比格亚，告诉他军统想要招募他为军统局情报员。

李国盛的话让比格亚措手不及，他的内心不禁暗暗担忧起来。刚开始，他怀疑李国盛发现了他的什么破绽。不过，在同李国盛进一步接触后，比格亚断定李国盛并没有发现他的任何破绽，只是由于欣赏他的沉稳性格和天赋，才想要招募他。

弄清楚李国盛的意图后，比格亚拒绝了李国盛的招募。不过在李国盛再三的要求下，比格亚勉强答应进一步考虑之后，再给李国盛答复。

比格亚通过密电报告美国海军情报局，中国军统局想要招募他做间谍。

收到比格亚的密电后，海军情报局经过慎重考虑，觉得让比格亚接受军统招募比较有利。一来，军统局间谍的身份可以为比格亚提供更深一层的保护，二来，比格亚有可能从军统局获取更多的日、中情报。

当李国盛再次找到比格亚询问他的答复时，比格亚勉强答应李国盛的要求，同意加入军统局，为军统充当间谍。

武汉沦陷之前，李国盛将很多无线电通讯器材和其他特种器材藏到比格亚的洋行仓库里面。其中有不少是苏联通过中苏情报合作机构"中苏技术研究所"提供给军统局的先进器材。

李国盛交给比格亚的任务不多，第一是保管好无线电和特种器材，第二是利用他的生意往来和朋友圈子，收集日军的各种情报。

而比格亚担负的真正任务是美国海军情报局安排的。因此，他收集到中、日方面的情报后，通过电台发给海军情报局。

让比格亚没有想到的是，日军宪兵队的无线电侦测车侦测到他的电台，怀疑他是军统间谍，并且对他采取暗杀手段。

比格亚遭日本人暗杀一事，让美国海军情报局对他的生命感到担忧。海军情报局万万没有想到日军汉口宪兵队和汪伪特工总部武汉区会用这种匪夷所思的手段对付比格亚，差点要了他的命。海军情报局原来的想法是让比格亚加入军统后，多一层保护，可没想到差点弄巧成拙。

法租界当局和法国政府针对行刺比格亚的事件向日本政府提出强烈的抗议，迫使武汉日军最高当局下令停止对比格亚的暗杀行动。

法租界当局专门询问过比格亚秘密电台的事。不过，这一点都难不倒比格

武汉谍战

亚和美国海军情报局。比格亚告诉法租界当局，他的电台是商业电台，用于与欧洲的生意伙伴联系。法租界根据比格亚的证词作进一步调查之后，证实比格亚说的是实情。法租界当局随后将调查结果通报给日本政府和武汉日军。

二

过年之前，冈本矢一专门从南京到上海见了夏文远一面。冈本矢一顺便给夏文远带去了他要的日军第十一军豫南作战计划。

夏文远之前收到第五战区的密电。密电说日军第十一军近来调动频繁，但意图不明。因此，第五战区司令部要求夏文远提供日军第十一军最新作战计划。

夏文远收到第五战区命令后，第二天就给冈本矢一打电话，请他提供第十一军最新作战计划。

冈本矢一接到夏文远电话的前几天，就已经将第十一军的豫南作战计划通过电台发给了组织。

冈本矢一在电话中告诉夏文远，他三天后正好要去上海出差，他会将作战计划带去上海亲自交给夏文远。

其实，冈本矢一完全可以将第十一军的豫南作战计划通过电台发给夏文远；但是，他现在迫切需要见夏文远，希望能从夏文远这里得到一些自己急需的情报。

最近一段时间以来，冈本矢一有好几次听到中国派遣军司令部的同事们说起过日军大本营不久前成立了一个"总体战研究所"。这个总体战研究所的主要任务是研究日本对外发动总体战时将要面临的各种问题。显然，这个研究所的成立并不是为了应付目前的中日战争，而是为了应付日本可能发动的另一场战争。那么，日本将要发动的另一场战争会在哪里呢？这是冈本矢一最为关心的问题。

冈本矢一不知道夏文远是否掌握这方面的情报。不过，他认为日本陆军上海特务部可能会从侧面了解一些日本政府的重要战略决策。

冈本矢一来到夏文远的办公室。

夏文远知道冈本矢一要来，正在办公室等他，并给他准备了他喜欢的西湖龙井。

两人在办公室的沙发上坐下。

第四十六章　战略情报

两位长时间没见面的好朋友寒暄了一阵子后，才转入正题。

冈本矢一打开公文包，从里面拿出一个文件袋交给夏文远。文件袋里装着日军第十一军的豫南作战计划。

夏文远打开文件袋，拿出里面的文件看了看，随即将文件放回文件袋，锁进保险柜。

冈本矢一谈了一些自己对时局的看法，然后将话锋一转，问夏文远：

"夏君，你知不知道日本国内最近刚成立的总体战研究所这个机构？"

"总体战研究所？知道。怎么啦，你为什么关心起这个？"

夏文远睁大眼睛好奇地看着冈本矢一。

"确实有些关心！你知不知道总体战研究所主要从事哪方面的研究工作？"

冈本矢一没有回答夏文远的问题，而是进一步问道。

"我大概了解一些。不久前，一位总体战研究所的人出席了在上海举行的日本东亚策略会议。这个人在会议上作了发言，发言的具体内容是假设日本与英、美在太平洋爆发战争，日本将要面临的问题以及日本有多大的胜算。"夏文远一边回忆一边说，"这个发言给我留下深刻印象。从发言中可以了解到，总体战研究所详细研究了那些可能与日本爆发战争的国家，包括这些国家的政治、经济和军事实力，以及日本对这些假想敌国进行总体战时将要面临的问题和解决办法。这些国家主要包括美国、英国和荷兰，还有苏联。"

"原来是这样。日本已经陷入日中战争的泥潭，还想着和其他国家开战，大本营的那帮人简直是疯了！这样下去会将日本带进无底深渊。"

冈本矢一生气地说。

"你说的很对！不过这只是研究和探讨，并不意味着真的会这么做。对可能遇到的问题尽早做研究，找到解决办法，总比事发后仓促行事要好得多。"夏文远见冈本矢一有点生气，想缓和一下他的情绪。

冈本矢一只好摇头叹气，缓和一下自己的情绪。接着，他问夏文远，"以你掌握的信息，日本会发动一场新的战争吗？"

"我不能肯定。不过，据来自日本国内的情报表明，日本国内目前面临的经济问题日益严重，主要是战略物资短缺造成的，特别是石油短缺。你应该知道，日本需要的石油几乎全部依赖进口。进口石油的80%来自美国，其余的20%来自荷属东印度（现在的印度尼西亚）。日本对美国的依赖性太强，这是非常危险的。而美国一再反对日本对中国的战争，要求日本军队撤出中国，并对日本进行经济封锁，导致日美关系逐渐恶化。因此，日本必须找到替代美国的石油供应国。据内阁会议简报透露，日本希望用和平的经济手段解决日本的能源问题，但不排除在必要时使用武力。日本希望替代美国的能源供应国是荷属东印度。不过，德国占领荷兰之后，特别是日本加入德、意、日三国同盟之后，荷兰流亡政府下令荷属东印度停止对日本的石油供应。因此，日本的能源供应面临被切断的危险，这可能就是日本发动战争的导火索。"

"明白了，夏君。如果不是这场该死的战争，你绝对能够成为一个颇有成就的经济学家。另外，你刚才讲的是南太平洋爆发战争的可能性。北面呢，与苏联可能爆发战争吗？"

"以我个人的看法，北面不大可能。主要是因为解决不了日本迫在眉睫的能源问题。其次，1939年的诺门罕战役日军大败，让日军领教了苏联红军的实力，因此，内阁中主张北进的人其实很少，根本不可能成为主流意见。"

夏文远简明地说出自己的判断，他的表情告诉冈本矢一，他对自己的观点充满自信。

"完全明白了，我的朋友！谢谢！"

冈本矢一由衷地佩服夏文远对当前局势的分析判断。

"冈本君，你太客气了。"夏文远谦逊地说，"我知道你一直反对日中战争，担心日本陷进中国战场不能自拔。现在，你听到一些风声，因此开始担心日本政府和军队中那些狂妄自大的人发动另外一场战争，对吗？"

"是的！日本现在连中国都无法彻底战胜，还狂妄地想去发动另外一场战争，真叫人担心！"冈本矢一忧心忡忡地说。

三

豫南会战从1月25日开始，到2月7日结束。第五战区由于在枣宜会战中元气大伤，还没有完全恢复过来，因此采取了避实就虚的策略。当日军第十一军发起进攻之后，第五战区将主力部队撤退到外线，避免与日军的正面决战，使日军的战役目的落空。日军主力在鄂北豫南绕了一圈之后，没有找到第五战区主力，只好回到原来的进攻出发地，恢复到战前的态势。

豫南会战结束后，日军第十一军紧接着又制订了鄱阳湖扫荡战（中国称之为上高会战）作战计划。鄱阳湖扫荡战的作战目的是消灭南昌周围第九战区主力罗卓英的第十九集团军，缓解日军在南昌周围的不利态势。

日军第十一军的鄱阳湖扫荡战作战计划完成之后，立刻报请南京的中国派遣军司令部和日本大本营批准。

在南京中国派遣军司令部任职的冈本矢一利用工作之便,不久就获取了日军第十一军的鄱阳湖扫荡战作战计划。此时,距离日军发动进攻的时间只有两个多星期。由于时间紧迫,冈本矢一就用电台直接将日军鄱阳湖扫荡战情报发给组织。

三月中旬,日军第十一军司令官园部和一郎中将指挥日军第33师团、第34师团以及第20独立混成旅,在40辆坦克和150架飞机的掩护下,对国军第十九集团军发起进攻。

第74军是罗卓英第十九集团军的主力。此时的第74军在美国的"援华法案"协议下,已经获得美国援助的全副美式装备,战力比以前有很大的提高。

由于冈本矢一及时提供的情报,国军第九战区司令部完全掌握了日军作战计划,并作出相应的军事部署。因此,日军在整个鄱阳湖扫荡战中始终处于被动。

日军发起进攻之后,在各个进攻方向都受到第九战区各部的节节抵抗,攻势逐渐失去锐气。国军待日军攻势钝挫之后,开始对日军展开反攻。战至3月底,日军的鄱阳湖扫荡战在国军的顽强打击下,遭到失败。

国军第九战区在上高会战中毙伤日军15000人。日军第34师团受到毁灭性打击,致使绝望的日军第34师团参谋长樱井德太郎大佐自杀。上高会战取得了国军自抗战以来少有的压倒性胜利。

四

汉口宪兵队和特工总部武汉区收到法租界当局的调查结果之后,做了进一步的调查与核实,结果与法租界当局是一致的——比格亚的电台是作商业用途。

由于调查结果对比格亚有利,再加上各方面的压力,武汉日军最高当局第十一军司令部只好下令宪兵队和特工总部武汉区停止对比格亚的刺杀行动。从那以后,比格亚才敢自由出入法租界,不再像前一段时间那样,躲在法租界里面不敢露面。

很多商人,包括日信洋行经理伊藤,听说比格亚因为秘密电台而遭暗杀,都认为日军汉口宪兵队是在小题大做。

伍岛茂和姚筠伯虽然不太相信调查结果,但是他们拿不出任何证据证明比

武汉谍战

格亚的电台是在为军统服务。因此，他们只能接受上峰的命令，不再去为难比格亚。

几天前，比格亚接到海军情报局发来的密电。密电命令他加紧收集日本的政治、经济和军事方面的战略情报。

比格亚和一些日本洋行有生意上的来往，特别是日信洋行。

武汉沦陷后，日信洋行由于有军方背景，受到汉口日军特务部的特别关照，垄断了武汉地区的大部分战略物资和原材料方面的生意和货源。

比格洋行从事的茶叶、棉花和食用油出口生意的货源，也基本上都被日信洋行垄断，几乎所有从事这方面生意的公司，都只能从日信洋行得到需要的货。因此，比格亚与日信洋行的来往反而比武汉沦陷之前增加了许多。通过日常生意上的往来，比格亚与日信洋行的经理伊藤不仅是生意伙伴，而且也渐渐成为了朋友。

比格亚是一个语言天才，他对于各种语言的掌握有着禀异的天赋。他可以在很短的时间内掌握一门普通人可能穷其一生之功也无法掌握的外国语言。武汉沦陷之前，比格亚基本上没有学过日语，可是现在，他已经能够用日语和日本人流利地交谈。

收到总部的指令后，比格亚开始频繁地拜访伊藤经理和日本领事馆的人员，希望能够从他们那里收集到一些有价值的情报。

这天上午，比格亚开车来到江汉路的日信洋行。他将汽车停在日信洋行门前的马路边，下车朝大门口走去。

比格亚看上去就像是日常的随意拜访一样。进了门厅以后，比格亚直接上三楼，来到伊藤经理的办公室门外。

坐在伊藤办公室门外的年轻女秘书见比格亚先生来访，赶紧起身进去通报经理。

伊藤听说比格亚来访，连忙吩咐女秘书请他进来。

"你好啊，比格亚先生！"伊藤见秘书领着比格亚进来，立刻起身热情地和他打招呼。

"你好，伊藤先生，没有打搅你吧？"比格亚向伊藤问好。

"你的到来我随时欢迎，而且荣幸之极，怎么能说是打扰呢？"伊藤客气地说，"请坐，比格亚先生。"

"谢谢！伊藤先生。"

伊藤和比格亚在办公室的沙发上坐下来。

第四十六章　战略情报

"比格亚先生，你喝茶还是喝咖啡？"伊藤客气地问比格亚。

"茶，汉口的毛尖。谢谢！"

伊藤吩咐女秘书去弄两杯茶，女秘书转身出去了。

"近来生意好吗？伊藤先生。"

"托你的福，生意不错。你呢？"伊藤谦逊地回答。

"承蒙你的关照，我的生意也还不错。"比格亚乘机夸了伊藤一句。接着，他请教伊藤，"伊藤先生，向你请教一下，今后的一段时间做哪些生意会比较赚钱？"

"嗯，这个嘛，我倒是有一些建议，不见得对哟，供你参考吧。"伊藤故意用谦逊的口气说，"我认为，今后一段时间，军用战略物资会很紧俏，比如石油、铁矿石和其他金属矿石，工业用盐、橡胶等。当然，这些都是大宗商品，需要很大的实力才能做。不过，如果能够做的话，应该马上展开行动。"

"为什么呢？伊藤先生，在下愚钝，能否略为明示一二？"比格亚虚心地向伊藤先生请教。

"嗯，我的意思是现在整个世界都处在战争之中。你看，亚洲的日本和中国，还有整个欧洲现在都陷入战争。日本与德国和意大利建立了三国同盟，英法属于另外一个阵营。现在法国战败投降，对不起，我差点忘了法国是你的祖国，只有苏联和美国这两个大国还没有卷入这场大战。但是，谁又能说得准苏联和美国将来就一定不会卷入这场战争呢？因此，有远见的生意人能够根据目前的国际形势及其发展趋势，推断出国际战略物资会日益紧俏。"伊藤委婉地说。

"喔，明白了一些。看来做生意还是要了解国际局势的发展趋势，才能赚钱。"比格亚若有所悟地说。他皱着眉头想了一下，然后问了一个很直接或者说让人感觉十分幼稚的问题，"伊藤先生，你说日本会和英美开战吗？"

"这个很难说。日本没有人希望和美国开战，但是美国人那种傲慢和咄咄逼人的态度，简直是在挑战我们大和民族的忍耐极限。就连我这个很平和的日本人有时都会对美国人的傲慢和无礼感到愤怒难忍，更不用说日本军方的那些强硬派了。"说到这里，伊藤经理的情绪显得有些激动。

"可是美国是日本主要的石油供应国，如果美国切断对日本的石油供应，那么日本国内的整个工业就会立刻瘫痪。正因为美国人掌握了日本人的命脉，所有它才会对日本这么傲慢和咄咄逼人，对吗？"

"是的。不过日本不会对美国的威胁视而不见。日本已经在寻求其他的石油供应国。如果日本不能以和平手段取得石油供应，必要时会动用武力来解决

武汉谍战

问题。这不光是我个人的看法，也是日本内阁的一致意见。"伊藤终于克制不住自己的情绪，透露出一点他了解到的内阁会议消息。

"是的，一个国家的命脉不能掌握在别人的手里。"比格亚表示赞同伊藤的观点，"不过，除了美国之外，哪里还有能够满足日本国内需求的石油供应国或者石油供应地呢？"比格亚问了一个更加深入的问题。

"南太平洋的荷属东印度，那里的石油产量就能够满足日本国内对石油的需求。"伊藤很直接地回答。

"可是，荷兰流亡政府已经在去年下令荷属东印度停止对日本的石油供应，不是吗？"比格亚的问题已经触及到最敏感的部分。

"是的！这就是为什么我刚才说日本在必要时会使用武力。"情绪激动的伊藤说出了他知道的国家最高机密。话一出口，他立刻便感觉到自己说得太多，于是想要补救一下，"当然，这只是我个人的见解，并不代表日本政府的立场。"

"当然，当然。不过你的见解非常独到，对我以后的生意很有启发，真的受教了，伊藤先生。"比格亚意味深长地说。

比格亚从伊藤这里获得的情报简直太重要了。如果属实，这就意味着日本政府和军方已经决定必要时动用武力夺取荷属东印度的石油产地。美国必须为此做好准备。

第四十七章　惩戒鬼子兵

一

"今天找你们来，有两件事情。"李国盛看了看大家，接着说，"第一件事情是关于日本宪兵队和特工总部在法租界里面对秘密电台的调查。到目前为止，他们还没有排查到安守文的房子。不过，接下来一段时间他们很快就会查到安守文。因此，要提醒他特别小心。"

"明白。按照你的指示，安守文已经将发报的位置移到阁楼，并且开始用电池做发报机的电源。另外，配合他的人也住进了安守文的房子，负责应付来自外面的干扰。"唐新回答。

"很好。第二件事情是关于惩戒行动。我希望在汉口和汉阳也弄出些动静来，要让日本军人觉得他们在武汉的任何地方都可能受到袭击，弄得他们鸡犬不宁。"李国盛告诉大家自己的想法。

"好哇，老板，我早就想动手了！"方仁先高兴地大声说。

"我有一个想法，这次我想把影响闹大一些。在汉口这边，白天袭击街上巡逻的日军巡逻队，就在新市场！怎么样？有这个胆量吗？"李国盛严肃地看着大家。

"当然有！老板，只要计划好，绝对能成功。这事交给我吧。十天之内保证完成。"唐新信心十足地回答。

"好！我要的就是这种无畏的勇气！这事就交给你去办，一定要计划周密，减少不必要的牺牲。"李国盛嘱咐唐新。然后，他转头对宋岳说："汉阳那边就交给你负责，目标就是日本军人。周密计划后实施！"

"是！"宋岳回答。

"两组人员由你们自行调配，然后报我批准。"

"是！"唐新和宋岳大声回答。

二

王家瑞家里昨天晚上十点多钟来了两个上门传教的人。

当时，向小雨正在卧室里面向总部发报，王家瑞坐在旁边陪着她。突然，他们听到楼下的大门传来敲门声。

王家瑞心里早有准备。他示意向小雨继续发报，自己走出房间，下楼到客厅，打开大门。

大门前站着两个男人，他们看到王家瑞后便自我介绍说他们是天主教信徒，是来传福音的，希望王家瑞能够让他们进屋传教。王家瑞很客气地指着客厅的佛像说，自己信佛教，不能接受他们传教，不然犯戒会受到惩罚。传福音的两人听王家瑞这样说，只好对王家瑞说声抱歉，转身离去。

几天前的晚上，当向小雨正在发报的时候，有人故意砸碎他们家二楼窗户的玻璃。好在他们之前收到李国盛的匿名信，因此王家瑞让向小雨继续发报，没有受到干扰。加上昨天晚上假传教士的上门侦察，王家瑞估计，宪兵队和特工总部会暂时排除他们家藏有电台的嫌疑。

王家瑞相信，日军宪兵队和特工总部只有在对锁定区域里面所有住户排查完一遍而又找不到电台确切位置的情况下，才会重新怀疑区域里面被查过的住户。到那时候，估计还需要一段时间。

三

由于白天在新市场公开袭击日军巡逻队充满危险因素，因此李国盛决定亲自指挥这次行动。

李国盛将参加惩戒行动的人员分成两个小组：第一小组担任袭击，第二小

第四十七章　惩戒鬼子兵

组担任掩护和接应。

第一小组由唐新带领，负责在新市场袭击日军巡逻队。

这天下午，唐新装扮成小贩，推着卖糖果的手推车，在新市场马路边的人行道上摆了一个卖糖果的流动摊。

方仁先在新市场对面的人行道上摆了一个擦皮鞋的摊子，这是他唯一会做的行当。狙击手华相成埋伏在新市场对面一栋三层楼房的屋顶上，负责掩护唐新和方仁先撤退。

街上行人熙熙攘攘，新市场里面更是挤满了人。这些人有的在看戏、看电影，有的在溜旱冰、打台球，有的只是在里面闲逛，消磨时间。

此刻，李国盛正站在新市场主楼第五层临街的露台上。从这里可以清楚地观察中山马路南北以及新市场侧面路口的情况，让李国盛能够及时发现各个方向可能出现的敌情，并根据情况作出相应的调整，灵活指挥这次行动。

下午四点多钟，一队日军巡逻队沿着中山马路从江汉路方向朝新市场这边行进过来。这一队日军巡逻队有十多人，排成一列纵队，在一个曹长的带领下全副武装在街上巡逻。

李国盛看到日军巡逻队远远地朝这边走过来，立刻摘掉头上的帽子。

唐新和方仁先都看到李国盛发出的信号，知道日军巡逻队过来了。

方仁先心领神会，他用擦鞋的布擦了一下手，然后站起来向马路对面的唐新走过去。

方仁先来到唐新的糖果摊边。唐新打开手推车后面的门，从里面拿出一个布袋放在手推车上面。

过了一会儿，日军巡逻队已经走到离唐新和方仁先不远的地方。

唐新抬头看了看新市场主楼五楼的李国盛。

此刻，李国盛已经观察过中山马路南北方向以及各个路口的情况，没有发现其他敌情。因此，他将右手抬起来，朝唐新比画了一个切脖子的手势。

唐新看到李国盛手势后，朝方仁先使了一个眼色。两人悄悄地从手推车上面的布袋里面掏出手榴弹，拔掉保险栓。等日军巡逻队走到离他们大约二十多米远的时候，他们俩突然挥手将手榴弹朝行进中的日军巡逻队扔过去。

唐新和方仁先今天用的是美式手榴弹，俗称菠萝弹，这种手榴弹的威力比中国自制的木柄手榴弹要大得多。

手榴弹扔出之后，唐新和方仁先立刻趴在地上。

行进中的日军发现扔过来的两颗手榴弹，先是愣了一下，接着才反应过来

武汉谍战

想要趴下躲避手榴弹，可是已经来不及了。

轰！轰！两声巨响，手榴弹在行进的日军队伍中间爆炸。当场就有好几个日军士兵死伤，倒在地上。

不等剩下的日本兵作出反应，唐新和方仁先又各自扔出了一颗手榴弹。轰！轰！又是两声爆炸，又有几个日军士兵被手榴弹的弹片击中，倒在地上。

趁着手榴弹爆炸的间隙，唐新和方仁先从手推车里面拿出两支美制冲锋枪，向日本兵猛烈扫射，几个日本兵中弹倒下。

这时，三个没有受伤的日军士兵已经从刚才的惊慌失措中恢复过来。他们立刻就地卧倒，趴在地上向唐新这边开枪射击。

子弹打在唐新的手推车上飕飕直响。

唐新和方仁先立刻趴在地上用冲锋枪向这三个日本兵还击。

新市场五楼的李国盛见此情形，立刻朝隐蔽在街对面三层楼房屋顶的华相成举起右手，命令他击毙三名日本兵。不能耽误时间，否则唐新和方仁先会难以脱身。

砰！砰！砰！马路对面的屋顶上间歇传来三声枪响，夹杂在美制冲锋枪和三八大盖的枪声中。唐新和方仁先看到三个朝他们射击的日本兵先后被子弹击中头部，脑袋一歪趴在地上死了。他们俩知道是狙击手华相成及时出手支援他们。

唐新和方仁先发现几个受伤的日本兵捡起地上的步枪想要顽抗，便立刻冲上去用冲锋枪近距离向他们扫射，将他们全部打死。

"撤！"唐新见袭击得手，便大声地下令撤退。

此时，街上的行人已经乱作一团，四处乱窜，不顾一切地争相逃命。

激烈的爆炸声和枪声惊动了新市场里面的人，他们纷纷涌到临街的走廊和大门口，观看街上发生的事情。

唐新和方仁先按照李国盛的手势指引，乘乱迅速跑进新市场侧面的小街，然后钻进小街右边的一条巷子。方仁先一边跑一边扯出缠扎在腰间的口袋，将唐新和自己的冲锋枪装进口袋里。他们俩沿着小巷，朝统一街跑去。

到了统一街的巷子口，唐新和方仁先看到两辆接应他们的包车正等着他们。

方仁先将手里装着冲锋枪的口袋塞进一辆包车的座位下面，然后跳上包车，包车夫立刻拉着车就走。唐新跳上另一辆包车，车夫拉着他跟在方仁先的包车后面。两辆包车一前一后拐进马路对面的巷子，朝花楼街奔去。

第四十七章　惩戒鬼子兵

四

宋岳和杜兴城的目标是日军汉口特务部的植树岩藏中佐。

植树岩藏中佐担任伪湖北省政府顾问，是专门负责汉阳县及其周边地区的日本陆军汉口特务部代表。他的主要任务是指导伪汉阳县政府建立政权，帮助日军掠夺中国的战略物资、收集中国军队及其抗日武装的情报。

植树岩藏住在汉阳显正街。他每天都要去汉阳县政府上班。因此，宋岳决定在他上班的路上刺杀他。

早上八点半钟，植树岩藏的汽车从他在显正街的公馆里面开出来，沿着显正街向东行驶，朝汉阳县政府驶去。

植树岩藏坐在汽车的后座，司机和坐在副驾驶座位上的保镖负责保护他的安全。

宋岳和杜兴城见汽车行驶过来，立刻对前面不远处一个坐在包车边休息的车夫使了一个眼色。这个人看到宋岳发出指令，立刻站起身来，抬起包车的把手，拉着包车慢慢地向这边走来。

这名包车夫是军统武汉区汉阳组组长刘国源，他和他的小组成员今天负责协助宋岳和杜兴城行动。

当植树岩藏的汽车快要开到刘国源跟前时，刘国源突然拉着包车横穿马路。

突然发现斜刺里冲出来的包车，让植树岩藏的司机吓了一跳，他下意识地猛踩刹车，可是已经来不及了，汽车还是撞上了包车。

没等汽车里面的人反应过来，宋岳和杜兴城已经握着手枪冲到汽车两边，朝汽车前面的司机和保镖开枪，司机和保镖立刻中弹倒在座位上。

此刻，植树岩藏已经反应过来。他低下头，打开左边的车门，顺势滚下汽车。与此同时，他从腰间拔出手枪。他迅速地站起身来，以车身做掩护，举起手枪准备向杜兴城开火。可宋岳正等着他。没等植树岩藏开枪，宋岳手里的枪已经朝他射出两颗子弹。

砰，砰！两颗子弹一颗击中植树岩藏的胸膛，另一颗击中他的脑门。

中弹的植树岩藏瞪大眼睛，然后慢慢地倒在地上。

"撤退！"宋岳大声喊了一句。

突然响起的枪声立刻引起街上一片混乱。路上的行人惊慌失措，他们慌不择路地四处乱窜，想要逃离现场。

宋岳、杜兴城和刘国源趁着混乱钻进路边的巷子。混在人群中担任掩护的

武汉谍战

另外两个汉阳组成员也趁乱离开现场。

第四十八章　太平洋战争爆发

一

冈本矢一调到第十一军担任高级作战参谋。

他的一些中国派遣军司令部同僚被征召到南方军，准备开赴南太平洋作战。日军大本营已经做好开战的一切准备工作，只等下定最后的决心。

日军参谋部通过吴应天获得的情报显示，美国和中国达成秘密协议，美国将向中国军队提供先进的武器装备，让中国军队向日军发动反击，将日军牢牢地拖住，为美国赢得时间做好战争准备。日军了解到，中国军队第九战区将会率先获得美国的先进武器装备。因此，日军中国派遣军决定向第九战区发动先发制人的进攻，力图将第九战区主力歼灭，解除日军南下的后顾之忧。

上高会战后，日军第十一军司令官园部和一郎中将和参谋长青木重城少将被大本营撤职，由阿南惟几中将接任第十一军司令官职务，木下勇少将担任参谋长。

阿南惟几中将根据中国派遣军的命令，开始制订长沙作战计划（中国称为第二次长沙会战）。

阿南惟几知道，园部和一郎在前不久的上高会战中，由于作战计划泄露，导致处处被动，损兵折将，遭到惨败。

武汉谍战

在总结前任园部和一郎上高会战失败的教训之后，阿南唯几决定对长沙作战计划实行更为严密的保密措施，并且对中国第九战区实施针对性的情报工作和密码破译工作。

为了保密，第十一军司令部在制订长沙作战计划时，将作战计划定名为"加号作战"，只有相关人员才能够了解作战计划的详细内容。不过，冈本矢一是作战部的高级参谋，顺利地获得了作战计划，并且将此作战计划传回组织。

9月中旬，日军第十一军的四个师团加四个支队，共12万多人，向第九战区发动进攻。

第九战区虽顽强抵抗，无奈日军对于第九战区的防御体系了如指掌，进攻势如破竹，先后攻占长沙和株洲。第九战区处处被动，陷入苦战。

日军达到作战目的后，于10月上旬撤回进攻出发阵地，战线恢复到进攻前的态势。

第二次长沙会战，第九战区国军伤亡惨重，总共有七万人伤亡和失踪。上高会战的主力，王耀武的第74军也遭受日军重创。

二

日本政府和日军大本营的大多数人认为，如果南下攻打并占领荷属东印度，就算不去直接攻击美英，美英也会从菲律宾和马来半岛、新加坡封锁日本的海上运输线，并且向日本的海上运输线发起攻击。至此，在日本政府和日军大本营中，荷美英不可分的主张占据绝对上风。

最终，日本政府和日军大本营采纳了海军大将山本五十六的建议——在攻击菲律宾美军和马来半岛英军的同时，奇袭美军在太平洋的海军基地珍珠港，消灭美军在太平洋上的机动海空力量，延缓美军的反击。

1941年12月8日（美国时间12月7日），日军联合舰队在海军大将山本五十六的指挥下，偷袭了美国的珍珠港海军基地，太平洋战争爆发。

12月8日美国向日本宣战。英国紧接着美国，当天对日本宣战。12月9日，中国正式对日本宣战，10日又对德、意宣战。接着澳大利亚、新西兰、加拿大等近20个国家也相继对日宣战。11日，德、意作出反应，对美宣战。美国同样也对德、意宣战。至此，美国最终加入第二次世界大战。

从这一天起，中国的抗战进入一个新的阶段。中国不再孤立地对抗日本，中国政府梦寐以求的美国军事援助马上就会到来，这将会改善中国军队的装备与训练。正如英国首相丘吉尔听到日本袭击美国珍珠港之后说:"好了,我们终于要赢了!"

中国终于要赢了。

接下来的几年,中国获得来自美国的大量军事援助,从而改善了中国军队的武器装备和训练水平,提高了中国军队的作战能力和信心。特别是美军提供的作战飞机,以及直接加入中国空军作战的飞虎队,帮助中国在战场上取得了对日军的空中优势,使中国军队在后来与日军的作战中,有了强有力的空中支援和空中打击能力。

太平洋战争爆发后,为配合日军的香港作战,日军大本营和中国派遣军司令部要求日军第十一军发动第二次长沙作战——中国称之为第三次长沙会战。

第二次长沙会战刚刚结束不久,日军第十一军在很短的时间内作出发动第三次长沙会战的决定,确实很仓促。因此,日军第十一军司令部既没有像以前那样制订详细的作战计划,也没有时间进行必要的后勤准备。

第四十九章　炸毁铁路桥

一

"唐新、宋岳，我得到一个情报，日军第3师团一部将乘火车经由武昌开赴岳阳，参加第三次长沙会战。我决心袭击粤汉铁路，延缓第3师团的进攻，支援第三次长沙会战。你们看怎么样？"李国盛兴奋地问二人。

"好哇，老板！你打算怎么袭击粤汉铁路线？"唐新充满兴趣地问道。

"铁路桥，武昌余家湾南面的铁路桥！"李国盛指着地图上一个红圈标记的位置。

"日军对于粤汉铁路的桥梁保护非常严密，根据我们掌握的情报，这座桥梁有一个班的日军士兵保护，很难接近。而且，日军铁路巡逻车和援兵几分钟之内就可以赶到现场。"宋岳提醒道，"你还记得吗，老板？我们以前也试图去袭击过粤汉铁路，但都没有成功。"

"我知道。这一次我们来个出其不意，想办法从桥下接近桥梁，安放炸药。"李国盛满有把握地说。

第四十九章　炸毁铁路桥

二

早上8点多钟，武昌火车站的一条备用铁轨上停着一辆铁路工程维护车。这辆工程维护车将会在9点钟出发，去检查沿路的铁路桥梁状况。负责这次检查工作的是日军路桥工程师佐藤浩少佐。

驾驶这辆铁路工程维护车的司机是赵云清武昌组的老钟。除了佐藤浩之外，参加这次检查工作的还有一名中国工程师和三名中国工人。

中国工程师和三名工人已经将勘测器材搬上工程维护车，等佐藤浩到了之后就可以出发。

过了一会儿，佐藤工程师就到了。所有人员都上了工程车，等待发车信号。

9点整，发车的绿色信号灯亮了。司机老钟启动工程车，鸣了两声笛之后，就开车出发了。

工程车驶出武昌火车站，朝南面的余家湾车站驶去。

突然，司机老钟看到前面铁路上有几个人在向他们招手，这几个人穿的都是铁路工作服。

老钟赶忙问中国工程师要不要停车，中国工程师说必须停车弄清楚是怎么回事。老钟按照中国工程师的指示，将工程车停在这几个人的前边。

这几个穿铁路制服的人是李国盛率领的行动小组，负责执行炸毁粤汉铁路余家湾车站南面的铁路桥。除了李国盛外，小组成员有赵云清、小何，以及武昌组的另外两名成员小曲和杨林。

由于这次行动是在白天，充满危险因素，加上这次任务最关键的一环，是要有一个合适的人装扮日军工程师，因此李国盛决定亲自出马，带领武昌小组执行这次任务。

虽然唐新和宋岳一致反对李国盛亲自参加行动，但李国盛决心已定，加上确实找不到合适的人选装扮日军工程师佐藤浩少佐，不得已唐新和宋岳最后只好同意。

工程车一停下来，李国盛等人便不由分说就跳上车。上车之后，赵云清等人掏出手枪，很快就制住满脸困惑的日军工程师佐藤浩和车上的其他人。

李国盛下令将佐藤浩和中国工程师以及三个工人用绳子捆起来，并且用毛巾将他们的嘴塞住。

小何从一个包里拿出一套日军少佐军装和一双皮靴，递给李国盛。李国盛很快将日军军装穿在身上。

武汉谍战

趁李国盛换衣服的时候，赵云清让小曲和杨林下车将铁路边一个带锁的木箱搬上车。

准备就绪之后，李国盛命令老钟开车，继续朝余家湾火车站方向驶去。

工程车经过余家湾车站后不久，李国盛便看到方仁先和杜兴城带着几个人正等在前面的铁路边。李国盛命令老钟将工程车停在他们跟前。

赵云清让佐藤浩以及中国工程师和工人下车，将他们交给方仁先等人。

李国盛、赵云清、小何、小曲和杨林留在车上，老钟驾车继续朝南驶去。

余家湾车站南面大约4公里的地方有一座铁路桥，铁路桥建在一条40多米宽的河流上，这条河连接着武昌南面的汤逊湖和长江。李国盛他们今天要炸毁的就是这座铁路桥。

工程维护车几分钟之后就接近铁路桥。李国盛在车上可以看到桥头和桥梁下都有日军哨兵在站岗。

李国盛让老钟将工程车停在桥头。

工程车停稳后，装扮成日军工程师佐藤浩的李国盛率先从工程车上跳下来。

李国盛刚从工程车上下来，负责保护这座桥的日军军曹立刻跑步来到李国盛面前，向他敬礼，然后恭敬地问道：

"长官，我是池田军曹，请问你是佐藤浩工程师吗？"

"是的，我是佐藤浩。"李国盛客气地回答。

"我已经接到通知，配合佐藤君检查桥梁。"池田讨好地说。

"谢谢你，池田君。"李国盛微笑着说，"你们只需负责执勤，我有专门的工程师和技工协助。"

"明白！"池田回答。

李国盛对车上的赵云清等人挥挥手，故意用生硬的中国话说："你们把测量仪器搬下来吧！"

赵云清等人将两个装仪器的箱子搬下车，其中有一个箱子里面装满炸药。

箱子搬下车后，赵云清吩咐老钟按原来的计划，将车开到前面的一个车站。工程车必须开走，否则会阻挡后面的火车正常运行。

李国盛观查到，守桥的日军在桥头的两边都设置了岗哨，另外在两边的桥头下面也都设置了岗哨，警戒非常严密。

赵云清带着大家抬着箱子来到桥下。这座铁桥的桥梁下面有方便检修用的手摇行车。手摇行车悬挂在桥梁下面的轨道上，行车上的人转动手轮，行车便可以沿着桥梁下面的轨道来回行驶。

第四十九章　炸毁铁路桥

按照李国盛的吩咐，小何和杨林将一个箱子里的测量仪器搬到离桥梁大约六七十米远的地方架起来。

赵云清和小曲将另外一个箱子搬到桥下，这个箱子里面装着炸药。

正当赵云清和小曲准备将箱子搬上桥梁下面的行车时，一名在桥下站岗的日本兵走过来阻止赵云清。

"嘿，你在干什么？"日本兵大声地问赵云清。

赵云清听不懂日本话，只好用迷惑的眼神看着说话的日本兵。

"喔，这是测量震动的仪器，非常精密的仪器。我需要将仪器安放在桥梁上，然后用电线连接到接收器上，观察记录桥梁的振动频率和振幅。"

站在旁边的李国盛见状，用日语向这个日本兵解释。

"长官，我要检查一下箱子里面的仪器！"

这个日本兵很有原则，他坚持要求开箱检查。

桥头上的日军军曹也朝李国盛点点头，表示赞同。

李国盛无奈，只好让赵云清打开箱子，让日本兵检查。

"这里面都是精密传感器，你不要弄坏它们，知道吗？"李国盛提醒这个日本兵。

赵云清打开箱子。只见里面有一排精密的仪表，放在做工精细、垫着平绒布的凹槽里，仪表上的标签用日语写着"震动测量仪"几个字。仪表上的电线从箱子上的一个小孔中穿出来。

日本兵仔细看了一下箱子里面的仪表，突然伸手准备去拿其中一个仪表。李国盛见状，立刻用严厉的口气制止他。

"嘿，不要乱碰这些仪表，这些仪表是很精密的仪器，稍不小心就会损坏，造成测量数据不准确，明白吗？"李国盛大声地呵斥这个日本兵。

"不要乱碰这些精密仪器，你这个乡巴佬！弄坏了你赔不起的！"日军军曹也大声呵斥这个日本兵。

"哈伊！"听到军曹的呵斥，这个日本兵立刻停止检查。他转过身抱歉地对李国盛说："对不起，长官，给您添麻烦了！你们可以将箱子搬上去了。"

赵云清和小曲将箱子搬上滑车，将一卷电线连接到从箱子穿出来的两根电线上，然后将电线拉到六七十米外小何架设的测量仪器旁，连接在一个改装的起爆器上。

所有的准备工作都顺利地完成，李国盛非常满意。

现在要做的就是等待，等待运送日军第3师团的运兵列车开过来后将铁路桥

武汉谍战

和火车一起炸飞。

三

李国盛看了看手表，快十一点了。

日军的运兵列车就要开过来了。

李国盛示意大家退到架设好的测量仪器旁边，这里离桥梁大约有六七十米远。等一会儿，剧烈的爆炸可能会伤到自己，因此离得越远越好。

没多久，李国盛看到一列火车远远地从北面开过来，他小声对负责引爆的小何说：

"等一下听我口令引爆。引爆时大家都趴下，以免受伤！"

"明白！"小何回答。

火车轰隆隆地开过来，渐渐接近铁路桥。在火车离桥面只有50米左右时，李国盛大声命令：

"起爆！"

听到李国盛的命令，大家马上趴在地上。

与此同时，趴在地上的小何按下引爆开关。

只听轰的一声巨响，桥梁顷刻之间便飞上天，桥墩也被炸毁。飞驰的火车一节跟着一节地栽进桥下的河水里。随着车厢一节节栽进桥下的河里，闷罐车厢里发出一阵阵日本兵鬼哭狼嚎般的惨叫声。

"快撤！"

李国盛没时间去欣赏战果，他大声下达撤退命令，带领大家向东撤退。

东面是汤逊湖。按照计划，李国盛小组从桥边向汤逊湖撤退。到达汤逊湖后，湖边将有两只小船接应他们，带他们进湖，这样可以摆脱日军的追击。

方仁先小组会在去汤逊湖的路上与李国盛小组汇合。

见桥被炸断，运兵列车跌进桥下的河里，守桥的日本兵知道闯下大祸，难免受到军法制裁。因此，气急败坏的军曹池田带领8个没有被炸死的日本兵，立刻拼命地朝李国盛追过来。

现在是白天，李国盛他们不可能轻而易举地摆脱这几名日本兵的追击。

李国盛他们一边跑，一边回头朝追过来的日本兵射击，延缓他们的追击。

可李国盛和队员们全都用的是短枪，因此根本无法有效地阻击后面的追兵。

附近的日本兵听到剧烈的爆炸声，纷纷向这边赶过来。

第四十九章　炸毁铁路桥

李国盛和赵云清明白目前的处境，他们率领大家拼命地向东跑，希望能够赶到汤逊湖边乘船逃走。

不过，这一次他们没有那么幸运。枪声给其他地方赶来的日本兵指明方向，日军正从西、南、北三面围堵李国盛小组。

当李国盛等人跑到李家桥的时候，老钟正在村口等他们。赵云清看到老钟，便大声地要老钟快跑。

此刻，老钟已经发现李国盛他们身后有日本兵在追赶，因此也不回答，拔腿就朝汤逊湖方向跑。

日本兵在李国盛等人后面穷追不舍，并不停地开枪射击，子弹打在李国盛等人身边的地上，发出飕飕的声音。

小曲突然被子弹击中，扑通一下倒在地上。受伤的小曲忍着伤痛从地上爬起来，想继续朝前跑，可是又被两颗子弹击中，这一次他再没有爬起来。

李国盛见小曲中弹倒下，想要回头去救他。跟在李国盛身边的赵云清和小何见状，立刻一左一右抓住李国盛的手臂，拉着他继续朝前跑，并大声地提醒他不能感情用事。

李国盛明白赵云清是对的。于是他狠狠地咬了咬牙，随着大家继续朝前跑。

还没有等李国盛从小曲牺牲的悲痛中缓过劲儿来，老钟和杨林也相继中弹。

赵云清见老钟和杨林受伤，大声地催促他俩继续往前跑。

可是日军的子弹再次击中老钟和杨林，他们俩先后倒下。

李国盛小组现在只剩下赵云清、小何和他自己三个人。他们不能停下，只有拼命地继续往前跑。

离与方仁先汇合的地点不远了。李国盛、赵云清和小何看到方仁先和杜兴城正在前面朝他们招手。

李国盛大声对赵云清和小何说："方仁先在前面接应我们，我们离湖边不远了，快跑！"

方仁先、杜兴城和其他三名队员隐蔽在树干后面向追击的日本兵射击，立刻就打倒其中四个。可剩下的另外五个日本兵还是不顾一切地追过来。

方仁先见状，手持冲锋枪从树后面冲出来，对着这五个日本兵猛烈地扫射。杜兴城也冲出来，并肩和方仁先站在一起，端着冲锋枪朝日本兵射击。方仁先和杜兴城的一梭子子弹还没打完，不顾一切冲过来的五个日本兵全都中弹倒下。

武汉谍战

正当方仁先和杜兴城以为追兵已经被消灭,刚要松一口气时,他们的南北两面同时响起枪声。其他地方的日本兵已经赶到,正从南北两个方向包抄过来。

李国盛和他的队员们立刻陷入苦战。

由于受到日军的两面夹击,方仁先带领的三个队员先后中弹倒下。

现在只剩下李国盛、赵云清、小何、方仁先和杜兴城五个人。李国盛知道,日本兵越来越多,他们支持不了多久。

方仁先和杜兴城手持冲锋枪一左一右,李国盛、赵云清和小何握着手枪居中,一边朝两面夹击他们的日军射击,一边不顾一切地朝汤逊湖边冲去。

李国盛已经可以看到在湖边接应的宋岳、关松和小蔡在向他们招手。

宋岳、关松和小蔡负责在这里接应赵云清和方仁先小组,带他们乘船进湖。

可是,情况在不断地恶化。

杜兴城中弹倒地,可他又顽强站起来,继续用冲锋枪朝日军射击。冲过来的日本兵被他接连打倒三四个。可是,他冲锋枪里的子弹很快就打光了。他扔掉手里的冲锋枪,掏出手枪继续射击。他知道自己受伤后无法逃脱,因此他希望敌人的子弹将自己打死,不要让敌人活捉。

他的胸口再次中弹,终于支持不住倒下了。

接下来被日军子弹击中的是方仁先,他的胸部后腹部被子弹打穿,倒在地上——他倒下的地方离湖边只有不到50米。

小何见状,立刻冲过去,从地上捡起方仁先的冲锋枪,一边向两边的日军射击,一边护着李国盛和赵云清向湖边退去。

湖边接应的宋岳、关松和小蔡此刻也趴在地上,用手中的步枪朝日军射击,掩护李国盛他们撤退。

离湖边的船只有二十多米远了,再有一会儿,李国盛、赵云清和小何就可以上船了。

突然,小何的身子猛地一震,他的胸部中弹。他支撑着不让自己倒下,拼尽全力端着冲锋枪继续向敌人射击,掩护李国盛和赵云清撤退。最后,他终于支持不住,倒下了。

"小何!"

正一边向湖边撤退,一边用手枪向日军射击的赵云清见状,不禁大吼一声,冲到小何的身边,扶起受伤的小何向湖边的船退去。

李国盛举起手枪朝日军射击,掩护赵云清和小何撤退。他们离船只有十几步远了。

第四十九章　炸毁铁路桥

关松见情况危急，不顾一切地冲上去，大声对李国盛和扶着小何的赵云清喊道："老板，快上船！"

说罢，关松从地上捡起小何落下的冲锋枪，迎着围过来的日本兵拼命地射击。他一边射击，一边大声地叫道："宋老板，快带着李老板乘船离开，快！"

日本兵纷纷中弹倒下，可是围上来的日本兵却越来越多。不一会儿，关松冲锋枪里的子弹打完了。他扔掉冲锋枪，从怀里掏出一颗手榴弹，朝日本兵扔去，然后大声地对身后的李国盛他们喊道："快走！"

手榴弹在日本兵中爆炸，几个日本兵被炸死。

几乎与此同时，关松被好几颗子弹击中胸部，他倒下了。

小蔡见关松牺牲，便不顾一切地从地上跃起，端着步枪朝围过来的日本兵冲过去。一边射击，一边大声地喊道："关松，我来了！"

可是，刚刚冲出十几米远，小蔡就被日军的子弹击中胸部，倒在地上，胸口血流如注。

小蔡还没有死，他躺在地上，从怀里掏出最后一颗手榴弹，然后用尽最后的力气，大声对船上的李国盛他们喊道："快走，老板！"

说罢，小蔡奋力地将手榴弹朝围上来的日本兵扔去。轰的一声，手榴弹在日本兵中爆炸，七八个日本兵随着爆炸声倒在地上。

其他的日本兵立刻朝躺在地上的小蔡开枪。小蔡身中数弹，当场牺牲。

关松和小蔡的拼死掩护为李国盛他们赢得了宝贵的时间。

宋岳见关松冲出去后，立刻从地上跃起，冲到李国盛、赵云清和小何三人前面，接应他们三人上船。

上船后，宋岳和赵云清不顾李国盛的阻拦，一人手握一双桨，拼命地向前划，船慢慢地离开了岸边，朝湖中驶去。

等船划离岸边有十多米远的时候，宋岳掏出一颗手榴弹扔进岸边的另一只小船里，将这只小船炸沉，防止日军驾船追击。

宋岳和赵云清的想法很简单。李国盛是军统武汉区的领导人，不能让日本人抓住。因此，他们只能忍心抛下其他的战友，拼命掩护李国盛撤退。

等日本兵赶到岸边的时候，李国盛他们的船离岸边已经有一百多米远了。

岸上的日本兵见李国盛他们乘船逃走，便朝他们开枪射击。日军的子弹虽然打在船周围的水中嗖嗖地响，可并没有击中船上的李国盛等人。

李国盛他们的船渐渐地离岸边越来越远，不久就超出岸上日本兵的射程范

武汉谍战

围。日本兵对李国盛他们无可奈何，只能眼睁睁地看着他们逃走。

摆脱追兵后，赵云清开始查看小何的伤势。小何胸口中了两枪，流血不止，正处在昏迷中。李国盛和宋岳也用关切的目光看着受伤的小何。

"小何！小何！你不能睡着，你醒醒！"赵云清大声地叫着小何，他怕小何睡过去之后就醒不过来。

小何在赵云清的呼唤声中终于从昏迷中醒过来。他睁开眼看了看赵云清，又看了看李国盛和宋岳，然后强忍着伤口的剧痛，挣扎着笑了一下。他断断续续地对赵云清说："大哥，今天我看是熬不过去了。"他的声音很微弱，几乎让赵云清听不见。

"不许乱讲话，你一定能挺过去的，小何！一定能挺过去！"赵云清大声地吼叫。

"是时候了，大哥，我有感觉。我好困，大哥。"小何无力地说。

"不要睡着！小何！有大哥在，你不会有事的！"赵云清无力地抗争着正在接近小何的死神。

"我要走了，大哥……"

"小何，你要挺住！你不能死！你不能死！"赵云清悲愤地冲着小何大声地吼叫，他的声音充满了无奈和无助。

小何的嘴在慢慢地颤动，他在说话，可是声音已经非常微弱。赵云清赶紧将耳朵凑到小何的嘴边，他勉强听到小何断断续续地说："大哥，谢谢你把我带大，来世还做你的兄弟。"说完，小何用尽生命中最后的一丝力气，对着赵云清挤出了一丝笑容，然后含笑合上了双眼。

"小何，小何！小何！你醒醒，你醒醒！"赵云清大声地叫着小何。

"让他去吧，老赵。他已经死了。"李国盛沉痛地说。

"小何，你怎么能死呢？你……小何……"赵云清悲痛地大叫着。

第五十章 被 捕

一

武昌日军陆军医院外科一号手术室外面，宪兵队长美座时成正焦急地等待着。

两名参与炸毁粤汉铁路桥和运兵列车的抵抗组织成员正在手术室里抢救。这两名抵抗组织成员被送进医院时，身负重伤，生命垂危。

方仁先和杜兴城并没有死。他们身负重伤昏迷过去，不幸被日军俘虏。

日军指挥官知道这两名抵抗组织成员非常重要，立刻下令将他们送到武昌陆军医院抢救，同时通知汉口宪兵队长美座时成。

美座时成接到通知后，马上和特高课长伍岛茂赶到日军武昌陆军医院，亲自督促医院抢救两名受伤的抵抗组织成员。

如果能够将这两名抵抗组织成员抢救过来，就有可能从他们嘴里获得抵抗组织的情报，从而消灭武汉的抵抗组织。

自从美座时成上任以来，抵抗组织不仅没有被铲除，而且活动越来越猖獗，使他面临的压力越来越大。这次能够活捉两名受伤的抵抗组织成员，让他觉得这是一次摧毁武汉抵抗组织的绝好机会。

这次粤汉铁路桥和运兵列车被袭击，造成230多名日军士兵死亡，400多名

武汉谍战

日军士兵受伤。如果不是因为冬季枯水季节的缘故，估计会有更多的日本兵闷在车厢里被渗进来的河水淹死。

美座时成为此遭到第十一军司令官阿南唯几的痛斥。阿南唯几要求他必须拿出实际行动来证明他的工作是有成效的，否则他会和他的前任一样遭到解职。

手术室的门打开了，一名医生从里面走出来。美座时成赶紧迎上去，询问伤员的情况。

医生告诉美座时成，子弹已经从伤员的身体里面取出来，手术很成功。不过，由于伤员的伤势严重，能否活下来还很难说，这取决于伤员自己的生命力。医生要求美座时成现在不要去打扰病人，直到病人病情稳定之后，才能进行审讯。

听了医生的话之后，美座时成略微放心了一点。

过了一会儿，特高课长伍岛茂从二号手术室赶过来，告诉美座时成，二号手术室里的伤员手术成功，不过病人现在仍然处于昏迷状态，已经送到加护病房，能否活过来还不能肯定。

"加强对这两名抵抗组织成员的监护和警卫工作！加强对病房的警戒。病房外面派人24小时站岗，对病房周围出现的一切可疑人员，立刻逮捕！"美座时成对伍岛茂下命令。

"哈伊！"

"一定要保护好这两人的安全，我要利用他们摧毁武汉的抵抗组织！等他们病情稳定后，立刻开始审讯，明白吗？"美座时成补充道，"还有，必须对外封锁这两个人的消息！"

"哈伊！"伍岛茂微微地欠了欠身子。

二

李国盛、宋岳和赵云清是在第二天中午回到武昌的。

昨天下午，他们乘船摆脱日军的追击之后，在汤逊湖东面上岸。赵云清背着小何的尸体，和李国盛、宋岳一起来到湖岸边的一个小村子。

到村里后，李国盛请村里的人帮忙，将小何的尸体埋葬在村外的坟地里，并在坟头立了一块木制墓，写上小何的名字。

当晚，他们在这个小村子里歇了一夜。第二天早上，李国盛、宋岳和赵云

第五十章 被 捕

清便动身赶往武昌。

到达武昌后,李国盛和宋岳与赵云清分手,乘轮渡回汉口。

这次行动中,很多队员中弹倒下,生死不明。如果他们当中有人被俘,就有可能向日本人招供。李国盛、宋岳和赵云清都明白目前的状况,因此在分手前,李国盛严肃地告诉赵云清,随时做好准备,一旦接到命令,马上撤离。

一个多小时之后,李国盛和宋岳回到汉口立兴洋行的军统武汉区总部。

唐新和梁问天正焦急地等着李国盛的消息。他们已经从其他渠道了解到李国盛小组的一些情况,因此一直在为他们担心。见李国盛和宋岳回来,唐新和梁问天高兴得几乎跳起来。

李国盛请大家在沙发上坐下,然后向唐新和梁问天简单地讲述了行动过程,最后沉痛地说:"14个人参加行动,只有我、宋岳和赵云清三人逃回来,其他人可能都死了!"

说到这里,李国盛悲痛不已。唐新、宋岳和梁问天三人都陷入了沉默。

过了一会儿,唐新谨慎地问:"老板,你认为其他人全都被打死了吗?他们有没有负伤后被俘的可能?"

这是一个敏感的问题,大家心里都明白这个问题的含义。

"我看到他们全都中弹倒下了。当时情况紧急,我们顾不上去弄清楚他们是生是死。我们只能肯定小何确实是死了。"

大家听李国盛的话之后,都默不吭声。

"我立刻和内线联系,弄清楚这次行动有没有人负伤被捕。宋岳,梁问天,马上做好总部撤离准备。唐新,通知各小组准备撤离!"李国盛很快作出决定并实施应急措施。"大家还有没有要补充的?"

"没有了。"唐新和宋岳同时回答。

"那好,立刻分头行动!"李国盛最后说。

赵云清回到家中,告诉何慧娴小何牺牲的消息,何慧娴听了之后非常难过。她心里明白,这就是战争。

三

李国盛通过尉迟钜卿得到情报,方仁先和杜兴城两人身负重伤被捕,目前在武昌陆军医院治疗。

当天晚上,李国盛亲自去找安守文,让安守文将这个重要情报电告重庆军统总部，并请求总部指示。

电报发出后，李国盛和安守文等着重庆总部的回电。大约过了十五分钟，安守文收到重庆总部的回电。

总部指示，由于方仁先和杜兴城对军统武汉区的情况了如指掌，军统武汉区已经处在危险之中。因此，军统武汉区必须立即启动应急措施，将总部和可能暴露的小组及人员立刻撤出武汉，转移到武汉周边地区隐蔽起来，然后视情况的发展再决定是否返回武汉。

另外，戴笠希望李国盛想办法救出被捕的方仁先和杜兴城。如果能将他们俩救出，那么军统武汉区就可以继续在武汉潜伏下去。

回到武汉区总部后，李国盛遵照军统总部指示，马上向军统武汉区总部成员和各小组下达了撤退命令。

李国盛决定亲自留在武汉进一步观察事态的发展，并想办法营救方仁先和杜兴城。虽然唐新和宋岳都愿意代替李国盛留下来，可李国盛坚持自己留下，命令他们撤离。

唐新只好销毁总部的所有机密文件，然后按照李国盛的命令，带领其他人撤离武汉。

由于何慧娴怀有身孕，因此赵云清在撤退之前向唐新请求，先送何慧娴回纸坊老家，然后再去横店与唐新汇合。

唐新批准了赵云清的请求。

李国盛之所以坚持自己留下来，是因为他要亲自想办法营救被捕的方仁先和杜兴城。

李国盛让梁问天和自己一起留下来，担任他和唐新之间的联络员。

唐新带领大家撤离之后，李国盛和梁问天搬进法租界里面的另外一间房子，不再住在立兴洋行大楼里面。这间房子是报务员安守文之前住的房子。

四

李国盛化装成日军军官，手里提着一个黑色提包，来到武昌彭刘杨路的日军陆军医院。

李国盛今天来医院侦察情况，为营救方仁先和杜兴城做准备。

李国盛今天的主要任务是要弄清楚医院的日军戒备情况，以及方仁先和杜兴城的病情，以便制订相应的营救计划。

第五十章 被 捕

　　李国盛进入医院，沿着楼梯爬上三楼。根据情报，方仁先和杜兴城的病房在医院三楼。

　　上三楼之后，李国盛发现三楼东头的走廊上有几个日军宪兵和便衣特工在站岗，封锁了东头的一段走廊。李国盛根据情报推断，被封锁的区域应该就是方仁先和杜兴城的病房。

　　李国盛若无其事地向三楼西头的走廊走去，他看到一个房间的门上写着杂物间三个字，便顺手推门进去。

　　杂物间里没有人。于是，李国盛从手提包里拿出军医的白大褂穿上，转身从杂物间出来。

　　李国盛身穿白大褂，脖子上挂着听诊器，手上拿着一个病历夹，装作查房的样子，朝走廊东头的封锁区走去。

　　当李国盛走近封锁区时，站岗的日军宪兵立刻拦住他，请他出示证件。

　　李国盛看了拦住他的宪兵一眼，然后从口袋里掏出证件递给这名宪兵。宪兵检查了李国盛的证件，以为他是查房的军医，就放他过去了。

　　封锁区里面门对门有两间病房。两间病房的门口都有一名便衣特工和一名日本宪兵在站岗。

　　李国盛来到左边的病房门前，向站岗的便衣特工和宪兵微笑着点点头，用日语说了一句"查房"，顺手将证件递给站岗的便衣特工。便衣特工接过证件看了看，然后将证件还给他，推开门让他进了病房。

　　杜兴城正躺在这间病房的病床上。此时他已经苏醒，不过身体仍然很虚弱。

　　李国盛走近病床，戴上听诊器假装给杜兴城检查。

　　杜兴城随意看了给他检查身体的医生一眼，突然发现这个医生是李国盛，惊讶得几乎叫出声来。

　　李国盛赶紧用手捂住他的嘴，示意他不要说话。

　　李国盛掀开盖在杜兴城身上的被子，看了看杜兴城负伤的地方，然后将被子盖上。

　　接着，李国盛故意用生硬而又不连贯的中国话问杜兴城："你感觉怎么样？"

　　杜兴城知道李国盛是在了解他的伤情，便说："很弱，不能动。伤口需要两个星期才能拆线。"

　　刚说到这里，外面的便衣进来了，他听到里面的说话声。

武汉谍战

李国盛急忙对杜兴城使了一个眼色,然后故意结结巴巴地说:"你要配合治疗,不要有抵触情绪,争取早日康复。"

杜兴城故意对李国盛不满地翻了翻白眼。

便衣特工见状,便对李国盛说:"医生,别劝他了,他们都是亡命之徒。"

"我是医生,他是病人,劝他配合治疗是我的责任。"李国盛说完,转头对杜兴城说,"好好养伤,我去看其他病人。"

从杜兴城的病房出来,李国盛直接朝对面的病房走去。

对面病房门口站岗的便衣特工和宪兵没有阻拦李国盛,直接让他进了病房。

李国盛来到病床前。

他看到方仁先躺在病床上,双目紧闭。他轻轻地拍打方仁先的手臂,看看方仁先是睡着了还是处于昏迷状态。

方仁先没有动静,看样子他还处于昏迷中。

李国盛假装给方仁先做检查。他掀开方仁先的被子,查看方仁先受伤的胸口,然后用听诊器听了一下方仁先的心跳,觉得还正常。

查看完方仁先的伤势后,李国盛给方仁先盖好被子。他走到窗前,仔细观察外面的情况。过了一会儿,他转身走出病房。

走出病房门口时,李国盛朝站岗的便衣和宪兵点了点头,然后顺着走廊向楼梯口走去。

就在这时,李国盛发现楼梯口上来几个穿日本军装的人。这些人上楼后,直接朝宪兵封锁区这边走来。

李国盛立刻认出走在最前面的是宪兵队特高课课长伍岛茂。走在伍岛茂的身边是一个穿便衣的人,李国盛认出这个人是特工总部武汉区长姚筠伯,李国盛之前见过姚筠伯的照片。伍岛茂的后面跟着几个日军宪兵和特工。

已经来不及避开伍岛茂了,李国盛只能碰碰运气硬闯。他希望伍岛茂不会认出自己来。

可是,李国盛今天注定要为上次的错误付出代价。他一直非常后悔出席日信公司的酒会,那次的感情用事给今天留下了后患。

怪就怪伍岛茂对李国盛的印象太深刻。在日信洋行的迎春酒会上,李国盛的风度和学识,充满智慧的谈吐和儒雅的气质,以及他随和的性格和谦逊的态度,让伍岛茂非常欣赏。当时伍岛茂就非常愿意成为李国盛的朋友,只是后来一直没有机会再和李国盛见面。不过只这一次,伍岛茂就已经牢牢地记住了李国盛。况且,伍岛茂有超越常人的形象记忆力,只要见过一次,他就能轻易地记住一个人的长相。

伍岛茂此时已经看到李国盛，他马上觉得这个医生很面熟。稍稍迟疑了一下后，伍岛茂就认出了李国盛。

眼前的情形让伍岛茂马上就明白发生了什么事情，他的脸上不禁露出很奇怪的笑容；与此同时，他轻声对身边的人交代了几句。

李国盛装着若无其事的样子继续朝前走，当他就要和伍岛茂擦身而过的时候，伍岛茂突然伸手拦住李国盛，然后笑眯眯地对李国盛说：

"李先生，我们又见面了！"

李国盛知道伍岛茂已经认出自己，很难蒙混过去。不过他还是假装不认识伍岛茂。

"你认错人了吧？"李国盛装糊涂。

"我是伍岛茂。你不记得我了吗，李先生，什么时候改做军医了？"伍岛茂的口气带有一丝得意和一丝嘲讽。

李国盛知道今天已经不可能脱身，他只是看着伍岛茂，没有说话。

"把他抓起来！"伍岛茂大声命令身边的特工和宪兵。

伍岛茂身边的宪兵和特工听到伍岛茂的命令后，一拥而上抓住李国盛的双臂，用手铐铐住他的双手。

这是一个意外的收获。对于伍岛茂来说，他千方百计想要抓的人，居然这么容易地就给抓住了。不过，此时伍岛茂还不知道李国盛的真实身份，他并不知道他在无意之中抓到军统武汉区区长。

"将他看紧了，等一下带回去严加审讯！"

说罢，伍岛茂带着姚筠伯到方仁先和杜兴城二人的病房察看了一遍。见方仁先和杜兴城都在病床上躺着，才放下心来。

从病房出来，伍岛茂将门外站岗的宪兵和特工严厉地训斥了一顿，然后才带着他的人押着李国盛回汉口宪兵队。

第五十一章　劝　降

一

李国盛被伍岛茂一行押回汉口宪兵队，交给重藤宪文队长关进牢房。伍岛茂特意交代重藤宪文，等他来亲自审讯李国盛。

姚筠伯听伍岛茂说李国盛是从日本士官学校留学回来的，认为李国盛肯定不是一般的军统特工。于是，他决定弄清楚李国盛的身份。

回到办公室后，姚筠伯立刻打电话给76号上海特工总部王天木。王天木被捕前是军统北平站站长，因此姚筠伯向他了解李国盛的背景。

"王处长，我们在武汉抓到一个军统的人，姓李，名叫李国盛。我想了解一下他的情况。"姚筠伯在电话里问王天木。

王天木一听，立刻兴奋地问："你们抓的人确实是叫李国盛吗？"

"是叫李国盛。汉口宪兵队特高课长伍岛茂以前见过他，知道他的名字。"

"恭喜你！你们这次抓到大鱼！"王天木替姚筠伯高兴，"据我所知，李国盛是军统武汉区的区长，以前还当过北平站站长，是军统的大人物。我这就去报告李主任，你赶快通知汉口宪兵队特高课长伍岛茂。祝贺你，老兄，你们立大功了！"

和王天木通完电话后，姚筠伯马上赶到汉口宪兵队伍岛茂的办公室，向他

第五十一章 劝 降

报告李国盛的真实身份。

"伍岛茂先生，我们在医院抓到的李国盛，是军统武汉区区长！"姚筠伯掩饰不住兴奋的神情，通过翻译向伍岛茂报告。

"什么？"伍岛茂简直不敢相信自己的耳朵，他本能地问了一句。

"在医院抓到的李国盛，就是军统武汉区区长！"姚筠伯重复了一遍。

"真的吗？太好了！"伍岛茂得知抓到军统武汉区区长，心里不禁一阵狂喜。

伍岛茂一直想抓到武汉军统的头子。这个人给武汉的日军带来数不尽的麻烦，让武汉的日军遭受一次又一次的打击。汉口宪兵队和特高课因为这个人不知道被上峰训斥了多少次。伍岛茂做梦都想抓到他。

可是几年来，这个人神出鬼没，让宪兵队和特高课拿他毫无办法。没想到今天居然在一个偶然的机会抓到他。更没想到的是，这个人竟然是他认识的李国盛。

能够抓到李国盛，让伍岛茂兴奋不已。他决定马上向美座时成报告这个好消息。他要让美座队长高兴一下，释放出李国盛长期以来给美座队长内心造成的压抑。

伍岛茂和姚筠伯来到美座时成的办公室，向美座时成报告这个好消息。

美座时成听了后，抑制不住内心的喜悦，连声说太好了，太好了！他迫不及待地请伍岛茂立刻将李国盛从重藤宪文的汉口宪兵队押到汉口宪兵队总部。他要亲自和李国盛谈谈。

二

"李先生，我们是认识很久的老朋友了。"美座时成笑着对李国盛说。

美座时成的办公室里面，李国盛坐在沙发上，他的左右两边是伍岛茂和重藤宪文，美座时成坐在对面的一张沙发上；姚筠伯坐在伍岛茂右边的一张沙发上。

"应该说是老对手。"李国盛微笑着回答。

"嗯，是老对手。李先生，你是军统武汉区区长，我们知道。"美座时成客气地说。

"是的！"

"很好，这是一个好的开始。我欣赏这样的合作态度，大家都不用麻烦。"美座时成笑容可掬地说，"李先生，你是一个受过良好教育的人，以你的智慧，你应该知道该怎么去收拾目前的残局。"

李国盛笑了笑，态度诚恳地对美座时成说："是的，我知道。"

"很好！聪明人就是不一样。我有个建议，既然事情发展到这一步，你应该交出你的组织。"美座时成直截了当地说出他的要求。

"你觉得现在我交出我的组织对你还有意义吗？"李国盛笑着反问美座时成，"你是聪明人，你也应该明白我的意思。"

美座时成听了李国盛的话，心里不觉微微一怔。他明白李国盛这句话的含义，但他还是心存侥幸。

"我还是希望你配合我们，交出你的组织。拜托！"

"既然你不死心，那我不妨向你透露一二。"李国盛微笑着说，"我的总部在立兴大楼的二楼，不过早就人去楼空。还有，你认为当一个组织的最高领导人必须亲自去医院执行侦察任务时，他的成员还会和他在一起吗？"

"应该不会，但是我还是希望确认一下。"美座时成坦诚地回答。然后，他转头对伍岛茂说："伍岛君，派人去核实一下立兴大楼的军统武汉区总部。"

"哈伊！"伍岛茂起身走出办公室。

"去核实一下也好。不过我要提醒你们，我对于你们已经毫无价值。"

李国盛的神情显得很轻松。

美座时成摇了摇头表示不同意。

"李先生，你太谦虚了。我知道你的价值。"然后话锋一转，"你刚才的意思是说，你的军统武汉区已经撤离，对吗？"

"是的，我之前就采取了应急措施。现在，我留下的最后一个联络员应该也撤离了，因为我被你们逮捕，没有在规定的时间去找他。所以，就算我交出我组织的人员名单，你们也不可能抓到他们。"

"我明白了。可是，你舍得让潜伏在我们内部的情报员也一起撤退吗？"

美座时成再次试探李国盛。

"这不是舍不舍得的问题，这是情报工作的原则。因为受伤被捕的两个人中，有一个是我总部的人，他知道不少秘密。我的情报工作原则是，被捕就等于招供，没有任何侥幸。"

这时，伍岛茂回来了。

"美座队长，立兴大楼二楼确实是军统武汉区的总部，不过现在已经人去楼空。"伍岛茂向美座队长报告。

第五十一章 劝 降

"嗯,李先生确实是个坦诚的人。我相信你的话。"美座时成的面部表情有一点不易察觉的失望。

"李先生,我有一个问题。法租界有你们的人吗?比方说尉迟钜卿是军统的人吗?"伍岛茂突然问了一句。

"法租界肯定有我们的人,不过已经撤退了。他也是翻译,不过是日语翻译,名叫张春蕙,你们可以去查实。至于你说的尉迟钜卿,我知道这个人,是法国人的买办。他是不是军统的人,我就不知道了。"

"法国商人比格亚呢?他是不是军统的人?"姚筠伯接着问。

"这我就更不知道了。"李国盛看了姚筠伯一眼,面无表情地回答。

"好了,李先生。今天我们就到这里,你也累了,需要休息。"说完,美座时成转头对重藤宪文说:"你带李先生回去,好好地优待他。不要将他关在牢房里面,弄一间好的房子给李先生住,他是我的客人,明白吗?"

"哈伊!"一直坐在旁边没有说话的重藤宪文立刻站起来,对着美座时成微微地鞠了一个躬。

三

戴笠已经收到李国盛被捕的消息。

让戴笠感到幸运的是,军统武汉区的人员都已经安全撤退到武汉郊区待命。不过,李国盛的被捕和武汉区的撤离,对戴笠和军统来说是一个巨大的损失。现在的问题是怎样恢复军统武汉区的工作。

这一次的损失太大了。除了李国盛、方仁先和杜兴城三人被捕之外,大部分打入日伪内部的情报人员,全都被迫撤离。

法国人比格亚和尉迟钜卿的法租界特别小组还没有撤退。

目前为止,只有李国盛一个人知道这两个人的身份。退一万步说,就算李国盛将他们两人招供出来,损失也只是法租界特别小组的尉迟钜卿等三人和法国人比格亚。因此,戴笠决定暂时不要通知尉迟钜卿和比格亚撤离,看看情况再说。

戴笠决定由唐新暂时代理武汉区区长。他电令唐新采取行动,逐步恢复武汉区的工作。

戴笠电告唐新位于汉口玛领事街法租界外面的三浦诊所是日军情报机关的一个秘密情报站,命令唐新立刻派行动队员打掉三浦诊所。

武汉谍战

同时，戴笠电令老河口第五战区司令部情报处王处长，立刻逮捕日本间谍吴应天以及日军联络站的特工。

戴笠采取这些行动，一方面是为了报复日军对军统武汉区的破坏，另一方面，"黄雀行动"已经接近完成，吴应天对他已经没有什么利用价值。

王处长带领三名军统局的特工，来到第五战区司令部作战处办公室。

吴应天正坐在办公桌前悠闲地看着报纸。王处长等人走到吴应天身边时，他才察觉。他抬起头，见是王处长，马上面带笑容地和王处长打招呼。

"王处长，你……"

没等吴应天话说完，王处长手一挥说：

"抓起来！"

三名军统特工迅速冲到吴应天身边，不由分说将他按在桌子上。尽管吴应天不停地大声叫嚷，并拼命挣扎，但无济于事。三名军统特工卸掉吴应天的配枪，将他的双手铐起来。

办公室的其他军官见此情景，个个张目结舌，不知所措。吴应天的上司，作战处刘处长赶忙跑过来问："王处长，这，这怎么回事？"

"各位同仁，不要惊慌。吴应天是潜伏在我们司令部内部的日军谍报员。我们奉命逮捕他。"说完，他拿出一份军统和李宗仁总司令共同签署的密令。

作战处的军官们听说吴应天是日军特工，简直不敢相信，大家不禁七嘴八舌地议论开来。

"各位同仁，大家不要受此事的影响，照常工作！"王处长安抚大家，然后命令身边的三名特工将吴应天带走。

负责逮捕老河口逸文书店日军情报机关联络员的另外一个军统小组，也同时展开了行动。

装扮成顾客的军统特工们，得到组长的暗号后，突然冲进书店的柜台，用手枪顶着两名日本特工的脑袋。两名日军特工不敢反抗，乖乖地俯首就擒；特工们在书店里搜出一部电台和一个密码本。

四

撤出武汉的唐新，将新的武汉区总部设在横店镇上的一座民宅里面。

遵照戴笠的指示，唐新命令宋岳带领华相成、汪鸿翔和邢万年潜回汉口，执行打掉日军情报机关秘密据点三浦诊所的任务。唐新本来要亲自带队，但是

第五十一章　劝　降

宋岳坚决不同意，他不希望军统武汉区再损失另外一个区长。

宋岳在行动之前，专门装成病人到三浦诊所观察过。他已经摸清楚三浦诊所的情况。

三浦太郎和他漂亮的女助理原田美香小姐住在诊所的二楼，通往二楼的楼梯在一楼诊所的后面。从外面观察，二楼有两个房间。宋岳不知道三浦太郎和原田美香是不是分开住，不过宋岳认为这不是什么大问题。执行这次任务的宋岳他们有四个人，就算分别对付两个房间的人也不会有问题。关键是不能出差错，这次的行动不光是要打掉这个秘密据点，还希望找到日军情报机关潜伏在国军内部的日军情报人员名单。

准备工作就绪以后，宋岳带领华相成、汪鸿翔和邢万年乘坐下午的火车从横店出发，来到汉口大智门车站。

下火车后，宋岳四人混在候车室的乘客里面，等待行动时间。

已经是晚上11点多了，宋岳、华相成、汪鸿翔和邢万年先后从大智门火车站的候车室出来，装作是刚下火车的乘客。

冬天深夜的街上几乎没有行人，宋岳四人分成两人一组分别向不远处的三浦诊所走去。

几分钟后，他们来到三浦诊所的后门的巷子。

从外面看，三浦诊所一楼和二楼的灯全都关了。

宋岳他们躲在暗处观察了一下周围的情况。周围的邻居全都门窗紧闭并且熄了灯，巷子里没有任何行人，非常安静。

宋岳朝邢万年打了一个手势，让邢万年开始行动。

看到宋岳的手势后，邢万年立刻轻手轻脚地走到诊所的后门。他从口袋里掏出两根细铁丝，将细铁丝插进门上的锁孔里，试着开锁。

不一会儿，邢万年就顺利地打开门锁。他转身向黑暗中警戒的宋岳等人打了一个手势，然后轻轻地推开后门，溜进屋去。宋岳等人跟在邢万年的后面，也溜进屋里，然后轻轻地关上后门。

屋里一片漆黑。等眼睛渐渐适应屋里的黑暗之后，宋岳才带着大家蹑手蹑脚地走到楼梯口，一步一步地沿着楼梯慢慢爬上二楼。

到二楼之后，宋岳隐隐约约地听到左边的房间传来女人的呻吟声。宋岳明白这声音意味着什么，不禁在黑暗中笑了。

宋岳四人摸到左边房间门边，贴着门听里面的动静。这次不光可以听到女人的呻吟声，还可以听到男人的喘息声。

武汉谍战

宋岳摇了摇头：三浦太郎和原田美香果然睡在一个房间里面。这样，宋岳他们对付三浦和原田时出差错的可能性更小了。

宋岳左手从口袋里拿出手电筒，右手握住手枪，然后轻轻地推了一下门，门没锁。他回头对其他三个人点点头，接着迅速推开房门，冲进房间，用手电筒照着床上的一对男女。

后面的华相成、汪鸿翔和邢万年也跟着冲了进去。

原田美香和三浦太郎赤裸着全身正缠绵在一起。

当原田美香和三浦太郎看到手电筒的灯光照着他们时，两人不约而同地被吓得惊叫起来，愣在那里。

汪鸿翔找到电灯开关，打开电灯。

被突然冲进来的宋岳他们吓呆的原田美香和三浦太郎此刻已经反应过来，两人几乎同时伸手拉起床边的被子，将他们赤裸的身体遮住。

场面有些令人难堪！

不知道是因为屋子里的炉子将房间里烧得太暖和，还是因为他们看到的场面太激情，宋岳他们四个人开始感到身体有些燥热。

宋岳知道此刻不能犹豫，便命令华相成将他们捆起来。

华相成是过来人，他明白现在的处境，再多犹豫一会儿，肯定会出事。

于是他快步走过去，挥起手中的枪，用枪柄猛击三浦太郎的头部，将三浦打昏。然后他捡起散落在地板上的衣服，递给原田美香。

原田美香赶紧接过衣服穿上。

被四个陌生的男人看到自己激情放纵的样子，让她的脸羞得通红。

宋岳让邢万年给昏迷中的三浦太郎穿上衣服，然后将三浦和原田美香捆起来，用毛巾塞住他们的嘴。

宋岳开始审问原田美香。

"不要大声说话，不要心存侥幸，明白吗？"宋岳冷冷地对原田美香说。

嘴被堵住的原田美香眼睛睁得大大地看着宋岳，不停地点头。

宋岳扯出原田美香嘴里的毛巾，然后问她：

"你是做什么的？"宋岳问。

"我是报务员。"原田小姐轻声回答。

"电台和密码藏在哪里？"宋岳继续问原田。

"在对面房间的衣柜里面，用衣服盖着。密码在柜子的抽屉里锁着。钥匙在我的包里。包在房间的桌子上。"原田美香很配合，看来她只是一个普通的

第五十一章　劝　降

报务员。

宋岳让华相成去对面房间查看。

"我需要你们情报组织在我方内部的潜伏人员名单。"宋岳问原田美香的时候，并没有指望她知道这些。

"这个我不知道。我只是个低级别的报务员。你得问三浦先生。"原田美香回答。

宋岳知道再问不出什么东西，于是将原田美香的嘴用毛巾堵上，然后让汪鸿翔将三浦弄醒。

汪鸿翔使劲地摇晃三浦的身子，三浦慢慢地苏醒过了。三浦似乎一下子记不起来刚才发生的事情，满脸狐疑地看着原田美香和宋岳他们。过了片刻他才记起刚才发生的事情。

华相成从对面房间回来，他手上拿着一部电台和一个密码本。

三浦看到电台和密码本后，马上明白原田美香屈服了。他用眼睛恶狠狠地瞪着原田美香，喉咙里发出咕噜咕噜的声音，好像是在责骂她。

宋岳见三浦清醒了，便问他："愿意配合我们吗？"

三浦听了之后，厌恶地将脸转到一边。

"好吧。解决他！"宋岳一边冷冷地对汪鸿翔和邢万年下令，一边站起来，准备走开。他不是在威胁，他真的会这样做。他是个很果断的人，并且乐意成全那些愿意为国牺牲的爱国者。

邢万年从腰间拔出刀来，然后挥刀猛地向三浦的胸口刺去。

三浦的求生欲望此时完全压制住他为天皇玉碎的决心，他本能地向后仰面倒下，躲过这一刀。

三浦太郎以为宋岳刚才是在吓唬自己，他没想到这个中国人这么无情，或者说这么没有耐心。

恐惧战胜了内心的荣耀感，三浦的喉咙里发出了呃呃的声音，听起来是在哀求。

宋岳很诧异地回过头来看着三浦，似乎不太相信眼前的一幕。他蹲下身来，用略带惊讶的语气问三浦："愿意活？"

三浦急忙点头，同时喉咙里发出嗯嗯的声音。

宋岳扯出塞在三浦嘴里的毛巾，又问他一遍："愿意配合吗？"

"愿意！"

"好吧，交出你的情报组织潜伏在我方内部的所有谍报人员名单。"

武汉谍战

"是！在墙上那幅油画后面的保险柜里。"三浦不再抵抗，他如实回答。

"你去打开保险柜。"说着，宋岳让汪鸿翔解开绑住三浦的绳子。

三浦打开保险柜的门后，宋岳让他退到一边去。宋岳谨慎观察了一下保险柜里面的东西，确认没有危险，才将里面的文件一样一样拿出来。三浦抽出其中一份文件交给宋岳，宋岳看了一下，是三浦情报组潜伏在我方内部的谍报人员名单。

邢万年重新将三浦绑上，并用毛巾堵上他的嘴。

汪鸿翔将原田美香的电台接上电源和天线，然后将三浦情报组的潜伏人员名单，发给总部。

"美国已经参战，日本坚持不了多久。你们两人还是考虑一下自己的前途。天亮以后你们自己逃命吧，不然你们的组织会惩罚你们！"离开之前，宋岳给三浦和原田留下了忠告。

三浦太郎和原田美香心里都明白宋岳说的是实话。美国参战之后，日本在太平洋上节节败退。由此看来，日本注定会输掉这场战争，因此三浦太郎和原田美香已经动摇了为天皇效忠的信念。

宋岳他们离开之后不久，三浦太郎医生和原田美香小姐就挣脱开绑住他们的绳子。

三浦太郎和原田美香知道，出卖潜伏在敌方内部的情报人员将会意味着什么。如果留在这里，等待他们的将是死亡。现在，摆在三浦太郎和原田美香二人面前的有两条路，一条路是死，另外一条路是逃亡。

三浦太郎和原田美香商量之后，认为不能坐以待毙，他们决定马上离开武汉，去一个没有人认识他们的地方，隐姓埋名生活。他们能够说一口纯正的中国话，没人会发现他们是日本人。他们可以开诊所，以此谋生。

下定决心之后，三浦太郎和原田美香立刻收拾了一下，将贵重物品放进两只箱子里，然后提着箱子匆匆离开诊所。

此时，天已经亮了，三浦太郎和原田美香的背影很快便隐入城市的茫茫人海之中。

戴笠收到日军隐藏在国军内部的潜伏人员名单后，立刻进行大逮捕。军统一举破获万县、重庆、宜昌、老河口、长沙、株洲、大别山等地的日军情报组织。这次行动总共逮捕日军间谍22名、击毙7名。

第五十二章　假　降

一

李国盛被押回汉口宪兵分队后,被关在原大孚银行四楼的一个房间。

这个房间原来是一间办公室,后来汉口宪兵队将其改为高级牢房。

为了防止犯人逃跑,这个房间的窗户和门都加装了一道铁栏杆和铁门。这个房间是专门为那些重要犯人准备的优待间,房间里面生活设施齐全,里面有床、沙发、桌子和茶几;茶几上甚至还放着一盘水果;另外,这个房间里面还有一个带浴池的卫生间。

李国盛坐在沙发上,神情淡然,没有丝毫的畏惧与沮丧。他已经抱定必死的决心,这样的结局是他的宿命,他早有准备。

不过,死之前,还有一点遗憾让李国盛不能释怀,这就是他的真实身份可能随着他的死,最终带进棺材里面,成为永远的秘密。对此他心有不甘,却又无可奈何。想到这里,李国盛不禁叹了一口气。

李国盛想,要不要在死之前,向日军宪兵队交代自己的真实身份,请他们记录在案,留下线索,让后人看到记录之后能够了解事情的真相。这可能是揭开他真实身份的唯一方式。这种方式只是留下档案记录,不会对党组织和军统造成任何损失。

武汉谍战

经过慎重考虑，李国盛决定就这么做。现在，他已经没有什么可以失去的了。

这时，外面的开门声打断了李国盛的思绪。

门从外面打开，只见美座时成和冈本矢一走进来，后面跟着伍岛茂和重藤宪文。

"李先生，你看谁来了？你的老朋友冈本先生！"

美座时成一进门就笑容可掬地对李国盛说，看来他今天心情不错。

李国盛从沙发上站起身来，礼貌地朝美座时成和冈本矢一以及伍岛茂和重藤宪文微微地鞠躬：

"欢迎你，冈本先生！没想到今天能够见到你！各位请坐。"

"李先生，我也没想到在这样的场合下见到你。我以前怎么就没想到你是军统的头目呢？"冈本矢一大声地笑着说。

说话间，大家围着沙发坐下来。

"怎么样，住得还习惯吗？"美座时成关心地问李国盛。

"以我目前的情况，能享受这么好的待遇，实在是承蒙美座队长的美意，非常感谢！"李国盛语气诚恳，不带一丝讽刺。

"不必客气，李先生。我今天是陪冈本君来看望你，只是叙旧，不谈公事。"美座队长笑眯眯地说。

"对，今天我们只叙旧！"冈本矢一附和道。

"谢谢你们的美意。不过我没有心情和冈本君叙旧，我倒有一个建议，你们愿意听听吗？"李国盛微笑问美座队长他们。

"当然愿意，我们洗耳恭听！"美座队长诚恳地说。

"那好！我已经对你们没有任何价值，请你们按照日本人的武士道精神，成全我对国家的忠诚！杀死我，让我成为民族英雄！我相信你们也会钦佩这样的人！请成全我，谢谢！"说到这里，李国盛站起身来，朝美座时成和在座的其他人深深地鞠了一个躬。

"李先生，你的气节令人钦佩！我们大和民族一向崇尚这种忠于国家的高贵品质和视死如归的英雄气概！佩服，实在是令人佩服！"

美座时成真的被李国盛刚才的话感动了。他的声音因为感动而变得有些微微颤抖。

"别这样说，李先生！自从我第一次见到你之后，我就知道你是一个与众不同的人，你的气节令人敬佩。如果不是两国交兵，我们真的会成为好朋

第五十二章 假 降

友!"伍岛茂真诚地表示。

"老同学,今天我们不谈这些。我今天来,是想劝你为汪精卫主席的新政府工作。"冈本矢一将话题扯开。

"你是在劝我变节,老同学!这是在害我。"李国盛冲着冈本矢一摇了摇头。

"不是劝你变节,李先生。中国新政府主席汪精卫先生,曾经也是豪气干云的英雄。当年他刺杀摄政王载沣的义举,就颇具荆轲刺秦王的英雄气概。他现在选择与日本合作,并没有出卖中国,反而是在救中国万民于水火之中。为此,他被骂成是汉奸,可他是为了中国和日本早日结束这场战争,这对中日两国都有利。李先生也是一个难得的英雄才俊,为何不能像汪精卫主席一样,忍辱负重,为自己的国家作出一番壮举呢?"美座时成动之以情,晓之以理,劝说李国盛。

"你们别劝我了,我不会答应的。美座队长,冈本先生,如果你们还敬佩李某的人品,就成全李某的英雄名节,李某在九泉之下,也会对各位感激不尽!"李国盛再次表达自己宁死不降的决心。

"好吧,李先生。看来我们今天的谈话只能到这里了。希望李先生再考虑一下。我们先告辞!"美座时成见李国盛态度坚决,明白再谈下去没有意义,只好结束谈话。

美座时成和其他三个人站起身来,与李国盛相互鞠躬告辞。

美座时成等人离开后,李国盛在房间里踱着步,思考着该怎么去告诉美座时成他的真实身份并让宪兵队记录在案。另外,他也希望冈本矢一能够从侧面帮他澄清身份。他决定下一次见到美座时成或者伍岛茂时,向他们说出自己的真实身份。

正当李国盛在房间里来回踱步,回顾自己的人生时,无意中,他的目光落到沙发上。他忽然发现沙发坐垫的夹缝里露出一张小纸片的一角,让他感到奇怪。

李国盛好奇地走过去,从沙发坐垫的缝里抽出小纸片,发现果然是一张折叠好的小纸条。这张小纸条显然是被人故意塞在沙发坐垫的缝里。他展开小纸条,纸条上赫然写着一行字:

《大楚报》广告。宁国的亚夫。

武汉谍战

宁国的亚夫！这是戴笠和李国盛之间约定的最机密的联络暗号，只有在最关键、最危急的情况下才会使用。见到这个暗号，戴笠和李国盛就可以确认对方身份，并且绝对信任对方。

关押李国盛的房间每天都由宪兵队送来几份报纸，其中有一份就是《大楚报》。

李国盛立刻找到当天的《大楚报》，翻到广告栏。他按照事前与戴笠约定的解码方式，查找出戴笠隐藏在一则广告中的命令。

假降！必要时交出尉迟。

没有错，这是戴笠的指令！他命令李国盛假降。

假降对于李国盛来说很好办。可是他的真实身份怎么办？

李国盛刚才本来决定向美座时成承认自己共产党情报员的真实身份，现在被戴笠的指令给打乱了。

先按照戴笠的指令假降吧，看看事情的发展再做下一步决定。想到这里，李国盛心里坦然了。

不过，另外一个问题马上就浮现在李国盛的脑海里。

是谁将这个小纸片塞在沙发缝里的呢？肯定是刚才四个人中的一个。是冈本矢一？应该是他。不可能是美座时成和伍岛茂，更不可能是重藤宪文！李国盛的大脑迅速作出判断。

如果是冈本矢一，那么他怎么会帮戴笠传达指示呢？难道冈本矢一也是军统特工？这未免太复杂了！李国盛一时没办法解答这个疑问。

二

"我已经想通了，愿意追随汪主席与日本共同建立大东亚共荣。"

两天之后，当美座时成在伍岛茂和重藤宪文的陪同下，再次来到关押李国盛的房间，劝说李国盛投降时，李国盛假装被他们说服，同意与美座时成合作。

作为见面礼，李国盛按照戴笠的指示，主动向美座时成交出尉迟钜卿和法租界特别组。

美座时成对李国盛的主动合作态度非常高兴。他命令伍岛茂安排人员严密监视尉迟钜卿的法租界特别组。

第五十二章　假　降

　　李国盛还主动要求去见两个受伤被捕的部下方仁先和杜兴城，他有把握劝说他的两名部下合作。
　　美座时成立刻答应了李国盛的要求，这正是他求之不得的事。
　　接着，美座时成向伍岛茂了解方仁先和杜兴城目前的伤情。伍岛茂告诉美座时成，二人已经脱离危险，伤情正在好转，身体也在逐步恢复。
　　美座时成让伍岛茂安排时间，带李国盛去医院看望方仁先和杜兴城。
　　伍岛茂回到宪兵队特高课之后，立刻将姚筠伯叫到自己办公室。
　　伍岛茂兴奋地告诉姚筠伯关于李国盛投降的消息，还告诉他李国盛交代尉迟钜卿是军统法租界特别组组长，让他制订计划对付尉迟钜卿和法租界特别组。
　　姚筠伯听到这个消息之后，也非常高兴。他答应伍岛茂，马上着手制订对付尉迟钜卿法租界特别组的计划。
　　几天后，伍岛茂带着李国盛来到武昌日军陆军医院看望方仁先和杜兴城。
　　方仁先和杜兴城的伤口已经开始愈合，身体也在慢慢地恢复，不过还是不能下床走动。
　　当李国盛在伍岛茂和姚筠伯的陪同下走进病房时，躺在病床上的方仁先见此情形不禁大吃一惊。
　　方仁先不明白李国盛为什么会和日本人在一起。他迫切地想知道自己受伤被捕后，军统武汉区和李国盛到底发生了什么事情。可他不能直接问，只能带着惊讶的表情看着李国盛。
　　李国盛笑着向伍岛茂建议，能不能把对面病房的杜兴城也暂时移到方仁先的病房来，这样他就可以同时对他们俩劝降。
　　伍岛茂听了之后，觉得这个建议不错，于是命令护士将杜兴城的病床推到方仁先的病房，放在方仁先的病床旁边。
　　"两位兄弟，你们受苦了！"
　　李国盛在病床边的一张椅子上坐下来，微笑着对躺在病床上的方仁先和杜兴城说。
　　眼前的情形让方仁先和杜兴城看出来一些端倪，他们心里基本上明白发生了什么事。他们万万没想到李国盛会被日本人抓住，并且投靠了日本人。
　　于是，方仁先和杜兴城冷冷地回答："还好！老板。"
　　后面的"老板"两个字说得有些勉强。
　　"我今天来看你们，是想告诉你们，我已经答应与日本人合作，追随汪主席共同为大东亚共荣出力。你们俩是我以前最得力的部下，因此，我希望你们俩和以前一样，跟着我干！"

李国盛说话的语气很轻松，看起来一点都没有当叛徒的内疚。

"老板，你的意思是说你已经投降日本人？"

方仁先明知故问，他要让李国盛亲口承认。

"怎么能说是投降呢？是追随汪主席！你们跟随我多年，最了解我。你们认为我李国盛是因为贪生怕死才向日本人投降的吗？"

李国盛面露愠色，大声为自己辩解。

"投降就是投降！不贪生怕死为什么会投降日本人呢？懦夫！胆小鬼！"

杜兴城忍不住骂了一句。他一直认为李国盛是最坚定的抗日战士，就算被日本人抓住，也会成仁取义，绝不会贪生怕死。现在，李国盛居然投降了日本人，他的感情没办法接受。

"放肆，你们什么时候看到我贪生怕死过？我这是思想上的转变，我不是因为怕死而屈服的。我不怕死！"

李国盛觉得自己受到了侮辱，恼怒地大声争辩。

"懦夫总有自己的理由。我不会跟着你干的！"方仁先也大声地回击。

"我命令你们跟着我干！这是命令！懂吗？命令！"李国盛生气地冲着方仁先和杜兴城吼叫。说完，他站起来就往外走。

伍岛茂拦住了他。

方仁先和杜兴城似乎被李国盛的威严震慑住了，呆呆地看着站起来想要转身离去的李国盛。

"你肯定出卖了组织！"

过了片刻，方仁先突然问李国盛。

"我没有出卖组织，他们早就撤离了。军统武汉区没有一个人因为我而被捕，这就是最好的证明。我不是因为贪生怕死而投降日本人的，我是思想转变了，愿意追随汪主席曲线救国，明白吗？"

李国盛的气稍微消了一点，他耐心地解释给方仁先和杜兴城听。

"真的吗？都撤离了？"方仁先和杜兴城脸上露出了宽慰的笑容。

"都撤离了！"

"都撤离了，那你为什么会在这里？"

"我是因为想救你们出去，才到这间医院侦察情况，结果被日本人抓住。"

杜兴城朝方仁先点点头，证实李国盛说的话是真的。

第五十二章　假　降

"我早跟你们说过，跟着我干绝不会错。怎么样，伤好之后继续跟着我干！"李国盛再次问他们。

"我们需要好好地考虑一下，等想好之后再答复你。"

方仁先此时感到事情可能并不是表面看到的那样。因此，他答应考虑一下，多留点时间给自己弄清真相。说话的同时，他不易察觉地向杜兴城使了一个眼色。

"好吧，你们好好考虑一下，我等你们的消息。不管怎样，先把伤养好再说，明白吗？"

李国盛说话的口气，俨然一副他还是军统武汉区区长的样子。

第五十三章　孤岛沦陷

一

日军给汉口法租界当局下了最后通牒，不论法租界巡捕厅同意与否，他们都将进入法租界搜捕抵抗组织。如果法租界当局敢动用武力阻拦，日军将用武力解决。

法租界当局和巡捕厅面对日军咄咄逼人的压力和复杂的国际形势，不得不向日军让步。

法租界被迫同意日军宪兵队在法租界设立联络处，负责协调日军宪兵队和法租界巡捕厅之间的行动，并承诺巡捕厅今后全力配合日军宪兵队搜捕抵抗组织。至此，庇护抵抗组织的最后孤岛汉口法租界终于沦陷。

最先受到影响的就是尉迟钜卿和他的法租界特别组。

以前，由于尉迟钜卿呆在法租界里面，日军汉口宪兵队和汪伪76号特工总部武汉区拿他没办法。现在法租界同意日军宪兵队到法租界抓捕抵抗组织，因此，日军宪兵队特高课长伍岛茂和特工总部武汉区长姚筠伯第一个想到的就是尉迟钜卿。

一天早上，尉迟钜卿正在巡捕厅的办公室看报纸。一名宪兵队的翻译带着两名日军宪兵来到尉迟钜卿的办公室。

第五十三章 孤岛沦陷

"尉迟先生，鄙人姓严，是宪兵队的翻译。这两位是法租界日军宪兵队联络处的代表，他们俩奉命请你去一趟汉口宪兵队总部，特高课伍岛茂课长想见你。"

严翻译的语气很客气，两名日军宪兵也友好地朝尉迟钜卿微笑点头。

尉迟钜卿知道，宪兵队的邀请是不可以拒绝的。因此，他对严翻译说："非常荣幸受到伍岛茂先生的邀请，我们走吧！"说完，他起身跟着严翻译和两名日本宪兵走出办公室。

尉迟钜卿跟着日本宪兵和严翻译来到巡捕厅大门外，坐上一辆停在巡捕厅门前的黑色汽车。

尉迟钜卿明白这是日本人的鸿门宴。

汽车不久就来到汉口宪兵队总部。

下车后，严翻译和两名日军宪兵带着尉迟钜卿来到伍岛茂的办公室。

伍岛茂和姚筠伯正在办公室里等着尉迟钜卿。见尉迟钜卿被带到，伍岛茂和姚筠伯立刻起身欢迎他。

"尉迟先生，欢迎欢迎！"伍岛茂满脸堆笑地同尉迟钜卿握手，他以前和尉迟钜卿打过交道。

两个宪兵将尉迟钜卿带到后，便转身离去。严翻译留下来担任伍岛茂的翻译。

"荣幸之至！伍岛课长。"尉迟钜卿像见到老朋友一样。

"尉迟先生，久仰大名！鄙人姚筠伯。"姚筠伯客气地和尉迟钜卿打招呼，他的脸上露出谦和的笑容。

"原来是姚区长，果然是年轻才俊，久仰久仰！"尉迟钜卿客气地和姚筠伯打招呼，这是他第一次见到姚筠伯。

"请坐！尉迟先生。"伍岛茂示意大家在办公室的沙发上坐下。

大家围着沙发坐下后，伍岛茂马上就进入正题。

"尉迟先生，今天请你来，是想和你谈谈你的法租界特别组。"伍岛茂说话的口气非常轻声，一副胸有成竹的样子。

"什么法租界特别组？我不明白伍岛先生的意思，请伍岛先生明示！"尉迟钜卿假装抵赖。他当然不能马上就屈服，否则会让伍岛茂和姚筠伯起疑心。

"尉迟先生，大家都是聪明人，我就不绕弯子了。李国盛你总应该认识吧？"伍岛茂笑容可掬地问尉迟钜卿，他想看看尉迟钜卿听到李国盛这个名字是什么反应。

尉迟钜卿的身体不易察觉地怔了一下，接着马上就回复了正常。不过，尉迟钜卿这细微的反应并没有逃过伍岛茂和姚筠伯的眼睛。

"认，认识。"尉迟钜卿犹豫了一下，最后还是无可奈何地承认了。

"很好，我们有了一个良好的开端，看来事情没有我想象的那么复杂。尉迟先生，请你交出你的法租界特别组！"伍岛茂面带欣喜，分别看了看尉迟钜卿和姚筠伯。

尉迟钜卿不吭声，似乎是在犹豫。

"别再犹豫了，尉迟先生，是李国盛告诉我们的。"伍岛茂见尉迟钜卿在犹豫，便进一步施压，"他告诉我们，你是法租界特别组的组长。我们还知道你的小组还有其他四个成员。哦，不，现在应该是三个。温安久已经死了。"

伍岛茂满怀期待地看着尉迟钜卿，他的脸上带着微笑，看起来充满了善意。

"原来你们都知道了。"尉迟钜卿像泄了气的皮球。

"我们也不是知道所有的事。比如法租界特别组的电台和密码，以及报务员是谁我们还不清楚，我们需要了解这些情况。"

"明白了。李国盛将他知道的全都告诉了你们！"尉迟钜卿忿忿不平地说，他的表情带着对李国盛的鄙夷和蔑视。

"是的！"

"在交代之前，我可以讲讲条件吗？"

尉迟钜卿的表情沮丧。他像所有要招供的人一样，在招供之前希望为自己多挣得一些好处。

"当然！我们是谈合作，理应互惠互利！"伍岛茂显得非常通情达理。

"我要求保证我和我家人的生命及财产安全，保证我在法租界的现有地位不因我的军统身份以及以前的抵抗行动而受到影响。"

"我答应你的要求！还有其他要求吗？"

"暂时没有了。希望你能信守承诺，伍岛先生！"尉迟钜卿希望伍岛茂说话算数。

"我用人格保证遵守我的承诺！"伍岛茂认真地说。

"好吧，电台和密码都由叶昭文掌管，他是报务员。"尉迟钜卿接着将叶昭文的住址告诉了伍岛茂和姚筠伯。

"太好了。我就知道尉迟先生是聪明人。这是我们相互合作的开始，今后还有很多事情需要仰仗尉迟先生。"事情比伍岛茂想象的还要顺利，他非常高兴。

伍岛茂叫来河野，将叶昭文的地址交给他，然后向他交代了几句，让他立刻带人去逮捕叶昭文。

河野领命之后，转身离开伍岛茂的办公室。

第五十三章　孤岛沦陷

尉迟钜卿交出叶昭文之后，在伍岛茂和姚筠伯看来，他就不可能再回头了。

伍岛茂乘机劝说尉迟钜卿追随汪精卫先生，利用在法租界现有的地位和影响，为日中和睦亲善和大东亚共荣作贡献。这正是尉迟钜卿求之不得的，他爽快地答应了。

伍岛茂大喜。他立刻委任尉迟钜卿为日军汉口宪兵队秘密特工，直接接受他的指挥。伍岛茂给尉迟钜卿的任务是利用他在法租界的优势，搜集中国抵抗组织的情报，配合日军宪兵队在法租界的行动。

一个多小时之后，叶昭文就被河野和他的手下带回来。河野在叶昭文家里找到电台和密码。

叶昭文看到尉迟钜卿也在这里，立刻明白是尉迟钜卿出卖了他。

叶昭文愤怒地大骂尉迟钜卿是贪生怕死，出卖同志的叛徒。

尉迟钜卿并不生气，任凭叶昭文怒骂，只是笑而不语。等叶昭文骂够之后，尉迟钜卿没费什么功夫就说动叶昭文归顺日本人。

二

伍岛茂和姚筠伯一直对法国人比格亚的真实身份有疑问，怀疑他是军统的特工。他们不相信比格亚的电台是用于商业通讯。

虽然上次暗杀比格亚失败，引起法租界的抗议，导致他们的上司向法租界当局道歉，勉强将此事平息下来，但是，伍岛茂和姚筠伯认为比格亚的疑点仍然存在，只是碍于上峰的命令和法租界的保护，他们对比格亚束手无策。

正当伍岛茂和姚筠伯拿比格亚毫无办法的时候，一个意外的收获让他们弄清了比格亚的真实身份。

一天晚上，宪兵队的无线电侦测车侦测到法租界里面一部秘密电台的信号，并且确认这部秘密电台设在法租界的一个三层楼房里面。这部秘密电台的活动频率和呼叫信号以前也出现过，但是活动不太频繁。由于这类电台数量很多，因此宪兵队一直没有将这部电台列为侦测的重点。

巧合的是，这天晚上无线电侦测车没有监听到其他需要重点侦测的电台信号。因此，负责无线电侦测的日军军官临时决定搜查这部电台。

由于法租界已经向日本人妥协，加上有尉迟钜卿的配合，因此，日军宪兵队在法租界的行动几乎没有任何阻碍。

日军宪兵悄悄地包围这座带院子的三层楼别墅。

武汉谍战

　　一名宪佐悄悄地翻墙进入别墅的院子，然后打开别墅的大门。门外的日军宪兵和宪佐一拥而进，迅速冲进别墅。

　　日军宪兵冲进别墅二楼的一个房间时，房间里面的两个人正在发报。他们还来不及作出反应，就被冲进来的日军宪兵逮捕。当时，电台和密码本都在桌子上，让日军宪兵人赃俱获。

　　被捕的二人都是军统汉口特别组成员，其中之一是组长张履鳌，另外一个人是报务员。

　　张履鳌被捕后，很快就招供了。他除了供出他的小组成员之外，还供出了法国人比格亚。他告诉宪兵队，法国人比格亚是军统特工，直接与戴笠联系。

　　张履鳌以前本来不知道比格亚的身份。

　　可由于军统武汉区的撤离以及李国盛的被捕，使军统在武汉地区的情报组织和抵抗力量损失殆尽。

　　无奈之下，戴笠只好重新整合军统在武汉的残余力量，意图恢复军统在武汉的情报活动。

　　因此，戴笠向张履鳌透露，法国人比格亚是他直接指挥的军统特工。在紧急情况下，张履鳌可以和比格亚联系，寻求支持。

　　这个意外的收获让伍岛茂和姚筠伯扬眉吐气。当初，他们因为对比格亚采取暗杀行动惹了麻烦而遭到上司训斥。现在，事实证明他们当初对比格亚的怀疑是对的。

　　请示汉口宪兵队长美座时成之后，伍岛茂决定由姚筠伯出面找比格亚，劝其向日本人投降，与日军宪兵队和汪伪特工总部合作。

　　一天早上，姚筠伯带领张履鳌和费克光来到比格洋行。

　　进洋行后，姚筠伯向洋行的一名雇员出示了自己的证件，要求见比格亚。

　　这名雇员见姚筠伯是特工总部的人，知道不好惹，便领着姚筠伯等人上楼去找比格亚。

　　此刻，比格亚正坐在房间客厅里的沙发上喝咖啡。

　　比格亚并不认识姚筠伯，见自己的一个雇员带着几个陌生人来到他的房间，正感到诧异。

　　这名雇员告诉比格亚特工总部的人找他，然后慌忙离开比格亚的房间。

　　比格亚听说姚筠伯他们是特工总部的，便感觉情况不妙。不过他马上就冷静下来，并没有作出企图反抗或者逃走的举动。

　　"比格亚先生，你好！我是特工总部武汉区区长姚筠伯，这位是前军统汉

第五十三章 孤岛沦陷

口特别组组长张履鳌。"姚筠伯微笑着向比格亚做了自我介绍，顺便将张履鳌介绍给他，"比格亚先生，你应该听说过张履鳌这个名字，对吗？"

戴笠已经通知比格亚，张履鳌领导的汉口特别组随时会与他取得联系。因此，他知道张履鳌这个人，只是以前没有见过面。

比格亚见张履鳌和特工总部的姚筠伯在一起，心里马上明白发生了什么事。不过，眼前的情形不仅没有让他惊慌，反而让他紧张的情绪缓和了一些。刚才，他一度以为自己的海军情报局间谍身份暴露。

"原来是姚区长和张组长，幸会，幸会。"比格亚用几乎纯正的武汉话和姚筠伯他们打招呼，"张组长的大名，如雷贯耳。只是不知道张组长什么时候和姚区长走到一起。"

张履鳌听出比格亚在嘲讽自己，只好尴尬地笑了笑。

"张组长识时务，已经弃暗投明。他决心追随汪主席和平建国的理念，为大东亚共荣效力。"姚筠伯见张履鳌尴尬，连忙为他的变节行为找托词。其实，他也是在为自己的变节行为辩解。他以前是中统的高级特工，被捕之后投降日本人。

"张组长已经弃暗投明？真是识时务的俊杰。佩服之至！"比格亚继续挖苦张履鳌。他要借此来麻痹姚筠伯，让姚筠伯深信不疑他痛恨张履鳌出卖自己。他已经决定，适当的时候向对方招供，承认自己是军统的人，用以掩盖自己的美国海军情报局间谍身份。

"说话别这么刻薄行吗？比格亚先生。"姚筠伯见张履鳌被比格亚羞得满脸通红，便帮他解围。"我今天来找你，就是想跟你谈谈，希望你也认清形势，不要再执迷不悟。"

"执迷不悟？我不这样认为！"

"比格亚先生，我们尊重你，才来和你谈。否则，我们可以直接抓你。不要敬酒不吃吃罚酒！"姚筠伯见比格亚态度顽固，有点生气。

"比格亚先生，你坚持下去就只有死路一条。"张履鳌不是在威胁比格亚，他是真心在劝比格亚。他内心对出卖比格亚多少有一些愧疚。如果比格亚因此真被日本人杀了，他就是帮凶。

比格亚听到死亡威胁，便不吭声了。

"比格亚先生，你是一个外国人。你能为中国做这么多事情，已经相当让人敬佩。难道你真的要为中国牺牲生命？你这样死了值得吗？"姚筠伯假装诚恳地劝说比格亚。他认为很多中国人都不愿意为国家牺牲生命，比格亚一个法

武汉谍战

国人更没有理由去为中国牺牲生命。"

比格亚听了姚筠伯的话之后，表情变得复杂，看来他在犹豫要不要坚持下去。

张履鳌看出比格亚的内心在动摇，于是决定再拉比格亚一把，"比格亚先生，其实，你就是把你知道的情况全说出来，对军统也造成不了任何破坏。我知道你和戴老板直接联系，因此，你在武汉没有任何同事可以出卖，对吗？"

比格亚微微地点了点头。

"其实，我们今天来找你，是想劝你为我们工作。只要你交出你的电台和密码，并且签署一份声明脱离军统，以后就没有人来找你的麻烦。我们希望你今后能够提供一些国际方面的情报给我们，我们要求你做的就是这些。"

"就是这些吗？"比格亚的心理防线似乎正在崩溃。

"就是这些，比格亚先生。其实，你完全不必愧疚。你可能不知道，军统武汉区区长李国盛已经弃暗投明，决心追随汪主席和平建国。他可是军统的高级干部！"姚筠伯见比格亚还有些顾虑，便继续开导他。

比格亚听姚筠伯提到李国盛，心里顿时紧张起来。他知道李国盛已经被捕投降，可他并不知道李国盛有没有把他供出来。因此他不能确定姚筠伯的意图，他担心姚筠伯是在故意试探他。

"李国盛？好像听说过这个名字。嗯，是的，他是军统武汉区区长？他也被日本人抓了吗？他也变节了吗？"比格亚试探地问姚筠伯。

"是的，李国盛被日本人抓了，他供出了他的组织和他掌握的所有机密，他的军统武汉区已经不存在了！比格亚先生。我提起李国盛，是想让你明白，地位比你高，信仰比你坚定的人都愿意放弃抵抗，追随汪主席和平建国，你还有什么顾虑不这样做呢？"

比格亚从姚筠伯的话中明白李国盛并没有出卖他，这一点让他对李国盛是否真心投敌产生了疑问。想到这里，比格亚的心里有数了。

比格亚似乎彻底动摇了，他无可奈何地说："看来我没有别的选择。好吧，我愿意和你们合作，你们需要我为你们做什么？"

"太好了！比格亚先生，我就是欣赏你这样识时务的聪明人。首先，我想请你交出你的电台以及你和戴笠之间的无线电通讯密码。"

比格亚这里有两个密码本：一个是他与军统联络的密码本，另一个是他与美国海军情报局联络的密码本。比格亚明白，他只需要交出一部电台以及他和军统联络的通讯密码本，他就可以过关。可是这样做会存在一个漏洞。

比格亚与海军情报局的无线电通讯联络已经被日军宪兵队的侦测到，他不

第五十三章 孤岛沦陷

知道日本人有没有记录并保留他发出去的密码电文。如果日本人记录并保留他发出的密码电文，并将密码电文与密码本对照，那么日本人很快就会发现，他交出的密码本是假的。

可是，此刻比格亚没有别的办法，只能冒险赌一赌。

"没问题。对了，你们开卡车来了吗？"

"没有，怎么啦？"姚筠伯觉得诧异。

"我有见面礼送给你们。我的仓库里有几箱军统局长戴笠秘密存放在这里的无线电通讯器材，今天我都交给你们。"比格亚讨好地对姚筠伯说。

"真的吗？有多少？能带我去看看吗？"姚筠伯听了之后非常高兴。无线电通讯器材可是值钱的宝贝。

比格亚带着姚筠伯来到比格洋行的仓库，将十多箱无线电通讯器材指给姚筠伯看。

姚筠伯打开箱子，只见里面全都是无线电台。他兴奋地拍了拍比格亚的肩膀："太好了，比格亚先生，多谢你的见面礼！"

接着，姚筠伯转对费克光说："快，去打电话给总部，让他们派一辆卡车过来。"

比格亚交出军统存放在他这里的电台以及他和军统之间的通讯密码。当然，他还藏着一部电台，他需要这部电台与海军情报局保持通讯联络。

没多久，特工总部的卡车就到了。比格亚吩咐雇员将十几箱无线电通讯器材搬上卡车。

姚筠伯带着比格亚和装着无线电通讯器材的卡车回到七十六号武汉区总部。

姚筠伯此刻的心情非常好，他没想到今天的收获有这么大。

在姚筠伯的办公室里面，姚筠伯请比格亚在自首书上签名，然后让他填了一份表格，委任他为特工总部秘密情报员。

送走比格亚后，姚筠伯立刻赶到伍岛茂的办公室，向他汇报事情的经过。

伍岛茂非常高兴。他让姚筠伯将收缴的无线电器材留下来自己处理，不必上缴，以示嘉奖。

三

法租界的形势对于抵抗组织来说已经恶化，不再安全。

日本宪兵和宪佐在法租界巡捕的配合下，已经开始公开搜查王家瑞家这个

武汉谍战

区域里面他们认为有重点嫌疑的住户。

好在向小雨按照王家瑞的指示，近来一段时间尽量减少使用电台的次数及每次使用电台的时间，这样才不至于让宪兵队无线电侦测车侦测到电台的具体位置。

不过，这种情况已经严重影响到王家瑞和总部之间的通讯联络；更糟糕的是，如果继续使用无线电台和上级联络，宪兵队的无线电侦测车迟早会发现王家瑞的这部电台，进而威胁到整个武汉特委的安全。因此王家瑞和组织商量决定，将向小雨的电台转移到武汉市郊区，负责与总部的日常联系。王家瑞的备用电台留在武汉，作为紧急联络电台。

经过慎重考虑之后，组织上决定将武汉特委的电台转移到黄陂横店联络站齐记裁缝店，建立新的无线电通讯站。联络站的老齐会使用电台，因此不必再安排其他人去横店联络站担任报务员。

不久之后，向小雨的电台就顺利地转移到横店联络站。

第五十四章　伪黄卫军

一

李国盛投降后，由于他有日本陆军士官学校留学的背景，加上他通晓日语，因此深受日军器重。特别是宪兵队长美座时成和特高课长伍岛茂，更是对他欣赏有加。

美座时成安排李国盛担任武汉黄卫军参谋长。黄卫军是在日军扶持下组建起来的伪军。

黄卫军总司令是熊剑东。熊剑东原来是忠义救国军淞沪特遣支队的司令，后来被俘投敌。

投敌后，熊剑东奉日军的命令到武汉组建伪军。

熊剑东到武汉后，网罗了一些地方武装，拼凑起一支军队。他将这支伪军起名为黄卫军，意思是保卫黄种人的军队。

黄卫军的大部分军官都是投降日军的原军统人员和国军军官。这支军队的士兵大多数来自于武汉地区的地方武装和散兵游勇。黄卫军现在有三千多人，他们的武器装备由日军第十一军提供。

黄卫军的主要任务是协助日军驻守武汉外围的据点，攻击武汉周边地区的中国军队，清剿武汉地区的游击队，维护武汉地区的治安。

武汉谍战

李国盛接受了黄卫军参谋长的职务。他认为这个职务能够让他以后更方便、更直接地获取日伪军的军事情报。

伤愈以后的方仁先和杜兴城也追随李国盛加入了黄卫军。

自从上次李国盛去医院劝他们投降之后，方仁先和杜兴城凭直觉判断李国盛可能是向日本人假降。因此，他们决定听李国盛的话，向日本人投降，以便弄清楚事情的真相。

伤好之后，方仁先和杜兴城同意向日本人投降，并且主动向日本人交代他们掌握的所有军统武汉区情报。当然这些情报现在已没有价值。

美座时成按照李国盛的要求，将方仁先和杜兴城安排在李国盛手下当差，分别担任李国盛的副官和警卫排长。

李国盛告诉方仁先和杜兴城，他是奉上峰的命令向日本人假降。他宣布他和方仁先、杜兴城三人组成一个新的秘密情报组，由他自己担任组长，继续为军统提供情报。他要求方仁先和杜兴城要像以前那样，绝对服从他的领导。方仁先和杜兴城见李国盛果然是假降，不禁喜出望外。

李国盛已经做好准备，正等着戴笠派人来和自己取得联系。他希望尽快建立情报传送渠道。

二

冈本矢一刚得到李国盛被捕的消息时，有些担心李国盛向宪兵队告发他早年加入中共的秘密。

如果李国盛供出冈本矢一曾经加入过中共，那么冈本矢一必定会引起日军情报机关和宪兵队的怀疑。即使他可以用年轻时的激进和冲动向日军情报部门和宪兵队解释他当年加入中共的行为，并且告诉他们自己早就和中共组织断绝联系，也很难完全消除日军情报机关和宪兵队对他的怀疑和不信任，这对他今后的情报工作是一个致命的潜在危险。

后来，组织上密令冈本矢一，请他将一封军统的密信偷偷交给被捕的李国盛。因此，他假借劝降李国盛的机会来到李国盛的房间，并且将密信偷偷塞在沙发坐垫的夹缝里。

虽然冈本矢一执行组织的命令为李国盛传送密信，但是他一直不明白组织上为什么不惜暴露他的真实身份为军统传送密信。

冈本矢一认为，李国盛肯定能够推断出密信是他传递的。因此，冈本矢一

第五十四章　伪黄卫军

几乎敢肯定，李国盛已经怀疑他是共产党或者国民党的秘密情报人员。组织上一向将他的身份视为最高机密，这次动用他来传递密信，似乎太不谨慎，叫人难以理解。

冈本矢一不禁对组织的做法产生了疑问。

过了不久，传来李国盛向日本人投降的消息，让冈本矢一心里更加忐忑不安。他认为自己随时都有被捕的危险，因此发了一封急电给组织，请求组织指示。

可是，组织上似乎并不担心李国盛会出卖他。组织上回电指示他不要贸然行动，只需静观其变。

果然，接下来的情况显示，李国盛并没有出卖冈本矢一，这让冈本矢一百思不得其解。后来，冈本矢一猜测李国盛的投降可能与他传给李国盛的那封密信有关。

不管怎样，李国盛没有向宪兵队招供他掌握的所有情报和秘密，光这一点就足以让冈本矢一对李国盛的投降动机产生怀疑。他开始怀疑李国盛是按照上峰的命令才向日军假降的。

想到这些，冈本矢一忐忑不安的心渐渐踏实下来，他认为李国盛目前对他的安全以及情报工作不会有威胁。

李国盛担任黄卫军参谋长后，便找各种机会和理由想去和冈本矢一见面，这让冈本矢一感到为难。因为组织上以前就曾经明确地告诫过他，不要与李国盛来往。现在，李国盛有可能假降日本人，因此，在没弄清楚李国盛的真正意图之前，冈本矢一更不敢和他打交道，以免受到他的连累。

自从投降日本人后，李国盛已经给冈本矢一打过两次电话，希望和他见面，但都被冈本矢一找理由给拒绝。

现在，李国盛基本上可以肯定冈本矢一是为中国工作的秘密情报员，只是他不知道冈本矢一是为国民党工作还是为共产党工作。因此，他迫切地需要和冈本矢一见面，找机会弄清冈本矢一的真实身份。如果冈本矢一是为共产党工作，那么李国盛可以请他帮忙与组织联系，请求组织核查并恢复自己的身份。

以前，李国盛也想到过利用王家瑞与中共情报组织取得联系，向组织说明自己的情况以及真实身份。可李国盛担心，王家瑞根本不了解他，没有任何理由相信他。如果他贸然去找王家瑞，说不定会造成更多的误解，甚至可能会迫使王家瑞的情报网撤离。因此，李国盛只好放弃利用王家瑞与党组织取得联系的想法。

可是冈本矢一不同。冈本矢一知道李国盛以前是共产党员，也比较了解他。

武汉谍战

更重要的是，自从冈本矢一向被捕的李国盛传送密信后，李国盛肯定会怀疑冈本矢一的真实身份；但李国盛并没有向日本人告发，这一点足以让冈本矢一对李国盛产生信任。

尽管冈本矢一不愿意和李国盛见面，但李国盛决不会放弃证明并恢复自己身份的机会。因此，他再次打电话给冈本矢一，要求与老同学见面，可是仍然遭到冈本矢一的婉言拒绝。

再三拒绝与李国盛见面后，冈本矢一开始担心会不会引起更大麻烦。因此他给组织发报，说明目前的情况，并请示组织自己能否与李国盛见面。

组织上回电指示冈本矢一，一味地拒绝与李国盛见面，会引起更大的麻烦。组织上同意冈本矢一和李国盛见面，保持两个老朋友之间的正常交往，看看李国盛有什么企图。必要时，冈本矢一可以向李国盛透露自己共产党情报员的身份。

三

李国盛和冈本矢一约好下午3点在江边兰陵路和黄陂路之间的顺丰茶楼见面。

李国盛今天很高兴，冈本矢一终于答应与他见面。

李国盛坐在二楼的一个雅间等着冈本矢一。

不一会儿，茶楼的伙计领着冈本矢一来到雅间。李国盛看到冈本矢一，立刻起身迎接。

两个老朋友相互寒暄几句后，便坐下来。李国盛吩咐茶楼伙计泡一壶上等毛尖。

不一会儿，伙计就将泡好的茶送来。

李国盛将桌上的两个茶杯斟满茶。

放下茶壶后，李国盛开始试探冈本矢一。

"冈本先生，佩服！佩服！"

李国盛一边说，一边朝冈本矢一抱拳拱手，脸上充满了敬意。

"老同学，这是何意？"冈本矢一故意装糊涂。

"感谢老同学暗中传信！"李国盛说得更明白。

"传信？传什么信？"

冈本矢一面带惊讶，故作夸张地伸手去摸李国盛的额头，看看李国盛是不

第五十四章　伪黄卫军

是因为发烧在说胡话。

"别装了，老同学！"李国盛觉得冈本矢一装傻的样子很滑稽。

冈本矢一尴尬地笑了。

李国盛走到雅间门口，朝门外看了看，然后将门关上，回到桌边坐下。他将身子倾斜，尽量靠近冈本矢一，压低嗓门说：

"冈本先生，不必瞒我了。你到底是为国民党工作还是为共产党工作？"

"我一直在为共产党工作。那封信是军统局委托党组织让我传给你的。"冈本矢一知道再隐瞒下去没什么意义，因此就按照组织的指示，向李国盛坦承了自己的真实身份。

"太好了！我一直坚信你没有脱离组织，现在终于证实了我的判断。真让人高兴！"

说着，李国盛两手端起茶杯："来，我以茶代酒，表达我对你的敬意！"说罢，李国盛将端起的茶杯一饮而尽。

冈本矢一也端起茶杯一饮而尽。

"不容易啊，老同学！"李国盛感慨地说。

"你找我有什么事？"冈本矢一两眼盯着李国盛，谨慎地问。

"我找你来，是要告诉你，我也是组织的人！"李国盛说这话的时候，脸上充满了神秘和自豪。

听了李国盛的话，冈本矢一的第一反应就是李国盛自恃掌握了他的中共情报员身份，利用这一点来要挟他，想从他这里套取组织的秘密。因此他对李国盛产生了警惕。他默不作声地看着李国盛，心里盘算着怎样才能除掉这个潜在的危险。

李国盛似乎看穿冈本矢一的心思，他微微地冲冈本一笑："别误会，我不是在要挟你。你听我把话说完。"李国盛停顿了一会儿，像是在整理自己的记忆和思路。

"我与组织失去联系，我现在的处境就像是无家可归的流浪儿。我想请你帮我与组织联系，请求组织恢复我的身份。"李国盛诚恳地希望冈本矢一帮他。接着，他将夏博当年派他打入国民党情报机构的秘密详细地告诉了冈本矢一。

李国盛的秘密让冈本矢一听得目瞪口呆，他几乎不用思考就能断定李国盛说的是实话。他对李国盛这么多年来由于和组织失去联系而遭受的内心痛苦和折磨十分同情，他也为李国盛这么曲折离奇的经历所折服。

武汉谍战

"原来是这样，太离奇了！"冈本矢一感叹道，"可是，夏博有没有留下什么文件证明你的身份呢？"

冈本矢一为李国盛的命运担心，如果夏博没有留下任何文件证明李国盛是他派出的情报人员，那么没有人能够帮李国盛。

"不知道，好像没有。"李国盛沮丧地说，"抗战爆发后，国共再次合作。我利用与中共合作的机会，与好几个中共情报机关的高级官员联系过，其中包括李天驰。我向他们说明我的情况，可他们不相信我。"

"那你为什么认为我可以帮你呢？"

"第一，你可以告诉组织我的表现。自从我加入国民党的情报组织之后，从来没有出卖过任何一个党的同志。第二，请你告诉组织，我完全掌握了党组织在武汉的一个地下情报网，如果我真的是叛徒，我会毫不犹豫地出卖他们。可是，这个地下情报网到目前为止还在正常工作，这也可以从侧面证明我不是叛徒。第三，我希望你转告组织，请组织认真核查夏博留下的所有机密文件，说不定他在机密文件里留下了我的身份证明。"

李国盛一口气将他希望冈本矢一帮他做的事情全部说出来，他的眼里充满着期待。但是，李国盛出于多年从事情报工作的职业习惯和谨慎，没有将夏博和他之间约定的联络暗语告诉冈本矢一。

"好，我答应你！"

冈本矢一也和组织失去过联系。因此，他对于李国盛内心的痛苦和折磨感同身受。他由衷地钦佩李国盛对组织的忠诚，决心帮助李国盛恢复身份。

第二天晚上，冈本矢一给组织发出一份密电。他将李国盛告诉他的情况报告给组织，希望组织重新核查李国盛的身份。

几天后，组织上回电说，无法证明李国盛说的情况是否属实，因此不能完全相信他说的话。组织答应重新核查夏博留下的机密文件，看看能不能找到李国盛的身份证明。

另外，组织上强调，既然李国盛已经掌握了党组织在武汉的一个情报网，组织上希望李国盛说出一些这个情报网的细节，让组织去判断他说的情况是否属实。这也可以从侧面证明李国盛说的是不是实话。

冈本矢一收到组织回电后，第二天便约李国盛见面。

见面后，冈本矢一告诉李国盛他已经与组织联系过，并且转达组织上对李国盛提出的要求。

为了证明自己说的是实话，李国盛请冈本矢一转告组织以下两个名字：

王家瑞、周秉炎。

李国盛说，组织上看到这两个名字后，便可知道他说的话是否属实。

第五十五章　军统绝密

一

戴笠让冈本矢一给被捕的李国盛传密信有两个目的。

第一个目的是命令李国盛向日军假降，保存实力，继续为军统工作。

第二个目的是给出证据让李国盛能够确认冈本矢一是为中国工作的情报员，最终让冈本矢一向李国盛承认自己是中共间谍，从而给李国盛设置一个陷阱，以此试探李国盛到底是不是中共间谍。

冈本矢一是戴笠的王牌间谍，他提供的情报对中国抗战有很大的帮助。戴笠当初为了保护他，专门制订了黄雀行动计划。这足以证明冈本矢一的重要性。

不过，现在的形势和以前不同了。

随着美国的参战，中美英成为盟友，戴笠认为日本战败是迟早的事，冈本矢一的作用不再像以前那样重要。因此，戴笠才敢冒着冈本矢一暴露身份的危险去试探李国盛。

结果，急于想要和组织取得联系，恢复自己身份的李国盛掉进戴笠设置的陷阱，不仅暴露了自己的真实身份，而且暴露了王家瑞的情报网。

戴笠可能是唯一一个不完全信任李国盛的人。

第五十五章　军统绝密

自从李国盛由南昌行营调查科加入他的特务处之后，戴笠就从来就没有对李国盛完全信任过。

那时，刚加入特务处的李国盛担任特务处书记，是戴笠的副手。按照特务处的规矩，特务处的公章应该交由李国盛来掌管，但是戴笠从来没有这样做过。由此可见，戴笠当时就对李国盛不是很信任。

如果说戴笠有什么事实根据怀疑李国盛的话，那倒也没有。

多年来，李国盛在国民党的情报工作中作出很大贡献，深受同事和上峰的爱戴和赏识。最重要的是，自从他背叛中共加入国民党情报机关以来，他的言行从来没有显露出任何疑点，因此几乎没有人怀疑他是中共情报员。

戴笠只是凭直觉认为李国盛不能完全信任。但是，直觉毕竟不是事实，因此戴笠对李国盛产生的疑问在大多数情况下并不影响他在工作中对李国盛的信任。

戴笠的桌子上放着冈本矢一的密电，密电透露了李国盛的真实身份。

密电显示，李国盛主动与冈本矢一联系，透露自己是与组织失去联系的中共情报人员，希望冈本矢一帮助他和组织联系，请求组织核查并恢复他的身份。

这份密电终于证实了戴笠多年来的怀疑，李国盛果然是共产党打入军统的间谍。

戴笠看着桌上的密电笑了——他觉得李国盛与组织失去联系这件事很滑稽。

自从李国盛被组织派遣打入国民党情报组织之后，就意外地和组织失去联系，致使他这么多年来没有机会为中共情报机关效力。这是李国盛的不幸。当然，如果他没有与中共失去联系，很可能早已暴露身份而被抓。从这一点上看，李国盛又是幸运的。

不过，戴笠认为自己很幸运。如果不是李国盛与组织失去联系，致使他迫切希望恢复自己的身份，就算戴笠一直对李国盛有怀疑，也不可能这么轻而易举地证明李国盛是中共间谍。

其实，戴笠一直在找机会试探李国盛。黄雀行动就是一次试探。

黄雀行动之后，戴笠就加深了对李国盛的怀疑，只是没有任何证据。

戴笠的黄雀行动，是一个一石多鸟的行动计划。

本来黄雀行动最初只有三个目的，其一是掩护潜伏在日军内部的间谍冈本矢一安然渡过危机。第二是确认军令部第二厅第五战区情报员夏文远是双料间谍，其真实身份是日军间谍。第三是查找潜伏在第五战区司令部的日军间谍。

武汉谍战

在黄雀行动实施的前夕，戴笠灵机一动，加进第四个行动目的，这就是甄别李国盛到底是不是共产党间谍。

因此，戴笠故意选定李国盛担任黄雀行动的总指挥。他要让李国盛在南京发现冈本矢一。如果李国盛发现冈本矢一后，不向戴笠揭发冈本矢一的秘密中共党员身份，那么戴笠就有理由怀疑李国盛在保护共产党，进而怀疑他的真实身份。

果然，李国盛虽然向戴笠报告他见到老同学冈本矢一，但他并没有向戴笠透露冈本矢一的中共党员身份。这一点让戴笠对李国盛的怀疑加深了。

不过，这一点也可以用李国盛当初加入国民党情报机构时的一贯原则来解释，即他从不出卖自己原来的同志。因此，他不向戴笠揭发冈本矢一的中共党员身份也情有可原。

黄雀行动是戴笠的得意之作，这个行动的所有目标都已经达成。其中，黄雀行动最核心的目标，就是保护冈本矢一这个王牌间谍。

当时，冈本矢一已经被华中派遣军特别调查组列为重点嫌疑对象，处境非常危险。因此，戴笠向蒋介石提出请求，要求查阅军令部第二厅的高级情报人员档案。通过查阅档案，戴笠证实了自己的判断，夏文远就是向李宗仁提供情报的第五战区情报员。

而冈本矢一曾经多次向他提醒过，夏文远的真实身份是日军间谍。

于是，戴笠启动了黄雀行动。

黄雀行动的第一步，是利用日军隐藏在第五战区司令部的间谍，将华中派遣军特别调查组的重点嫌疑对象集中在三个人身上，这三个人是石原光夫、冈本矢一和松本贤二。

随后，李国盛率领的特别行动小组到南京，成功地将华中派遣军特别调查组的调查方向引向石原光夫。

李国盛小组处决石原光夫的时候，军统同时在上海秘密处决了日本海军情报部翻译吴化卿，并且故意在他的房间里留下破绽，从而让华中派遣军特别调查组断定，军统故意栽赃石原光夫和吴化卿，其目的是转移视线，掩护真正的军统间谍。

军统故意露出的破绽成功地将华中派遣军特别调查组的调查方向再次引向冈本矢一以及和他来往密切的夏文远。正当上海宪兵队发现夏文远的电台，准备对他采取行动时，日军参谋部情报部及时发现这个问题。

日军参谋部情报部担心上海宪兵队的行动会给夏文远带来危险，因此不

第五十五章 军统绝密

得不将夏文远的真实身份透露给华中派遣军司令官畑俊六和上海日军最高指挥官，请他们立刻下令阻止宪兵队将要对夏文远采取的逮捕行动，从而保护日军参谋部最有价值的情报员夏文远。

黄雀行动这一连串的计谋，最终让华中派遣军特别调查组查出，军统拼命保护的间谍夏文远其实是一个双料间谍，他的真正身份是日军参谋部情报部高级间谍。从而利用夏文远这个挡箭牌，彻底消除日军对冈本矢一的怀疑，达到保护冈本矢一的目的。

戴笠也因为日本情报机关对夏文远的全力保护，进一步确认夏文远的真实身份是日本间谍。

与此同时，按照黄雀行动计划，戴笠通过第五战区司令部情报处王处长在第五战区司令部实施一系列手段，最终查出潜伏在第五战区司令部的日军间谍吴应天。

黄雀行动是非常成功的。这个行动的前三个目的都已经达到，只是李国盛的真实身份还有待于彻底弄清楚。

李国盛被捕后，戴笠又实施了一个一箭双雕的计划。

戴笠一方面命令李国盛向日本人假降，保存军统力量；另一方面，戴笠利用冈本矢一中共情报员的身份设置了一个陷阱，终于让迫切想要和中共组织取得联系，恢复自己身份的李国盛落进他设置的陷阱。

现在是国共合作抗日，因此戴笠决定暂时不去揭穿李国盛的真实面目。他希望今后能够利用李国盛获取更多的利益。

至少，戴笠现在就有了收获。李国盛为了证明自己说的是实话，已经通过冈本矢一向戴笠透露了中共武汉特委王家瑞情报网的一些细节，从而让军统掌握了王家瑞情报组织的一些线索。这对于戴笠来说，是一个额外的收获。

不过，让戴笠感到最得意的，是他以中共情报机关的名义，取得冈本矢一的信任，并利用冈本矢一以中共情报员的身份帮助军统获取日军的情报。而冈本矢一对此却毫无察觉，一直以为自己是在为中共工作。

二

广州起义后，广州警察局在搜查起义中牺牲的中共起义领导人之一老张的住处时，发现老张留下的一个笔记本。这个笔记本里面记录了老张在日本留学时期以及回国之后的一些情况。但是，这个笔记本一直没有引起过广州警察局的重视。

不久之后，这个笔记本因为一个偶然的机会辗转到戴笠的手里。戴笠知道老张是中共早期党员，因此他对这本日记相当重视，于是开始着手研究。

戴笠经过仔细研究笔记本的日记内容之后发现，日记里面隐含着不少有价值的情报。这些情报对他后来破获中共地下组织起到很大的作用。

其中一个有价值的情报就是冈本矢一这个日本籍中共党员。这个笔记本里面记录了李国盛和老张介绍冈本矢一加入中共的情况。最重要的是，这个笔记本记录了李国盛和老张离开日本回国之前给冈本矢一留下的秘密联络暗语。不过，那时戴笠根本不知道谁是冈本矢一，因此这个线索当时对戴笠并没有什么实际的意义，也没有引起戴笠的重视。可是冈本矢一这个名字却在戴笠的脑海里留下了深刻的印象，戴笠记住了这个名字。

直到满洲国成立之后，戴笠有一次偶然在报纸上看到冈本矢一这个名字，这让他马上想起老张的笔记本中提到的冈本矢一。

这个偶然的发现让戴笠顿时兴趣大增。他立刻让手下仔细调查报纸上提到的这个冈本矢一的背景，从而认定这个冈本矢一就是老张日记本里面提到的那个日本籍中共党员冈本矢一。

这一发现让戴笠兴奋不已，他立刻就想到可以利用冈本矢一，虽然他当时还没有任何具体的计划。

不久之后，戴笠的脑海里逐步形成了一个利用冈本矢一的初步构想。于是，戴笠根据这个初步构想制订了一个周密详细的计划。

根据这个计划，戴笠将冒充中共情报机关人员与冈本矢一接头，让冈本矢一为他提供日军情报。计划制订好之后，他开始等待有利时机实施这个计划。

后来，戴笠从获得的情报中了解到，冈本矢一奉关东军情报课的命令在天津设立公馆，专门从事拉拢和分裂中国军队各派系的工作，为日本将来全面进攻中国做准备。

这是一个难得的机会，戴笠决定实施他的计划，以中共情报机关的名义在天津冒险与冈本矢一接头。

戴笠相信，即使计划不成功，也不会给自己的组织造成任何损失。

戴笠经过化装之后，找到冈本矢一的公馆。他自称姓胡，要求与冈本矢一到外面去单独谈。

冈本矢一答应了戴笠的要求。他们来到一家冷清的茶馆，这里说话方便，没有人打扰。

第五十五章　军统绝密

两人坐下后，戴笠单刀直入地对冈本矢一说出老张留下的联络暗号。

冈本矢一听到戴笠说出联络暗号，刚开始内心里不由得一阵紧张，接着又是一阵激动。过了片刻，他才和戴笠对上联络暗号。

果然不出戴笠所料，冈本矢一没有忘记自己中共党员的身份。

和戴笠对上联络暗号后，冈本矢一激动不已。多年来失去联系的组织并没有忘记他，现在终于和他联络了。

接下来的事情进展很顺利。戴笠以中共情报机关的名义任命冈本矢一为中共情报员，代号"云和"，从此以后与党的情报组织保持单线联系。

戴笠给冈本矢一下达了组织交给他的任务，要求他向组织提供日军情报，并确立了他和组织之间今后的联络方式。最后，出于情报工作的安全性，冈本矢一和戴笠重新设定了他们之间的联络暗号，同时废除以前的联络暗号。

从那时起，戴笠就以中共情报机关的名义，利用冈本矢一对党的忠诚，完全控制了冈本矢一。而冈本矢一一直都蒙在鼓里，他以为他在为党提供情报。

三

晚春的下午，风和日丽。懒洋洋的春风吹在人身上，不禁让人产生一阵阵春乏。黄卫军司令部门口站岗的两个士兵，被这温暖的春风吹了一下午，早已觉得浑身困乏，正懒洋洋地打着哈欠。

当这两个站岗的士兵看到李国盛从司令部里出来，从他们面前经过时，慌忙立正向他行军礼。

李国盛从汉口仁厚里黄卫军司令部大门出来，朝自治街方向走去。他要赶去新市场。

李国盛头戴军帽，身着黄色军装，腰扎武装带，脚蹬长筒马靴；他腰间的武装带上挂着一支手枪。一身的戎装让他显得更加英武。

李国盛刚才接到一个电话，打电话给他的人自称是他的老朋友，约他下午4点在新市场主楼门厅见面。

李国盛知道约他见面的人是戴笠派来和他接头的。因此，他不能带方仁先和杜兴城一起去，只能只身前往。

4点整，李国盛来到新市场的主楼门厅外。

他没有直接进去，而是在门外停下来，装着若无其事的样子，转身观察了一下周围的情况。见周围情况正常，李国盛这才走进新市场主楼门厅。

武汉谍战

约李国盛见面的人在电话里面告诉李国盛,他们以前见过面,李国盛到达见面地点时,他们彼此会认出对方。

走进新市场的主楼门厅之后,李国盛的眼睛迅速扫视门厅里面的人。他发现右前方有一个人正看着他,他马上认出这个人是军统总部情报处的陶大正。

此刻,陶大正也认出了李国盛。

李国盛明白陶大正就是戴笠派来和他接头的人。

李国盛走过去握住陶大正的手,像老朋友一样,彼此客气地寒暄起来。

李国盛和陶大正一边在新市场里面闲逛,一边谈工作。这样看起来比较自然,不会引起别人的注意。

陶大正带来戴笠的指示。

戴笠委任李国盛为特别情报员,让李国盛利用职务之便,提供武汉日伪军情报给总部。总部安排了一个特工人员担任李国盛和戴笠之间的交通员,负责转送情报。李国盛只需将收集到的情报送到指定的地点,具体的地点是汉口网球场的第22号存衣柜。陶大正将一把钥匙交给李国盛,并告诉他这是汉口网球场第22号存衣柜的钥匙,请他注意保存。

陶大正告诉李国盛,在目前李国盛没有电台的情况下,总部将通过固定时间的密语广播向李国盛下达指令。陶大正从他的手提包里拿出一本书交给李国盛,这本书是总部对李国盛密语广播的密码本。

李国盛告诉陶大正,受伤被捕的军统武汉区成员方仁先和杜兴城已经伤愈,并且按照他的命令向日本人假降,目前和他一起潜伏在敌人内部,希望总部明白他们仍然是自己人,并没有叛变。陶大正答应回去后向戴笠汇报此事。

李国盛最后关心地问起陶大正有关唐新他们最近的情况。陶大正告诉他,唐新已经被戴笠任命为武汉区区长,目前潜伏在武汉外围地区继续展开抗敌活动。

和陶大正分手后,心情激动的李国盛没有再回办公室,而是直接回到自己在华昌街(现在的青岛路)的住处。

李国盛加入黄卫军之后,为了在行动上不受限制,不愿意住在司令部旁边的军官宿舍里。他在华昌街租了一栋两层楼的房子,让方仁先和杜兴城跟他住在一起。

回到家里之后,李国盛仍然抑制不住内心的激动。他打电话到司令部找方仁先,告诉方仁先他已经回家,让方仁先和杜兴城立刻回来。

方仁先和杜兴城回来之后,李国盛向方仁先和杜兴城转达了戴笠的指示。

第五十五章　军统绝密

方仁先和杜兴城得知和总部联系上，心情无比振奋。李国盛果然是假降日寇，以后他们又可以在李国盛的带领下打击日寇，这让他们俩一扫被捕以来的郁闷心情。

陶大正这次潜入武汉还有一个重要任务，就是要弄清楚王家瑞情报组织的一些情况。

冈本矢一将李国盛透露的"王家瑞、周秉炎"两个名字发回总部后，戴笠觉得在敌占区找到这两个人很麻烦，于是故意回电说情报人员用的通常都是代号，两个名字可能只是公开的化名而已，没有什么实际意义，证明不了什么。

不得已，李国盛只能透露更多的细节，让组织去查实。他让冈本矢一告诉组织，"昌淇电器行老板王家瑞和汉口第二特区警察局副局长周秉炎"。

戴笠收到冈本矢一的密电后，得意地笑了。

因此，戴笠指示陶大正这次潜回武汉后，顺便查实昌淇电器行的地址和相关人员。

陶大正利用电话局的电话簿，找到昌淇电器行。他暗中记录下电器行的地址和出入人员，并且通过工商所登记的公司，查明昌淇电器行的经理名叫王家瑞。另外，他也暗中查实了汉口第二特区警察局副局长周秉炎。

陶大正完成任务后，安全返回重庆。

至此，戴笠基本上掌握了王家瑞的武汉特委情报网。当然，他需要进一步弄清这个组织的详细情况。

第五十六章　重建联络站

一

当初撤退的时候，李国盛和唐新批准赵云清陪怀孕的何慧娴回老家纸坊，等何慧娴生完第二个孩子，满月后再归队。

可是，赵云清将妻子何慧娴送回纸坊老家安顿下来之后，不等何慧娴生完孩子，就迫不及待地赶到横店向组织报到。

唐新没想到赵云清这么快就回来了。他关心地问了赵云清妻子何慧娴的情况，嘱咐赵云清在何慧娴生孩子之前，赶回家陪何慧娴生孩子。

唐新将李国盛、方仁先、杜兴城被捕之后发生的事情，详细告诉了赵云清。

军统武汉区所有人员虽然安全撤出武汉，但骨干力量损失殆尽，基本上失去了原来的情报收集和行动能力。

唐新告诉赵云清，之前的危机已经过去，但是军统武汉区已经元气大伤。目前，军统武汉区在武汉连一个联络站都没有，因此，他决定派赵云清率先潜回汉口，建立新的联络站，为恢复和重建军统武汉区做准备。

唐新让赵云清潜回武汉，正合赵云清的心意。

唐新已经给赵云清准备好新的身份，因此赵云清很顺利地回到汉口。当天下午，他在花楼街找了一间旅社住下来。

第五十六章　重建联络站

第二天，赵云清开始在报纸上看广告，他要顶一间店铺作为联络站。

几天后，赵云清在汉口长堤街顶下一间杂货店。

这间杂货店是两层楼的，面积不大。一楼前面是店面，后面是走道和一间小厨房以及上二楼的楼梯；二楼有一个房间，可以住人。这间杂货店虽然作为联络站不是太理想，但是作为临时联络点还是可以的。至少，武汉区的同事来汉口执行任务时，这里可以作为一个秘密落脚点。因此，赵云清决定先顶下这个杂货店，然后再继续寻找合适的地方做联络站。

赵云清回到横店的武汉区秘密总部，向唐新汇报临时联络点的情况。唐新很高兴赵云清这么快就找到一个安全的落脚点。他让赵云清回杂货店安顿下来，等待命令。

回到汉口后，赵云清每天在报纸上查阅广告，继续寻找适合作为联络站的地方。

转眼就快到何慧娴生孩子的预产期了，赵云清还没有找到合适的地点作为新的联络站。因此，他决定先回纸坊陪何慧娴生完孩子之后，再返回武汉。

赵云清来到横店的军统武汉区总部，向唐新请假。

唐新批准赵云清两个月的假期。

二

自从比格亚接受姚筠伯的委任担任特工总部的情报员之后，姚筠伯和伍岛茂要求比格亚利用他在贸易来往中与各国人士建立的良好关系，收集一些国际情报，特别是美国和英国的情报。

上次因为电台被日军宪兵队的无线电侦测车侦测到，导致被刺之后，为了恢复与总部的正常通信联络，比格亚就开始想办法对付日军宪兵队的无线电侦测车。

比格亚通过关系了解到，宪兵队的无线电侦测车对于位置和频率不固定、发报时间少于10分钟的无线电台信号，基本上无法定位。

因此，比格亚决定利用宪兵队无线电侦测车的这个弱点。首先，他将他和海军情报局联络用的电台，转移到他在法租界巴黎街的一个秘密住所。这个住所是他在紧急情况下藏身的地方。

今天，比格亚决定冒险给海军情报局总部发报，报告他这里发生的事情和他目前的处境，并且希望总部能够提供一些无关紧要的情报给他，他要用这些

武汉谍战

情报去骗取日本人和特工总部的信任。

晚上，比格亚开车来到他的秘密住所门前。停车之后，他并没有马上下车，而是坐在车里面观察四周的情况，没有发现被人跟踪。

比格亚从车上下来，走到房子门前。他警惕地看了看四周，这才用钥匙打开房门进屋。

进屋后，比格亚没有马上开灯。他站在窗口前，观察了一下外面的情况。他现在必须十分谨慎，防止被日本人跟踪。确信没有被人跟踪之后，他才打开屋里的电灯。

比格来到房间的卧室，打开卧室的衣柜，从里面拿出一部体积很小的电台，将电台放在写字桌上。他熟练地架好天线，接通电台的电源，然后迅速调好通讯频率。

比格亚看了看手表，规定的联络时间到了，于是他开始发报。

比格亚通过密电简短地报告总部他这里发生的事情。他特别强调，日本人只发现了他的军统间谍身份，他的海军情报局间谍身份并没有暴露。

比格亚将发报的时间控制在10分钟以内。十分钟一到，他就将电台转到收报状态，准备接收总部的指示。

在收报状态下，电台就没有无线电信号发出。此刻，如果宪兵队的无线电侦测车正在追踪这个信号的话，便会由于这部电台信号的消失，从而失去对这部电台的追踪。

和比格亚失去通讯联系后，美国海军情报局已经通过其他渠道了解到比格亚被军统的人出卖，不得不向日本人假降，加入汪伪的特工总部担任秘密情报员。

美国海军情报局总部已经从其他渠道获悉，比格亚的海军情报局特工身份没有暴露，因此为他感到幸运。

美国海军情报局一直在等待比格亚重新和总部联系。现在终于收到比格亚的密电，总部感到很欣慰。

收到比格亚的密电后，总部立刻回电比格亚，答应以后向他提供一些经过筛选的情报，让他将这些情报交给日本人和特工总部，以此来换取他们的信任。

除此之外，总部还在密电中通知比格亚，为了统一美国的对外情报系统，美国政府决定在现有的海军情报局、陆军情报局以及国务院情报局基础上，成立美国战略情报局，负责对外情报活动。与此同时，为了对抗共同的敌人日本，美中两国开始加强情报合作。中国政府已经同意美国战略情报局在重庆设立联络处，方便美中两国对日情报工作的合作与交流。因此，美国战略情报局间谍在中国的活动不再像以前那样受到严格的限制。

第五十七章　刺杀美座时成

一

六月的一天，很久没有出现过的空袭警报响了。

空袭警报响起的时候，方仁先和杜兴城正在江边的一个茶楼里喝茶。

听到空袭警报后，方仁先和杜兴城并没有惊慌，而是非常兴奋地冲出茶楼，朝江边跑去。他们非常想要看看久违的中国空军恢复对武汉日军的空袭。

方仁先和杜兴城到达江边时，江边已经聚集了很多人。这些人个个都昂着头，观看天上的飞机空战。

只见十多架中国空军轰炸机在几架战斗机的掩护下，不顾日军战斗机的攻击和地面防空炮火的拦截，轮番俯冲轰炸停泊在江面上的日本军舰。

这些飞机隶属于陈纳德领导的美国空军志愿队，也就是国人俗称的飞虎队。陈纳德来华前是美国空军退役中校，飞虎队的飞行员和机械师都是从美国招募来华参战的志愿者。

几分钟后，空袭日本军舰的飞虎队投完炸弹，全部飞走。

日本战斗机跟在飞虎队飞机后面追击，飞机很快远离武汉，渐渐消失在遥远的天空。

江面上，四艘日本军舰被飞虎队飞机投下的炸弹击中，发生猛烈的爆炸后

第五十七章 刺杀美座时成

正在起火燃烧。不久之后,一艘受重伤的日本军舰开始慢慢沉入江底。

这个场面让方仁先和杜兴城兴奋不已。

中国空军又有能力袭击武汉的日军了,这是一个令人振奋的信号。这意味着,在抗战中消耗殆尽的中国空军,终于在美国的支援下,正在慢慢地恢复。失去国际援助的中国抗日战争终于熬过最艰难、最危险的阶段。中国战场已经开始发生有利于中国的转变,虽然这种转变刚刚开始,而且微不足道,但是,这种微妙的转变已经让中国政府和人民坚定了战胜日本的信心和决心。

江边有很多像方仁先和杜兴城一样,怀着激动心情观看中国空军轰炸日本军舰的市民。

空袭结束后,很多人久久不愿意离去,他们围在一起,兴奋地议论着刚才的空袭。人们一扫往日的郁闷,一个个都表现得兴高采烈。从他们的表情和言语能够感受到,他们对抗战的前途不再像以前那样悲观,他们不再认为中国战胜日本是不可能的。

方仁先和杜兴城混在人群中眉飞色舞地和其他人谈论着。

不过,他们俩很快就明白过来,他们身上的伪军军装让他们成为不受欢迎的人。人们以为他们是汉奸,向他们投来轻蔑和鄙夷的目光。看到人们鄙视的神情,方仁先和杜兴城倍觉尴尬,只好灰溜溜地离开。

回到黄卫军司令部,方仁先和杜兴城将刚才的空袭讲给李国盛听,李国盛听了后也备受鼓舞。

想起刚才遭人鄙视的情形,杜兴城不禁叹了口气。

"看到我们的空军袭击日军,本来心情很好的,可是,这身狗皮遭人鄙视,让人感到羞愧!"

"别想这些了!我们现在的处境,难免遭人误解。不过,我们自己明白我们不是汉奸就行了。"方仁先刚才心里也觉得憋屈,可现在已经想明白了。

"不要计较这些,回去之后我有任务安排给你们!"李国盛带着神秘的笑容对方仁先和杜兴城说。

李国盛、方仁先和杜兴城三人下班后,开车回到华昌街的住处。

李国盛现在用的汽车就是他原来军统武汉区的汽车。这辆车在他被捕之后,被日军宪兵队没收。不过,李国盛假降日本人后,美座时成和伍岛茂为了笼络他,将汽车还给了他。

进屋后李国盛让杜兴城关上大门。

三人围着客厅里的沙发坐下,李国盛从上衣口袋里掏出一张纸,

武汉谍战

"机会来了，兄弟们！我们有机会干掉美座时成了！"说完，李国盛将手中的纸递给方仁先和杜兴城。

这是一份会议通知，美座时成将会去湖北大冶，参加一个维护大冶铁矿治安的会议，确保日军能够将大冶铁矿的矿石安全运往黄石港，然后用船转运到日本。

大冶地处湖北黄石港和石灰窑（注：今属黄石）西南面，离石灰窑大约15公里左右。大冶地区盛产铁矿石，这是日本急需的战略物资。

太平洋战争爆发后，日本受到盟国的封锁，国内的物资比以前更加匮乏。因此，日本只能加大掠夺中国资源的力度。大冶出产的铁矿石更加受到日本军部的重视。

可是大冶矿山地处群山连绵的鄂东地区，受到来自程汝怀的鄂东游击总队，方步舟的鄂南第八游击纵队以及新四军鄂南游击队的东、南、西三面包围。大冶矿区以及矿山通往黄石港的铁路和公路运输经常受到游击队的袭击，治安问题一直让日军感到头痛。

正是在这种形势下，日军决定在7月中旬召开大冶地区的治安会议，解决治安问题。

李国盛跟方仁先和杜兴城交代了几句之后，准备出门。

方仁先想开车送李国盛，可李国盛没有同意。为了安全，他不能让其他人知道传送情报的地点。他必须自己一个人去。

李国盛出门后，自己开车来到汉口网球场。他将汽车停在网球场大门外，下车朝大门走去。

进大门时，李国盛朝看门的老头点了点头，将会员证递给老头，告诉老头他把东西忘在存衣柜里面，现在回来取。看门老头接过李国盛的证件看了一眼，便放李国盛进去。

现在正好是晚上，几个网球场上虽然亮着灯，但只有一个球场上有人在打球，其余网球场几乎全都空着。

李国盛走进更衣室，来到第22号存衣柜前，用陶大正留给他的钥匙打开第22号存衣柜。李国盛之前来这里熟悉过网球场和更衣室的环境，因此，他知道第22号存衣柜在哪里。

李国盛将写着情报的字条，放进柜子里的一件网球裤的口袋里，然后锁上存衣柜的门，离开更衣室。

二

　　李国盛很快回到家,方仁先和杜兴城在等着他。

　　"老板,情报送出去了？"方仁先关心地问李国盛。

　　"送出去了。"

　　"需要我们做什么吗？"杜兴城的脸上充满期待。看得出,他想参加暗杀美座时成的行动。

　　"不需要！我们只需提供情报,会有人去收拾美座时成的！"李国盛明白方仁先和杜兴城两人的心思。不过,他认为组织上会安排其他人去完成这个任务。

　　正在这时,砰,砰砰……外面传来了枪声。这是日军三八大盖的枪声。

　　李国盛、方仁先和杜兴城听到枪声后,立刻警觉起来。方仁先和杜兴城走过去打开大门,观察外面发生什么事。

　　方仁先看到昏暗的街上隐隐约约的有一个人正从江边方向朝这边跑过来,离他们不远。

　　方仁先想都没想,立刻对这个人轻声喊道:"这边,这边！"让这个人到他这边来。

　　正朝这边奔跑的人听到方仁先的喊声,也没有多想,就朝方仁先跑过来。

　　这个人跑到门前,方仁先和杜兴城借着从门里透出的光线,看清楚了这个人的脸。方仁先和杜兴城万万没想到,这人居然是华相成！

　　方仁先和杜兴城见情况紧急,顾不得和华相成说话,赶紧将他一把拉进门,然后将门关上。

　　华相成刚才急于逃命,听到喊叫声之后,根本就没有细想,立刻就朝喊叫的人跑去,他本能地认为这是一个难得的逃生机会。

　　华相成被拉进屋后,借着屋里的灯光,才看清楚面前的两个人,原来是投降日本人的叛徒方仁先和杜兴城！

　　眼前的情形不禁让华相成大吃一惊,他刚刚松弛一点的神经立刻又紧张起来。他迅速举起手中的枪,将枪口对准方仁先和杜兴城。

　　正在这时,外面传来杂乱的脚步声和日本人的叫喊声。追赶华相成的日本兵已经到附近了。

　　屋里的李国盛也认出进来的人是华相成,于是,他快步走到华相成面前。华相成一看是李国盛,马上将枪口转向他。

武汉谍战

　　李国盛见状，赶紧给华相成做了一个安静的手势，然后轻声地叫华相成上二楼去躲藏起来。

　　华相成满脸露出不信任的样子，他不相信李国盛、方仁先和杜兴城这三个叛徒会发善心救他。

　　这时，门外传来嘈杂的脚步声和日本人的喊叫声，接着，听到有人敲门。

　　情况紧急！李国盛顾不得那么多，立刻伸手拉起华相成就朝楼梯走去。

　　华相成知道追他的日本兵正在敲门。虽然他不信任李国盛，但目前没有别的办法，只好跟着李国盛上楼。

　　上二楼之后，李国盛让华相成在他的房间藏起来，随后他匆匆下楼，来到一楼客厅。

　　客厅里一直拖延着不开门的方仁先见李国盛从二楼下来，这才将大门打开。

　　门一开，门外的几个日军宪兵便不由分说冲进屋，方仁先想拦都拦不住。

　　进屋后，几个日本宪兵发现通向二楼的楼梯，便朝楼梯冲去。李国盛见状，立刻大声阻止这些日本宪兵。

　　"站住！你们要干什么？"李国盛说的是日语，他肩上挂的军衔是黄卫军少将。

　　"我们正在追捕一名杀害日军士兵的凶手！"

　　带队的宪兵军曹本来没把李国盛他们这些伪军看在眼里，但是听到李国盛会说日语，便对李国盛客气了几分。

　　"我刚才听到枪声，原来是有抵抗分子杀害日军士兵！"

　　听了宪兵军曹的话之后，李国盛好像刚明白过来一样。于是，他故意用中国话问方仁先和杜兴城："你们两个，发现什么情况没有？"

　　"报告长官，没有发现任何情况！"方仁先大声回答。

　　"我的人没有发现任何情况，这里也没有其他人，请你们到别的地方去搜查吧，不要在这里浪费时间了。"李国盛笑容可掬地用日语对宪兵曹长说。

　　"不行，长官！我们必须搜查你的房子，请你原谅！"宪兵曹长坚持要搜查。

　　"好吧，既然你们要搜查，我也没意见。不过请你们别弄乱我的屋子！"李国盛知道不能强行阻止日本宪兵搜查，否则会引起日本人的怀疑。于是他只好同意让日本宪兵搜查自己的房子。

　　几个日本宪兵上了二楼。他们挨个地仔细搜查了二楼的两间卧室和一个卫生间，没有发现他们要找的人，便从二楼下来。

第五十七章 刺杀美座时成

宪兵曹长见没有发现他们要找的人,便恭敬地弯腰对李国盛说了声:"给你添麻烦了!"然后带着几名宪兵离开李国盛的房子,去别家继续搜查。

原来,李国盛让华相成藏在他卧室的窗户外面。李国盛卧室的窗户外面有伸出来的窗户沿子和下水管,华相成按照李国盛的吩咐爬出窗口,用手握住下水管,贴着窗户旁的外墙站在伸出来的窗户沿子上。日本兵进房间搜查时,虽然伸头朝窗外看了看,但没发现华相成。

日本人离开后,李国盛便上楼来到卧室窗口,伸手将华相成拉进窗口。

刚才,藏在窗外的华相成满腹狐疑,怎么也想不明白李国盛为什么要救他。后来,他认为李国盛他们虽然叛变投敌,但是念着往日的战友之情,才冒险救他。

从窗口跳进房间后,华相成看到方仁先和杜兴城也上楼来到李国盛的房间。

方仁先和杜兴城见到华相成,就像老朋友一样,立刻上前和华相成握手。华相成虽然热情地和方仁先、杜兴城握手,但心里仍然充满疑问。

"你们?"

华相成实在忍不住,便试探着问道。

"我们是叛徒,对吗?"方仁先笑了,"我们没叛变,我们是假投降!"

"假投降?"

本来,李国盛、方仁先和杜兴城是不能够告诉华相成任何关于他们假降的事,但是今天正好碰上,再想隐瞒是不可能了。

"是的,假降!"

李国盛郑重其事地回答。接着,他十分严肃地叮嘱华相成:"你必须保证,你今天看到和听到的所有事情,都不能够说出去!"

"是,老板!"

听了李国盛的话,华相成掩饰不住内心的激动,大声地回答李国盛——他又把李国盛当成军统武汉区长了。

"你不是撤出武汉了吗?为什么今天会在这里?"李国盛不解地问华相成。

"是撤出去了。不过我奉命回来重建联络站。"

华相成将撤出武汉之后发生的事,简要地向李国盛做了报告。为了保密,他没有说得很详细。

"刚才是怎么回事?"李国盛好奇地问华相成。

"刚才,"听李国盛问到刚才的事情,华相成的脸上露出不好意思的表情，"我在江边寻找机会杀日本兵，可是转了半天也没见一个落单的。没办法，我只好决定对江边日军码头大门前站岗的日本兵下手。没想到我刚刚开枪打死码头门前站岗的日本兵，就被附近街上巡逻的日本宪兵给发现。于是我不顾一切撒腿就跑，日本宪兵跟在我后面一路追过来。幸亏遇到了你们，否则……"华相成想起刚才的事，不免有些后怕。

华相成告诉李国盛，本来应该是赵云清在武汉重建联络站，可赵云清请假回老家陪妻子何慧娴生孩子去了，因此他奉命临时接替赵云清。

李国盛非常关心军统武汉区目前的情况，但他知道军统的纪律，不该他知道的事情不能问太多。因此，他只是简略地问了一下华相成军统武汉区目前的情况。

接着，李国盛将美座时成要到大冶开会的情报告诉华相成，让华相成报告唐新，看看军统武汉区能不能做些什么。

为了安全起见，当晚李国盛让华相成住在自己这里。

能够和以前出死入生的战友重逢，让华相成兴奋不已。华相成、方仁先、杜兴城三人住一个房间，他们之间有很多话说，一直聊到差不多天亮才睡。

第二天早上，华相成临离开前，李国盛再三对他强调，除了唐新之外，他不能告诉任何人昨天发生的事情。

华相成问李国盛，以后他还能不能来这里看他们？李国盛回答说不能，除非经过组织的同意。

三

美座时成没有按照原计划乘汽车走陆路到大冶，而是采纳伍岛茂的建议，乘坐海军的交通船走水路到黄石港，再乘汽车到大冶。

伍岛茂收到情报说游击队会在美座时成经过的公路上伏击他的车队，因此建议美座时成改走长江水路。

伍岛茂的建议让美座时成避开方步舟鄂南第八游击纵队设下的埋伏，从而逃过一劫。

陪同美座时成前往大冶的是汉口陆军特务部指导官本清宏大佐。他们一行到达黄石港后，受到大冶宪兵队小岛队长的亲自迎接。美座时成一行在小岛队长的陪同下，分乘几辆汽车离开码头前往大冶县城。

第五十七章 刺杀美座时成

大冶县城离黄石港只有十几公里。半个小时之后，美座时成的车队就到达了大冶县城。

进了大冶县城之后，美座的车队来到日军大冶矿区警备大队司令部大院。

这座大院原本是大冶矿山管理局机关，里面有一栋4层楼的办公楼，算是大冶县城最好的建筑。日本人占领大冶之后，征用了这座大楼。

美座时成和本清宏大佐被安排在日军矿区警备大队司令部住下，这里警卫森严，非常安全。

美座时成到达大冶的第二天，便主持召开了大冶矿区治安军事会议。

出席这次会议的人包括负责治安、军事和情报工作的石灰窑（现在黄石市的一部分）宪兵队长松尾中佐，大冶县宪兵队长小岛少佐，大冶矿区警备大队长石田中佐，汉口特务部派遣的大冶县伪政府顾问，大冶县伪县长，大冶县附近驻扎的日军部队指挥官以及陪同美座时成一起来大冶的汉口特务部指导官本清宏大佐。

美座时成在会议开始后，首先强调大冶铁矿石对日本的重要性。然后他话锋一转，指出大冶矿山地区存在的治安问题，并列举了最近一段时期以来，矿山以及运输线遭受游击队袭击的具体事例。

会议重新划分了各部门的职责，要求各部门通力合作，维护矿山的正常生产以及交通运输安全；会议要求加强对游击队的情报工作，摸清游击队的动向，并给予针对性的打击；会议还要求周边的日军作战部队加强对这一地区游击队的清剿，确保大冶的铁矿石顺利运往日本。

会议当天就结束了。

不过，按照美座时成此行的日程安排，会议结束的第二天，美座时成还要去矿区现场检查矿区铁路和公路运输线的安全警备状况。

第二天早上，美座时成和本清宏大佐在小岛队长的陪同下，乘坐矿山铁路巡逻铁甲车从县城出发，视察矿山铁路运输线沿路的安全保卫工作。

四

宋岳、华相成、汪鸿翔、邢万年和吴毅五人天没亮就在山坡上埋伏，到现在已经有好几个小时了。

陪同宋岳他们的吴毅是军统潜伏在大冶的情报员。

他们埋伏在矿山铁路边山坡上的树林里面，这里离铁路有200多米远。从这

武汉谍战

里居高临下，可以将铁路线上几里外的情况尽收眼底。这个地方正好处在大冶县城和驻矿山的警备队中间，日军的增援部队赶到这里需要花时间。而且这里背靠大山，宋岳他们很容易撤退。

他们此行的目的是刺杀汉口宪兵队长美座时成，这是戴笠的命令。戴笠认为，在军统武汉区受到如此重创之后，刺杀美座时成对于恢复战斗在武汉地区军统人员的信心，重振他们的士气，会有很大的帮助。另外，制裁美座时成也可以给日伪一个威慑，这是一举两得的事情。

吴毅的掩护身份是矿山运输处调度员，负责矿区铁路和公路运输车辆的调度。

这次要在大冶刺杀美座时成，戴笠马上想到吴毅。唐新按照戴笠的指示，安排宋岳带领华相成、汪鸿翔和邢万年来大冶与吴毅联系，让吴毅给他们提供关于美座时成的情报，配合他们袭击美座时成。

其实，按照戴笠的计划，宋岳他们应该算是备用小组。

戴笠的计划是由方步舟的鄂南第八游击支队在半路上伏击美座时成的汽车并将其截杀。如果方步舟没有能够杀死美座时成，那么再由宋岳小组继续完成刺杀美座时成的任务。

果然，狡猾的美座时成临时改走水路，避过方步舟在半路的截杀。

宋岳小组天亮前已经在铁轨的路基下面埋好炸药，并且将引爆炸药的引爆器电线拉到他们隐蔽的树林里面。

炸药埋得非常隐蔽。宋岳他们将铁轨下面的碎石掏空，将炸药埋设在铁轨下面，然后在炸药上盖上碎石，让人看起来没什么异样。因此，经过的日军巡逻队没有发现铁轨下埋藏的炸药。

所有的准备工作都已经完成，只等美座时成的巡逻车到来。

华相成手里握着一支带瞄准镜的德制K98狙击步枪，汪鸿翔面前放着一台引爆器。

九点多钟，几里外的一辆铁甲巡逻车终于出现在宋岳他们的视野里。这辆铁甲巡逻车的速度不快，正朝着宋岳他们的埋伏地点不紧不慢地开过来。

铁甲车驶近后，宋岳看清铁甲车后面挂着一辆小型平车，平车上坐着十几个日本兵，负责保卫前面的铁甲车。

铁甲车的四周有射击孔，里面的人可以通过射击孔观察外面的情况，也可以通过射击孔向外面的目标射击。宋岳观察到，铁甲车前面的射击孔伸出一挺轻机枪。

第五十七章 刺杀美座时成

"是这辆铁甲车吗？"宋岳让吴毅最后确认一下。

"就是这辆！"吴毅非常肯定。

"准备！"宋岳提醒负责引爆炸药的汪鸿翔。

汪鸿翔手握引爆器的开关，等待着宋岳的命令。

当铁甲巡逻车开到埋藏的炸药上面时，宋岳发出引爆的命令："起爆！"

汪鸿翔听到起爆的命令后，迅速地按下起爆开关。

轰的一声巨响，炸药在铁甲车的下面爆炸。

铁甲车顿时被猛烈的爆炸掀翻在路基上，后面的平车也被爆炸的气浪掀翻，车上所有的日本兵都被抛到铁路边。有几个士兵被落下的平车压住，痛得忍不住发出惨叫，没被平车压伤的日本兵也被摔得鼻青脸肿，一副狼狈不堪的样子。

好在铁甲车的底部也有防护装甲，因此爆炸的威力没有击穿底部的装甲。但是爆炸时的剧烈震动还是让铁甲车里面的美座时成、本清宏和小岛队长以及两名士兵失去知觉，他们的身体随着铁甲车翻滚，猛烈地撞击着车身，顿时被撞得头破血流，全都受了重伤，躺在车里不能动弹。

过了一会儿，从平车上摔下来的日军班长清醒过来。

他看到铁甲车翻到路基边，赶忙大声命令他的士兵抢救铁甲车里面的军官。

几个受轻伤的士兵听到命令，急忙爬到铁甲车的车身上面，抢救铁甲车里面的军官。

日本兵艰难地打开铁甲车的门，然后将受伤的人一个接一个从车里面救出来。

总共有五个人被从铁甲车里面救出，他们都受了重伤，奄奄一息地躺在路基边，等待救援。

"看清楚了吗？第一个是少佐，第二个是士兵，第三个是美座时成，第四个是本清宏大佐，第五个是士兵。干掉所有军官！"宋岳一边用望远镜观察着从铁甲车里抬出的人，一边告诉华相成。

华相成用枪声做了回答。

砰！他开了第一枪，这一枪射进美座时成的胸膛。他本来打算射美座时成的头，可是美座时成躺在地上，他的头刚好被一块半大不小的石头挡住，因此华相成只好瞄准美座时成的心口开枪。

惊魂未定的日本兵听到枪声之后，这才意识到周围可能有敌人的狙击手。

武汉谍战

日军班长急忙命令机枪手朝枪响的方位射击，同时命令几个日本兵去抢救中弹的美座时成大佐。几个日本兵冲到美座时成身边，慌忙地抬起躺在地上的美座时成，将他藏到倾覆的铁甲车后面躲避子弹。

此刻，华相成已经射出第二颗子弹，这一枪击中本清宏大佐的脑袋，本清宏大佐当场毙命。

华相成听到日军的轻机枪开火了。不过，他知道这是日军的漫射，日军机枪手根本不可能这么快就发现他的位置。

华相成举枪瞄准小岛少佐，接着扣动扳机开了第三枪，子弹射进小岛的头部。小岛头一歪就死了。

"目标全部命中！"打完第三枪之后，华相成向宋岳报告。

宋岳从望远镜看到，藏好美座时成的日本兵现在正回头抢救中弹的本清和小岛。

这时，日军的机枪手已经发现华相成的位置，立刻向他猛烈射击，一串串子弹打在华相成四周的树干上和泥土里，发出飕飕的声音。华相成和其他人赶忙趴在地上，躲避敌人射来的子弹。

趁日军机枪手换弹夹的时候，华相成抬头观察铁路边敌人的情况。他发现中弹的美座时成、本清宏和小岛三个日本军官已经被日本兵抬到倾覆的铁甲车后面隐蔽起来。华相成本来想击中本清宏和小岛之后，回头再给美座时成补一枪的，现在已经失去机会。一怒之下，他开枪射穿日军机枪手的头。

日军已经发现宋岳他们的位置，不能继续恋战。

因此，宋岳果断命令撤离，不然等日军的援军到达之后，就难以摆脱。

美座时成遇袭后，虽然生命垂危，但他并没有死；而本清宏大佐和小岛少佐就没美座时成那么幸运了，他们被子弹击中头部，当场毙命。

由于铁甲车下面的爆炸产生的剧烈震荡和撞击，造成美座时成的大脑和内脏严重受损；更为严重的是，他的胸口被子弹打穿，受了致命伤。幸运的是，子弹从离心脏一厘米的地方穿过，没有伤到他的心脏。

美座时成已经被送回汉口日军陆军医院治疗，目前还没有脱离危险。医生对他的情况并不乐观，他们认为美座时成即使能够从死神手里逃脱，他的身体也不可能恢复到受伤前的状况。医生建议，如果美座时成能够摆脱死神活下来，等他胸口的致命伤稳定之后，将美座时成送回日本国内治疗。

一个多月后，美座时成的伤果然开始好转。不久之后，他被送回日本治疗。自此一直到战争结束，美座时成由于健康原因，再也没有返回中国战场。

第五十七章　刺杀美座时成

日军第十一军司令部很快就作出了人事上的安排，任命福本龟治中佐接替美座时成担任汉口宪兵队长的职务。

第五十八章　福本龟治

一

何慧娴顺利地生下第二个孩子，也是个男孩。

第二个孩子出生后，赵云清全家人都沉浸在喜庆的气氛中。

自从日军占领纸坊县城之后，造成百业凋零、民不聊生。赵云清家米店的生意也随着市况的日益低落每况愈下，家里的境况越来越差。

但是，遇到孩子出生这样大的喜事，即使家境越来越差，赵云清还是热热闹闹地为他们的第二个孩子做了满月。

孩子满月后不到半个月，赵云清就不得不向何慧娴和孩子以及父母告别。他还有任务，必须回武汉。何慧娴要求和赵云清一起回武汉，可是赵云清不同意。

现在，赵云清在武汉的处境比以前更加危险，他时时刻刻都处在刀锋浪尖上。他担心万一出什么事，会连累到何慧娴和孩子，这是赵云清绝对不允许的。因此，为了何慧娴和孩子的安全，让自己没有后顾之忧，赵云清劝何慧娴带着两个孩子暂时留在纸坊和他的父母住在一起。他答应何慧娴他会经常回来看望她和孩子。

何慧娴理解赵云清的一片苦心，因此没有再坚持和他一起去武汉。她一再

第五十八章 福本龟治

地嘱咐赵云清千万要谨慎小心，她和孩子还有父母都盼着他平安回来。

几天以后，赵云清回到他在汉口长堤街的杂货店。此时，华相成已经从大冶执行完刺杀美座时成的任务，回到汉口一个多星期了。

赵云清走进杂货店时，华相成正无精打采地坐在柜台里。见赵云清回来，华相成赶忙从柜台里面站起来迎接赵云清。两人像久别的朋友一样，热情地打招呼，问长问短。

赵云清将手里的包裹放在柜台上，然后满怀兴奋地告诉华相成，他媳妇何慧娴给他生了第二个儿子。他一边说话，一边打开包裹，将带来的红鸡蛋和其他礼物送给华相成。华相成听说赵云清添了第二个儿子，嘴里一个劲儿地向赵云清道喜。

华相成向赵云清简单地报告了一下赵云清不在的时候这里发生的事情。他特别提到他们到大冶袭击美座时成的事，但是他没有提到李国盛、方仁先和杜兴城。因为军统总部那边专门密电唐新，严令华相成不要将李国盛他们假降日本人的事告诉其他人。

赵云清听说华相成他们干掉了美座时成，心里非常高兴。他感谢华相成为死去的弟兄们报了仇。当时，华相成和军统武汉区并不知道美座时成只是受了重伤，并没有死。

回到汉口后，赵云清和华相成继续寻找合适的地方做联络站。不久之后，他们终于找到一间绸布店。这间绸布店地处的位置以及周围的环境，非常适合做联络站。

这间绸布店在湖南街靠近江汉路路口的闹市区，平时过往的行人和商贾非常多，正好隐于闹市之中。

这间绸布店是一栋二层楼的房子。一楼是店堂，二楼有三间房子可以住人。这里每天都有不少顾客光临，因此作为联络站不会引起别人的注意。

赵云清请示唐新同意后，盘下这间绸布店，作为军统武汉区在汉口的联络站。赵云清将这个绸布店起名为富源绸布店。

唐新任命赵云清为联络站站长，华相成和汪鸿翔做赵云清的助手。赵云清的公开身份是绸布店老板，华相成和汪鸿翔是店里的伙计。

联络站虽然重新建好，但是还没有无线电台，给今后的通讯联络会带来很多不便。因此，赵云清请求唐新尽快想办法给联络站配备一部电台。

不久之后，唐新就派人给赵云清送来一部体积很小的美国电台。

武汉谍战

二

比格亚将总部提供给他的国际情报，陆续交给姚筠伯。姚筠伯收到这些情报之后非常高兴，马上转交给伍岛茂和76号总部。

这些国际情报都是经过美国战略情报局情报专家筛选过的，都是真实的并具有一定的时效性，有些还是很重要的军事情报和战略情报。但是这些情报要么对日本的实用性不大，要么就是时效性很短，很难加以利用。

虽然姚筠伯并不清楚比格亚提供的这些国际情报到底有多大的价值，但是，从日军情报机关对这些情报的重视程度来看，比格亚提供的情报相当有价值。日本人因此更加赏识姚筠伯，让姚筠伯觉得很有成就感。因此姚筠伯对比格亚越来越信任。

姚筠伯第一次收到比格亚的情报之后，问过比格亚的情报来源。比格亚告诉姚筠伯他的情报都是生意上的朋友无意间透露给他的，不愿意透露情报来源。姚筠伯也是懂规矩的人，因此以后再也没有问过比格亚。

比格亚取得姚筠伯的信任之后，便开始恢复收集和传递有关日本的情报给总部。他在与各国商人的生意来往中，特别是在与日本商人的生意来往中，收集日军从中国和东南亚各国掠夺各种战略物资的情报，并且通过日本商人了解日本国内哪些物资短缺。他将这些情报发回美国战略情报局。情报局的专家根据情报分析出日本国内的经济状况以及军工和民用生产能力，从而判断出日本的后续战争能力，供美国总统和五角大楼制订对日战略时参考。

由于汉口宪兵队无线电侦测车的存在，给比格亚与总部之间的无线电通讯联络造成很大的威胁，因此比格亚不得不每隔一段时间就变更发报的地点和通讯频率，并且每次发报的时间都限制在10分钟之内。这样做虽然安全，但是严重地影响了情报的传送速度和质量。

为了解决与总部的无线电通讯问题，比格亚密电请求战略情报局总部给予帮助。总部收到比格亚的密电后，答应他尽快想办法帮他解决这个棘手的问题。

不久之后，总部密电通知比格亚，已经找到解决办法，并告诉他总部已经派出相关人员与他接头。

一天下午，一个中年人来到比格洋行找比格亚。

中年人见到比格亚之后，自称是朋友介绍来的，需要借比格亚的车用几天。和中年人对上接头暗号之后，比格亚将自己的汽车交给了他。中年人告诉

第五十八章　福本龟治

比格亚三天之后还车，然后将车开走。

三天以后的下午，中年人将车开回来还给比格亚。

中年人指着汽车顶上的行李架告诉比格亚，行李架已经改装成无线电台的天线，天线通过导线延伸到汽车内。

接着，中年人掀开汽车后座的坐垫给比格亚看。比格亚发现坐垫下面专门改造成一个暗舱，可以将电台藏在里面。暗舱里面有两段绝缘导线，其中一段连接到天线，另一段接到汽车的电源。比格亚需要做的，就是将电台藏在暗格里固定好，然后将这两段导线分别连接到电台的天线接头和电源插座上。中年人告诉比格亚，只要将汽车开到想要发报的地点停下，然后打开后座坐垫，接通电台的电源开关，就可以正常发收报。

交代完毕之后，中年人就离开了。

比格亚始终不知道这个人的姓名，也不知道自己的汽车是在哪里改装的。

比格亚的汽车现在成了一个可移动的无线电收发报平台，可以在任何地方停车发报。宪兵队的无线电侦测车将无法侦测到电台的具体位置。

第二天晚上是规定的联络时间。比格亚开车来到巴黎街的秘密住所。他进屋后将电台取出来，放进一个小手提箱里，然后提着箱子出门，回到他的汽车旁。他打开汽车后座的车门，将箱子放在汽车的后座上。

比格亚开着汽车来到法租界德托美领事街，在路边停下来。

比格亚从汽车驾驶室下车，打开汽车后座车门，坐到汽车的后座上。他将车门从里面锁上，并拉上汽车后座的窗帘。他打开后座上的手提箱，从里面取出电台，然后掀开坐垫，按照中年人的吩咐将电台固定在暗格里，最后接上天线和电源线。

电台准备好之后，比格亚打开电台的电源，将电台调到规定的频率，然后开始给总部发报。

比格亚持续发报大约十分钟之后，立刻关掉电台，然后将汽车开到另外一个地方继续发报。

前后换了三个地方，比格亚终于发完密电。总部回电告诉比格亚，通讯的效果非常好。

收到总部回电后，比格亚高兴极了。从今以后，他可以在车上给总部发报，日本人的侦测车根本无法测定电台的位置。

如果有一个人在比格亚停车发报时坐在驾驶座上担任警戒，并且随时可以开车离开的话，将会更安全。不过，就算是比格亚一个人发报，只要他谨慎一些，也不会出问题。因为目前他只在法租界里面发报，不会像在法租界外面那样，随时都会遇到日本宪兵的检查。

从那天开始，比格亚通过各种渠道收集到的日本政治、经济和军事战略情报源源不断地通过汽车无线电台发回美国战略情报局。

三

接替美座时成担任汉口宪兵队长的是福本龟治中佐，他之前是日军著名的间谍学校——陆军中野学校的创建人和负责人。

日本为了适应现代战争的需要，于1938年成立了专门培养和训练间谍的学校——陆军中野学校。学校的学员全部是由陆军各部队推荐的佼佼者。

中野学校的学生毕业后，被派遣到中国、美国、俄国等从事间谍活动。

福本龟治比他的前任更重视情报和渗透。他担任汉口宪兵队长之后的第一件事，就是利用自己的特殊身份，调来一些他的学生充当汉口宪兵队的秘密特工，帮助他收集抵抗组织的情报。福本龟治要求这些秘密特工想方设法渗透进武汉地区的抵抗组织，收集情报，从事破坏活动。

福本龟治上任后不久，在一个秘密住所单独召见了他的三名秘密特工，分别给这三名秘密特工安排了具体的任务。除了福本龟治本人之外，宪兵队没有人知道这三名秘密特工的存在。

按照福本龟治的要求，这三名秘密特工从一开始就隐入市井之中。为了保密，这三名特工只与福本龟治保持单线联系。

与此同时，福本龟治专门拜访了日军第十一军的情报课长岩田正隆和汉口特务部情报课长山下内二，请他们加强情报合作，共同对付武汉的秘密抗日组织。

自从军统打掉三浦太郎的情报网之后，岩田正隆的情报来源受到很大影响。当他得知三浦太郎和原田美香出卖了潜伏在中国军队和政府内的日军间谍之后，气得咬牙切齿，恨不得亲手杀了他们。

后来，岩田正隆根据军部的要求重建第十一军情报网。军部向他推荐了一些中野学校毕业的间谍，他利用这些间谍重建了他的情报网。

但是，由于这些间谍渗透进中国军政部门的时间短，多数人还没有能够取得重要的职务，因此不可能像以前那些长时间潜伏在中国政府和军队中，占据重要职务的日军间谍一样，轻而易举地就能够获取中国政府和军队的重要情报。岩田正隆明白，这些年轻的间谍需要时间，不能操之过急。岩田正隆的

第五十八章 福本龟治

情报网隶属于大本营参谋部情报部，与福本龟治的宪兵队情报系统没有多少关联，不过，岩田正隆答应福本龟治，如果他收集到秘密抗日组织的情报，一定会转交给他。

汉口特务部主管情报工作的第二课课长山下内二，也建立了自己的情报网，专门收集武汉地区抵抗组织的情报。他们可以和宪兵队互通各自获取的秘密抗日组织情报。

详细分析了目前的形势之后，福本龟治本来打算从美座时成在大冶遇袭的事件入手，弄清楚到底是谁将美座时成的行程泄露给袭击者。

关于美座时成大佐遇刺的事，福本龟治专门问过伍岛茂和山下内二，可是他们都没有一个肯定的结论。伍岛茂和山下内二都调查过此事，调查的结果不能肯定泄密者是在武汉还是在大冶，因为武汉和大冶两个地方知道美座时成行程的人，至少有上百个，根本无从查起。美座时成毕竟不是什么重要的官员，他的行踪并不是保密的。因此，福本龟治只好放弃原来的想法。

福本龟治了解汉口宪兵队和特务部几年来打击抵抗组织的情况之后，觉得汉口宪兵队和特务部对付武汉地区秘密抗日组织的成效还是不错的。尽管武汉的秘密抗日组织给日军造成了很大的破坏，但是，宪兵队和特务部也彻底铲除了武汉的军统组织；同时，宪兵队的无线电侦测车破获了不少秘密电台，让抵抗组织如同惊弓之鸟，迫使他们不敢在武汉市区正常使用电台与外界联络，致使武汉秘密抗日组织的无线电通讯陷入半瘫痪状态。

福本龟治认为，正是由于美座时成对抵抗组织的无情打击，让抵抗组织对他恨之入骨，才迫使他们想方设法地除掉他。

福本龟治接手的并不是一个乱摊子，因此，他对今后的工作表现出极大的信心。他相信，军统目前肯定迫不及待地想要重建武汉地区的情报组织，因此难免出现疏忽和漏洞。这样，他的秘密特工就有机会趁虚而入，渗透进军统组织。他告诫自己和他的秘密特工，现在需要的是耐心，等待时机的到来。

福本龟治还专门召见过特工总部武汉区长姚筠伯。他认为对付中国的秘密抗日组织，必须依赖中国人的帮助，否则将会寸步难行。这就是所谓的以华制华政策。

福本龟治从伍岛茂那里了解到姚筠伯的工作能力和工作表现之后，对姚筠伯非常欣赏。他希望姚筠伯的特工总部武汉区在消灭抵抗组织，维护武汉的治安方面，发挥更大作用。

福本龟治的欣赏让姚筠伯受宠若惊。他表示今后坚决服从福本龟治的指挥，

武汉谍战

为肃清武汉的抵抗组织，维护武汉的治安效力，为建立大东亚共荣圈效力。

正当姚筠伯准备在武汉大显身手的时候，上海的76号特工总部下令将特工总部武汉区迁到南昌，武汉区长姚筠伯调回特工总部任职。特工总部在武汉只留下一个直属组，组长由姚筠伯原来的副手张孟青担任。

第五十九章　战友重逢

一

下午6点多钟，方仁先正开着汽车从黄卫军司令部回家。杜兴城坐在他旁边的副驾驶座位上，李国盛坐在汽车的后座。

当方仁先开着车从江汉路转进湖南路的时候，赵云清正好送一个顾客从绸布店出来。

开车的方仁先无意中看到正和顾客挥手告别的赵云清。突然见到同生死共患难的战友，方仁先忍不住心里一阵激动。他本能地踩住刹车，汽车停了下来。

赵云清见一辆汽车停在门前，便下意识地朝这辆车看去。没想到看到的情景，让他大吃一惊。赵云清认出开车的人是方仁先，而方仁先此刻也正面带惊喜地看着赵云清。

坐在汽车里面的杜兴城和李国盛见方仁先突然停车，正感到好奇。他俩见方仁先转头看着外面，不由得顺着方仁先的视线看过去，发现赵云清正满脸惊讶地看着他们。

赵云清此刻也看清了车里面的杜兴城和李国盛，他的脸色顿时由惊讶变成凝重。

自从李国盛、方仁先和杜兴城被捕后，组织上告诉赵云清，他们三人已经叛变，提醒他要特别防范他们。

赵云清慢慢将手伸到腰间，准备掏枪。

满心欢喜愣在那里的方仁先见赵云清伸手掏枪，这才意识到赵云清还在误会自己。他立刻面带恳切地朝赵云清摇头，示意他不要掏枪。

赵云清见方仁先示意自己不要掏枪，感觉到方仁先似乎并没有敌意，便开始犹豫起来，掏枪的手停在腰间。

这时，店堂里的华相成发现赵云清站在店门外满脸紧张地盯着门前停着的一辆汽车，觉得有些不对劲，便走过去查看。

华相成刚走到门口，就发现汽车里坐着方仁先、杜兴城和李国盛，马上明白过来是怎么回事。

华相成赶紧对方仁先使了一个眼色，让他开车离开，然后拉着满脸狐疑的赵云清回店堂。

赵云清被华相成拉着往店堂里边走，但他仍然回头看着正开车离开的方仁先以及坐在汽车后座的李国盛。

回到店堂里面后，赵云清迫不及待地问华相成：

"你看清楚汽车里面的人了吗？"

"看清楚了。"华相成点点头。

"他们是李国盛、方仁先和杜兴城！"赵云清压低嗓门，着急地对华相成说。

"我知道。"华相成口气轻松地回答。

旁边的汪鸿翔听到李国盛、方仁先和杜兴城三人的名字，立刻凑过来，想弄清楚怎么回事。

"他们都叛变了，现在正帮日本人做事。联络站已经暴露，你不明白吗？"赵云清瞪大眼睛看着一脸满不在乎的华相成。

到了这一步，华相成觉得没必要再隐瞒下去。于是，他将那天晚上李国盛他们救他的事情全都告诉了赵云清和汪鸿翔。

"假降？真的吗？太好了！我就知道他们没那么软！为什么不早点告诉我们呢？"赵云清和汪鸿翔都兴奋地叫起来。华相成赶紧示意他们小点声。

赵云清一直为李国盛他们投降日本人感到惋惜，现在知道他们是假降，自然感到无比欣慰。

"是组织让保密的。戴局长特意让唐区长嘱咐我，不要将此事告诉任何人，没想到今天让你亲自给撞上了。没办法只能告诉你们真相，以免发生误会。"华相成提醒赵云清和汪鸿翔，"切记，我们不能和他们联系！就当刚才的事没有发生过一样。"

赵云清和汪鸿翔当然明白组织纪律，他们点头答应忘掉刚才的事情。

"我认为有必要向总部报告，我们的联络站被李国盛他们发现，看看总部有什么指示。"赵云清对汪鸿翔说，"今晚就给组织发报！"

唐新收到赵云清的密电后，立刻将密电转发给重庆的军统总部。

戴笠认为，既然双方都已经知道对方的秘密，继续保密就失去了意义。因此，他决定让李国盛小组和赵云清的联络站进行正常联络，相互支持。戴笠指示，李国盛小组可以使用赵云清的电台与军统武汉区和重庆总部联系，传送情报。李国盛和赵云清收到戴笠的指示后，双方正式开始接触。

戴笠还指示李国盛，让他将汽车交给指定的人送去改装。改装后的汽车将是一个可以移动的无线电收发报平台，从而可以摆脱日军宪兵队无线电侦测车的追踪。

方仁先按照李国盛的指示，将汽车开到黄陂路，在指定的接头地点停下，交给接头人。

三天后，方仁先在同样的地点从接头人手里取回汽车。

现在，李国盛的汽车和比格亚的汽车一样，可以作为一个可移动的无线电收发报平台。

将汽车行李架改装成为无线电台天线的技术是美国战略情报局工程师的小发明。现在为了对付共同的敌人日本，美国战略情报局将这项技术传授给军统。

二

王家瑞接到总部命令，让他的武汉特委转送一批武汉进步青年学生去新四军根据地。

本来，发动群众、吸收爱国青年加入抗日组织是武汉党基层组织的工作，与王家瑞的武汉特委没有什么关系。

总部电告王家瑞，汉口中学有8名基层抗日团体的青年学生由于宣传抗日，遭到日军宪兵队通缉，目前藏在汉口的一间房子里面。这批学生面临危险，随时都有可能被日本宪兵队找到，因此必须尽快转移到新四军根据地。

可是新四军根据地派出的两名接应学生的交通员先后失踪，让上级非常担

武汉谍战

心。因此组织上指示王家瑞想办法将学生转移到根据地。

姚明春按照王家瑞的指示，带领张景午、钟有田和夏帮贵三人，拉着四辆板车先后从他的蔬果店出发。为了不引起注目，四辆板车是分散开走的。

四辆板车先后来到岱家山附近郊区的一所房子接八位同学。八位同学是头一天晚上由姚明春护送，转移到这个临时落脚点的。

八个学生都已装扮成农民，他们身上都带着汉口特务部黄陂县分部签发的安居证。这些安居证都是真的，是武汉特委通过在特务部里面的关系弄到的。

两个女生分别坐在姚明春和张景午的板车上，其中那个戴眼镜的女生不得不将眼镜收起来。

其他六个男生有的挑着担子，有的提着包裹，混在赶路的人流中间，向岱家山检查站走去。

到达日军岱家山检查站后，姚明春和学生们先后顺利地通过检查站关卡，没有遇到任何麻烦。

当天晚上，姚明春一行在李集附近汤家塆的一间空屋子过夜。

第二天傍晚，姚明春顺利地将8个学生安全地送到黄陂北部新四军根据地郑家楼。

整个护送学生的过程比姚明春和王家瑞想象的要顺利得多。

第六十章　落入圈套

一

福本龟治对这次的渗透行动非常满意。他的特工不仅顺利地渗透到新四军根据地，而且宪兵队还发现了潜伏在武汉的中共情报组织。

这是一个完美的计划。

福本龟治接任汉口宪兵队长职务以后，制订了一个秘密计划。这个计划的主要目的就是利用日本陆军中野间谍学校毕业的间谍，渗透进武汉的学生抗日组织；然后通过这些特工，进一步摸清背后的秘密抗日组织。

福本龟治的间谍在已经打入学生抗日组织的汪伪特工帮助下，顺利地渗透进汉口中学学生抗日组织。

这些间谍取得学生抗日组织的信任之后，福本龟治便按照计划，故意放出风声说宪兵队掌握了学生抗日组织的名单，准备逮捕名单上的学生。

武汉党得到这个消息后，立刻将名单上的8位学生转移到汉口汉景街三友里的一个秘密住所隐蔽起来，躲过日本宪兵队的搜捕。不过，这些学生已经暴露，不能继续待在汉口，因此武汉党决定将他们转移到新四军抗日根据地。

武汉党先后派出两个交通员与8位同学接头，准备将学生们转移出去，可是两个交通员都在与学生们取得联络之后，被日军汉口宪兵队秘密逮捕。

武汉谍战

按照福本龟治的命令，日军宪兵队一方面严密封锁逮捕两名交通员的消息，使外界没有人知道两名交通员的下落；另一方面，宪兵队对两名交通员进行严刑拷打，迫使两名交通员招供他们的任务和他们知道的所有情报。

获得两名交通员招供的情报后，狡猾的福本龟治脑海里马上形成了一个一箭双雕的计划。

福本龟治的新计划有两个目的：他一方面将这8名学生作为诱饵，希望让更多的中共武汉地下组织为了营救这些学生而暴露；另一方面，他决定让混在8名学生当中的日军间谍随其他学生一起转移到新四军根据地，渗透到新四军内部。

福本龟治的计划获得成功，他的两个目的都已经达到。

第一，他的间谍已经安全地进入新四军根据地；第二，他发现姚明春的春发蔬果行是中共的一个交通站。

福本龟治相信，只要耐心地顺着姚明春这条线索查下去，用不了多久，他就能够找到中共在武汉的高层秘密机关。到时候，他要将中共在武汉的秘密抗日组织一网打尽。

二

向小雨像原来一样来到姚明春的蔬果行，买了一些蔬菜和水果。付钱的时候，她将情报夹在钞票里面交给姚明春。

每天早上来姚明春的蔬果批发行买菜的人很多，因此向小雨到姚明春的蔬果行买菜是很平常的事，并不会引起人们的怀疑。

向小雨将情报传给姚明春之后，提着菜篮子从姚明春蔬果店出来。她沿着太平中街（注：现在的三阳路西段，在京汉大道和解放大道之间）走到铁路边，再沿着铁路向南走，准备从公安街的铁路道口穿过铁路到公安街，然后回法租界公德里的家。

向小雨沿着铁路往回走的时候，不经意地回头看了看。她发现自己身后不远的地方跟着一个年轻人。

她似乎记得，刚才她进姚明春的蔬果行之前，在离姚明春蔬果行不远的街对面看到过这个年轻人。

这个情况顿时让向小雨警惕起来，她担心自己被跟踪。不过，面对这种紧急情况，她像一个训练有素的特工人员一样，表现得非常冷静，一点都没有惊慌失措。

第六十章　落入圈套

向小雨决定试探一下，弄清楚这个年轻人到底是不是在跟踪自己。

因此，当向小雨走到通往公安街的铁路道口时，她没有按照原来的想法过铁路，而是继续往前走。她也不再回头观察，她不想让跟踪她的人意识到她已经发现被人跟踪。她从衣服的口袋里掏出一个小化妆镜，用镜子偷偷地观察身后的情况。果然不出她所料，她发现那个年轻人还跟着她。

向小雨不露声色地继续往前走，不久就来到大智路的铁路道口。向小雨从铁路道口穿过铁路，然后沿着大智路不紧不慢地向南走。她以前住在大智路的公新里，因此，她对这一带的街道和巷子都很熟悉。

向小雨故意走进大智路边的一家杂货店。进杂货店之后，她藏在窗户后面透过窗户偷偷向外面观察。她看到跟着她的那个年轻人在路边的一个水果摊前停下来，似乎正在挑选水果。

本来，向小雨现在就可以很容易地摆脱这个年轻人。她知道这间杂货店有一个后门，出了后门就是辅仁里。穿过辅仁里的巷子就是法租界巴黎街的出入口。等跟踪她的那个年轻人反应过来时，她应该早就通过巴黎街的出入口进入法租界，回到公德里的家。

但是，向小雨为了证实这个年轻人的动机，不能现在就摆脱这个年轻人。如果这个年轻人确实是在跟踪自己的话，那么可以肯定姚明春的交通站已经暴露，日本人正在利用姚明春的交通站顺藤摸瓜，企图找到武汉特委的其他成员。如果真的是这样，王家瑞和整个武汉特委的人员都将处在危险当中。因此，向小雨决定冒险弄清楚当前的情况。

不一会儿，向小雨从杂货店出来，沿着大智路继续向南走。果然，那个年轻人看到向小雨从杂货店出来，便继续跟踪向小雨。

向小雨现在几乎可以肯定这个年轻人是日本特工，并且正在跟踪自己。情况十分严重，她必须尽快摆脱日本特工的跟踪，回去向王家瑞报告这个紧急情况。

向小雨决定利用自己熟悉附近巷子的优势，对付跟踪她的日本特工。她不紧不慢地走到康平里的巷子口，转身走进康平里。

她沿着康平里向前走，来到一个狭窄的巷子口。她回头看了一眼跟踪她的日本特工，然后转身闪进这个狭窄的巷子，藏在巷子口的转角处，等着日本特工跟过来。这里两边都是高墙，周围的住户看不到这里，是一个视野死角。

跟踪向小雨的日本特工远远地见她闪进这条巷子，便加快脚步跟过来。当这个日本特工刚刚在这个狭窄的巷子口露头时，藏在转角处的向小雨抬脚猛踢他的头部。日本特工猝不及防，他的头部被向小雨重重地踢中，顿时两眼直

武汉谍战

冒金花，晃晃悠悠地就往地下倒去。不等日本特工倒地，向小雨已经扑到他的身边，左手抓住他的肩膀，右手抓住他的头发，顺势用力将他的头猛地撞向墙角。只听咔嚓一声，这个日本特工的头盖骨被墙角撞碎。

向小雨顺势用力将日本特工推进狭窄的巷子口，日本特工倒在地上死了。

向小雨在攻击这个日本特工的过程中显得沉着冷静、技艺娴熟，并且干净利落，俨然是一个受过严格格斗训练的高手，完全不像一个娇柔温顺的女人。

向小雨蹲下来，开始搜日本特工的身。她从日本特工的口袋里搜出一个日军宪兵队的证件，还从他的腰间搜出一支日军制式手枪"王八盒子"。

向小雨将日本特工的证件和手枪放回原处，然后站起身来，警惕地朝四周看了看。见没有异常情况，她便匆匆地离开现场。

向小雨没有直接回家，而是马上赶到王家瑞的电器行。

走进电器行，向小雨看见于连浩和雷明亮在柜台里面，急忙问他们王家瑞在不在。于连浩告诉她王家瑞在里面的办公室。向小雨顾不得和他们俩多说，便急匆匆地穿过柜台，来到店堂后面的办公室，推门进去。

王家瑞正坐在办公桌后面看报纸，听到有人推门进来，便抬起头来看。见是向小雨，王家瑞觉得很诧异，刚要开口问她发生什么事，向小雨已经抢先开口说话：

"家瑞，姚明春他们暴露了！"

"什么？"王家瑞听了向小雨的话，吃惊地瞪大眼睛。难道自己担心的事情真的发生了？

向小雨把刚才发生的事情简要地告诉了王家瑞。

王家瑞听了向小雨的话后，惊恐不已。

"你肯定那个人是在跟踪你吗？你肯定跟踪你的人是日本特工吗？"

"我肯定那个人是在跟踪我。我在他的身上发现宪兵队的证件和一支日制手枪，我肯定姚明春的蔬果行已经暴露并受到日本人的监视！"向小雨见王家瑞还有疑问，便用不容置疑的语气回答。

王家瑞担心的事终于发生。现在，他必须冷静下来，启动应急方案。

王家瑞打开办公室的门，对着店堂大声吩咐雷明亮和于连浩立刻关门打烊，然后到他办公室来。

于连浩和雷明亮刚才看到向小雨神色紧张地来到店里，就感觉到情况不对。现在听到王家瑞叫他们打烊，马上明白发生了紧急情况。他们俩将打烊的牌子挂在店门外，关上店门，然后关上橱窗里面的布帘，对外发出警报。

第六十章 落入圈套

王家瑞简要地将目前的情况告诉雷明亮和于连浩,然后开始布置任务。

首先,王家瑞必须立刻向姚明春发出紧急警报,通知他们尽快撤离。因此,他命令于连浩立刻出发去姚明春的联络站,用暗号通知姚明春。

接着,王家瑞交给向小雨一串钥匙和一个地址,让她马上去这个地点等他。他告诉于连浩,给姚明春发出紧急警报之后,不必再回电器行,直接去新地方和向小雨汇合。

于连浩和向小雨离开之后,王家瑞让雷明亮到店堂警戒。他开始打电话通知其他小组。

王家瑞首先给周秉炎打电话。

王家瑞用暗语通知周秉炎出了事,命令他们随时准备撤离。

王家瑞提醒周秉炎,他是公职人员,因此他必须找一个合适的理由请假,暂时躲起来,静观事态的发展;如果最终他没有暴露,他还可以回来继续潜伏下来为组织工作。

接着,王家瑞给秦晋南打电话。他简单地向秦晋南通报了目前的情况。接着,王家瑞命令秦晋南马上带人去姚明春的蔬果店附近,观察事态的发展,并通过电话随时向他报告,他会在办公室等秦晋南的电话。

如果有可能,王家瑞希望秦晋南小组协助姚明春小组撤退,但前提是秦晋南和他的小组不能暴露。

打完电话后,王家瑞立刻上楼给总部发出一份特急密电,报告总部姚明春小组已经暴露,以及他采取的应对措施。他在密电中请求上级给他指示,接下去该怎么行动。

上级立刻就给王家瑞回电。总部同意王家瑞采取的应急措施,并让他随时保持和总部的联系。

和上级联络完之后,王家瑞将电台收起来放进一个手提箱里面,并将密码本放进衣服的口袋。

王家瑞提着装有电台的手提箱下楼来到自己的办公室,他将手提箱放在办公桌边,在办公桌前坐下,等待秦晋南的电话。

于连浩来到太平中街,感觉周围的情况看起来似乎很正常。

于连浩挑着货担子,沿街大声地叫卖。他像所有的叫卖者一样,故意拖长声调。来这里的路上,他特意在公安路一家店里进了一些米泡糕。

"黄陂特产,糯米荸糖荫米米泡糕呃,又甜又香又脆又泡。两分钱一块,三分钱两块,八分钱六块。"

这是王家瑞告诉于连浩的紧急暗语。姚明春听到之后，马上就会明白他的交通站已经暴露。

姚明春此刻正坐在蔬果行的桌子前数着钱，准备付给一个菜贩子。他隐隐约约听到外面传来的叫卖声，虽然没有完全听清楚，但他的身子还是微微地一震。他赶忙将数好的钱递给菜贩子，冲着菜贩子点了点头，然后站起身来走到门口仔细地聆听。

叫卖的声音越来越近，姚明春听得非常清楚。这是紧急暗号，他的交通站已经暴露。

姚明春知道情况非常严重，他的心脏紧张得怦怦直跳，他感觉周围的人似乎都能听到他的心跳声。

但是，面对目前的危机，姚明春很快就强迫自己镇定下来。他不露声色地走到门外的菜筐前，假装查看菜筐里的菜。他要让从门前走过的于连浩看到他，以此告诉于连浩，他收到发出的警报了。

三

到了午饭时间，姚明春、张景午、钟有田和夏帮贵出了店门，像往常一样沿着太平中街朝北走。

他们来到街上的一间餐馆，在一张空桌子坐下。这间餐馆是他们平时经常来吃午饭的地方，不会引起日军特工的怀疑。

餐馆的一个伙计过来给他们倒上茶，请他们点了菜。

这时，一名日军特工跟在姚明春四人后面进了餐馆，在一张桌子边坐下，要了一碗面，暗中监视姚明春。

秦晋南走进餐馆，在一张桌子边坐下。

姚明春看见了秦晋南，暗暗朝他点了点头。

秦晋南用目光示意姚明春，让他们从后门离开。

姚明春心领神会。

他小声告诉其他三人，组织上有人接应，让他们从后门撤离。

说完，姚明春四人站起身来，朝餐馆的后门走去。

监视姚明春的特工见状，立刻跟在姚明春四人后面。

姚明春四人走出餐馆后门，在拐角处碰上小郑。秦晋南让小郑在这里接应姚明春。

第六十章　落入圈套

小郑示意姚明春等人继续朝前走。

后面跟踪的日军特工走到拐角处时,藏在这里的小郑挥起手枪向这名日军特工的脑袋狠狠砸去,将他打昏。接着小郑转身追上姚明春等人。

这条巷子通向新马路,姚明春等人跟着小郑沿着巷子朝新马路撤离。

小蒋按照秦晋南的布置,此刻正在新马路的巷子口准备接应姚明春。

突然,小蒋发现一队日本宪兵在一名便衣的带领下,从新马路南面匆匆朝这边赶来。

原来,宪兵队已经发现被向小雨打死的日本特工尸体。

这个情况让福本龟治意识到,对手已经发现自己暴露。福本龟治担心夜长梦多,因此立刻打电话下令收网。

电话中,听说姚明春四人正在餐馆吃饭,福本龟治马上意识到姚明春他们可能从餐馆逃跑,于是命令一队宪兵立刻赶往新马路,封锁通往餐馆后门的巷子,另一队宪兵立刻去餐馆逮捕姚明春等人。

此刻,姚明春等人正好到达新马路巷子口。

小蒋急忙告诉姚明春有一队日军宪兵正朝这边赶来。

日军宪兵已经离巷子口只有不到五十米远。

情况十分危急。如果被日军堵在巷子里面,将插翅难逃。

姚明春当机立断,对大家说了一句"冲出去!",便带领大家冲出巷子口,朝新马路北面跑去。

日军宪兵发现企图逃走的姚明春等人,立刻追上去。他们一边追赶,一边朝姚明春等人开枪射击。

砰,砰,砰砰!

由于距离很近,钟有田和夏帮贵先后中弹倒下。

姚明春等人见钟有田和夏帮贵中弹,立刻回头去救他们。

钟有田见状,急得冲姚明春大喊,"不要管我们,快走!"

说罢,钟有田从地上爬起来,跟跟跄跄地朝追过来的日军宪兵冲去,手里的枪不停地朝日本兵射击。

倒在地上的夏帮贵掏出手榴弹握在手里,用微弱的声音对姚明春说:"你们快跑,我掩护。"

姚明春见状,知道此刻救不了钟有田和夏帮贵,只好忍痛留下他们,带领其他人逃走。

钟有田再次中弹倒下,牺牲了。

武汉谍战

几名日军宪兵朝负伤倒地的夏帮贵围过去，准备活捉他。

夏帮贵拉响手中的两颗手榴弹。

轰，轰！

手榴弹爆炸了，五名日军宪兵和一名便衣倒下。

剩下的三名日军宪兵继续追赶姚明春等人。

正好赶来的秦晋南见状，举起手枪朝三名日军宪兵开枪。

砰，砰，砰！

三名日军宪兵应声倒下。

姚明春和张景午脱险后，不能继续留在武汉。他们俩在组织的安排下，秘密转移到黄陂县北部的新四军抗日根据地。

姚明春的交通组遭到日军摧毁，王家瑞分析了姚明春小组暴露的各种可能性。最后，王家瑞得出自己的判断。

王家瑞深信不疑姚明春小组是在与学生接头之后暴露的，因此，他怀疑被武汉特委救出并转移到根据地的八名学生当中隐藏着日军间谍。王家瑞通过在黄陂横店的电台向总部详细汇报了姚明春交通组被日军破坏的经过以及自己的判断。他提醒组织，武汉特委转移到新四军根据地的八个学生里面可能潜藏着日军间谍。

让王家瑞感到幸运的是，横店联络站以及电台没有暴露。

失去姚明春交通组的王家瑞，此刻只能安排于连浩暂时接替张景午担任汉口和横店之间传递情报的交通员。经过短暂的调整之后，武汉特委领导下的情报组织很快就恢复了情报工作。

延安的中共情报总部收到王家瑞的密电之前，就已经怀疑八名学生中潜藏着日军间谍。因此，总部指示新四军五师党委和五师敌工部对八名学生秘密采取防范措施。新四军五师敌工部以工作需要为名，不露声色地将八个学生分开来，安排到不同的地方工作，并且派出保卫人员在暗中调查这八个学生的一举一动，希望尽快找出其中的日军间谍。

不过，负责监视的保卫人员还没有发现学生有任何可疑之处；但敌工部相信，隐藏的日军间谍很快就会设法与日军情报部门联系。

第六十一章　根据地陷落

一

浙赣会战从1942年5月开始，到9月结束。

日军重创国军第三战区主力，打通浙赣线，摧毁了国军在浙江的前进机场，占领金华等战略要地，并且掠夺了大量的战略物资。这次会战，日军虽然付出不小的伤亡代价，但重创了第三战区国军，达成作战目的。

浙赣会战的作战计划是中国派遣军总司令畑俊六大将亲自参与制订的。畑俊六大将在1941年3月接替前任西尾寿造担任日军中国派遣军总司令。

日军发起浙赣会战，是因为日本本土遭到美国空军的轰炸。

1942年4月18日，美国空军中校杜立特率领16架B-25B型轰炸机从大黄蜂号航空母舰起飞轰炸了日本东京和其他几个城市。这次轰炸给日本国内造成了巨大的恐慌，日本朝野纷纷质疑日军的本土防空能力。

由于担心遭到日本海、空军攻击，美军航母编队在杜立特的16架轰炸机起飞之后，立刻返航。因此轰炸东京的美军轰炸机完成任务后，不可能再返回美军航母降落。燃料消耗殆尽的美军轰炸机只能勉强飞到中国浙江的国军机场迫降。

美军对于东京的轰炸，让日本人意识到他们的国土防空能力非常薄弱。为了防止美军继续利用中国浙江的国军机场对日本本土进行穿梭轰炸，日军大本

武汉谍战

营要求中国派遣军立刻发起浙赣会战，打通浙赣线，摧毁国军在浙江的前进机场，阻止美国空军利用这些机场继续轰炸日本本土。

日军浙赣会战以上海的日军第十三军作为主要作战部队，作战对象是顾祝同的第三战区。日军第十一军按照中国派遣军的命令，只是负责牵制作战，因此，冈本矢一这一次无法获得日军浙赣会战的完整作战计划。他能获得的只是日军浙赣会战作战计划中与第十一军有关的部分。

尽管如此，在浙赣会战展开之前，冈本矢一还是将中国派遣军司令部下达给第十一军的作战计划通过电台发回总部。

7月，当浙赣会战正在进行的时候，日军大本营将第十一军司令官阿惟南几调到第二方面军担任司令官，原南方军总参谋长冢田攻中将接替阿惟南几担任日军第十一军司令官。

浙赣会战结束之后，冢田攻决定消灭盘踞在沔阳一带的王劲哉128师。因此，第十一军制订了"江北歼灭战"作战计划。

正当第十一军积极准备实施"江北歼灭战"的时候，日军第十一军司令官冢田攻乘坐的飞机于12月18日被中国军队击落，冢田攻坠机身亡。

当时，冢田攻参加在南京举行的军事会议后，乘飞机返回武汉。飞机途经国军大别山游击根据地安徽太湖县上空时，被国军第五战区第二十一集团军48军138师的高炮部队击落，冢田攻当场丧命。与冢田攻同机毙命的还有另外9名日军军官和2名飞行员。

冢田攻死后，日本陆军省追晋他为陆军大将。

几天后，横山勇中将接替殒命的冢田攻担任第十一军司令官。

上任之后，横山勇马上指挥第十一军于12月下旬发起大别山扫荡战，开始对大别山国军游击根据地进行报复性的扫荡。

横山勇调集日军第3师团、第68师团、第116师团和第64旅团，分两路向大别山游击根据地发动进攻。

日军第3师团主力由宋埠、浠水进攻罗田然后直取金寨。第68师团和116师团分别由蕲春和安庆直取太湖，寻找冢田攻的尸体，并且牵制国军第48军。

大别山游击根据地的国军第7军、第39军和第48军在各个要点阻击日军、但最终未能阻止日军的进攻。日军连续攻陷黄梅、浠水、罗田、麻城和英山县城。1月2日，国民党安徽省政府驻地金寨陷落。至此，抗战中坚持了5年的大别山游击根据地被日军占领。

日军一路烧杀抢掠，无恶不作，疯狂报复。

第六十一章 根据地陷落

日军在太湖县田家滩找到飞机残骸以及冢田攻和其他军官的尸体后,将尸体运回南京。

日军占领大别山根据地之后,直到第二年六月才撤离。日军的这次扫荡使大别山游击根据地人民遭受惨重损失。

横山勇扫荡大别山游击根据地之后,决定继续实施冢田攻生前制订的江北歼灭战。

第十一军发起的大别山扫荡战和江北歼灭战并没有引起冈本矢一的重视。

毕竟大别山扫荡战和江北歼灭战只是小规模的作战,作战对象只是游击部队,不是国军主力,对大局不会产生重大影响。因此,冈本矢一认为这两次作战的情报不属于重要情报,所以没有将这两次作战的情报传回总部。

二

虽然冈本矢一没有将日军江北歼灭战的情报提供给组织,但是李国盛却没有漏掉此情报。

太平洋战争爆发后,日军从中国派遣军抽调了不少主力师团加入南方军,参加太平洋作战,因此日军在中国战区的兵力日渐单薄。为了弥补兵力不足,日军不得不要求汪伪政府的伪军接替日军的一部分守备和作战任务。为了配合日军作战,在日军中国派遣军的支持和配合下,汪伪政府对派系混杂、各自为政的伪军部队进行整编,组建汪伪政府军,称为和平军。

汪伪政府为了加强对武汉地区各路伪军的统辖,在武汉设立伪军事委员会武汉行营,负责统一指挥武汉地区的伪军。汪伪武汉行营设在汉口远东饭店(今六渡桥百货大楼)里面。

李国盛所在的黄卫军改编为汪伪政府和平军,归武汉行营统辖。李国盛调武汉行营担任参谋处长。

日军第十一军将江北歼灭战的作战计划下发给武汉行营,以便汪伪和平军配合作战。因此,伪武汉行营参谋处长李国盛在工作中轻而易举地就得到江北歼灭战作战计划。

李国盛将日军江北歼灭战作战计划通过赵云清的电台发回军统总部。李国盛希望总部通过有效渠道通知王劲哉,日军将对他的128师发动攻击,进行毁灭性的打击。

王劲哉原是杨虎城西北军的旅长,他生性多疑,性格暴烈。武汉会战时,

武汉谍战

王劲哉担任国民革命军第128师师长。武汉会战之后,王劲哉由于不满军事委员会的调防,担心被剥夺兵权,因此宣布128师脱离国民政府,自立门户,从此不听任何人的号令。

脱离国民政府后,王劲哉率领128师火拼了一些民间抗日武装,扩充了实力,并占据物产丰富的江汉三角洲沔阳地区。

王劲哉为了巩固实力和地盘,在沔阳地区成立乡、县政府,自筹粮饷和军备,招募士兵,建立兵工厂,俨然成了一个独立王国。

王劲哉的为人处世方式与众不同,常常引人非议。为了生存,他从来不在乎杀人。在沔阳的几年中,很多人被他以各种罪名杀害。

王劲哉在他的独立王国里是一个拥有至高无上权力的君主,如果任何人稍有不满,就会以反王师长的罪名遭到杀害。他残忍的行事风格和怪异的处世方式让他赢得了"鄂中怪物"的名号。

王劲哉的部队除了袭扰日军之外,与周边的国军和新四军多有摩擦,因此国军和新四军都对他存有戒心。

王劲哉的根据地紧挨日军武汉外围的防线。他的部队常常对日军发动袭击和骚扰,严重威胁到武汉的安全。因此,日军第十一军决定集中几个师团的兵力,发动江北歼灭战,采用所谓的"牛刀斩鸡"战术,围歼王劲哉的128师,肃清这一地区的中国抗日军队,消除对武汉的威胁。同时,第十一军也想用一场畅快淋漓的胜利给在第三次长沙会战遭受打击,士气日益低落的第十一军士兵重新恢复信心。

2月下旬,日军发起江北歼灭战。第十一军这次出动大约4万日军,加上伪军,总兵力大约10万人,向王劲哉的128师发起攻击。

让李国盛感到不解的是,江北歼灭战开始后,王劲哉不仅没有避开日军进攻的锋芒,反而下令死守,希望凭借防区内纵横交错的工事堡垒和沟壑湖汊拒敌于根据地之外。

李国盛哪里知道,当军统将日军江北歼灭战的情报通过特殊渠道转交给王劲哉后,并没有引起王劲哉的足够重视。王劲哉认为这是军统的计谋,意在吓唬他,迫使他的军队退出江汉平原这片富饶地区,而国军游击队正好乘虚而入占领这一地区。

不过,就算这个情报是真实的,王劲哉也只能与日军拼命,死守他的这片土地。如果王劲哉的军队失去这块土地,他们在华中地区将很难再找到像江汉平原这样物产丰富的立足之地。

所以，当日本人开始进攻之后，王劲哉的部队没有主动避开强敌，而是凭借工事堡垒进行顽强抵抗。没几天工夫，王劲哉的部队便抵挡不住日军的进攻，开始溃退。

王劲哉没有想到的是，他的手下382旅旅长古鼎新已经暗中投敌。日军击溃128师后，古鼎新配合日军切断王劲哉的退路，王劲哉顿时陷入日军的包围之中。而周边的中国军队，由于平日里对王劲哉部存有戒心，不敢贸然前来营救；更有一些与王劲哉发生过摩擦的人，乐于看到王劲哉被日伪歼灭。

王劲哉部在日军的包围下，经过几天的顽强抵抗，终因力量悬殊，被日军击败，全军覆灭。王劲哉战败后被日军俘虏，押回武汉。

李国盛听到这一消息后感到很无奈。他本以为他的情报可以挽救王劲哉的军队，至少可以避免全军覆没，可没想到结果却是这样。

被俘后，王劲哉及其手下的各旅旅长先后投敌。汪伪政府遂将王劲哉128师被日伪俘虏的2万3千多人改编成伪暂编第43师，投敌后的王劲哉被任命为伪暂编第43师师长。但不久后王劲哉又率部反正。

日军第十一军在不到两个月的时间里面，先后肃清了大别山游击根据地和汉沔游击根据地，使武汉周围地区的抗日力量蒙受很大损失。

三

江北歼灭战取得压倒性的胜利后，新上任的日军第十一军司令官横山勇又有了一个野心勃勃的计划。

此前，第六战区司令官陈诚率部对日军占领的宜昌发动了两次进攻，试图收复宜昌。虽然第六战区最终功败垂成没有能够收复宜昌，但这两次对宜昌的进攻，都对宜昌日军造成严重的威胁。

为了消除第六战区对宜昌的威胁，横山勇决定集中第十一军主力对国军第六战区发起一次新的进攻，消灭第六战区主力。

横山勇命令第十一军作战课按照他的设想，制订一份江南歼灭战（中国称鄂西会战）作战计划，报中国派遣军和大本营批准。

日军第十一军发动鄂西会战，意在消灭第六战区国军主力，打通宜昌至武汉的长江航线，使日军在宜昌作战时缴获的船只能够下行，补充日军日益短缺的长江航运船只，达到以战养战的目的。此次作战还有一个更加深远的意义，就是对中国抗战的政治、军事中心陪都重庆施加更大的军事压力。

根据作战计划，日军准备在5月初发动鄂西会战。第十一军将集中6个师团加一个旅团的兵力，对第六战区的中国军队发动进攻。

第十一军的作战计划制订得非常详细。整个鄂西会战将以佯攻常德开始，诱使中国军队做出日军要攻打常德的错误判断，进而采取相应的兵力部署调整，驰援常德。待中国军队做出错误的调整之后，日军主力则趁机西进，对第六战区主力第29集团军、第10集团军和江防军发动攻击，与宜昌日军夹击第六战区军队，力争将第六战区主力歼灭在宜昌以南的长江南岸地区，打通宜昌到武汉的长江航线。

江南歼灭战作战计划完成之后，第十一军立刻将这份作战计划上报日军中国派遣军司令部和大本营，并很快得到中国派遣军和大本营批准。

江南歼灭战获得日军大本营批准后，第十一军立刻开始调集军队和物资，为发动江南歼灭战作准备。

冈本矢一将江南歼灭战作战计划的一个副本带回天津路16号甲，并且将情报译成密码电文，随时可以将情报发给组织。

不过，冈本矢一并没有立刻将情报直接发给组织，他在等夏文远向他索取这份情报。他相信中国军方不久就会察觉到第十一军正在频繁调动军队，因此肯定会要求夏文远提供日军第十一军最新的作战情报。夏文远接到中国军方的命令后，一定会和他联系，要求他提供第十一军作战计划。到时候他可以将情报同时发给组织和夏文远，这样最安全。

果然，日军第十一军的频繁调动引起中国军队的警惕。第五战区司令部马上电令夏文远，要求他尽快提供日军第十一军新的作战计划。

夏文远接到第五战区司令部的命令后，第二天就给冈本矢一打电话，要求冈本矢一提供日军第十一军最新的作战计划。冈本矢一告诉夏文远，第十一军刚刚制订了一个江南歼灭战作战计划，如果夏文远需要，他可以将这份情报提供给夏文远。

夏文远当然需要这份情报，他请冈本矢一尽快用电台将作战计划发给他。

由于作战计划电文比较长，冈本矢一建议分两次用电台将此作战计划发给夏文远。

夏文远同意冈本矢一的建议。他明白，由于汉口宪兵队无线电侦测车的威胁，冈本矢一每次使用电台的时间不能太长，否则电台会暴露，引起不必要的麻烦。

当天晚上和第三天晚上，冈本矢一按照约定的时间，将情报分两次发给夏

第六十一章 根据地陷落

文远，组织同时也收到这份情报。

冈本矢一在密电最后特别向夏文远强调，第十一军会在江南歼灭战开始之后，首先佯攻常德，诱使中国军队上当，从而调动部队驰援常德。趁此机会，第十一军主力突然西进，向第六战区主力发起攻击。其实，这是冈本矢一利用提醒夏文远的机会，向组织揭穿日军的欺敌阴谋，希望引起组织重视。

夏文远收到情报之后，按照规定，必须与几个日本情报官员一起，先对这份情报进行技术性的处理，然后才能够将经过处理后的情报发给第五战区司令部。

近来一段时间，夏文远的心情不太好。

半年多以来，夏文远感觉到收集中国政府和军队的战略情报越来越难。他在重庆方面的所有情报来源好像都失去了原来的灵敏嗅觉，很少再给他提供重要的政治、军事情报，这让日本参谋部情报二部开始对他的表现产生不满，并且对他逐渐失去原有的信任。这是他心情不好的原因之一。

亚洲和欧洲的战局才是他心情不好的主要原因。

自从美军1942年6月取得中途岛海战的胜利后，又于1943年2月取得了瓜达尔卡纳尔岛战役的胜利。从那以后，美军扭转了太平洋战争的被动局面，并逐步取得战争主动权。相反，日军由此开始丧失战争主动权，逐步陷入被动。胜利的天平开始明显地向美国倾斜。稍有政治和军事头脑的汉奸此时都会开始重新考虑自己的立场，为将来的变化做准备。

夏文远是间谍，他长期接触到的是政治军事战略情报。因此，他比一般人更了解战局的发展方向和前景。他认为，美国人已经在太平洋战争中取得了战略主动，日本人很难扭转这种局面。

与此同时，盟军在欧洲战场上也逐渐摆脱被动。英美联军在北非击败德意军队后，开始向德国和意大利发动反攻。特别是在东线战场上，苏联军队已经开始对德军发动反攻，德军在苏联战场开始陷入被动局面。

战局的发展让夏文远开始对战争的前景感到担忧。更让他感到悲观的是，日本国内资源贫乏，工业基础和规模与美国相差甚远，其战争潜力和持久能力与美国相比，有着明显的差距。因此，随着时间的推移和战争的进一步发展，美国将会在太平洋战争中取得更大的优势，而日本将会陷入更加被动的局面。除非发生奇迹，否则日本取胜的可能性非常小。根据目前的形势来判断，夏文远认为盟国将取得战争的最后胜利。

因此，夏文远不得不开始重新考虑自己将来的前途和命运。这是每一个帮助过日本人的汉奸迟早都要面临的问题，夏文远也不例外。

武汉谍战

所谓识时务者为俊杰！夏文远就是这类聪明人。他从小到大生长的环境教会他的生存之道，就是在任何时候都应该站在强者一边，而不必在乎什么原则和是非，这样才能生活得好一些。至于所谓做人的尊严和名节，他从来不会看得太重。而所谓民族利益对他来说更是无稽之谈，他头脑里根深蒂固的小农意识，决定了他自己和家族的利益才是最重要的。在他的人生哲学里，卑微活命与谋取利益比人的尊严和名节要重要得多。他的价值观里只有家，没有国和民族。

看到日本人正在一步步陷入被动，夏文远告诫自己，不能一条巷子走到黑。他必须早作打算，以防日军战败。

第五战区这次要求夏文远提供日军第十一军的作战计划，让他感到一丝安慰。这至少说明，到目前为止第五战区司令部始终对他信任有加，从来没有怀疑过他是日本间谍。他可以利用这一点，在日本战败后，作为他将来的保护伞。从某种意义上来说，夏文远确实是一个将自己立于不败之地的所谓的聪明人。

第六十二章　后勤计划书

一

李国盛出席汪伪武汉行营召开的军事会议后，仅仅掌握了日军第十一军的江南歼灭战计划中与汪伪武汉行营有关的部分。日军很谨慎，并没有将完整的作战计划下发给武汉行营。

该部分作战计划详细规定了汪伪武汉行营统辖的伪第11师、第12师和第29师配合日军作战的具体内容。从这份计划中可以大概地推测出日军完整的作战计划。

李国盛将获得的情报整理好并译成密码电文后，让方仁先和杜兴城两人开车协助汪鸿翔用车上的电台将情报发给组织。

汪鸿翔这次发回总部的密电特别长。因为密电的内容除了日军江南歼灭战计划之外，还有另外一个重要情报。

李国盛现在是武汉行营的参谋处长，可谓位高权重。由于他精通日语，深受日军信任。

李国盛利用自己的职务之便，谨慎地在伪军中策反一些中下级军官。此次配合日军江南歼灭战的伪第11师的一个团决定趁此机会阵前起义，回归抗日阵线。

李国盛在密电中将伪第11师一个团决定举行阵前起义的消息以及制订好的

武汉谍战

起义方案通知总部,请求总部在起义过程中加以配合。这是李国盛小组假投降后,第一次成功策反伪军起义。

二

王家瑞约周秉炎在新泰茶楼二楼的一个雅间见面。

王家瑞向周秉炎转达了上级指示。上级强调,此次鄂西会战,关系到中国抗战的前途和命运。因此,上级要求武汉特委不惜一切手段,收集日军情报,袭扰日军后方,配合国军和游击队作战。在密电中,上级指示武汉特委在鄂西会战打响前,尽可能提供日军第十一军此次作战后勤补给方面的情报。

此次鄂西会战的成败关系到重庆的安危。鄂西地处重庆东面,多为崇山峻岭,地势险要,是拱卫重庆的天然屏障。特别是宜昌上游的石牌要塞,更是重庆东面的最后一道江防要塞,一旦失守,将造成重庆下游的长江水路门户大开。石牌要塞到重庆这一段长江虽然是崇山峻岭,并有三峡等天然险要地势,但是国军在石牌要塞上游没有任何江防工事。因此日军只要攻克石牌要塞,就可以凭借其海空优势,沿长江水路直扑重庆。所以,国民军事委员会决心不惜一切代价,确保鄂西,特别是石牌要塞的安全。国民军事委员会委员长蒋介石甚至准备前往鄂西的恩施亲自指挥这次会战,足见此次会战对中国的重要性。

在美国的帮助下,逐步恢复的中国空军将在这次鄂西会战中,和美国空军第十四航空队并肩作战,与日本空军争夺抗战以来一直被日军占据的空中优势。

中美空军除了配合陆军正面作战之外,还将打击日军的后勤补给线,因此中美空军需要日军后勤补给运输线方面的情报。

但是,冈本矢一、李国盛以及其他情报来源提供的情报都没有详细的后勤补给计划,因此国民军事委员会希望中共能够提供这方面的情报。

周秉炎第二天便约他的小组成员袁方易见面,将收集日军第十一军后勤情报的任务传达给袁方易。

袁方易在日军汉口特务部工作,他最有可能接触到这份情报。

袁方易在汉口陆军特务部担任翻译兼高级秘书,深得现任特务部长落合鼎五大佐的信赖。

自武汉沦陷后,袁方易先后经历过森冈皋、柴山兼四郎、落合甚九郎和落合鼎五四任日本陆军汉口特务部长。由于他工作认真负责,表现出色,受到前任和现任特务部长的信赖和重用。因此,袁方易从一个普通的日语翻译升任为

第六十二章　后勤计划书

现在的特务部高级秘书，负责日军和地方政府的联络工作。

日军征调给养物资和后勤补充及其运输工作必须依靠日军特务部和地方政府的配合才能顺利进行。每当日军有重大军事行动时，日军司令部主管后勤的经理部都会制订一份详细的作战后勤补给计划，保障作战部队的后勤补给。为了让特务部更好地配合军事行动，日军司令部会将此后勤补给计划书下发给特务部，让特务部按照计划书协助日军完成物资征调和补充工作。由于作战后勤补给计划属于高度机密，因此计划书必须由特务部长亲自保管，并且只让极少数相关人员查阅。

袁方易知道，日军第十一军江南歼灭战（鄂西会战）的后勤补给计划书锁在特务部长落合鼎五办公室的保险柜里。虽然袁方易深得落合鼎五的信任，但他无权查阅这份后勤补给计划书。因此，要想在特务部弄到这份后勤计划书，唯一办法就是伺机窃取。

可是，袁方易没有落合鼎五办公室保险柜的钥匙和密码。

此前，他好几次找机会想要弄到保险柜的钥匙，但都失败了。搞到保险柜的钥匙尚且这么困难，更不用说搞到保险柜的密码。

这次的任务对袁方易来说，非常困难。不仅如此，这次任务时间紧迫，只有一个礼拜，这更增添了任务的难度。

袁方易认为，从落合鼎五的保险柜里窃取后勤补给计划书是不太可能的，因此只能想其他办法。

袁方易思来想去，觉得从第十一军经理部庶务课长松本贤二那里窃取后勤补给计划书更有把握。

松本贤二原来是华中派遣军司令部经理部庶务课长，华中派遣军撤销后，他调到第十一军担任经理部庶务课长，负责第十一军的给养采办工作。给养采办离不开汉口陆军特务部和地方政府的物资征集工作，因此，松本贤二需要经常和汉口特务部联系，督办给养的征集。

袁方易记得，松本贤二每次到特务部开会，他的公文包里都有一份第十一军后勤补给计划书，以便在需要时查阅。

袁方易决定，趁松本贤二到特务部参加后勤工作会议的时候，想办法窃取他手里的文件。

袁方易将他的想法报告给周秉炎，周秉炎觉得不错。

在第二天的武汉特委会上，周秉炎向王家瑞转达了袁方易的建议。王家瑞和秦晋南听后认为可行。于是三人按照袁方易的建议，制订出一个窃取后勤补

武汉谍战

给计划书的行动计划。

三

李国盛接到军统总部的指示,希望他设法搞到日军的后勤补给计划。

李国盛知道日军司令部有这份情报,可是很难搞到手。因此,他回电总部说没有把握,只能尽力而为。

傍晚七点不到,李国盛来到汉口三民路的老会宾酒楼。会宾楼是一家主要经营湖北菜肴的酒楼,在武汉颇负盛名。

李国盛约冈本矢一今晚七点在会宾楼吃晚饭,他有事情需要冈本矢一的帮助。

李国盛走进会宾楼一楼大厅,酒楼跑堂便领着他来到一张空桌子边坐下。

他要了一壶茶,一边喝茶一边等着冈本矢一。

会宾楼的一楼是一个大餐厅,大餐厅里面摆了几十张桌子,供大众顾客用餐。二楼是宴会厅和贵宾包间,提供高档菜肴和服务。

七点钟,冈本矢一准时来到会宾楼。他向一楼大厅里面扫视了一圈,寻找李国盛。见李国盛坐在一张桌子前正向他招手,冈本矢一便朝李国盛走过去。

李国盛起身和冈本矢一握了握手,给他让座。

李国盛手捧菜单,将会宾楼的名菜介绍给冈本矢一,请冈本矢一点菜。菜点好之后,他们要了一瓶汉汾酒,这是冈本矢一最喜欢的白酒。

不久,菜就上来了,李国盛和冈本矢一开始喝酒。

他们一边喝酒,一边用汉语夹杂着日语说话。这样,他们周围桌子吃饭的人就很难听懂他们谈话的内容。

"冈本先生,我今天找你来,是有事情要你帮忙。"

"我就说为什么你这么大方请我吃饭,原来是有事找我帮忙。"冈本开玩笑地说。

"呵呵,吃饭事小,任务事大!"李国盛笑了笑,然后压低嗓门对冈本说,"重庆总部要我想办法弄到第十一军江南歼灭战的后勤补给计划。"

"喔?"

"可是我不知道在哪里可以搞到这份情报。你能否告诉我,什么地方可能搞到这份情报?"李国盛问冈本矢一。

"当然是在第十一军司令部,这还用问吗?"冈本矢一耸了耸肩膀。

第六十二章　后勤计划书

"你能否搞到这份文件？我是说你有没有可能配合我们将文件偷出来？"李国盛用期待的眼神看着冈本矢一。

"非常难，否则我早就给组织发过去了。我在工作当中没有机会接触到这份文件，从司令部负责后勤的经理部保险柜里窃取这份文件更没有可能。我既不知道这份文件锁在哪个保险柜，也没有这个保险柜的密码和钥匙。"冈本矢一非常直接地回答了李国盛的问题。

李国盛的眼神里流露出一丝失望。

冈本矢一理解李国盛的心情，他无可奈何地摇了摇头。二人各自闷头喝酒。

"等等！"闷头喝酒的冈本矢一突然冒出一句。

李国盛抬头看着冈本。

"松本贤二身上可能有一份！对，应该有，我差点把他给忘了！"冈本矢一的语气非常肯定。

"快说给我听听！"李国盛不禁大喜，迫不及待地催促冈本矢一。

冈本矢一告诉李国盛，松本贤二是第十一军负责给养采办的军官。他在给养采办中，需要日军特务部协助从地方征集军队所需物资。因此，他经常去日军特务部督办给养征集的事。冈本矢一推断，松本贤二去特务部开会的时候，应该会携带一份后勤计划书。

李国盛想起在南京执行黄雀行动时见到过的松本贤二。他问冈本矢一："就是原华中派遣军的庶务课长松本贤二吗？"

"是的，你怎么知道？"冈本矢一好奇地问李国盛。

"这个不重要！"

李国盛的思路集中在日军后勤计划书上，没有正面回答冈本矢一，而是马上将话题转回到后勤计划书上。"我需要知道他什么时候再去特务部开会。还有，他怎么去，身边有没有警卫？请你帮助我！冈本先生。"

"这个我需要先了解一下，才能给你答复。"冈本矢一答应了李国盛的要求。

"好，我等你的消息。不过时间紧迫，希望你越快越好。"李国盛脸上露出了笑容。至少，他有了一些希望。

李国盛和冈本矢一一边喝酒，一边聊着。

无意间，李国盛看到一个眼熟的人穿过一楼大厅，沿着楼梯走上二楼。他认出这个人是王家瑞情报组织的成员周秉炎。

好奇心驱使着李国盛，他决定跟着周秉炎上楼去探个究竟。

于是，他和冈本打了个招呼，然后起身跟在周秉炎后面，上了二楼。

武汉谍战

李国盛发现周秉炎走进二楼的一个包间，立刻跟过去。经过包间门口的时候，李国盛正好看到包间里的一个人从桌边站起来迎接周秉炎。李国盛马上认出此人是汉口日军特务部翻译袁方易，他是几年前在日信洋行的酒会上认识袁方易的。

李国盛不露声色地继续朝前走，然后走进二楼的洗手间。过了一会儿，李国盛从洗手间出来，下楼回到自己的桌子旁坐下。

见李国盛回来，冈本矢一用探询的眼神看着他。

李国盛只好搪塞说他看到一个熟人，可是上楼后却发现认错人了。冈本矢一笑了笑没有多问。

发现周秉炎和袁方易在一起，让李国盛觉得好奇。袁方易会不会也是王家瑞情报组织的成员呢？李国盛不敢肯定。

四

松本贤二早上10点要去位于河街的原汇丰银行大楼、现在的日本陆军汉口特务部出席一个后勤给养征调会。汉口陆军特务部是在1941年从原来的金城银行迁往此处的。

九点半钟，松本贤二提着一个公文包从司令部大楼出来。他来到一辆停在司令部大院里的三轮摩托旁，将公文包扔进车斗。接着，他用脚用力蹬踏发动机的启动杆，将摩托车发动起来。然后他抬腿跨上摩托，驾着三轮摩托缓缓开出第十一军司令部大院，前往汉口特务部开会。

这个会议是袁方易建议汉口陆军特务部长落合鼎五召集的。会议的主要议程是为第十一军江南歼灭战的后勤工作做最后的协调。参加会议的有汉口特务部、伪武汉市政府、伪湖北省政府、伪武汉行营以及日军第十一军代表。

会议在特务部的二楼会议室举行。袁方易作为翻译，出席了这次会议。

李国盛作为伪武汉行营的代表，也出席了这次会议。

冈本矢一答应李国盛弄清松本贤二下次去汉口特务部开会的时间之后，专门到司令部的机要室查阅了特务部给第十一军司令部的会议邀请信，从而了解到这次会议的时间和内容，并打电话通知了李国盛。

李国盛的武汉行营也收到此次会议的邀请信。接到冈本矢一的通知之后，李国盛主动要求出席这次会议。

李国盛到达汉口特务部的时间比较早，他在会议室外面的走廊上等着松本

第六十二章　后勤计划书

贤二。

不一会，松本贤二到了。他走进会议室，然后在会议桌的一个空位坐下来。

李国盛跟在松本贤二身后走进会议室。

见松本贤二的两边都坐着人，李国盛便对松本贤二右边的人礼貌地解释说，自己会日语，等下可能要给松本贤二当翻译，希望能够坐在松本贤二身边。

那人听了李国盛的解释后，起身将座位让给李国盛，自己去另外一个空位坐下。

李国盛在松本贤二的身边坐下来。

松本贤二见刚才坐在自己旁边的那个人离开，而李国盛坐到自己身边，不免有些诧异。可是，他没想到李国盛坐下来之后，马上开口用日语和自己交谈。见李国盛会说日语，松本贤二顿时高兴起来，他刚才的那点诧异马上就消失了。

过了一会儿，落合鼎五和袁方易走进会议室。落合鼎五坐在会议桌的主位上，袁方易则在松本贤二斜对面的空位坐下。

参加会议的大约有十七八个代表。大家坐定后，落合鼎五大佐宣布会议开始。

首先，落合鼎五大佐作了简短的开场白。然后他接着说，他将按照后勤计划书与大家逐项核实各项任务的落实情况。说完，落合鼎五从他的公文包里面拿出一份文件放在桌面上。这份文件很薄，看起来只有十几页。袁方易猜想，这份文件应该就是日军江南歼灭战的后勤计划书。

松本贤二也从自己的公文包里面拿出一份文件。坐在松本贤二旁边的李国盛看到文件的封面上印有"江南歼灭战后勤计划书"几个字，心里一阵高兴。

李国盛起身，微笑着冲大家点点头，示意自己去上厕所，然后朝会议室门外走去。

出了会议室，李国盛来到二楼另外一个房间的门口。这个房间是一个休息室，所有与会者的随从人员都在里面休息。

李国盛推开房门，将坐在里面休息的方仁先叫到身边，大声地吩咐他别闲着，趁着有空去维护一下汽车。交代完后，李国盛转身离开了。

李国盛离开后，方仁先赶紧起身下楼，来到大门口院子的停车场。他打开汽车的引擎盖，假装检查引擎。这是向大门外化装成捡破烂的赵云清发出信号：松本贤二随身带着后勤计划书。

赵云清小组得到此消息后，将会在指定地点待命。如果接到行动命令，他的小组会在松本贤二回去的路上截住松本贤二，强行夺取日军江南歼灭战后勤

武汉谍战

计划书。不过，赵云清强夺后勤计划书的行动只是在李国盛没能得手情况下的备用方案。因为李国盛担心日军发现后勤计划书被劫后，会立刻改变后勤计划的时间和线路。

李国盛的第一方案，是在不惊动敌人的情况下，由他在开会期间想办法弄到后勤计划书。

李国盛很快回到会议室。

此刻，落合鼎五正对照后勤计划书逐条核实任务落实情况。他提出问题，各方代表向他报告落实情况。

松本贤二也不时插话，提出自己的问题。袁方易忙着替大家做翻译。

李国盛今天带着一个微型照相机，这是美国战略情报局提供给军统局的当今世界上最先进的微型照相机。微型照相机外观看起来就像是一个普通的打火机。打火机每打一次火，照相机就会拍一张照片。

回到会议室坐下来后，李国盛掏出香烟，用打火机点燃。然后，他趁松本贤二对着后勤计划书逐条落实的时候，假装摆玩手里的打火机，乘机拍下后勤计划书的前面几页。

李国盛出席会议之前，在家里反复模拟过会场的情景，试验并设定好了照相机的焦距。因此，他有把握将照片拍得足够清晰。

正当李国盛认为自己将会顺利完成任务的时候，没想到却让意外的事给影响了。

各方的工作都落实得不错，会议进行得还算顺利。但是，由于袁方易手上没有后勤计划书，他在翻译的时候，不时需要停下来问一下松本贤二，请他核对后勤计划书中的一些细节。袁方易的翻译工作明显地影响了会议的连贯性，让大家感到难受。

松本贤二见袁方易不时地向他核实一些后勤计划的细节和数据，便好心地将后勤计划书递给会议桌对面的袁方易，方便袁方易作翻译。松本贤二的好心举动，无意中让李国盛没法再拍到后勤计划书的其余部分。

见此情景，李国盛的心里不禁骂了一句脏话，心想这个松本贤二怎么会在这个时候多事！不过，此时他没有别的办法，只能等待机会，再见机行事。

果然，袁方易手中有了后勤计划书做参考之后，会议进行得顺利多了。

李国盛不知道，袁方易今天也负有窃取日军后勤计划书的使命。一切都在按袁方易的计划进行。

第六十二章　后勤计划书

秦晋南和小郑来到江边靠近合作路的一座六层楼楼顶的平台上，平台上有一部民防队的防空警报器。

这座大楼六楼的一个房间里面，平时有一个民防队员值班，负责操作警报器。当值班人员接到空袭警报电话或者听到其他地方响起防空警报时，他就会去启动屋顶的这部警报器发出空袭警报。沦陷后的武汉有不少这类由民防队管理的防空警报器。由于民防队的值班人员并不属于正规编制，没有严格的纪律约束，因此值班的时候经常开溜。就算真发生空袭，值班人员因为不在场没有拉响警报，也不会有什么大问题。说实在的，这类民间防空警报器的象征意义大于实际意义。

秦晋南和小郑在楼顶上很快就找到防空警报器和启动开关，他们必须等到约定的时间才能启动警报器。

十一点钟到了。站在防空警报器开关旁的秦晋南朝站在屋顶平台楼梯间门口把风的小郑打了一个手势，接着合上警报器的开关。

呜……

警报器马上就响了。

把风的小郑盯着楼梯口。如果有人上来，他立刻会发信号通知秦晋南。

听到这部警报器发出的空袭警报，其他地方的防空警报器便接二连三地跟着响起来。秦晋南听到其他警报器响起后，马上关掉这部警报器，然后与小郑一起离开六楼平台。整个过程都没有人上平台来察看过。

后勤会议还在继续进行。突然，外面传来了空袭警报声。

会议室的人听到警报声，马上紧张起来。

袁方易见状，便大声地喊叫："空袭警报！大家赶快去防空地下室！快！快！"

李国盛刚听到防空警报时，并没觉得奇怪。可是片刻之后，他马上就意识到这可能是他窃取日军后勤计划书的一个天赐良机。

看到袁方易紧张地叫喊，催促大家疏散，他也跟着大声附和起来。

此刻，会议室的人在袁方易和李国盛的大声催促下，都赶紧起身，纷纷向会议室门外跑去。

松本贤二是军人，听到防空警报后并不紧张。可是，参加会议的大部分人都是文职人员，因此不免一阵慌乱。松本贤二受到现场的慌乱气氛影响，也顾不得那么多，只好跟着大家一起跑出会议室，随着人流向一楼下面的防空地下室跑去。松本贤二此刻根本就没有想到从袁方易手上要回那份后勤计划书。

武汉谍战

　　李国盛一边喊叫着制造紧张气氛，一边暗中观察会议室的情况。他注意到落合鼎五带着他自己的那份后勤计划书跑出会议室，而松本贤二的那份后勤计划书仍然在袁方易手里。李国盛发现袁方易虽然大声催促大家去防空地下室隐蔽，可他自己却并没有跟着大家往外跑。

　　李国盛是个非常聪明的人。他立刻意识到袁方易可能另有企图。联想到袁方易和周秉炎在一起出现过，李国盛的脑海里马上就有了一个大胆的猜测。想到这里，李国盛便跟在大家后面，慌张地跑出会议室。

　　会议室里只剩下袁方易一个人。他快步走到会议室门口，站在那里看着疏散的人向二楼的楼梯口跑去。很快，走廊上就空无一人了。

　　袁方易见此情景，立刻转身回到会议室，关上会议室的门并从里面锁住。

　　袁方易将手中的后勤计划书放在桌面上，然后从自己的公文包里面拿出一架小型照相机。他将照相机对着文件调好焦距，然后开始一页一页地拍摄后勤计划书的照片。

　　李国盛跑到二楼楼梯口便停了下来。他等所有人都跑下楼之后，便躲在走廊尽头的墙角后面，偷偷观察走廊上的情况。

　　走廊上已经没有任何人了，于是，李国盛放轻脚步朝会议室走去。

　　到了会议室的门口，李国盛轻轻地转了一下门锁的手柄，可是转不动。他明白，袁方易在里面将门锁住了。

　　李国盛现在完全可以肯定，袁方易正在会议室里拍摄日军的后勤计划书。他必须在警报解除之前想办法进入会议室弄到这份文件。

　　时间一秒一秒地过去了，李国盛心急如焚。再有一会儿，袁方易就会完成拍照。如果李国盛不能当场抓住袁方易窃取情报的把柄，那么他就不可能从袁方易手中拿到后勤计划书。

　　李国盛急需要得到这份情报，这倒不是想和袁方易争功。他担心的是，万一自己判断错误，袁方易不是王家瑞的情报员，或者王家瑞的上级得到情报之后，没有及时转送给国民军事委员会，那么中美空军就无法准确地轰炸日军的后勤补给线，这样势必给国军的作战增添更多困难，这可关系到中国抗战的前途。

　　情急之下，李国盛查看了一下门锁，马上便有了主意。

　　他掏出口袋里的钥匙串，钥匙串上有一把折叠水果刀。

　　他将水果刀刀刃展开，然后将刀刃塞进门缝，对准锁头用力一顶，锁头便从门框上的锁孔退出，门立刻就开了。

第六十二章 后勤计划书

原来会议室的门已老旧，门框有些磨损脱落，因此门缝很大，足以塞进刀刃。

正在拍照的袁方易听到开门声，不禁紧张地抬头看，只见一个人冲进来。

袁方易马上认出冲进来的人是李国盛，他本能地想要藏起照相机，可他明白这样做已经没有意义，李国盛全看到了。

情急之下，袁方易不愿束手就擒。他将右手伸进腰间，准备掏枪抵抗。

"别做傻事！我没有恶意！"李国盛见袁方易准备掏枪，赶紧阻止他。

听了李国盛的话，袁方易准备掏枪的手不由得停下来。他站在那里，直愣愣地看着李国盛，不知道该怎么办。

李国盛见袁方易愣在那里，便赶紧对他说，"快，拍完，我在门口把风！"

听李国盛这样说，袁方易不知道李国盛是何用意，他在犹豫要不要照李国盛的话去做。

"别犹豫了，我知道你是干什么的，我们一路的。快拍照！"

听李国盛说是一路的，袁方易不再犹豫，赶紧举起手中的相机继续拍照。

很快，袁方易就拍完照片，他抬头对李国盛说："好了！"

"你到门口替我把风，快！"

李国盛说着，快步走到桌前，掏出微型照相机。他调整了一下焦距，然后一页一页地拍照。

此刻，袁方易站在门口替李国盛把风。

正当李国盛在拍照时，一名巡查的日军军官沿着走廊朝会议室走过来。

门口把风的袁方易认出这名军官是特务部第二课课长山下内二。他赶紧告诉李国盛有人来了。

李国盛还剩几页没有拍完，因此他不顾危险继续拍照。把风的袁方易见此情形急得额头直冒汗。

李国盛听到走廊上的脚步声越来越近，快要到门口了。

李国盛拍好最后一页，急忙将照相机塞进自己的口袋，拿起桌上的计划书。

此时，巡查的山下内二已经走到会议室门口。

见袁方易神色紧张地站在门口，山下内二觉得奇怪。

"空袭警报响了，你们为什么还呆在这里不去防空隐蔽所？"

"刚才听到空袭警报，一时紧张将一份重要文件留在这里，因此回来取文件。"

袁方易赶紧回答。

武汉谍战

　　山下内二发现会议室里的李国盛正朝门口走来，手里拿着一份文件。

　　"回来取文件一个人就够了，为什么要两个人？你们俩认识吗？"

　　"两个人比较可靠，可以相互证明。我们俩早就认识。"

　　李国盛从容地回答。

　　"在哪里认识的？"

　　"是在日信洋行的酒会上认识的。"

　　山下内二点了点头。

　　"你们赶快去地下室吧，这里不安全。"

　　说完，山下内二转身离开了。

　　来到地下室之后，袁方易主动将后勤计划书还给松本贤二，松本贤二丝毫没有怀疑袁方易窃取文件。

　　警报解除后，大家回到会议室继续开会。

第六十三章　查证身份

一

虽然袁方易知道李国盛和他一样，也是来窃取日军情报的。但自己的身份被李国盛发现，让他心里忐忑不安。他如坐针毡地开完会，亲眼看着李国盛乘车离开后，才匆匆走出特务部大门。

现在的情况十万火急，他必须启动紧急程序，将刚才发生的事情报告给他的上线周秉炎。

袁方易来到华昌街（现在的青岛路）附近的伊万咖啡店，这里有电话供客人使用。

袁方易一路上仔细观察自己身后的情况，没发现有人跟踪自己，这才放心地走进咖啡店。

袁方易走到放着电话的柜台边。他拿起话筒，拨通周秉炎办公室的电话，心里不停地默念着："快接电话，快接电话！"

电话那边很快就有人接听电话。

"喂？"

袁方易听出接电话的是周秉炎，心中大喜。他赶忙对着电话说出暗语："喂，表哥吗？我是表弟。"

"我是表哥。"

"表哥，药已经弄到，可是七叔病危，我也感染了，急需与你见面。"

"你现在在哪里？"

"我在华昌街的伊万咖啡厅。"

"好，你在那里等我电话，不要离开。"

"好的！"

挂断电话后，袁方易叫了一杯咖啡。他特意选了一个靠窗的桌子坐下，一边喝咖啡一边观察街上的情况。

周秉炎接到袁方易的电话后，知道情报已经到手，但是出了严重状况。由于袁方易不能在电话里直接说明情况，因此必须与袁方易见面，才能了解详情。

周秉炎立刻给王家瑞的昌淇电器行打电话。

电话通了，接电话的正好是王家瑞。

周秉炎用暗语告诉王家瑞，情报已经到手，可是袁方易那边出了严重状况，袁方易要求和他见面汇报情况。

王家瑞思考了一下，然后用暗语告诉周秉炎，半小时后给袁方易打电话，约袁方易到上海路的天主教堂见面。

周秉炎明白王家瑞的用意。

等一会儿袁方易按照周秉炎的指示，从伊万咖啡厅赶去上海路的天主教堂时，王家瑞的手下雷明亮和于连浩会一路跟着袁方易，暗中观察袁方易是否被人跟踪。

这是王家瑞采取的安全措施。

半小时后，周秉炎打通咖啡厅的电话，让咖啡厅侍者请袁方易接电话。袁方易接电话后，周秉炎通知袁方易到上海路的天主教堂见面。

给袁方易打完电话后，周秉炎立刻从警察局出来，开车前往上海路天主教堂。

周秉炎将汽车拐进教堂大门斜对面的一条小街，然后掉了一个头，将汽车停在街口。他没有马上下车，而是坐在车里等着。

雷明亮和于连浩到时候会向周秉炎发出安全或者危险信号，周秉炎将根据收到的信号决定是否和袁方易见面。

袁方易接到周秉炎的电话后，便离开咖啡店前往天主教堂。

已经赶到伊万咖啡厅外的雷明亮和于连浩见袁方易从咖啡厅出来，立刻一前一后远远地跟在袁方易后面，观察袁方易身后的情况。

第六十三章 查证身份

袁方易一路上不时地偷偷留意自己身后，观察自己是否被人跟踪。

袁方易来到上海路的天主教堂大门前。

他停下来观察了一下四周的情况，确认没有被人跟踪之后，才走进教堂的大门。

一路上远远跟在袁方易后面观察情况的雷明亮和于连浩没有发现有人跟踪袁方易，因此，他们向隐蔽在巷子里的周秉炎发出安全信号。

周秉炎收到安全信号后，便开车驶出街口，来到教堂的大门外将汽车停下。他从汽车上下来，走进教堂。

雷明亮和于连浩按照王家瑞的命令，留在教堂外面担任警戒。

教堂里面空荡荡的，只有袁方易一个人正坐在靠近前面讲坛的长椅上。

周秉炎走到袁方易身边坐下。

"你总算来了！"袁方易见到周秉炎，不禁长长吁了一口气。

"发生了什么事，这么紧急？"

"出大事了！我在偷拍情报的时候，当场被人发现！"袁方易由于紧张，不知从何说起，便没头没脑地来了一句。

"被人发现？被人发现你还能坐在这里？"

周秉炎听了袁方易的话之后，不觉倒抽了一口冷气。他的第一反应是自己落入了圈套。

换了谁听到袁方易刚才的话，都会这样想。

周秉炎本能地抬起头，警惕地观察四周的情况。与此同时，他的右手已经伸向腰间，开始掏枪。

袁方易见周秉炎如此反应，知道他误会了自己，赶忙说："不是这样的！你听我说完！"

周秉炎用充满怀疑的眼神紧紧盯着袁方易，似乎想看透他的用心。

过了片刻，周秉炎才冷冷地对袁方易说："你说吧！"

袁方易这才冷静下来，慢慢将事情的经过详细告诉周秉炎。

周秉炎听了之后，也觉得很离奇。

"你应该知道，李国盛曾经是军统武汉区区长，被捕后向日本人投降。不过，他这次的行为让我觉得他还在为军统工作。他可能是假降！"周秉炎说出自己的想法。他对袁方易今天遭遇的事情，略微有些放心。

"我也是这样想的。不然，他为什么要窃取日军后勤计划书？他仍然是军统的情报员！"袁方易和周秉炎的判断是一致的。

"是的，否则他当场就会揭发你。后来他没说什么吗？"

"没说什么。就像什么事都没发生一样，开完会之后他就离开了特务部。"

"嗯。"

周秉炎在思考下一步该怎么办。

"我现在该怎么办？"袁方易想从周秉炎这里得到指示。

"我认为你暂时是安全的。我看你先回去，静观其变。"

周秉炎觉得袁方易没有危险，这才想起袁方易窃取的日军后勤计划书，"对了，货带来了吗？"

"带来了！"袁方易从手提包里取出小型照相机，悄悄塞到周秉炎手里。周秉炎将照相机放进自己的衣服口袋。

"我先离开。我离开后，你直接回特务部，等我的消息。"说完，周秉炎起身离开教堂。

当天晚上，周秉炎和王家瑞见面，向王家瑞报告发生的事情，并将袁方易得到的情报转交给王家瑞。

王家瑞听了周秉炎的报告后，判断和周秉炎一样，认为袁方易目前是安全的，不需要撤离，可以继续留在汉口日军特务部。不过，他提醒周秉炎，不要让李国盛顺着袁方易这条线发现周秉炎和武汉特委其他人，以免发生意外。

回到家之后，王家瑞和向小雨将照相机的胶片冲洗好，然后将日军后勤计划书的内容译成密码电文。接着，王家瑞拟了第二份电文，将袁方易遇到的事情详细报告给总部。

第二天，于连浩将密码电文送到黄陂横店通讯联络站，由通讯联络站发回总部。

二

李国盛获得日军后勤计划书的当天晚上，就让汪鸿翔通过汽车上的电台将情报发回重庆军统总部。

这两天，李国盛的心情非常好。

在方仁先和杜兴城看来，是因为搞到日军后勤计划书，才让李国盛这样高兴。

实际上，让李国盛感到高兴的，是因为他和袁方易两人都知道了对方的秘

第六十三章　查证身份

密身份，因此，双方必然会产生相互信任。这对李国盛很重要。

虽然没有直接问过袁方易，但李国盛现在肯定袁方易是王家瑞手下的情报人员。

既然双方都已经知道了对方的秘密身份，那么李国盛就不需要再像以前那样，担心引起王家瑞误会而不敢直接和他联系。

李国盛相信，通过这件事，王家瑞必然会对他产生信任。这样，李国盛再去和王家瑞联系，就不会造成误会。

李国盛决定马上去和王家瑞的组织联系。他要告诉王家瑞，自己是党的秘密情报员，多年前和党失去联系。他要请求王家瑞将他的情况报告给组织，帮助他恢复真实身份及组织关系。

李国盛想好之后，决定立刻开始行动。

为了谨慎起见，李国盛决定先去找周秉炎，再通过周秉炎与王家瑞取得联系。

李国盛步行来到汉口第二特区警察局。他没有让方仁先和杜兴城开车送他过来，他不能让方仁先和杜兴城知道他的秘密。

警察局的门岗检查李国盛的证件后，便让他进去了。

李国盛很快找到周秉炎的办公室。

周秉炎虽然没有和李国盛打过交道，但他认识李国盛。

看到李国盛走进自己办公室，周秉炎不禁有些吃惊。他尽量显得平静地问李国盛找他有什么事。

李国盛回答说希望和他谈谈。

周秉炎从办公桌边站起身，指着沙发请李国盛坐下，自己则走到办公室门口朝外面看了看，然后将门关上。

周秉炎回到沙发边，坐在李国盛对面。

"请问你贵姓，找我有什么事？"

"我姓李，名国盛。我找你帮忙。"

"帮忙？我能帮你什么忙？"

"这里不方便说话，我希望找一个僻静的地方和你谈。"

"好吧。汽车上怎么样？"

"汽车上说话最方便。"

周秉炎带着李国盛走出警察局大楼，来到周秉炎停在警察局院子里的汽车旁。两人上车后，周秉炎开车离开警察局。

汽车驶出警察局，来到大街上，这里说话很安全。

"现在可以说了吧？"周秉炎问李国盛。

"我知道你是袁方易的上线！"李国盛开门见山地说。

听了李国盛的话，周秉炎不由得身子一怔。他赶忙装着莫名其妙的样子掩饰自己的惊讶，转头看了李国盛一眼，心里盘算着等一下要不要找机会杀了这个危险人物。

"别紧张，我没有恶意！"李国盛似乎看穿周秉炎的心事，赶忙补充了一句。

"什么上线？我不明白你的意思！"

"算了吧，你我心里都明白。"

"你想要什么？"周秉炎不置可否，他将话题岔开。

"我想请你帮我一个忙。"

"帮什么忙？"

"帮我恢复组织关系，恢复我的真实身份。"

"你的组织关系？你不是军统的人吗？"

"那是表面身份。其实我的真实身份是党的秘密情报员，不过我和党组织失去了联系。"

"你在说什么？什么党？我越来越糊涂了！"

"当然是共产党！别装了，好吗？周秉炎同志！"

"我凭什么相信你？"周秉炎既不承认也不否认自己是共产党。

"凭我在日军特务部帮助袁方易窃取日军情报！"

"那是因为你也需要那份情报。"

"好吧，你可以这样理解。不过，我还帮助过你。你还记得几年前有人打电话给你，提醒你注意日本人的无线电侦测车吗？"

周秉炎想了一下，记起这事。

"你就是那个打电话的人？"

"还会是谁？"李国盛得意地点点头。

"我权且相信你。你还知道什么？"

"我还知道王家瑞和他的昌淇电器行！"

吱……汽车发出尖利的刹车声。李国盛的话犹如晴天霹雳，让周秉炎惊恐不已。他不由自主地猛地踩下刹车，汽车急速地停下来。

由于惯性，李国盛的身体不由得向前冲去，幸好他及时用双手使劲支撑住

第六十三章　查证身份

仪表板，才没有撞到前面的挡风玻璃。

周秉炎刚才以为李国盛只是发现了他和袁方易，没想到他连王家瑞都知道。这意味着整个武汉特委全都暴露了。如果李国盛是敌人，恐怕整个武汉特委都早已遭到日军的破坏。

"你想杀我灭口吗？"李国盛转头半开玩笑、半认真地问周秉炎。

"对不起，我不是故意的。"

"开车吧。当心被后面的汽车追尾撞上！"

周秉炎重新发动引擎，继续开车向前行驶。

"告诉我，你要我怎样帮你？"

"我想和王家瑞见面谈一谈，请他向组织报告我的情况，并且请组织重新核查我的身份。"李国盛诚恳地说，"请相信我，我说的都是真话。"

"你为什么不直接找王家瑞呢？"

"我想过直接找王家瑞，可是我担心如果直接找王家瑞的话，肯定会引起不必要的误会和敌意。"

"好吧，我给你们安排见面的时间和地点。安排好之后，我怎样通知你？"

"这是我的电话号码，你直接打这个电话找我。"说着，李国盛从军装上衣口袋里掏出一张小纸片，递给周秉炎。

"你能不能详细地告诉我，你是怎样发现我们组织的？"周秉炎疑惑地问道，"安排你和王家瑞见面之前，我必须向组织报告所有的情况。"

"好吧，我告诉你。"

李国盛将发现和跟踪王家瑞组织的整个过程详细地告诉周秉炎。他特别强调，军统里面只有他一个人知道王家瑞组织的秘密，请王家瑞和周秉炎不必担心组织的安全。

李国盛不能告诉周秉炎，冈本矢一也知道一些武汉特委的秘密。因为，他不能向周秉炎透露冈本矢一的秘密中共情报员身份。

李国盛的话让周秉炎听得直冒冷汗，他的心里感到一阵阵的后怕。

没想到武汉特委的安全存在着这么大的疏忽和漏洞。幸亏发现武汉特委的是李国盛而不是日伪特工，否则武汉特委早就被日本人给一锅端了。

"你肯定你的手下后来没有人再去跟踪监视过姚明春吗？"这是周秉炎最担心的。

"我敢肯定。"李国盛满有把握地回答。他相信宋岳不会绕过他向戴笠报告此事。

"好吧。你等我电话。"

三

王家瑞听了周秉炎的汇报后，立刻将发生的事情和李国盛的要求用他的紧急联络电台向总部报告，希望总部给他下一步指示。

总部收到王家瑞的密电后，经过慎重考虑，认为李国盛目前对王家瑞的组织没有危险。因此，总部回电，同意王家瑞与李国盛见面。总部希望王家瑞与李国盛见面时，尽可能详细了解李国盛的情况，让总部有更多的线索查证李国盛的身份。

总部负责人李天驰记得，1938年初夏，李国盛曾经秘密到汉口八路军办事处找过他。

当时，李天驰在八路军办事处的一个房间单独接待了李国盛。

李天驰知道李国盛是中共早期党员，资历非常深，又有留学日本和苏联的经历，因此对李国盛的秘密来访十分重视。

当时李国盛告诉李天驰，他是奉夏博的命令，用苦肉计打入国民党情报机关的中共秘密情报员。为了保密，只有夏博一个人知道他的真实身份。同时，夏博是他唯一的联络人和上线。可是夏博后来在长征中意外身亡，因此他与组织失去联系。

李天驰听了之后，问李国盛手上有没有留下证据，证明自己是夏博派遣的中共情报员。李国盛回答说没有。不过李国盛补充说，他有夏博给他的接头暗语，并将接头暗语告诉了李天驰。

李天驰当时很为难。从直觉上讲，李天驰基本相信李国盛说的是事实；但是，情报工作有严格的纪律，不能只凭李国盛的一面之词就作结论，更不能感情用事，否则可能铸成大错。因此，李天驰只能将李国盛列为待核实人员。同时，他答应李国盛，他会查找夏博遗留下来的文件，看看能不能找到证实李国盛真实身份的证据。

其实，当时有很多与党失去联系的人，像李国盛一样，到汉口八路军办事处要求恢复他们的组织关系。不过，李国盛的情况非常特殊，因此李天驰不得不更慎重地对待此事。

李天驰回到延安后，履行了自己对李国盛的承诺。他亲自查找了夏博留下

第六十三章 查证身份

的所有文件。可是,在文件中没有发现任何有关派遣李国盛打入国民党情报机关的线索。这件事后来就被搁置起来。

没想到过了这么多年,李国盛还在执着地想办法恢复他的组织关系和真实身份,这让李天驰的内心很感动。

李天驰向上级汇报了李国盛的情况,并表明自己的态度。上级了解情况之后也非常重视,指示李天驰再次核查夏博留下的文件,包括夏博的遗物。

李国盛来到鄱阳街的阜昌茶楼,他将在这间茶楼与王家瑞见面。

二楼有几十张茶座和十来间雅间。

李国盛上楼后,向四周环顾了一下,很快就看到一个叫香茗的雅间。李国盛看似不经意地回头看了看,然后朝香茗雅间走去。走到雅间门口,李国盛也不敲门,直接推门进去。

李国盛进门后,随手将门关上。他看到王家瑞正坐在茶桌边等他。

李国盛认识王家瑞,但王家瑞并不认识李国盛。

见李国盛进来,王家瑞赶忙起身问道:"是李国盛先生吗?"

"正是在下。"

"在下王家瑞,久仰久仰!李先生请坐!"

"王先生也请坐。"

说着,李国盛在王家瑞对面坐下。

王家瑞也跟着坐下。他拿起桌上的茶壶,给李国盛的茶杯里斟上茶。

"请,李先生。"

"谢谢!"

"李先生,周秉炎已经将你的情况告诉我,请问,你需要我帮你做什么事?"

"我想请你与组织最高机关联系,将我的情况报告给组织,请求组织核实我的身份,恢复我的组织关系。"

"这个没问题。不过,我需要你仔细回忆夏博派遣你打入敌营的所有细节。这样,总部才能更全面地帮你查找证据。"

李国盛一边回忆一边向王家瑞叙述事情的经过。王家瑞不需要做记录,他的记忆力惊人。李国盛说的每一句话,他都记在了脑海里。

李国盛说完之后,王家瑞认为他说的和周秉炎说的情况几乎是一样的,没有什么新内容。

"李先生,你再想想,有没有漏掉什么重要的线索?"

"应该没有。"李国盛想了一下，然后十分肯定地回答。

"有没有其他的间接证据呢？"

"嗯，怎么说呢。"李国盛犹豫起来。他在考虑要不要告诉王家瑞，组织另外一条线上的情报员冈本矢一可以间接证明他一直对党保持忠诚并一直暗中为党工作。

"如果关系到组织的秘密，不能说的就不要说，我能理解！"王家瑞见李国盛在犹豫，知道他有些事情不能说，因此赶紧阻止他。

"其实也不是直接证据，应该没多大用处。"李国盛摇了摇头，决定不将此事告诉王家瑞。

如果李国盛刚才说出冈本矢一这条线，那么组织上很快就会识破戴笠冒充中共情报组织欺骗冈本矢一的阴谋。可是，王家瑞和李国盛二人严格的组织纪律性，让组织失去了这次机会，也让冈本矢一继续蒙在鼓里为军统服务。

"好吧，不管怎样，你任何时候想起新的情况，都可以和我联系。我会将你说的新情况报告给组织。"

"好的。"

"另外，请你将武汉军统组织以及你知道的所有军统秘密告诉我，这是上级的要求。"王家瑞直接提出要求，这也是考验李国盛的手段。

"行！"

于是，李国盛将他知道的所有军统秘密全都告诉了王家瑞。

王家瑞与李国盛见面后，将李国盛说的所有情况整理好，用电台发给总部。

总部回电说，李国盛的身份查证工作已经开始，但还没有取得任何进展，组织上还在继续查证。一旦有什么发现，组织上会立刻通知王家瑞。

另外，组织上非常重视李国盛透露的武汉军统组织情报。组织上指示王家瑞，除了他本人之外，不要让任何人了解这份情报的内容。

第六十四章　鄂西会战

一

　　一辆英式中吉普在武汉通往监利县的公路上颠簸行驶，汽车后面扬起阵阵尘土。

　　坐在司机方仁先旁边的杜兴城顾不得汽车的上下颠簸，兴奋地欣赏着一路上的田野风光。

　　从汽车上向公路两边看去，是一望无际的江汉平原。田间青葱翠绿的秧苗和野地的青草在春风中摇摆，伴随着田间的阵阵蛙鸣和枝头的鸟语，让这片富饶的土地充满了春天的气息。

　　方仁先兴奋地开着车，偶尔和身边的杜兴城说几句话。这辆中吉普是伪武汉行营的野战军用车，非常适合在路况差的野外行驶。

　　这条公路由于战争年久失修，路面坑坑洼洼。在这样的公路上快速行驶，汽车会很颠簸，让车上的人觉得难受。但开车的方仁先不仅没有觉得难受，反而觉得在颠簸的路上驾驶吉普车特别刺激。

　　公路上偶尔遇到日军的卡车、农民的板车以及赶路的行人，都被方仁先的吉普车超越并远远地抛在后面。

　　吉普车的后座上坐着李国盛和两名日军军官。

武汉谍战

　　这两名日军军官是日军第十一军司令部派往武汉行营伪第11师的顾问，负责协调日伪作战行动。其实，他们的真正任务是督促伪第11师作战。

　　两名日军军官一个是山本少佐，另外一个是小笠原中尉。山本少佐将担任伪第11师的军事顾问，小笠原中尉担任联络官，负责与日军第十一军司令部的通讯联络。为此，第十一军专门为他们配备了一部电台和临时专用密码。

　　对于即将展开的江南歼灭战，为了协调两军的行动，日军第十一军决定派给伪武汉行营参战的各师两名军官作为顾问和联络官。武汉行营以及各师师长都对日军此举有抵触情绪，认为这是日军对他们的不信任，却又无可奈何。

　　李国盛倒认为这是一个很好的机会，决定加以利用。

　　因此，李国盛向行营杨参谋长主动提出送两名日军军官去伪第11师，顺便代表伪武汉行营去视察一下伪第11师的战前准备工作。

　　杨参谋长正需要人去做这种得罪人的事，见李国盛主动请缨，自然是求之不得，立刻答应了李国盛。

　　李国盛在车上和两个日本军官一边欣赏田野的风景，一边闲聊。

　　此时已经接近中午，前面就是仙桃镇。

　　按照行程，李国盛一行会在仙桃镇吃午饭，然后继续赶路。

　　半个小时后，吉普车开进仙桃镇。

　　进入仙桃镇后，方仁先在街上停下车，向路旁的一位长者打听三蒸酒家怎么走。这位长者告诉方仁先，到前面路口左转后就能看到三蒸酒家。

　　方仁先谢过长者，开车继续前行，然后按照长者的指点在前面路口左转；左转之后，果然看见前面不远处三蒸酒家招牌。

　　方仁先将中吉普开过去，停在三蒸酒家门前。

　　李国盛请二位日本军官下车，陪他们走进三蒸酒家。

　　进酒家后，迎面是一个大厅，大厅里摆着十来张桌子。此时正是午饭时间，因此几乎每张桌子都坐满了食客。大厅里很嘈杂，有些乌烟瘴气。

　　店小二见李国盛和日军军官进来，赶忙热情地迎上来招呼他们。

　　"太君，雅厅请！"

　　说着，店小二领着李国盛一行穿过大厅来到里面的一间雅厅。

　　雅厅比外面的大厅干净整洁，感觉安静舒适一些。

　　李国盛一行围着雅厅里的桌子坐下，点了几个酒家的招牌菜，当然少不了沔阳三蒸。点完菜之后，李国盛要了一壶白酒。

　　菜很快就上来了。杜兴城赶紧拿起酒壶给大家的酒杯斟满酒。

第六十四章　鄂西会战

李国盛作为主人，端起酒杯用日语对两个日本军官说："乡野之地，没有什么美食佳肴。借这杯薄酒，一来向二位表示敬意，二来为二位驱除旅途劳顿，干杯！"

山本少佐和小笠原中尉赶忙端起酒杯，和李国盛等人碰了碰杯，然后说了一句"干杯"，大家一饮而尽。

大家开始吃菜，喝酒，聊天。由于酒壶不大，一壶酒很快就喝光了。

杜兴城盼咐小二再送一壶酒来。

小二照杜兴城的盼咐又送来一壶酒，交给靠近门口的方仁先。

过了一会儿，见山本少佐和小笠原中尉的酒杯差不多空了，方仁先赶忙拿起酒壶给二人满上。

李国盛再次端起酒杯，热情地对山本少佐和小笠原说："二位，难得与你们认识，我再敬二位一杯。"

山本少佐和小笠原中尉也不谦让，端起桌上的酒杯一饮而尽。

"痛快！"李国盛高兴地说。

大家继续喝酒吃菜聊天。

几分钟后，正和李国盛谈笑风生的小笠原中尉，突然觉得脑袋一阵晕眩，接着像喝醉酒一样舌头开始不听使唤，然后就趴在桌子上了。

山本少佐见状，以为小笠原中尉喝多了。他脸上露出嘲笑的神色，伸手拍了拍趴在桌子上的小笠原中尉肩膀说：

"小笠原君，酒量这么差吗？怎么刚开始喝酒，你就，倒，倒……"

山本少佐说这话时，他脸部的笑容渐渐变得僵硬，同时眼里似乎闪出了一丝疑惑。可当他说到"倒，倒……"的时候，像是要照着自己的话去做一样，慢慢地向后倒去。

坐在山本少佐旁边的李国盛赶紧伸手扶住山本，让他趴在桌子上，免得他跌倒惊动外面的客人。

店小二刚才送来的第二壶酒里面有迷药，两个日本军官喝了之后，不一会儿就被迷药给迷倒了。

这时，雅厅墙边放碗筷碟子的橱柜突然慢慢移动起来。李国盛等人见此情形，并没有感到惊慌。

只见橱柜像一扇门一样转开，墙上露出一道门。

唐新从这道门走进雅厅，他的身后跟着一个中年人。

"老板，我们又见面了！"见到李国盛，唐新情绪有些激动。他情不自禁

武汉谍战

地走过去紧紧握住李国盛的手。

自从李国盛被捕假降之后，唐新就没有再见到过李国盛。每当他想起和李国盛一起战斗在武汉的日子，都会感慨万分。对于唐新来说，李国盛不仅是他的上司，更称得上是他的良师益友。

唐新明白，李国盛现在身陷敌营，比以前所处的环境更加险恶，需要过人的胆色和勇气。

"真高兴再见到你，唐新！"见到自己原来的副手，李国盛感到由衷的高兴。

"老板，这位是仙桃联络站站长张先生，三蒸酒家的掌柜。"唐新将中年人介绍给李国盛。

"李老板，久仰久仰！"

"张先生，久仰久仰！"

大家都知道这里不是说话的地方。简单的寒暄之后，张先生便带着大家扶着两个日本军官穿过橱柜后面的那道门离开雅厅，只留下方仁先一个人待在雅厅里面应付情况。

橱柜后面的门连接着一条五六米长的台阶，台阶通向一个地下密室，密室里面点着油灯照明。李国盛和杜兴城扶着小笠原，跟着前面扶着山本的唐新和张先生来到这间密室。

密室不大，里面只有一张床、一张桌子和两张凳子；密室里面还有另外一条台阶，通往别的地方。

李国盛看到法租界日语翻译张春蕙和总部通讯处的甘可荃也在暗室里面，他们俩都身着日军军装。

李国盛知道，为了配合这次行动，甘可荃是重庆专门派飞机秘密空降到仙桃的。因为军统武汉区现在没有人既会说日语，又能熟练发报。

大家将两个被迷倒的日本军官放在床上躺下，从他们的军装口袋里搜出他们的军官证和随身物品，交给张春蕙和甘可荃。

张春蕙和甘可荃将分别冒充山本少佐和小笠原中尉，跟随李国盛去执行这次任务。

李国盛向张春蕙和甘可荃介绍山本少佐和小笠原中尉的名字、身份等细节，让他们俩牢记。然后，李国盛向他们详细交代了本次任务需要注意的问题。

正在此时，店小二从暗道里伸出脑袋来，告诉大家，有几个日军宪兵来店里巡查。

李国盛赶紧带着杜兴城、张春蕙和甘可荃穿过暗道回到雅厅。他们刚刚坐定，日本宪兵就闯了进来。

"什么事？"张春蕙见几个日本宪兵闯进来，很不高兴地问他们。

"对不起，长官，我们正在搜查可疑分子。昨天夜里，我们发现有一名重庆的特工空降到此地。这一带抵抗分子活动也很猖獗。"

一个宪兵见张春蕙是少佐军官，连忙向他解释。

"喔，很好。你们要加紧搜查！"

"是！长官。不过，我们需要检查各位的证件，请各位支持我们的工作。"

"没问题，这是必须的。"说着，张春蕙示意大家出示证件。

这名宪兵仔细检查所有人的证件之后，没有发现问题。他脚跟一并，身体微微一躬，

"打搅了，长官！请慢用！"

说完，这名宪兵便带着其他几名宪兵离开了雅厅。

李国盛等人与唐新以及张先生道别之后，离开三蒸酒家，开车继续赶路。唐新他们会处理掉两个日本军官。

傍晚，李国盛一行顺利到达驻扎在监利的伪第11师师部。

伪第11师李师长打心眼里就不欢迎日军顾问，但他出于礼节，还是得敷衍一下。因此，李师长表面上对李国盛和两名日本军官的到来表示热烈欢迎。他礼貌性地为李国盛一行安排晚宴替他们接风，算是给李国盛和日本军官一个面子。

晚宴后，李师长让手下给李国盛一行在司令部大院里安排住处，李国盛一行就在伪第11师师部住下了。

李国盛等人住下后，根据在伪第11师师部获得的战场情报，利用携带的电台将情报发出，为中国空军指示轰炸目标，不断地轰炸日军的部队集结地和后勤补给集散地，给日军以沉重打击。

二

5月5日凌晨，日军第十一军第3师团、第17混成旅团、小柴支队、户田支队在大批飞机的配合下，按计划分别由藕池口、石首、华容向第六战区第10集团军87军之新编23师，第29集团军73军暂编第5师、第15师阵地发起全线进攻。鄂西会战的序幕就此拉开。日军第3师团主力及独立混成第17旅团向藕池口西南地区进

击，指向安乡；户田支队向华容暂编第5师攻击；小柴支队向南县方面攻击。

与此同时，日军针谷支队从白螺矶水路沿洞庭湖南下，切断安乡、南县国军退路。

日军一开始便按照既定方针，摆出一副进攻常德的假象，企图迷惑第六战区动用江防军主力驰援常德。

不过中国军事委员会和第六战区已经掌握日军佯攻常德，实际上准备南北夹击第六战区第10集团军和江防军主力，进而攻占石牌要塞的作战意图，因此不为所动。

日军虽击溃中国守军占领安乡、南县一线，但未能达到诱使中国军队驰援常德的目的。

由于中国军队没有上当，因此日军除留下少量部队在安乡、南县一带继续扫荡，并佯攻第29集团军第44军，牵制第29集团军不能北援外，其主力第3师团和第17混成旅团于5月12日突然转向西北进攻，企图与正在枝江右岸集结的第13师团和野沟支队对公安、松枝一线的第六战区第10集团军主力实施南北夹击，伺机歼灭第10集团军主力于公安、枝江一线。至此，日军的真实作战意图暴露无遗。

日军的进攻咄咄逼人。

中国第六战区第10集团军各部虽拼死抵抗，无奈力量悬殊，只能节节后撤。日军击溃第10集团军主力后，于5月23日集中第3师团、第13师团，以及新加入作战的第39师团主力和野地支队开始对中国军队石牌要塞外围阵地发起进攻。

石牌保卫战是鄂西会战中最关键的作战，中日双方军队在此展开决战。

中日双方不仅倾其陆军全力作战，同时出动空军配合陆军作战。

日军空军对国军阵地不断地进行狂轰滥炸，国军的很多防御工事遭到日军空军摧毁。

中美空军也不甘示弱，自鄂西会战开始之后，向日军发动了一系列的空中打击。

中国空军和美国援华空军在石牌要塞保卫战最激烈的阶段，多次出动飞机对日军地面进攻部队进行轰炸扫射，给日军以重创。

中美空军除了直接打击日军地面部队之外，还根据国共双方情报人员提供的日军后勤运输情报，准确地对日军的后勤补给船队和车队进行轰炸，给日军的后勤补给造成很大困难。由于中美空军的打击，日军前线部队曾一度出现补给困难，造成一些日军士兵由于没有食物，只能靠采食田间未成熟的稻穗充饥。这是中日开战以来从没有发生过的事情，由此可见，中美空军在鄂西会战中作出了重要贡献。

战至5月28日，日军第3师团、第39师团和野地支队突破石牌要塞外围阵地，开始向石牌要塞核心阵地发起进攻；与此同时，日军左翼的第13师团，也突进到石牌侧翼木桥溪一线，直接威胁石牌要塞的右翼。此时，日军进攻石牌要塞的部队达六万之众，石牌要塞各前沿阵地的战况空前激烈。

第六战区江防军和退守的第十集团军各部利用既设阵地，顽强抵抗日军的猛烈进攻，双方在石牌核心阵地前杀得天昏地暗，尸横遍野。

三

李国盛一行正随伪军第11师3团向曹家畈前进，曹家畈阵地属于石牌要塞核心阵地的关键支撑点。一旦阵地失守，日军就可以将石牌要塞守军分割并攻击两侧的中国守军。

伪第11师3团的任务是担任进攻曹家畈的日军第39师团后卫。3团刘团长早已被李国盛策反，决定阵前起义。

此前，当伪军第11师随日军推进到长阳一线后，冒充日军顾问山本少佐的张春蕙对伪军第11师李师长主动提出要求到3团督战。

自从冒充日军顾问的张春蕙来到伪军第11师司令部之后，每天都故意在司令部里指手画脚，表现出一副目中无人的样子，让师部的所有人都对他很反感。李师长更是对这个不知天高地厚的日军顾问烦得要死，正求之不得让他早点离开师部。见张春蕙主动提出下3团督战，因此马上答应了张春蕙的要求。就这样，李国盛一行顺利地来到起义部队3团。

3团达到曹家畈前线时，中日双方的争夺到了白热化的程度。坚守曹家畈一线阵地的是江防军第18军胡琏的第11师，他们的对手是日军第39师团。

曹家畈一线高家岭、三角岩、八斗方各主要阵地都遭到日军的猛烈攻击，双方在阵前反复冲杀，死伤累累。

日军由于进攻不利，此刻已经杀红了眼，虽然伤亡惨重，仍然组织部队密集冲锋。中国军队的阵地不时被日军突破，虽然守军最终堵住日军的突破口，但是战场形势变得越来越危急。如果没有新的力量增援，中国军队的阵地不久就会被日军全面突破，整个防线就会崩溃。

李国盛让甘可荃向第六战区司令部发报，报告第六战区司令部，伪第11师3

团已经达到曹家畈、八斗方一线，随时听候第六战区的命令，发动阵前起义。

李国盛和刘团长通过望远镜对战场进行观察，发现争夺八斗方的战斗最为激烈。

此时，日军已经在国军八斗方阵地撕开一个突破口，双方士兵立刻大批涌向这个突破口。日军希望趁机扩大突破口，一举突破守军阵地。中国军队则拼命堵住突破口，消灭涌进突破口的日军。由此双方在突破口展开了一场激烈的争夺战。

涌向突破口的双方士兵立刻陷入一场短兵相接的白刃战。

只见双方士兵用刺刀、大刀、枪柄、石头、拳头，甚至是牙齿攻击对方。两军在此弹丸之地反复冲杀，直杀得天昏地暗，血光冲天，其惨烈程度让日月为之黯然失色。

看到大批的国军士兵英勇地作战，壮烈地牺牲，李国盛沉重地放下手里的望远镜，他不忍继续看下去。

正在此时，甘可荃收到第六战区司令部发来的密电。

第六战区司令部收到甘可荃的密电后，得知起义部队正好在战况最激烈，形势最危急的八斗方阵地前沿，马上电令起义部队立刻从日军进攻部队背后发起突然袭击，化解守军的危机。

收到第六战区司令部的密电后，李国盛和刘团长决定立刻举行阵前起义，对日军发起进攻。

只见李国盛对刘团长使了一个眼色，刘团长心领神会。

刘团长突然掏出手枪，用枪指着李国盛以及装扮成日军军官的张春蕙和甘可荃，大声命令身边的卫兵把他们抓起来。

卫兵们听到刘团长的命令后，立刻蜂拥而上，将李国盛、张春蕙、甘可荃三人团团围住，缴了他们的枪，然后用绳子将他们捆起来。

不远处的方仁先和杜兴城还没来得及作出反应，也被他们身边的几名卫兵缴了枪后用绳子捆起来。

抓了李国盛和日军军官之后，刘团长马上向手下宣布起义，刘团长手下所有人都大声地响应，赞同起义。

接着，刘团长命令3团向日军背后发起进攻。3团的3个营分3路立刻向正在进攻八斗方的日军背后猛扑过去。

在距离进攻日军身后不到100米时，3团士兵开始向日军猛烈射击。密集的火力顿时将猝不及防的日军打倒一大片。

第六十四章 鄂西会战

不等日军战场指挥官反应过来，3团直属连已经冲进日军指挥所，将日军指挥官击毙。

遭到背后突然袭击的日军顿时阵脚大乱，大部分日本兵本能地回过头来对付3团。但是3团士兵占住有利地形，猛烈攻击日军，牢牢地将日军压缩在国军的阵地前沿，使日军处于前后两面火力的夹击之下，陷入被动挨打的局面。

陷入困境的国军突然发现日军背后遭到友军攻击，顿时士气大振，立刻乘势向日军发起反击。国军士兵冲出掩体，向惊慌失措的日军猛冲猛打，日军顿时乱作一团。

在国军和起义部队的前后夹击下，不可一世的日本兵逐渐失去抵抗意志，一个个开始鬼哭狼嚎，抱头鼠窜，争相逃命。

不到半个小时，进攻八斗方阵地的一个鬼子大队大部被歼灭，剩下的只好向两侧逃命。

中国军队乘势向两翼的日军发起攻击，从侧翼打击日军。两翼正在进攻的日军突然遭到来自侧翼的攻击，顿时阵脚大乱，纷纷开始后撤。

经过长时间作战，特别是连日来进攻石牌要塞，已经遭受很大伤亡的日军，此时本来已经是强弩之末。在遭到3团来自背后的突然袭击之后，全线已呈动摇之势。

刘团长见大获全胜，便带领大家押着李国盛等人准备去与国军汇合。

方仁先已经偷偷地解开了捆住自己的绳子。他乘大家不注意时，突然猛扑到刘团长身边，用胳膊扼住刘团长的脖子，同时迅速掏出刘团长腰间的手枪，用枪指着刘团长的脑袋。

所有人都被方仁先的举动惊呆了。大家不由自主停下脚步，满脸惊讶地看着方仁先。

"解开他们的绳子！"方仁先大声对刘团长说。

刘团长对他的警卫点点头，警卫们只好解开绑住李国盛、杜兴城、张春蕙和甘可荃四人的绳子。

"放我们走！"方仁先再次命令刘团长。

刘团长犹豫着。

此时，装扮成日军顾问的张春蕙和甘可荃见有机可乘，立刻拔腿就跑。

刘团长的手下见两名日军军官逃跑，不禁有些犹豫不定。他们不敢对这两个日军军官开枪，担心方仁先一怒之下杀了他们的团长。

张春蕙和甘可荃刚刚跑出五六十米远，没想到迎面碰上3团1营营长。1营长

武汉谍战

不明就里，见两个日军军官逃跑，立刻端起手里的英式冲锋枪向这两个日军军官开枪扫射。

哒哒哒……

1营长射出一梭子子弹。

只见化装成日军军官的张春蕙和甘可荃中弹后倒地滚下山坡。

方仁先见状，马上暴怒起来。他用手枪重重地顶住刘团长的脑袋，大声威胁道："放我们走，不然马上杀了你。"

刘团长还是不吭声。

方仁先面带杀机。

"我数到3！"方仁先冷冷地说，"1，2……"

"不要开枪！"

赶来的1营长赶紧制止方仁先。他对刘团长说："团长，放了他们，你的命比汉奸的命值钱！"

刘团长听了1营长的话之后，只好下令："都放下枪，让他们走！"

刘团长的手下放下枪，给方仁先让出一条路。

方仁先用枪押着刘团长，跟着李国盛和杜兴城朝日军撤退的方向逃走。

大约逃出一百多米远之后，李国盛让方仁先放了刘团长，然后三人加快脚步向日军撤退的方向逃走。

这一切都是演的一场戏。因为李国盛坚持要回去继续做卧底，所以演了这场苦肉计，让其他人以为李国盛他们是从起义部队的枪口下拼命逃出来的。

5月31日，日军对石牌要塞连续进攻8天之后，由于伤亡惨重，全线开始动摇。因此，日军第十一军司令部只好在全线崩溃之前，下令全线撤退。

日军开始全线撤退。

中国最高军事委员会命令第六战区国军主力立刻对溃退的日军展开追歼战。在追歼战中，国军主力重创日军第13师团以及前来接应的第17独立混成旅团，并消灭日军第3师团、第39师团各一部。

中美空军也在追歼战中积极配合地面作战，炸毁多艘日军船只，阻止、延缓日军渡江北撤，为陆军追歼日军赢得时间。

整个鄂西会战，自5月5日起，至6月14日中国军队收复公安县止，历时一个多月。中国军队虽然付出极大代价，但确保了石牌要塞的安然无恙，从而保证了中国抗战中心陪都重庆的安全。从这个意义上来说，鄂西会战无疑是中国军队取得的一次重大胜利。

此次会战，日军在付出2万多人伤亡的惨重代价后，被迫撤回进攻出发地。日军这次作战最大的收获，就是将宜昌的五十多艘船，总共16000吨，下航到武汉，充实日军日益不足的长江运输能力。

第六十五章　识时务者

一

横山勇认为，鄂西会战开始后，当日军第十一军佯攻常德时，之所以中国军队没有上当，是因为中国军队事先获取了第十一军的江南歼灭战计划。这是导致这次作战失败的重要原因。

横山勇记得，他上任第十一军司令官之后，第十一军情报课长岩田正隆曾经暗示过他，第十一军的任何作战计划都有可能被泄露出去。当时，他以为这只是一个情报课长因职责所在，给新任司令官例行公事式的提醒，因此不以为意。

现在，第十一军在江南歼灭战中遭受重大伤亡，让横山勇想起岩田正隆以前的提醒。中国军队是不是在会战前就获得了江南歼灭战的作战计划呢？这个疑问一直萦绕在横山勇的脑海中，怎么也挥之不去。因此，他决定找岩田正隆进一步了解情况。

横山勇将岩田正隆叫到自己的办公室，希望澄清他脑海中的疑问。

"岩田课长，我记得你曾经提醒过我，第十一军的任何情报都有可能泄露出去。请问你是无的放矢呢，还是有针对性？"

"我是有针对性的。"

按照保密原则，岩田正隆本不应该告诉横山勇这些事。不过，他不忍心看

第六十五章　识时务者

到横山勇因为情报泄露所造成的损失而自责。

"你能告诉我真实情况吗？"

"对不起，我不能告诉您，因为这涉及到高度机密！司令官阁下！"

岩田正隆意识到自己刚才违反了保密原则，因此他不能再向横山勇透露更多的情况。

"我不想知道什么机密，我只想知道是不是有人将我们的作战计划交给了中国军队！"

"很有可能，司令官阁下！"岩田正隆几乎肯定地回答。

"明白了。"

横山勇紧锁双眉，沉吟了片刻，然后从他的办公桌前站起身来，走到一扇窗户前，若有所思地看着窗外。

岩田正隆依然站在横山勇的办公桌前面，只是稍稍转过身，面朝着横山勇。他不敢打搅横山勇，因为他知道司令官遭到江南歼灭战的挫折之后，心里一直充满自责。

足足过了五分钟，横山勇才转过身来，走到岩田正隆面前，勉强冲着他笑了笑说：

"谢谢你的提醒！没事了，你回去吧，岩田课长。"

岩田向司令官敬礼，然后转身离开办公室。

横山勇知道，即使岩田知道事情的真相，也不能告诉他。如果他想了解真相的话，他可以向上级询问。因此，他决定先和南京的中国派遣军总司令畑俊六大将联系，看看总司令是否知道这方面的情况。

横山勇在办公桌前坐下，拿起电话，给在南京的中国派遣军司令官畑俊六办公室打电话。

畑俊六办公室秘书接听电话后，知道是横山勇司令官找畑俊六，赶紧将电话转给畑俊六司令官。

"喂？我是畑俊六。"

"司令官，我是横山勇。"

"我知道。你找我有什么事？"

"司令官，我想知道，第十一军司令部是不是有人将军事情报提供给中国方面？"横山勇直截了当地问畑俊六司令官。

"是的。"

电话另一端的畑俊六脸上露出古怪的笑容，他担任华中派遣军司令官的时候，就知道此事。

"既然知道有敌方间谍在第十一军司令部，为什么不及时清除掉呢？司令官，我们这次的损失就是这个间谍造成的！我这样说并不是想推卸我个人的责任。"

横山勇明显有些生气了，他在责怪所有知情人，包括畑俊六。

"横山君。有些情况你并不了解，你生气是有道理的。"畑俊六宽容地说，"不过，事情并不是你想象的那样。"

"司令官，我是否能够知道事情的真相呢？"

畑俊六虽然犹豫了一下，但他最终认为横山勇有权了解事情的真相。于是，他将事情的来龙去脉告诉横山勇。不过，畑俊六没有说出冈本矢一和夏文远的名字。

横山勇听了之后，更加生气。他抑制不住内心的怒火，口气生硬地质问道：

"司令官，情报二部那些高高在上的老爷们怎么可以拿日本士兵的生命做赌注呢？我们必须阻止这样的事情继续发生！"

"你说得有道理。不过，有时候为了国家的利益，牺牲个人是值得的。更何况，交给中国军方的情报在关键地方做过一些手脚，而且时效性也很短，因此，中国军队就算掌握了我们的作战计划，也没办法加以有效地利用。"畑俊六看问题的角度与横山勇明显有些不同。他耐心地向横山勇解释。

说到国家利益，横山勇一时语塞。他知道畑俊六是对的，可他就是不能接受故意向敌方提供情报，造成日军士兵的伤亡。

"这种事情从武汉会战时就开始了。不过话说回来，即使中国军方掌握了我们的作战计划，他们面对我们强大的日本皇军，还不是屡战屡败！因此，你不必太担心，横山君。"

"明白了，司令官。请原谅我的冲动和冒昧！谢谢您的耐心和大度！"横山勇诚恳地向总司令道歉。

"没关系，横山君。另外，据我所知，第十一军司令部泄露情报的这类事情，以后可能真的不会发生了，请你放心吧。"畑俊六最后意味深长地说。

二

李国盛从前线回到伪武汉行营后，立刻向武汉行营杨参谋长报告伪第11师3团哗变的详细经过。

第六十五章　识时务者

由于伪第11师3团的哗变，对鄂西会战的结局起到很大影响，日军第十一军司令部和伪武汉行营对于伪第11师3团的哗变非常恼火。他们要求李国盛将伪第11师3团发生战场哗变的经过，写一份详细报告，交给伪武汉行营和日军第十一军司令部。与此同时，方仁先和杜兴城也被汪伪武汉行营政训处叫去问话。

日军和伪武汉行营对李国盛能够从哗变的3团逃回来产生了怀疑。和李国盛同去3团的两个日本军官被杀，而李国盛和他的随从却能从叛军手里安然无恙地全身而退，这让谁都会起疑心。

好在李国盛有伪第11师3团被迫参加哗变，后来乘机逃回的两个军官作证，证明他说的情况完全属实。因此，日军第十一军司令部和伪武汉行营只好作罢，停止对李国盛的调查。

虽然此事暂时作罢，但李国盛明白，这次事件让他有可能再一次进入日军情报部门和宪兵队特高课的视线。因此，他必须更加谨慎。

日军第十一军司令部和伪武汉行营对3团哗变的事查不出什么头绪，只好以掌控部队不力的罪名，将伪第11师李师长撤职，算是有一个交代。

6月5日，正当参加鄂西会战的中国军队追歼日军的时候，法国维希政府驻武汉总领事向伪南京国民政府特派大使吴颂皋、伪汉口市长张仁蠡"交还"汉口法租界。汪伪政府从这天开始对法租界"行使主权"。

同一天，日军正式进入法租界。武汉沦陷以来，对抗日组织起到一些庇护作用的孤岛法租界彻底沦陷。

三

冈本矢一桌上的电话响了。

"喂，哪里？"他接起电话。

"我是横路，你还记得我吗？"电话那头的人说。

冈本矢一马上想起来，横路就是当初帮夏文远送电台给自己的那个人。

"当然记得，横路君。你找我有什么事？"

"我在司令部的大门外等你，我需要和你面谈。"

"好吧，我马上来。"

冈本矢一放下电话，坐在那里沉思了片刻。横路突然来找他，让他感到有些意外。他猜不透横路找他的目的。

冈本矢一起身离开办公室，去司令部大门外与横路见面。

横路的汽车停在司令部大门外的路边,他坐在汽车的驾驶座位上等着冈本矢一。他开的还是上次的那辆车。

看到冈本矢一从司令部大门出来,横路立刻从汽车的窗口伸出脑袋叫冈本,并向他招手,示意他上车。

冈本矢一上车之后,横路和他寒暄了两句。然后开车离开司令部大门口。

"横路君,你找我有什么事?"

"我这次来是要收回你的电台。"横路直截了当地告诉冈本矢一他来此的目的。

"为什么?发生了什么事情?"冈本矢一觉得很诧异,不禁瞪大双眼问横路。

"这个我也不清楚。我只是奉命收回电台,并向你转达上面的命令,请你停止向夏文远提供任何情报。"

听横路这样说,冈本矢一猜测夏文远可能出了什么事。因此,他进一步试探横路:"为什么突然停止向夏文远提供情报?夏文远出什么事了?"

"这个我也不清楚,我只是奉命行事。不过,夏文远应该没出什么事。"

"如果以后夏文远来找我,向我要情报,我该怎样办?"

"他不会再向你要情报了,因为总部决定让他停止向中国军方提供情报。"

听了横路的话,冈本矢一知道夏文远并没有出事。他不明白日军情报部门为什么这样做,可横路不愿意说,他不好再多问。

汽车很快就来到天津路16号甲,横路将车停在马路边。他让冈本矢一一个人进屋去取电台,自己留在车上等冈本矢一。

冈本矢一进屋后从二楼房间的衣橱里取出电台,将电台装进一个箱子。然后他提起箱子,转身下楼出了大门。

将大门锁好后,冈本矢一提着箱子来到横路的汽车旁,将箱子放进汽车的后座,自己上车坐在横路旁边。

"这是房子的钥匙,电台在后面的箱子里面。"冈本矢一将一串钥匙递给横路。

横路接过钥匙,开车向第十一军司令部驶去。

没有电台肯定会对今后传送情报造成不便。不过,以前没有电台不也一样能够顺利地传送情报吗?坐在横路旁边的冈本矢一想。失去夏文远这一层掩护,他收集传送情报的风险可能会大一些,这倒是他需要考虑的。

第六十五章 识时务者

横路将冈本矢一送到第十一军司令部大门前放下,自己开车离去。

冈本矢一回到办公室,他还是很好奇为什么总部突然命令夏文远停止向中国提供情报。

冈本矢一必须尽快将此事报告给总部,并重新启用原来的联络方式。他给总部写了一封密信,当天晚上就将密信投进邮箱。

四

夏文远已经失去了原来的价值,日军情报部门已经对他失去了信任。

他现在的角色根本就不像一个曾经功勋卓著的间谍,更像是上海日军情报机关里一个无足轻重的文员。

以前,夏文远利用自己的特殊身份,经常向一些中国官员透露一些日本政治军事情报,取得这些官员的信任。另一方面,这些中国官员见日军节节胜利,担心日军会彻底征服中国。为了给自己留条后路,有意无意地向夏文远透露一些重庆方面有价值的情报。

现在国际形势发生重大变化。美国参战后,在太平洋上取得优势,胜利的天平开始向盟国这边倾斜。原来向夏文远提供情报的中国官员害怕将来受到清算,开始疏远夏文远,并停止向他提供情报。因此,夏文远的情报来源逐渐枯竭,他在日本情报机关眼里也失去了原有的价值。

夏文远见形势逆转,决定转向为中国政府效力,替自己留条后路。因此,他开始将从各个渠道获取的日军情报,不加修改地偷偷提供给中国军方。

可是,日本人见夏文远不再能够获取有价值的中国情报,自然就不愿意让夏文远继续向中国提供情报。因此,日本情报机关命令夏文远停止向中国提供情报,并通知相关人员停止向夏文远提供情报,断绝夏文远的情报来源。

不过,日军情报机关还没有发现夏文远的背叛行为。他们目前只是认为他失去了原有的价值,因此还没有对他起疑心。

夏文远此刻正皱着眉头,满脸愁容地呆坐在办公桌前,无神的双眼垂视着桌面。

夏文远没想到日本人这么快就抛弃他,一点都不考虑他以前所作的贡献,也不顾及他的感受。

虽然夏文远还不知道,戴笠利用黄雀行动已经识破了他的真实身份,但他还是担心日本战败后,他的真实身份会曝光。因此,如果他想在战后逃脱惩罚

武汉谍战

的话，他必须现在给中国方面提供更多有价值的日军情报，以此将功补过，洗脱自己的汉奸罪名。

可是现在日本人切断了他的情报来源，让他很难获取有价值的日军情报，使他无法继续向中国提供情报，这是他没有预料到的。如果再这样下去，他担心国军第五战区司令部会对他起疑心。

夏文远失去了情报来源，这让他很头痛。总不能让自己去保险柜里窃取情报吧！更何况他没有开保险柜的技能。因此，这些天来，他的心情一直很郁闷，可他不知道该怎么办。

夏文远想过偷偷地离开上海，去一个没有人认识他的地方。可是他能去哪里呢？不论是日占区还是国统区对他来说都不安全。因此，夏文远只好暂时放弃逃离上海的想法。

走一步看一步吧，天无绝人之路！夏文远只好这样安慰自己。

第六十六章　内心的挣扎

一

冈本矢一现在没有电台，因此只能将日军第十一军的常德作战计划情报通过密信传递给组织。他花了两个晚上时间，避开其他军官，在自己的军官宿舍里偷偷地将情报译成密信。

密信写好之后的第二天傍晚，冈本矢一下班回到军官宿舍。他换上便装，然后打开自己箱子的锁，从箱子中取出译好的密信，将密信放进自己的上衣口袋。

冈本矢一走出军官宿舍，假装出去闲逛。

冈本矢一经过街边的一个邮筒时，从口袋里拿出密信投进邮筒。这份情报会寄到组织上指定的死信箱。

日军大本营获得的情报显示，中国军队正从第六战区和第九战区调集军队去云南，准备配合盟军发起印缅大反攻。

随着美国海军在南太平洋上取得的一次又一次胜利，日军在太平洋上节节败退。日海军和海军航空兵损失严重，现在已经完全处于劣势。在这种情况下，日军的海上交通线已经岌岌可危，随时都有可能被强大的美国海军切断。如果再丢掉缅甸，日军在南太平洋作战的军队就会陷入孤立无援的境地。

因此，日军大本营命令日军南方军坚决粉碎盟军的印缅反攻，同时下令中国派遣军对常德发起进攻，牵制中国第六和第九战区兵力，迫使中国政府停止抽调军队到云南配合印缅盟军作战，减轻南方军的压力，支持南方军抵抗盟军的反攻。

根据日军大本营的指示，畑俊六命令第十一军制订常德作战计划。此次作战的目的，并不是要长期占领常德，而是要通过常德作战，对常德地区中国第九战区军队发动攻击，伺机消灭第九战区主力，从而拖住中国军队，使之不敢继续抽调部队参加盟军的印缅大反攻。日军第十一军定于11月初发起常德作战。

让冈本矢一感到意外的是，一个星期前，夏文远打电话给他，要求他提供第十一军的作战计划。

自横路从冈本矢一这里取走电台，并通知冈本矢一今后不要再给夏文远提供情报之后，这是夏文远第一次要求冈本矢一给他提供情报。冈本矢一虽然不知道夏文远的真正意图，但他出于自身的安全考虑，断然拒绝了夏文远的要求。

将密信投进邮筒之后，心情充满矛盾的冈本矢一低头沿着街道漫无目的地朝前走，他根本没有心情去欣赏夜晚灯火迷人的街景。

以前，日军对于中国军队占有绝对优势，取得了一次又一次的胜利。冈本矢一向中国提供情报，是在帮助弱小的一方，因此，他从来没有犹豫过，也没有产生过负罪感。

现在，日军面对盟军，特别是美军，已经处于劣势，迟早会面临战败的结局。在这种情况下，继续向中国提供情报，冈本矢一有时候难免会觉得自己是在出卖同胞和国家利益，让他产生负罪感。

因此，最近一段时间以来，冈本矢一的内心变得矛盾和痛苦起来。一方面，他和普通日本人一样，担心日本本土会受到盟军的毁灭性打击，以及日本战败后被盟军占领的后果；另一方面，他又希望帮助中国和盟军彻底打败日本，尽快结束战争，让世界获得和平。

这样的矛盾心理，对冈本矢一是一种折磨，让他陷入痛苦的挣扎。

二

李天驰来到延安抗日军政大学，找到抗大负责人，要求见李国盛的前妻张菲菲。张菲菲是抗日军政大学的文化教员。

当年，李国盛被夏博逐出湘鄂西根据地之后不久，张菲菲就听说李国盛投

第六十六章 内心的挣扎

靠了国民党特务机关，背叛了革命，因此对李国盛感到非常失望。为了与李国盛划清界限，张菲菲立刻宣布与李国盛离婚。

湘鄂西根据地第四次反围剿失败，红军被迫转移。张菲菲随红军撤出湘鄂西根据地，转移到贵州东部，建立湘鄂川黔苏区。

后来，红军被迫开始长征，张菲菲随红军长征达到陕北革命根据地。到达陕北后，张菲菲就一直在红军大学担任文化教员。

抗战爆发后，红军大学改名为抗日军政大学。

张菲菲自从宣布和李国盛离婚后，这么多年来，一直保持着单身，一个人将儿子李浩抚养大。

娘儿俩相依为命，虽然比较辛苦，但毕竟有组织照顾，因此日子过得还算平顺。

李浩现在快十五了，正在读中学。

可能是由于家庭的变故，李浩从小就非常懂事，这一点让张菲菲感到无比欣慰。

十多年来，单身漂亮的张菲菲有不少追求者，其中不乏一些高级领导干部，但她总是以各种理由加以拒绝。在她心里，李国盛虽然背叛了革命，但她仍然忘不了她和李国盛的感情。由于担心别人和组织认为她没有阶级观念，敌我不分，张菲菲只能将这份感情深深地埋藏在心底。

在抗大的一间办公室里，张菲菲见到了李天驰。

张菲菲早就认识李天驰，也知道他是干什么的，因此对李天驰来找自己感到有些意外，也有些紧张。虽然认识李天驰，可张菲菲从来没有和他直接打过交道。

李天驰请张菲菲在他的桌子对面坐下，并向张菲菲作了自我介绍，然后简单地与她寒暄了几句。

接着，李天驰直截了当地告诉张菲菲，他这次是遵照组织的指示，来向她了解一下李国盛当年的事情。

事情已经过去了十多年，李天驰又来向张菲菲了解李国盛的事情，不免让张菲菲感到更加紧张。她担心组织上对她有什么误解，认为她和李国盛有什么牵连，因此张菲菲不禁用警惕的眼神看着李天驰。

李天驰似乎看出张菲菲心中的疑虑，赶忙冲着张菲菲笑了笑，想缓和一下张菲菲的紧张情绪。

李天驰告诉张菲菲，这次来找她，并不是因为组织上怀疑她与李国盛有什么牵连。组织上知道李国盛被逐出根据地之前，张菲菲和他见过一面，因此想了解一下她和李国盛最后一次见面时，李国盛有没有告诉她什么重要事情，或者留下什么东西。

张菲菲听了李天驰的话之后，心中的疑虑不仅没有消除，反而加重了。于是，她不假思索地回答李天驰，李国盛被逐出根据地之前，没有告诉她任何有价值的事情，也没有留下任何东西。

李天驰能够理解张菲菲的紧张情绪和防范意识，因此不再继续追问这个问题。他话锋一转，请张菲菲回忆一下当时她和李国盛见面的过程。张菲菲简单地将当时见面的过程回忆了一遍。

李天驰听了张菲菲的回忆之后，没有发现什么有价值的东西，于是将话题转到夏博身上。他问张菲菲，在李国盛被逐出根据地之后，到夏博死之前，夏博有没有转交给张菲菲什么东西。

张菲菲想了一下，回答说没有。

李天驰只好草草结束和张菲菲的谈话。

张菲菲临离开前，李天驰吩咐张菲菲，如果她想起什么事，随时可以和他联系，并在笔记本的一个空白页上写下自己的联系地址，撕下来交给张菲菲。

最后，李天驰意味深长地告诉张菲菲，他找她的目的绝对是出于善意，不会对任何人不利。

第六十七章　一号作战

一

转眼就到了1944年的春天。

在欧洲战场上，随着苏联红军对德军的反攻，德军在东线遭受苏联红军的沉重打击，处于被动局面。与此同时，英美联军也开始紧锣密鼓地为渡过英吉利海峡，在法国登陆，开辟欧洲第二战场，配合苏联军队两面夹击德军做准备。

而此时的太平洋战场，日军已是强弩之末。在南太平洋上，日本海军遭受到美军的沉重打击，陷入被动防御的境地；更为严重的是，由于日本海军的节节败退，日军通往东南亚的海上运输线受到美国海军日益严重的威胁，变得岌岌可危。

在陆地上，美英中三国联军已经从印度向缅甸的日军发起反攻。日军在联军强大的攻势下，开始败退，联军连克于帮、孟关，直逼瓦鲁班。

在云南方面，为了配合反攻的美英中联军作战，中国已经调集几个集团军到中缅边境，准备向云南以及缅北的日军发动反攻，配合联军夹击缅甸的日军。

由于日本在整个战争中处于被动，加上海上运输线岌岌可危，日军为了维持在东南亚作战的南方军补给线，大本营决定打通中国大陆铁路线，开辟华南与印度支那的大陆交通线，将整个大陆战线连成一体，支援东南亚的日军南方

武汉谍战

军，抗击盟军的反攻。

为此，日军大本营制订了一个规模庞大的、贯穿整个中国南北，代号为"一号作战"的野心勃勃的作战计划。

日军大本营"一号作战"计划的主要目的包括：

一、夺取将成为美军B－29型轰炸机基地的桂林和柳州；二、通过占领桂（林）、柳（州）地区以应付将来盟军由印度、缅甸和云南指向华南方面的进攻；三、在海上交通日益不稳情况下，打通贯穿大陆南北的铁路，以开辟经法属印支（越南）与南方军的联络；四、通过摧毁重庆军的骨干力量促使重庆政权的衰亡。

"一号作战"计划具体分为京汉作战和湘桂作战两部分，中国将这次作战称为豫湘桂战役。

冈本矢一在年初就获知日军大本营制订了一个代号叫做"一号作战"的作战计划，不过，直到现在，除了粗略地知道一点大概的作战方针之外，他并不了解"一号作战"计划的具体内容，更谈不上详细的作战计划。

由于一号作战计划关系到日本的生死存亡，因此日军大本营一改以前限制日军中国派遣军进攻作战的方针，全力配合与支持中国派遣军的这次作战。这次作战的区域非常庞大，涉及到华北、华中和华南作战，因此日军大本营不仅动员了在中国的所有机动兵力，而且从满洲和越南调集了一部分军队参加这次作战。

冈本矢一发现，日军从华东地区调集了大约3个师团的兵力，总共六七万人，加强武汉的第十一军，准备实施一号作战计划湘桂作战。

这种情况以前从没有发生过，因此冈本矢一断定，日军正在为一个重大的战略行动做准备。

与此同时，日军为了迷惑中国最高军事委员会，故意散发出各种不同的消息。中国方面收到的各种情报十分混乱，仅日军此次作战的目的就有好几种不同的说法，其中主要的几种说法包括日军要再次进攻常德、进攻重庆以及进攻长沙和衡阳等，虚虚实实，让中国军事委员会对日军的真实意图捉摸不透。

不仅如此，日军为了防止泄密，专门对"一号作战"实施了严格的保密制度。除了南京的日军派遣军司令部加强了保密措施之外，武汉的第十一军司令部也规定，详细完整的"一号作战"计划只发到司令部的部长级军官，作战部队只发给旅团级别的军官。像冈本矢一这个级别的军官，因此无法获得详细完整的"一号作战"计划，只能得到粗略的阶段性作战计划。

第六十七章 一号作战

组织上获知日军大本营制订了"一号作战"计划和大规模调动的情报后,立刻通过密语广播指示冈本矢一,希望他尽快搞到日军"一号作战"的详细计划并传回总部。

冈本矢一接到上级的指示后,心里不禁有些着急。因为他在接到组织的指示之前,就一直在想办法弄到"一号作战"计划,可到目前为止,仍然没有搞到。他强烈地意识到,日军对"一号作战"计划采取了更为严密的保密措施,这一次要想获得日军的"一号作战"计划,不会像以前那么容易。

由于无法获得日军的"一号作战"计划,冈本矢一只能从第十一军的阶段性作战计划以及获得的零星情报中,大致推断出日军此次的作战目的是进攻长沙、衡阳和桂林,打通粤汉铁路,破坏桂林的中美空军基地和机场。

时间紧迫,冈本矢一只能在无法确定的情况下,将他自己推断出的日军作战目的写成密信,通过死信箱发给总部。

密信发出去后,冈本矢一并没有就此罢手。他在继续想办法,希望能够搞到日军完整的"一号作战"计划。

二

这天下午,冈本矢一坐在他的办公室里,正绞尽脑汁地冥思苦想怎样才能弄到"一号作战"计划。

这时,他桌上的电话响了。冈本矢一拿起电话。

"喂?"

"是冈本矢一少佐吗?"

"我是冈本矢一。"

"冈本少佐,我是司令部门岗,有一位叫夏文远的人找你。"

"夏文远?"

"是的,夏文远。"

"夏文远是我的朋友。你让他等着,我马上过来。"

冈本矢一若有所思地挂上电话,坐在那里沉思了一下,才起身去司令部大门口见夏文远。

夏文远突然来武汉找他,让冈本矢一觉得很诧异。自从冈本矢一上次拒绝夏文远让他提供情报的要求之后,夏文远就再没有和冈本矢一联系过。

冈本矢一走出司令部大楼,便看到夏文远站在司令部大院门外等着他。

武汉谍战

冈本矢一满面笑容地走到夏文远面前，热情地和他握手。两个老朋友很久没有见面，相互问长问短。

夏文远中等身材，长着一张白皙的脸。他身穿一套灰色西装，整个人看起来文质彬彬的。

冈本矢一在大门口岗亭的窗口前填写了一张会客单，然后带着夏文远进了司令部大门。

二人来到冈本矢一的办公室。

冈本矢一请夏文远在办公室的沙发上坐下，自己给夏文远倒了一杯水，然后在夏文远身边坐下。

"夏先生，你什么时候来武汉的呢？事先为什么不给我打一个电话呢？"

"我来武汉公干，三天前到的。由于有秘密任务在身，因此没有打电话通知你，请你包涵。"

"喔，没关系。公干结束了吗？"

"结束了，所以才有时间来看你。"

"欢迎，欢迎！见到你真高兴！"

冈本矢一的脸上露出热情的笑容。他认为夏文远绝不仅仅是来看他，他肯定夏文远有重要的事找他。

"这里说话方便吗？"

夏文远见冈本矢一的同事不时地从办公室门前走过，便压低嗓门问道。

果然不出冈本矢一所料，夏文远有重要的事情和冈本矢一谈。

"这里说话不太方便。这样吧，我请你去茶馆喝茶。"

"好吧。"

夏文远来武汉之前，接到第五战区司令部的密电。密电指示他尽快提供日军"一号作战"计划的详细情报。密电强调，这是最高军事委员会的命令。

接到第五战区的命令后，夏文远感到非常难办。他早就失去了日本人的信任，日本情报机关已经禁止他向中国军方提供任何日军情报，用来换取中国方面的重要情报。以前给他提供日军情报的线人，现在都拒绝再给他提供情报，包括他的好朋友冈本矢一。

夏文远知道"一号作战"计划对中国非常重要。如果能够搞到并向中国当局提供"一号作战"计划，那么就算将来日本战败，他的日军间谍身份被揭露，他也可以以此将功赎罪。因此，夏文远决定孤注一掷，一定要搞到"一号作战"计划。

第六十七章　一号作战

刚开始时,夏文远想在上海特务部和南京的中国派遣军司令部搞到"一号作战"计划。可是,由于中国派遣军司令畑俊六下令对"一号作战"计划实行严格的保密措施,事情比他想象的还要难。夏文远认识的人当中,居然没有一个人接触过"一号作战"计划,更遑论向他提供情报。

面对这种局面,夏文远一筹莫展。可是,他不能轻易放弃,因为这关系到他将来的命运。他思前想后,最后决定冒险找冈本矢一。

夏文远和冈本矢一是好朋友。夏文远从一开始就知道冈本矢一反对日本侵略中国,希望中日之间能够和睦相处。

以前,冈本矢一向夏文远提供过很多重要的日军情报。如果仅仅用谍报工作的需要和上级的默许来解释,显然行不通。夏文远相信,冈本矢一之所以向他提供那么多重要的日军情报,是出于对日本军国主义的痛恨以及对中国的同情。因此,夏文远认为冈本矢一是一个十足的反战者。现在,战争形势对日本越来越不利,日本战败是迟早的事。夏文远希望能够利用当前的形势以及冈本矢一战后的前途作为诱惑,说服冈本矢一向他提供"一号作战"计划。

夏文远想当然地认为,作为日军第十一军司令部作战部第二课课长,冈本矢一手里肯定有他需要的"一号作战"计划。

由于上一次冈本矢一拒绝向他提供情报,因此夏文远决定,这次亲自到武汉找冈本矢一,向他说明当前的形势,晓以利害,希望能够说服他提供"一号作战"计划。

于是,夏文远向上海特务部谎称,他有一个重要的秘密联络人约他在汉口见面,请求特务部批准他到汉口与秘密联络人见面。

上海特务部马上就批准了夏文远的请求。

冈本矢一和夏文远来到离司令部不远的一间小茶馆。

小餐馆里面没什么客人,显得很清静。

冈本矢一和夏文远在茶馆的一张茶桌边坐下,要了一壶毛尖。

"这里说话很方便。"

冈本矢一一边往两个杯子里倒茶,一边用日语对夏文远说。

"冈本君,我这次来看你,其实是有一件重要的事情请你帮忙。"

"喔?什么事情?"

"我需要'一号作战'计划!"

"'一号作战'计划?"

听了夏文远的话,冈本矢一感到有点滑稽。他做梦都想得到"一号作战"

计划，他还想向夏文远要呢！

"是的，'一号作战'计划。"

"不可能！"

"冈本君，听我把话说完好吗！现在，战争形势急转直下，日本不久就会战败。你一直都持反战态度，同情中国，希望战争早日结束。我希望你为自己的前途和命运着想，当机立断，主动向中国提供情报，等将来日军战败，可以此将功赎罪，得到中国人民的宽恕！"

夏文远的这番话，让冈本矢一内心里差点笑出来。冈本矢一心想，你夏文远作为一个中国人，为了自己的个人利益，甘心为日本人当间谍，不知道出卖过多少中国情报给日军。现在眼看战争形势对日本越来越不利，就甩掉原来的主子，摇身一变，居然成了慷慨激昂的爱国者。他现在打心眼里鄙视夏文远。

"夏君，你就不担心我去告发你吗？"

"冈本君，我了解你的人品。如果我没有把握，就不会来找你。就算你不愿意帮我，也不会去告发我！"夏文远满有把握地说。

"好吧，就算你说得有道理，但我还是不能向你提供情报。"冈本矢一虽然认定夏文远是一个见风使舵的卑鄙小人，但他不得不提防夏文远是在试探自己。

"为什么？难道……"

"就算我为自己将来的前途和命运着想，我也不能向你提供情报。"

"冈本君，请你不要执迷不悟，就算你不为你个人的前途着想，也应该为正义奋斗吧！中国为了抗战，死了多少人你知道吗？难道你对此无动于衷吗？我以前认识的那个充满正义感和同情心的冈本矢一到哪里去了？凭空消失了吗？"

夏文远此刻正气凛然，义愤填膺。

"哈哈……"

冈本矢一实在忍不住笑了起来。中国如果不是有一小撮像夏文远这样，只顾自己利益，不顾国家和民族大义的卑鄙小人，何至于积弱积贫，受日本的欺凌？

"你说得对，夏君。可是，就算我愿意将'一号作战'计划提供给你，我也做不到。因为到目前为止，我自己都还没有见到过'一号作战'计划。"

这完全出乎夏文远的意料，冈本矢一也没见过"一号作战"计划。

"真的吗？"夏文远感到失望。

"是真的。这次保密措施非常严。第十一军司令部只有几个高级军官手里

第六十七章 一号作战

才有'一号作战'计划。"

"有办法弄到吗？"

夏文远抱着最后一线希望问冈本矢一。

"没有办法，除非去司令部偷！"冈本矢一半开玩笑地说。

"偷？"

冈本矢一的话再次激起了夏文远的希望。

"我开玩笑的。"

"不！你不是说司令部的几个高级军官手里有'一号作战'计划吗？"

"是的。"

"他们的计划书放在哪里？可以带回家吗？"

"听说他们的计划书锁在他们办公室的保险柜里，需要用到的时候，才可以从保险柜里拿出来，用完后必须马上锁进保险柜。绝不允许带出司令部。"

"原来是这样。有办法弄到他们保险柜的密码吗？"

"肯定弄不到保险柜密码。不要胡思乱想了，夏君！"

"能告诉我哪些高级军官手里有一号作战计划书吗？"

"难道你真的想去他们的保险柜里偷？"

"你先别管这些，告诉我他们的名字就行。"

冈本矢一只好告诉夏文远几个高级军官的名字，并嘱咐夏文远，如果出了事，不要牵连到他。夏文远点头答应冈本矢一的要求，并在笔记本上记下这几个军官的名字。

其实，冈本矢一的内心希望夏文远真的去窃取到"一号作战"计划。无论如何，这样总会多一份成功的可能。

夏文远没有从冈本矢一这里获得"一号作战"计划，只好和冈本矢一道别。他告诉冈本矢一，返回上海后再作打算。

其实，夏文远并没有离开武汉。

三

冈本矢一仍然无法通过正常渠道获取"一号作战"的详细计划。

时间越来越紧迫，冈本矢一认为只能想办法窃取"一号作战"计划。

自从夏文远离开后，冈本矢一一直在思考窃取"一号作战"计划的可能性。他知道，这会有很大的风险，但在没有其他办法的情况下，只能冒险一

武汉谍战

试。因此，冈本矢一向组织发出密信，建议窃取第十一军司令部军官保险柜里的"一号作战"计划。

组织上收到冈本矢一的密信后，通过密语广播回信指示，组织上会考虑他的建议，请他画出第十一军司令部的内部平面图，并在图上标出手里有"一号作战"计划的高级军官办公室位置，寄到死信箱。

冈本矢一按照组织的指示，将画好的日军司令部内部平面图寄到死信箱。

不等收到组织进一步指示，冈本矢一就开始着手制订一个行动计划。

司令部里掌握"一号作战"计划的几个高级军官按照保密要求，平时都将"一号作战"计划锁在办公室的保险柜里，只有用到的时候，才会拿出来参考。因此，要想窃取"一号作战"计划，必须打开保险柜，这不是一件容易的事情。

冈本矢一根本不可能拿到保险柜的密码。要想在没有密码的情况下打开保险柜，只能依靠开保险柜的高手。

冈本矢一自己不懂怎样开保险柜。因此，仅凭冈本矢一一个人去窃取"一号作战"计划，根本无法完成。他需要有能够开保险柜的帮手。

可是，冈本矢一一直是一个人在孤军奋战，他到哪里去找帮手呢？

冈本矢一不由得想到了李国盛的军统组织，于是他决定找李国盛商量，看看能否得到李国盛的军统组织帮助。

李国盛收到军统戴笠的指示，命令他尽快想办法弄到日军的"一号作战"计划。

李国盛接到戴笠的命令后，觉得很棘手。据他了解，伪武汉行营根本就没有日军的"一号作战"计划。如果想要得到日军的"一号作战"计划，只能到日军第十一军司令部去窃取。

正当李国盛开始考虑到日军第十一军司令部窃取"一号作战"计划的时候，他再次收到戴笠的密电。

戴笠在密电中告诉李国盛，由于日军的"一号作战"计划关系到中国的抗战大局，必须想尽一切办法搞到手。因此总部决定不惜一切代价到日军第十一军司令部的保险柜里窃取这份计划。为此，总部制订了一个窃取日军"一号作战"计划的详细行动方案。

戴笠的这个行动方案是根据冈本矢一的建议制订的，和李国盛的想法基本一致。

第六十七章　一号作战

戴笠在密电中命令李国盛负责指挥并实施这次行动，由军统武汉区的邢万年负责打开日军第十一军司令部的保险柜，窃取日军"一号作战"计划。

李国盛知道邢万年是军统里面数一数二的开保险柜高手，因此对他非常有信心。

第二天上午，办公室里的李国盛收到一封信，信里面是一张第十一军司令部的内部平面草图。这张图上标明掌握"一号作战"计划的几位高级军官办公室位置。李国盛可以根据这张图，决定在哪一间办公室的保险柜里盗取"一号作战"计划。

李国盛将草图放进自己的上衣口袋，他回家之后才能仔细研究这张草图。

这时，桌上的电话响了。

电话是冈本矢一打过来的。他说有急事找李国盛，希望马上和李国盛见面。两人约好一个小时之后在青岛路的一间清静的小茶馆见面。

一个小时后，二人在小茶馆的一个包间里见面。

冈本矢一将自己准备窃取日军"一号作战"计划的想法向李国盛和盘托出。他告诉李国盛，他一个人无法独立完成这个任务，因此希望能够得到李国盛和军统的支持，帮他找一个能够开保险柜的特工，协助他完成窃取"一号作战"计划的任务。

听了冈本矢一的计划之后，李国盛一下子就乐了。这个计划和军统总部以及他自己的想法不谋而合，真是英雄所见略同。

于是，李国盛带着一丝神秘的笑容对冈本矢一说：

"冈本君，这件事你就不必操心了，我这边自有安排。"

"你是指军统有安排？"

"是的，与你的计划几乎一样，军统已经制订了一个窃取'一号作战'计划的行动方案，并且正在执行。"

"太好了！这次不知怎么回事，我向组织提出窃取'一号作战'计划的建议之后，组织一直没有给我答复。"

冈本矢一向组织提出建议之后，一直没有收到组织的答复，心里难免有些着急。他哪里知道，戴笠收到他的密信之后，已经采纳了他的建议，并且开始实施。

"没关系的，冈本君。我们不分彼此，不论谁弄到'一号作战'计划都一样。"

说到这里，李国盛忽然想到收到的第十一军司令部草图，正好可以请冈本

武汉谍战

矢一核实一下。

"喔，冈本君，我正有事请你帮忙呢。"

"帮忙？"

"对！"

说罢，李国盛从上衣口袋掏出那张图，展开来递给冈本矢一。"这是第十一军司令部的平面草图，请你帮忙核实一下，看看是否正确。"

冈本矢一接过图纸仔细一看，心里不禁大吃一惊：这不是自己用密信寄给组织的那张草图吗？怎么会落到李国盛的手里呢？难道是组织将这张草图转给了军统？

冈本矢一心里产生了一连串的疑问。他赶紧掩饰住自己内心的惊讶，装着漫不经心地问李国盛：

"你是从哪里弄到的这张图？"

其实，冈本矢一刚才看到这张图时一刹那间的细微表情变化，已经引起李国盛的注意。李国盛对冈本矢一看到这张草图时的反应感到很奇怪。

"军统总部寄给我的。怎么啦？这张图有什么问题吗？"

李国盛一语双关地问冈本矢一。

"嗯，让我仔细看看。这张图画得很详细，完全正确，没什么问题。"

冈本矢一装着很仔细地检查了一遍草图，将李国盛的一语双关问题敷衍过去。

冈本矢一判断，可能是组织上考虑到自己一个人无法完成这个任务，因此将情报转给军统，让军统去完成这个任务。

想到这里，冈本矢一内心的疑问消除了。

"图纸没问题就好。谢谢你，冈本君！"

李国盛内心的疑问却没有那么容易消除。联想到上次冈本矢一帮戴笠送密信给自己，李国盛的内心里突然产生了一个非常可怕的假设。这个可怕的假设让李国盛不禁打了一个冷战。接着，李国盛赶紧摇摇头，打断自己的思路。他的这个动作似乎是想从自己的脑海中将这种可怕的假设排除掉，他实在不敢再继续往下想，他觉得这种假设太可怕，不可能是真的。

"你怎么啦？"

看到正在沉思的李国盛身体突然微微地颤抖了一下，冈本矢一不禁感到有些奇怪，便脱口问了一句。

"哦，没什么。"

回过神来的李国盛赶紧冲冈本矢一笑着摇摇头，冲淡自己刚才的异样反应。

第六十七章　一号作战

"行动的时候,需要我的帮助吗?"
"目前还不能肯定,如果需要,我会提前通知你。"

第六十八章　误入陷阱

一

夏文远到达武汉之前，第十一军情报课长岩田正隆就接到上海特务部电话。

上海特务部通知岩田正隆，夏文远从上海乘船出发前往武汉公干，希望岩田正隆和汉口特务部以及宪兵队特高课在必要时予以协助。

因此，从夏文远到达武汉的那一刻起，他就处在岩田正隆派出的情报课特工秘密保护和监视之下。

其实，到达汉口的第二天，夏文远就去第十一军司令部见了冈本矢一，并不像他告诉冈本矢一的那样，他到武汉已经三天了。

第三天晚上，夏文远在江边和另外一个中年男子见面，然后两人沿着江滩散步。半小时之后，两人分手各自走了。

中年男人和夏文远分手后，回到他在汉口保成路的住处。

这个人名叫游方，是军令部第二厅潜伏在武汉的情报员。

游方头天晚上接到上峰的命令，让他与夏文远接头，并配合夏文远窃取"一号作战"计划。

原来，夏文远虽然没有从冈本矢一那里搞到日军的"一号作战"计划，但他至少从冈本矢一那里了解到，日军第十一军司令部几名高级军官的保险柜里

第六十八章　误入陷阱

有他需要的"一号作战"计划。

由于这份情报对于自己将来的前途至关重要，因此夏文远决定孤注一掷，留在武汉想办法窃取这份情报。

夏文远用随身带着的电台与第五战区司令部联系，请求军令部第二厅派出能够打开保险柜的特工协助他窃取"一号作战"计划。

军令部第二厅很快回电夏文远，让他在汉口与一位化名游方的军令部第二厅特工接头。游方是一名开保险柜的高手，将会协助夏文远窃取日军的"一号作战"计划。

夏文远与游方在江边接上头后，将窃取"一号作战"计划的初步方案告诉游方。两人经过进一步讨论之后，形成一个完整的行动方案。

二

日军第十一军司令部大门口站岗的哨兵示意方仁先停车。

方仁先将汽车停在司令部大门口的通行栏杆前，接受哨兵检查。

杜兴城坐在副驾驶座位上，李国盛和邢万年并排坐在汽车的后座。

他们今天的任务是到日军第十一军司令部窃取"一号作战"计划。

日军哨兵走到方仁先的汽车旁边，邢万年打开车窗伸手将证件和公函递给日军哨兵。

日军哨兵接过公函检查，又低头朝汽车里面看了看，觉得没有问题，便将证件和公函递还给邢万年，然后朝大门口操作通行栏杆的另外一个哨兵挥挥手，示意放行。

方仁先将车开进司令部大院，停在靠近司令部大楼大门口的地方。

李国盛和邢万年从汽车上下来，朝司令部大门走去。

进入司令部后，李国盛和邢万年来到一楼的军官休息室，坐下来休息。

他们必须等到第十一军司令部下班，大部分军官离开之后，才能开始行动。

半个小时之后，日军司令部终于下班了。

李国盛和邢万年从军官休息室出来，站在走廊上观察一楼大厅的情况。只见司令部的军官们三五成群地从楼上下来，陆陆续续地离开司令部。

等日军军官们走得差不多了，李国盛和邢万年才上二楼。

经过冈本矢一办公室门口的时候，李国盛故意提高嗓门和邢万年说话，并朝办公室里面看去。

武汉谍战

此时，坐在办公室里的冈本矢一听到李国盛的说话声，便抬头朝门外经过的李国盛看过去。

在四目交汇的一瞬间，李国盛和冈本矢一让人不易察觉地交换了一下眼神。

为了冈本矢一的安全，李国盛没有向参加行动的邢万年透露冈本矢一的真实身份。

按照李国盛的要求，冈本矢一只能在暗中协助李国盛窃取"一号作战"计划。

行动之前，冈本矢一以作战部的名义伪造了一份公函。凭借这份公函，李国盛随时都可以出入第十一军司令部。

昨天下午，冈本矢一秘密通知李国盛，第十一军作战部长随横山勇司令官去岳阳前线视察，办公室里没有人，是窃取"一号作战"计划的难得机会。

因此，李国盛决定今天展开行动。

二楼的大部分军官都已下班走了，走廊上显得很安静。

李国盛和邢万年来到二楼走廊最东头的作战部长办公室门前。这间办公室与冈本矢一的办公室之间只隔着另外两间办公室。

李国盛站在作战部长办公室门前假装看手里的文件，暗中观察着走廊上的情况，并用身体挡住邢万年，掩护他打开作战部长办公室的门锁。

邢万年将两支细长的金属一上一下插入锁孔轻轻地拨弄，很快就打开作战部长办公室的门。

门打开后，李国盛和邢万年闪身进入办公室，然后将门轻轻关上，并从里面锁住。

此刻，冈本矢一在自己的办公室里戒备着，随时准备应付突发情况，掩护李国盛和邢万年。

李国盛和邢万年迅速地查看了一遍办公室。

办公室里的两个窗帘都给拉上了，显得有些暗，但李国盛和邢万年一眼就看到窗户边靠墙角放着的保险柜。

李国盛和邢万年走到保险柜前蹲下。

邢万年开始仔细查看保险柜。旁边的李国盛转头用探询的眼神看着邢万年，意思是问邢万年有没有把握打开保险柜。

邢万年只是抬眼看了看李国盛，眼里露出不置可否的神情，然后将手提包放在地板上，打开手提包，从里面拿出一套开保险柜的工具。

邢万年将一个听诊器戴在耳朵上，左手将听诊器的听诊头贴在保险柜的密码锁旁边，右手慢慢地开始旋转密码锁。他可以根据声音的变化，找出旋转密

第六十八章 误入陷阱

码锁的密码。

这时，外面的天快要黑了，办公室里的光线已经很暗。于是李国盛从邢万年的手提包里拿出一支小手电筒，给正在聚精会神开保险柜的邢万年照亮。

这个保险柜的密码锁有三层，邢万年细心地一层层旋转密码锁，试着找到每一层的密码号。大约十分钟后，邢万年就找到密码锁的三个密码。

邢万年回头冲着李国盛笑了笑，然后手持刚才用过的开锁工具，插进保险柜的锁孔，轻轻地拨弄了几下，便毫不费力地将保险柜的机械锁打开。接着，邢万年手握住保险柜的手柄轻轻一旋，再往外一拉，保险柜的门就打开了。

一旁的李国盛见保险柜打开了，脸上露出欣喜的神色。

邢万年开保险柜的技术娴熟，加上这是一架普通的保险柜，因此开保险柜没有遇到什么困难，整个过程不到十五分钟。

保险柜打开后，兴奋的李国盛立刻借着手电筒的光亮查看保险柜里的东西。

保险柜里面除了一些文件之外，还有一叠钞票和一支手枪。

按照文件放置的顺序，李国盛小心翼翼地从保险柜里面将文件一份份拿出来查看。

很快，李国盛就发现一个文件袋上写着"'一号作战'计划"几个字。李国盛打开文件袋，将里面的文件抽出来仔细地看了看，心里不禁一阵狂喜，这就是他想要的日军"一号作战"计划！

这份"一号作战"计划有厚厚的一叠，李国盛估计起码有三四十页。

李国盛将文件拿到办公桌前，放在办公桌上，然后打开办公桌上的台灯，照在文件上。

李国盛从上衣口袋里掏出微型照相机，对着桌上的文件调整好照相机的焦距，然后开始一页一页地拍照。

邢万年站在李国盛身边，一边帮他翻页，一边担任警戒。

没用多久，李国盛就拍完了整个"一号作战"计划。

李国盛将"一号作战"计划放回原来的文件袋，然后按照顺序将所有文件放回保险柜。

邢万年将保险柜锁上，没有留下任何痕迹。

收拾好之后，李国盛和邢万年轻手轻脚地走到办公室的门边，侧耳听了一下走廊上的动静，接着，李国盛轻轻将门打开一条缝，透过门缝观察走廊上的情况。见走廊上空无一人，李国盛与邢万年立刻一前一后从办公室里出来，然后轻轻关上办公室的门。

武汉谍战

李国盛和邢万年经过冈本矢一办公室门口时，冈本矢一像是无意识地抬头看了看他们俩。李国盛暗中朝冈本矢一点了点头，告诉他情报已经到手。

三

李国盛和邢万年二人走出日军第十一军司令部大楼，天几乎完全黑下来。

二人走到汽车旁，上了停在那里等候他们的汽车。

在车上焦急等待的方仁先和杜兴城见李国盛和邢万年安全地从司令部出来，不禁长长地吁了一口气。

"好了？"方仁先关切地问道。

"好了，开车走吧！"李国盛面带微笑地轻松回答。

方仁先没有再说什么，立刻发动汽车，开车来到司令部大院门口，等着哨兵升起通行栏杆。

此时，另外一个日军哨兵正检查两名日军军官的证件。

司令部大楼里，冈本矢一正站在办公室的窗口前，观察着司令部大门口的情况。他必须亲眼看到李国盛安全离开司令部，才可以放下心来。

大门口的哨兵升起通行栏杆，方仁先一踩油门，汽车慢慢加速开出司令部大门。

见李国盛的汽车开出司令部大门，沿着街道驶远，冈本矢一不由得轻轻地吁了一口气。他的目光漫不经心地转向司令部的大门口，看见大门口有两名日军军官正在接受哨兵的检查。他并没有在意这些，转身离开窗口。

如果冈本矢一仔细地留意一下这两名日本军官，就会发现其中一名军官是夏文远装扮的。

夏文远和游方化装成日本军官，正准备到第十一军司令部窃取日军"一号作战"计划。

让夏文远和游方没有料到的是，第十一军司令部大门的街对面，此刻正有两名日军便衣特工在暗中监视着他们。

岩田正隆正在实施一个巨大的阴谋，他已经为夏文远布下圈套，正等着夏文远往里钻。

自从岩田正隆发现夏文远和游方接头后，通过安插在军令部第二厅的内线，了解到夏文远和游方准备孤注一掷，冒险到第十一军司令部窃取"一号作战"计划。因此，岩田正隆决定将计就计，利用夏文远进行一次战略欺骗。

第六十八章　误入陷阱

门口的日军哨兵检查过夏文远和游方的证件后，就放他们两人进了第十一军司令部大院。

夏文远根据冈本矢一透露的情况，决定到司令部大楼三楼的参谋长办公室窃取"一号作战"计划，因为夏文远打听到新上任的中山贞武参谋长这几天陪同横山勇司令官到岳阳前线视察，办公室里没有人。

夏文远和游方进入司令部大楼之后，沿着楼梯爬上三楼。此刻，三楼走廊上空无一人，只有天花板上昏暗的灯光照在静悄悄的走廊上。

夏文远迅速观察了一下三楼的办公室，发现三楼除了一间办公室仍然亮着灯之外，其余的办公室灯都关了。看来亮灯的那间办公室是值班室。

夏文远和游方沿着走廊走到走廊的拐角处，转过拐角处就是中山贞武参谋长办公室。由于这间办公室正好在三楼走廊的拐角处，走廊上的人看不到这里。

夏文远站在走廊的拐角处墙边，偷偷伸头观察走廊上的情况。见走廊上没有人，便回头示意游方开始行动。

游方立刻从衣服口袋里拿出开锁工具，没费什么功夫就打开了中山贞武参谋长办公室的门。

游方和夏文远迅速进入中山贞武参谋长的办公室，从里面将门锁上。

大约过了十多分钟，保险柜就被游方给打开了。

夏文远从保险柜里面找到"一号作战"计划，用携带的特工专用微型照相机将整个"一号作战"计划拍摄下来。

夏文远弄到"一号作战"计划后，和游方偷偷溜出中山贞武参谋长办公室，然后大摇大摆地走出第十一军司令部的大门。

整个过程不到半个小时。

行动之前，夏文远曾经担心会被日本人发现，甚至可能被捕或者丢命。

他万万没想到事情进行得如此顺利，真是老天保佑。

现在"一号作战"计划已经到手。凭借这份情报，自己将来的前途就有了保障！想到这里，夏文远内心里一阵狂喜。

四

戴笠很快就收到李国盛传回的日军"一号作战"计划。此情报显示，日军华北方面军将于4月向驻守河南的中国第一战区军队发动佯攻，调动中国军队，掩护日军第十一军进攻长沙，然后伺机进攻衡阳，歼灭中国军队第九战区主

武汉谍战

力。戴笠知道此情报非常重要，因此不敢怠慢，立刻将日军"一号作战"计划情报呈报给国民政府最高军事委员会。

与此同时，军令部第二厅也收到夏文远发回的日军"一号作战"计划情报。夏文远发回的情报与李国盛的情报完全一致，显示日军"一号作战"的目的是进攻长沙和衡阳，伺机歼灭第九战区国军主力。军令部第二厅很快就将此情报呈交给国民政府最高军事委员会和军令部。

李国盛和夏文远的情报相互印证，因此最高军事委员会和军令部对此情报深信不疑。

在此期间，最高军事委员会还从其他情报来源获得一些日军"一号作战"情报。其中有些情报透露日军"一号作战"计划的真实意图，不久前冈本矢一送回的情报就是其中一个。

但这些情报都是零散的，没有一份情报像李国盛和夏文远提供的那样，是一份完整的"一号作战"计划，因此，这些透露日军"一号作战"计划真实意图的情报最终并没有受到重视，更没有在最高军事委员会的决策中起到什么作用，反而是李国盛和夏文远的情报在最高军事当局的决策中起到决定性的作用。

最高军事委员会虽然也想到过日军的作战意图可能是要打通粤汉线，但他们认为日军的兵力不足，不可能实施如此大规模的军事行动。

他们认为，日军如果真的想要打通大陆铁路交通线，最少需要集结几十万机动部队，才能实施这个作战计划。日军在华兵力已显不足，不可能再冒险抽调各战区的机动部队发动一场规模如此大的进攻战。万一中国方面在日军发起进攻之后，在各战区发起反攻，日军占领区可能就此崩溃，后果不堪设想，这对于日军来说太冒险了。另外，湖南境内的多山地形对日军的机械化部队作战不利，没有足够兵力的日军只能像前几次长沙会战那样败下阵来。因此，最高军事委员低估了日军孤注一掷尽全力一搏的决心以及动用兵力的规模和进攻能力，从而没有及时从其他战区抽调有力部队加强湖南境内第六战区的防御，更没有乘机对各战区日军兵力薄弱的防线进行大规模的有力反攻。

最高军事委员会根据李国盛和夏文远的情报，认为日军最有可能像以前一样，进攻长沙和衡阳，寻机歼灭第九战区主力，然后折返回原防区，最多暂时占领长沙和衡阳。根据以上判断，最高军事委员会制订了相应的作战计划。

岩田正隆和福本龟治当初并不知道冈本矢一和李国盛会到第十一军司令部窃取"一号作战"计划，他们的圈套本来只是给夏文远设计的。

岩田正隆用假"一号作战"计划调换了几个高级军官保险柜里的真"一号

第六十八章　误入陷阱

作战"计划，并请横山勇司令官率领这些军官去岳阳前线视察，让夏文远有机会窃取"一号作战"计划。果然，夏文远中了圈套。

可让岩田正隆和福本龟治没想到的是，毫不知情的李国盛和冈本矢一却意外地钻进了他们设置的圈套。只不过岩田正隆和福本龟治目前还不知道此事。

这个意外的收获让日军的战略欺骗达到意想不到的效果，日军两份完整的假"一号作战"计划通过不同渠道送到中国军事委员会，并且相互印证。

至此，日军实施的保密措施和战略欺骗取得成功。

1944年4月中旬，日军华北方面军按照"一号作战"计划，开始实施"一号作战"计划的第一阶段作战，即打通平汉铁路的作战，中国称之为豫中会战。

4月17日夜里，日军华北方面军司令官冈村宁次集中日军第十二军主力，配以第一军、第十三军、第十一军各一部，共14万多人开始向驻守河南的中国第一战区军队发动全面进攻，豫中会战正式打响。

自此，日军的"一号作战"正式开始实施。

中国称日军"一号作战"为豫湘桂会战。

中国第一战区军队由于准备不充分，未能抵挡住日军的进攻，节节败退。

战至5月25日，日军占领洛阳，打通平汉线，达成第一阶段作战目的。

5月26日，武汉日军第十一军开始实施"一号作战"计划第二步作战，即中方称作的长衡会战。日军动用将近10个师团的兵力，约28万之众开始对湖南薛岳的第九战区发起全线进攻。

长衡会战爆发。

由于中国方面未能准确判断日军作战兵力和作战目的，因此从一开始就陷入被动挨打的局面。

中国第九战区军队虽节节抵抗，但仍然无力阻挡日军的进攻。

日军势如破竹，6月10日即占领长沙。

第六十九章 误 判

一

冈本矢一约李国盛在江汉路的千叶菊料理店吃晚饭，为了方便说话，冈本矢一专门要了一个包间。

冈本矢一找李国盛不光是为了吃饭。近来，他脑海中有一些疑问一直困扰着他，他需要李国盛帮他将这些疑问弄清楚。

虽然配合李国盛搞到"一号作战"情报，但冈本矢一到现在为止仍然不知道"一号作战"计划的详细内容。即便如此，他也从来没有怀疑过李国盛从第十一军司令部窃取的"一号作战"计划的真实性。

不过，随着战局的发展，冈本矢一开始感到事情有些不对劲，但他说不出具体哪里出了问题。他想了很久，仍然没有一个头绪。因此，他决定找李国盛聊聊，说不定李国盛会帮他解开心中的疑问。

冈本矢一给李国盛和自己的酒杯斟满清酒，两人端起酒杯相互致意后，一边喝酒一边聊。

冈本矢一将自己心中的疑问向李国盛和盘托出。

根据冈本矢一从日军第十一军司令部掌握的中国军队情报来看，中国方面似乎并没有对日军的"一号作战"给予足够的重视。中国方面似乎认为这次的

第六十九章 误　判

"一号作战"像之前的几次长沙会战一样，日军只是企图消灭第九战区主力，因此没有调动有力部队配合第九战区作战，这让他感到十分不解。

冈本矢一进一步向李国盛说明，根据日军的集结和调动情况判断，日军"一号作战"的真正目的是打通平汉线和粤汉线，使日军北自满洲南至越南河内的大陆交通线全线贯通，以便支援南亚的日军南方军，在陆地上与盟军决战。这是关系到战争胜负和日本命运的一次战略作战，其目的旨在挽救日益恶化的战局，因此日军不惜动用二十八万兵力倾力一搏。如果中国方面不予以重视，那么很可能造成整个大陆战线的崩溃。

李国盛听完冈本矢一的这番话之后，脸上不禁露出困惑的表情。

"一号作战"计划窃取到手后，在传回总部之前，李国盛详细审查过"一号作战"计划的内容。根据这份"一号作战"计划，日军的作战目的只是打算进攻长沙和衡阳，伺机消灭中国第九战区主力，并没有打通大陆南北交通线的野心。

因此，听完冈本矢一分析后，李国盛也开始感到事情确实有些不对劲儿。

虽然李国盛认为冈本矢一的分析确实有道理，但根据他窃取的"一号作战"计划，日军此次作战确实只是准备进行有限的进攻，目的是要消灭第九战区中国军队主力。

想到这里，李国盛干脆将"一号作战"计划的内容简明扼要地告诉冈本矢一，看看他有什么高见。

"什么？你说的是真的吗？"冈本矢一大吃一惊，"怪不得中国方面并没有全力以赴去对付日军的最后一搏，原来是情报有误！"

说到这里，冈本矢一突然停下来，他脸上的表情由刚才的惊讶一下子变成恐惧，而李国盛脸上的表情也由疑惑突然变成惊恐。

此刻，他们俩的脑海里几乎同时产生了一个令他们不安的念头：

他们俩可能早就暴露！日军之所以没有逮捕他们，是因为日军要利用他们传送假情报给中国方面。日本人故意设好圈套，让他们顺利地窃取假"一号作战"计划，利用他们窃取的假情报进行战略欺骗！

想到这里，李国盛突然腾的一下站起身来，快步走到包间门口，迅疾拉开梭门，探出身子朝门外和大厅观察。他怀疑周围有日本特工在监视他们。

可是，门外并没有人在偷听，大厅里的情况也和李国盛想象的完全不一样。大厅里除了那几个比他们早到的客人外，并没有其他客人。

李国盛不相信自己看到的情形。于是，他穿过大厅走到餐馆的大门口，推

武汉谍战

开大门出去，站在门外街边观察。可出乎意料的是，他并没用发现任何可疑的人。他带着疑惑回到包间，在自己的位置上坐下。

冈本矢一用探询的眼神看着回来的李国盛。

"怎么样，有人监视我们吗？"

冈本也认为外面肯定有日本特工在跟踪监视他们。

"好像没有。"李国盛满腹狐疑地回答。

"没有？真是奇怪了。"冈本矢一也感到不解。

李国盛和冈本矢一沉默了一会儿，他们俩的大脑此刻都在飞速地思考判断着。

"冈本君，我们已经陷入致命的危机中，同意吗？"

"这是毫无疑问的！"

"你有什么打算？"

"我？我能有什么打算？等着他们来抓我吧！"

"冈本君，你已经为中国做了很多，中国人会记住你的。虽然你不怕，但是我不希望你为此牺牲生命。"李国盛停顿了一下，接着说，"目前我们对他们还有利用价值，现在他们还不会抓我们，因此，你还有机会逃出去。另外，你不能再和你的组织联系了，否则会连累到组织。这样吧，由我来想办法掩护你逃走，怎么样？"

"谢谢你的好意，老同学。可我不打算逃走，我不是一个懦夫！我做的一切都是为了日本，我问心无愧！"

"可他们是法西斯，落在他们手里你会没命的！"

"这个我早有思想准备。我会像尾崎秀石一样坦然面对审判。我有我的信仰，我知道我所做的事是正确的，因此我愿意为此承担后果。如果我逃走，反而显得我心虚。"

"冈本君，你做的事当然是正确的，这毋庸置疑！这样吧，我们先不要做决定，看看事态的发展再说。我会想办法将目前的情况报告给总部，请求总部的指示。在此之前，我们都不要轻举妄动，可以吗？"

"好吧。"

既然已经暴露，冈本矢一和李国盛内心里反而变得坦然。

现在李国盛和冈本矢一急需要做的事，就是将日军的战略欺骗阴谋报告给总部，希望国民最高军事委员会来得及采取补救措施，挽回败局。由于冈本矢一没有电台，因此只能由李国盛去完成这个任务。

第六十九章 误 判

离开千叶菊料理店之后，李国盛急匆匆地回到住所。

李国盛将目前的情况告诉方仁先和杜兴城，但他没有提到冈本矢一。

方仁先和杜兴城二人了解到目前的处境之后，并没有惊慌失措。相反，他们对传送假"一号作战"计划感到自责，担心假情报给中国军队造成损失。

李国盛告诉方仁先和杜兴城，他准备不惜一切代价弄到真"一号作战"计划。方仁先和杜兴城支持李国盛的决定，表示一切听从李国盛调遣。

李国盛明白，方仁先和杜兴城都在日本人手里死过一次，死对于他们俩来说，没什么可怕的。

接着，李国盛拟了一份特急密电。

密电报告戴笠，自己的小组可能已经暴露，日军设陷阱让他们窃取到假"一号作战"计划，并利用此假情报进行战略欺骗。日军真正的"一号作战"计划目的可能是要打通大陆交通线。

电文拟好后，李国盛带着方仁先和杜兴城开车离开住所。

汽车来到兰陵路口的江边，方仁先将汽车停下。

李国盛打开后坐垫，露出藏在暗舱里的电台。他迅速接通电台电源，调好频率，然后利用微弱的手电筒光线，开始给总部发报。

虽然李国盛好久没有使用过电台，但他的基本功比较扎实，十几分钟后，他就发完密码电文。

李国盛将电台调到收报状态，等待总部回电。

半小时后，李国盛收到戴笠的回电。

戴笠的回电很简短，只是命令李国盛暂时不要采取任何行动，同时切断与其他人的联系，等待总部的进一步指示。

岩田正隆的战略欺骗因为一个偶然的巧合，不仅让中国军队上当，而且让李国盛和冈本矢一误认为自己已经暴露，几乎铸成难以挽回的大错。

二

戴笠收到李国盛的密电后，对日军可能利用假"一号作战"计划进行战略欺骗的推断非常重视。但他却不能将此密电呈交给最高军事委员会，因为此密电只是根据目前掌握的情报对日军真正意图作出的判断。此判断的依据除了此次日军投入的兵力有二十八万这个事实之外，还缺乏其他有说服力的证据。

在此之前，军统的其他情报来源也提醒过日军"一号作战"的目的是要打

武汉谍战

通大陆交通线,但同样没有可靠的证据,因此没有受到军令部和最高军事委员会的重视。这次再将类似的情报呈上去,不会起到任何作用。

戴笠从一开始就更偏向于日军的作战企图是打通大陆交通线,但他一直缺乏可靠的证据去证明自己的判断。现在,李国盛的密电再次提出这样的推测,让他感到弄清楚日军的真实意图已经迫在眉睫,否则会酿成大错,给中国抗战造成不可挽回的损失。

戴笠知道形势紧迫,必须马上展开行动。

戴笠立刻想到他最信任的王牌间谍冈本矢一。于是,他决定让冈本矢一不惜一切代价弄清楚日军"一号作战"的真正意图,最好能够搞到真正的"一号作战"计划。

戴笠目前还不知道李国盛发回的日军"一号作战"计划,就是在冈本矢一配合下搞到的。如果他知道这件事,那么他决不会让冈本矢一继续冒险。

第二天早上,戴笠通过广播电台密语广播,向冈本矢一发出不惜一切代价弄到日军真"一号作战"计划的指示。

接着,戴笠拟了一份密码电文,命令李国盛小组立刻撤离。

当天晚上,李国盛收到戴笠命令他撤离的密电。

李国盛不愿意就这样撤离,他要留下来找到真正的"一号作战"计划,以弥补之前的错误。因此,他征求了方仁先和杜兴城二人的意见。

方仁先和杜兴城二人与李国盛想法一致,决定留下来和李国盛并肩作战。

因此,李国盛给戴笠回电:

职部感谢局座之爱护。然余等深感错误情报给战局造成损害,无颜江东,遂决心破釜沉舟以获取真正的"一号作战"计划,弥补余等之过错。余等此番抱定成仁之决心,如有幸苟活,再领误传情报及抗命之责罚。

李国盛

戴笠收到李国盛的回电后,深知李国盛小组在找到真正的"一号作战"计划书之前绝不会撤离,因此回电勉强同意他们继续留在武汉窃取真正的"一号作战"计划。他在回电中强调,不到最后关头,不可轻言牺牲。并特许李国盛小组在紧急情况下,可以自行撤离,事前不必请示总部。

冈本矢一当晚通过收音机收听到戴笠以组织的名义发出的命令。从命令的措词看,组织非常迫切地想要搞到真正的"一号作战"计划。

第六十九章 误 判

因此，就算现在自己已经暴露，随时可能被捕，冈本矢一仍然决心利用被捕前的机会，不惜一切代价为组织搞到真正的"一号作战"计划。他现在更没有理由去考虑撤退的事。

日军已经占领长沙，正在围攻衡阳。冈本矢一知道留给他的时间并不多，他必须尽快地搞到真正的"一号作战"计划。如果太晚，情报的时效性也会丧失，到时候中国方面可能根本来不及作出相应的调整。

冈本矢一知道他的顶头上司作战部长龟田敏夫手里肯定有真正的"一号作战"计划，因此决定先从龟田敏夫这里着手，找机会试探一下龟田敏夫。

这天下午，冈本矢一来到龟田敏夫的办公室，向龟田敏夫借阅"一号作战"计划。他说他正在制订下一步作战的详细计划，需要参考一下。

龟田敏夫听了之后，哈哈大笑起来。

冈本矢一以为龟田敏夫知道自己的真实身份，不免感到心虚，只好陪着龟田敏夫干笑几声。

龟田敏夫收起笑容，告诉冈本矢一，他不能将"一号作战"计划交给冈本矢一，只能将冈本矢一需要知道的那一部分告诉他。

冈本矢一闻言心中大喜。刚才他还以为龟田敏夫在嘲笑已经暴露的自己，没想到这么容易就弄清楚龟田敏夫手里有真正的"一号作战"计划。

冈本矢一赶忙告诉龟田敏夫，他想知道第十一军攻占衡阳后，是否要长期占领。如果需要长期占领，需要多少兵力？这是冈本矢一来之前就想好的理由。

龟田敏夫欣赏地看着冈本矢一，然后做了一个手势让冈本矢一等一等。他站起身来走到保险柜前，打开保险柜从里面拿出一份文件，回到办公桌前坐下。

龟田敏夫将文件放在办公桌上，然后开始翻看。冈本矢一看到文件的封面上写着"一号作战"计划几个字。

龟田敏夫找到冈本矢一想要了解的那一部分，然后念给冈本矢一听。

冈本矢一在笔记本上认真地记下龟田敏夫念出的内容。弄清楚他刚才提出的几个问题后，冈本矢一就适时地打住了。他不敢提出太多问题，以免引起龟田敏夫的怀疑。

冈本矢一离开之前，关心地提醒龟田敏夫，"一号作战"计划是高度机密，请他收好。

龟田敏夫用略带夸耀的口吻告诉冈本矢一，"一号作战"计划的保密制度非常严密。当他需要用到"一号作战"计划时，他会通知档案库的人将文件送到办公室，用完后他会将文件锁在办公室的保险柜里。下班之前，他会通知档

武汉谍战

案库的人将文件取回，由档案库统一放进地下保险库的保险柜里保管，非常安全。况且，日军攻占衡阳之后，"一号作战"计划随之就会在第十一军司令部解密。

冈本矢一恭敬地朝龟田敏夫行了一个鞠躬礼，转身离开龟田敏夫的办公室。

冈本矢一知道，第十一军司令部大楼是原来的汉口盐业银行大楼，大楼的地下室是银行的保险库。第十一军司令部进驻盐业银行大楼后，将原来的地下保险库改成了司令部档案库。现在，出入档案库必须经过两道由卫兵把守的铁门，两道铁门上都有装密码锁和机械锁，开锁的密码和钥匙分别由档案库的两个负责人保管。按照规定，只有这两名负责人才可以同时进入档案库，其他人一概不得进入。档案库里的保险柜密码也只有这两个人知道。因此，冈本矢一只知道有这样一个档案库，可从来没有进去过，甚至连地下室都没去过。

冈本矢一回到自己的办公室。他非常满意这么容易就从龟田敏夫嘴里得到了他想要的信息。下一步，他要做的就是想办法搞到真正的"一号作战"计划，而且越快越好，否则就来不及了。

鉴于任务的艰巨性和时间的紧迫性，冈本矢一感到自己一个人势单力薄，很难单独完成这个任务，因此决定找李国盛商量。

冈本矢一立刻拿起桌上的电话打给李国盛，告诉李国盛有事要见他，让李国盛在办公室等他。挂上电话后，冈本矢一马上离开司令部，前往李国盛的办公室。

现在，冈本矢一和李国盛觉得既然已经暴露，就没有必要像以前那样去严格选择见面的时间和地点，反正日本人时时刻刻会在暗中监视他们一举一动，不论他们如何谨慎，都躲不过日本人的监视。除非他们决定逃走，才需要想方设法摆脱日本人的监视，但这不是他们目前考虑的问题。

冈本矢一来到李国盛的办公室。

他将自己刚才从龟田敏夫那里获得的信息告诉李国盛。

根据这些信息，李国盛和冈本矢一草拟了一个窃取"一号作战"计划的初步行动方案。这个初步方案只是一个框架，还有许多细节需要完善。

李国盛和冈本矢一现在最担心的是，他们俩已经暴露，一举一动都可能受到日本人的监视。如果让日本人意识到他们准备窃取真正的"一号作战"计划，会不会马上逮捕他们，或者设下另外一个圈套引诱他们上当。

第六十九章 误 判

三

唐新根据戴笠的指示，命令赵云清暗中观察李国盛及其小组成员有没有被日军特工跟踪。如果发现日军特工跟踪李国盛小组成员，必须立刻报告总部。在得到总部指示之前，千万不要采取任何行动。

由于赵云清的电台装在李国盛的汽车上，赵云清小组现在无法使用这部电台。

虽然戴笠密电指示唐新，尽快给赵云清小组配备一部电台，让赵云清能够及时与军统总部和武汉区联络。但在此之前，赵云清和唐新之间只能靠交通员联络。

不过，为了方便赵云清他们暗中保护李国盛小组，唐新让赵云清买了一部旧别克车。

赵云清接到命令后，决定三人每天轮流到李国盛的住宅和上班的地方蹲守，暗中观察李国盛小组成员周围的情况。

赵云清小组每天轮流值班，连续观察了一个多星期，都没有发现李国盛、方仁先和杜兴城被人跟踪。在此期间，李国盛小组已经发现赵云清小组在暗中保护自己，因此尽量暗中配合。

赵云清判断，要么是李国盛小组根本没有暴露，要么是日本人出于什么非常重要的理由而不去跟踪李国盛小组。不过，赵云清认为后一种可能性不大，因为这样做对日本人来说太冒险。

赵云清将观察到的情况以及自己的判断，写成密信，通过交通员报告给横店的唐新，再由唐新密电报告给重庆总部的戴笠。

赵云清的报告让戴笠也感到困惑。根据赵云清的判断，李国盛小组并没有暴露，那为什么李国盛确信自己窃取的"一号作战"计划是假的，是日本人故意设下的圈套呢？

戴笠目前无法解释这个问题。只有在得到充分的证据之后，才能判断问题到底出在哪里。

戴笠忽然想起军令部第二厅也获取了一份"一号作战"计划，这份计划与李国盛获取的那份相互形成强有力的佐证，才导致军事委员会对这份情报深信不疑。

想到这里，戴笠立刻给军令部第二厅打电话，要求他们提供"一号作战"计划的情报来源。

由于有委座的亲笔授权书，军令部第二厅不敢怠慢，马上告诉戴笠情报是

武汉谍战

由夏文远提供的。

又是这个夏文远！这个铁杆汉奸还在继续传送假情报给军令部，对中国政府和军队进行战略欺骗。

戴笠现在有十分的把握相信李国盛窃取的"一号作战"计划是日本人故意泄露的假情报。根据这一点来判断，李国盛小组确实已经暴露。

想到这里，戴笠的心情不免有些惆怅。虽然李国盛是潜伏在军统的中共谍报员，但他在敌后抗日的斗争中，完全算得上是一位智勇双全的英雄，戴笠打心眼儿里敬重他。

李国盛拒绝执行戴笠的撤离命令，意味着他的小组随时面临着被捕的危险。戴笠明白李国盛他们已经将自己的生死置之度外，但他不忍心看着他们去送死。

因此，戴笠当天晚上用严厉的措辞再次向李国盛发出撤退命令，可李国盛再次拒绝了戴笠的命令。

不过这一次，李国盛终于没能守住冈本矢一的秘密。

李国盛在密电中告诉戴笠，他有一个日本朋友，在日军第十一军司令部工作，名叫冈本矢一。这个冈本矢一就是在他被捕后，给他偷偷传递戴笠密信的那个人，其真实身份是中共情报员。密电中进一步向戴笠透露，假"一号作战"计划就是在冈本矢一的协助下窃取到的。当冈本矢一知道窃取的"一号作战"计划是假的后，决定与李国盛一道，不惜一切代价找到真的"一号作战"计划。因此，李国盛在回电中恳求戴笠，如果这次任务后冈本矢一还能有幸活下来，请戴笠务必想办法营救他。

戴笠看了李国盛的回电后，终于确认他一直担心的事情，李国盛和冈本矢一相互之间已经取得信任。

李国盛和冈本矢一不仅向对方透露了自己的身份，而且在工作中相互配合，窃取日军情报。因此戴笠有些担心，说不定哪天他们会识破他欺骗、利用冈本矢一的计谋。

戴笠认为，李国盛在陷入绝境的时候，才向他透露冈本矢一的身份，说明李国盛虽然与中共失去联系，却仍然执着地维护共产党，这进一步证实了戴笠对李国盛的判断。

现在是用人之际，即便李国盛和冈本矢一都是共产党，戴笠仍然决定救他们。

戴笠给李国盛回电，告诉李国盛他会想尽一切办法营救李国盛小组和冈本矢一。戴笠的想法很简单，就算以后他要亲手杀掉李国盛和冈本矢一两人，也不能现在就让他们死在日本人手里。

接着，戴笠密电唐新，指示赵云清小组暗中保护李国盛小组的安全，协助李国盛完成窃取情报的任务，并在完成任务后尽其所能掩护李国盛小组成员撤退。

第七十章　破釜沉舟

一

李国盛接到冈本矢一的电话。冈本矢一在电话中用暗语通知李国盛，"一号作战"计划现在就在作战部长龟田敏夫手里，下午下班前，档案库的人肯定会派人将文件从龟田敏夫那里取回。因此二人决定当天下午开始行动，夺取"一号作战"计划。

当天下午三点半钟，李国盛、方仁先和杜兴城三人开车来到日军第十一军司令部大院门口。由于他们持有冈本矢一伪造的信函，因此日军门岗立刻放行，让他们的汽车开进司令部大院。

方仁先将汽车停在大院里。

李国盛、方仁先和杜兴城先后从汽车上下来，杜兴城手里提着一个小皮箱。

来这里之前，杜兴城和方仁先按照李国盛的吩咐，将藏在汽车后座下面的电台取出来，装进一个小皮箱里。

李国盛、方仁先和杜兴城三人一起走进司令部大楼，来到二楼冈本矢一的办公室。

冈本矢一此刻正在办公室等着李国盛三人。见他们到了，立刻起身将他们迎进办公室，然后关上办公室的门。

第七十章 破釜沉舟

四个人围着沙发坐下，简单地讨论了一下行动开始后应该注意的一些细节。

二十分钟后，他们就要开始行动。

这个行动计划是在他们已经暴露这个前提下制订的，因此这是一个破釜沉舟的行动计划。李国盛和冈本矢一在制订这个行动方案时，完全没有考虑怎样撤退。

这个行动计划的核心部分是，由冈本矢一去作战部长龟田敏夫的办公室，再次向龟田敏夫请教"一号作战"计划内容，骗取龟田敏夫从保险柜里取出"一号作战"计划。接着，李国盛、方仁先和杜兴城闯进龟田敏夫的办公室，在不惊动其他人的情况下，用武力控制住龟田敏夫，夺取"一号作战"计划。然后，他们在龟田敏夫的办公室架起携带的电台，由李国盛通过电台将一号作战计划发回总部。整个夺取、传送情报的过程都在龟田敏夫的办公室进行，不必带着文件离开第十一军司令部，这样就可以避免监视他们的日军特工在他们企图带着文件离开司令部时逮捕他们而功亏一篑。

他们希望这样可以麻痹暗中监视他们的日军特工，尽量推迟日军特工发现他们真正意图以及逮捕他们的时间。等日军特工反应过来时，李国盛已经将情报发出去，或者至少已经将"一号作战"计划中日军打通大陆交通线的内容发回总部。

从这个行动方案可以看出，李国盛和冈本矢一在制订这个行动方案时，根本就没有考虑过如何撤退。他们认为，既然他们已经暴露，日军特工肯定在暗中监视他们的一举一动。一旦监视他们的日军特工意识到他们企图夺取真的"一号作战"计划，就会立刻阻止并逮捕他们，根本不会让他们有机会逃走。因此李国盛他们只能祈求有足够的时间将情报传回去，根本就不作撤退的指望。

行动之前，李国盛已经将此行动计划电告戴笠。

冈本矢一看了看手表，见行动时间已到。他站起身来，朝李国盛等人点点头，然后离开自己的办公室，朝作战部长龟田敏夫的办公室走去。

五分钟后，李国盛、方仁先和杜兴城就会闯进龟田敏夫的办公室。

冈本矢一来到龟田敏夫的办公室门口，大声朝里面喊了一声："报告！"然后走进办公室，朝坐在办公室后面的龟田敏夫鞠躬敬礼。

龟田敏夫看起来心情不错，他问冈本矢一有什么事。

冈本矢一告诉龟田敏夫，他希望了解一下"一号作战"计划的细节，特别是下一步作战的细节。

龟田敏夫走到保险柜前，打开保险柜，从里面取出"一号作战"计划，回

武汉谍战

到办公桌前。他将"一号作战"计划放在桌面上,一边翻看文件,一边对冈本矢一说:

"冈本君,告诉你一个好消息,我刚才收到前线的战报,我军已经占领衡阳。"

说到这里,龟田敏夫停顿了一下,像是在回味前线日军取得的胜利。

"太好了!"冈本矢一装作很高兴的样子。

"至于下一步作战行动,就是进行湘桂作战。其作战目的就是打通湘桂铁路,以及从柳州经南宁至安南(越南)河内的公路,从而全线贯通从满洲到河内的大陆交通线,支援南方军在南亚的作战,并将与盟军作战的主战场引向大陆,在陆地上与盟军决战,使盟军失去他们的海空优势。"

这是冈本矢一第一次听到"一号作战"的真正作战目的。这和他之前判断的一样。现在这份"一号作战"计划就在眼前,必须马上抢到手并发回总部。

"明白,长官!"

冈本矢一大声回答。

"刚才我接到通知,通知说战役进行到目前阶段,'一号作战'的机密已经不是那么重要,为了方便中级军官作业,上级决定降低保密层级,允许相关军官掌握完整的'一号作战'计划。"

说到这里,龟田敏夫拿起桌上的"一号作战"计划,递给冈本矢一。

"这份文件你先拿去用吧,更多的文件副本几天内就会陆续印发下来。"

听了龟田敏夫的话,冈本矢一的内心里一阵阵欣喜,梦寐以求的"一号作战"计划居然可以轻而易举地得到。可是,没等他高兴片刻,走廊上传来的脚步声立刻将他的欣喜变成担忧。他听到李国盛他们的脚步声已经到了办公室门口,如果再不阻止他们,那么事情就会变得无法收拾。

情急之下,冈本矢一已经顾不得去接过龟田敏夫递给他的"一号作战"计划。他立刻转过身去,对刚刚出现在门口,正要闯进来的李国盛大声说:

"是你呀,李君。你是在找我吗?"

说这话的时候,冈本矢一不停地向李国盛眨眼睛,希望李国盛明白他的用意。

李国盛见冈本矢一大声跟他说话,还不停地挤眉弄眼,感到有些奇怪,便不自觉地停住脚步。他犹豫了片刻,才回答说:

"是的,冈本君。"

李国盛身后的方仁先和杜兴城也觉得诧异,虽然一时不明白冈本矢一的用

第七十章　破釜沉舟

意，但察觉到事情可能有变，因此将准备掏枪的手从腰间放下来。

"你们到我办公室等我吧，请不要随意走动。"

李国盛明白冈本矢一是在暗示他放弃行动。于是，他马上冲着办公室里面的龟田敏夫欠了欠身，用日语对龟田敏夫说："打搅了，长官！"然后转头对冈本矢一说："冈本君，我在你办公室等你。"

说完，李国盛准备转身离去。

"等一等！"

龟田敏夫突然对李国盛喊道。已经转过身去的李国盛听到喊声，心里不由得一惊，以为龟田敏夫看出什么破绽。他停住脚步，转身看着办公室里的龟田敏夫。他身后的方仁先和杜兴城已经偷偷地将手移向腰间的手枪。

"李君，你就是冈本君在陆军士官学校的同学，对吗？我的同学藤泽武义跟我说起过你，果然一表人才。"

藤泽武义是李国盛在陆军士官学校的老师。

"是的，长官！您过奖了。长官是藤泽先生的同学，学生失敬了！"

说罢，李国盛朝龟田敏夫深深地鞠了一个躬，表示敬意。

"哟西，哟西！以后有机会我们再聊吧。今天就不打搅你们了，冈本君，我这里没事了，你去陪你的同学吧。"

龟田敏夫笑眯眯地将手里的"一号作战"计划书递给冈本矢一，然后朝冈本矢一和李国盛挥挥手，示意他们可以走了。

冈本矢一朝龟田敏夫行了一个礼，手里拿着"一号作战"计划离开龟田敏夫的办公室。

二

唐新昨晚接到戴笠的紧急密电后，第二天中午乘坐当天的头班车赶往汉口。

戴笠的紧急密电告诉唐新，据可靠情报，李国盛小组并没有暴露。戴笠指示唐新，立刻赶去汉口将此消息通知李国盛，并命令李国盛小组立刻放弃目前的行动计划。一来，此行动计划成功的机会渺茫，二来，避免不必要的牺牲。戴笠要求李国盛重新调整行动方案，增加成功的可能性。

戴笠在密电中还告诉唐新一个电话号码，让唐新在紧急情况下打这个号码试试，看看能否联系上李国盛。戴笠没有告诉唐新，这是冈本矢一日军司令部

武汉谍战

办公室的电话号码。

原来，戴笠虽然同意李国盛的判断，他的小组已经暴露，但戴笠的直觉老是提醒自己事情恐怕没这么简单。

昨天傍晚，戴笠忽然发现自己忽略了一个重要细节。

当戴笠从军令部第二厅证实是夏文远提供的"一号作战"计划后，他想当然地认为假情报是日军提供给夏文远的，因此没有进一步查证夏文远的情报来源。

想到这里，戴笠拿起电话打给军令部第二厅长，进一步询问夏文远的情报来源。

厅长告诉戴笠，情报是夏文远和另外一名特工从武汉日军第十一军司令部的保险柜里偷的。

厅长的回答让戴笠大吃一惊，他的脑袋一下子豁然开朗。

原来夏文远的情报也是在第十一军司令部窃取的！

从这一点判断，日军的圈套要么是为李国盛设的，要么是为夏文远设的。

综合掌握的所有情报判断，戴笠坚信日军的圈套是为夏文远设下的，李国盛只不过是误入圈套。由于日本人的注意力一直集中在夏文远身上，所以并没有发现误入圈套的李国盛。

戴笠连夜发急电将这个发现通知唐新。

唐新乘坐火车到达汉口后，立刻前往赵云清的富源绸布店。他知道赵云清小组一直奉命暗中保护李国盛小组，因此赵云清应该知道李国盛的下落。

唐新走进赵云清的富源绸布店时，赵云清和汪鸿翔正在招呼几个顾客。

看到唐新进来，赵云清立刻笑容满面地迎上去，大声地问候道：

"唐老板，您来了。马上给您结账，里边请！"

说着，赵云清将唐新带进里边的房间，关上房门。

赵云清刚关上房门，唐新便迫不及待地问赵云清知不知道李国盛的下落。

赵云清告诉唐新，刚才暗中保护李国盛的华相成打来电话，报告李国盛小组三人一起进了日军第十一军司令部，并且说他担心李国盛小组今天有行动。

听了赵云清的话之后，唐新非常担心。由于时间紧迫，唐新决定马上到第十一军司令部附近找到华相成，了解具体情况后，再相机行事。

赵云清和唐新匆忙离开绸布店，赶往日军第十一军司令部。

二人到达后，很快在第十一军司令部大门对面的一间小餐馆里面找到华相成。

第七十章 破釜沉舟

华相成此时正坐在一张靠窗户的桌子前喝酒，从这里透过窗口可以看到第十一军司令部大院里的情况。

赵云清和唐新走到华相成的桌子边坐下，立刻问华相成目前的情况。

华相成将自己看到的情况报告给唐新和赵云清。

下午，负责在伪武汉行营门外暗中监视的华相成发现李国盛、方仁先和杜兴城三人开车离开伪武汉行营。华相成特别注意到杜兴城上车前，将一个小皮箱放进汽车后面的行李箱。华相成认识这个小皮箱是汪鸿翔装电台用的，因此怀疑李国盛有行动。

李国盛他们开车离开后，华相成立刻开车跟在李国盛的汽车后面。

十多分钟后，李国盛的汽车驶进第十一军司令部大院。

跟在李国盛后面的华相成将汽车停在第十一军司令部大门对面不远处的路边，坐在汽车上暗中观察李国盛他们的情况。

华相成看到李国盛的汽车在大院里停下，三个人从车上下来，一起走进日军第十一军司令部大楼。他特别注意到杜兴城手里提着那只小皮箱。

看到李国盛他们进了司令部大楼后，华相成立刻从汽车上下来，在附近找到一个有公用电话的杂货铺，打电话给赵云清，将李国盛的行踪报告给赵云清，并告诉赵云清，他担心李国盛小组可能有冒险行动。

"进去多久了？"

听完华相成的报告后，唐新着急地问。

"有一个小时了。"

"你确实看清楚他们带着装电台的箱子？"

赵云清有些不敢相信刚才听到的。

"我看清楚了，肯定是那只装电台的箱子。"

"这么说，他们今天要用到电台？"

赵云清像是在问唐新和华相成，又像是在自言自语。

"糟糕，他们带着电台进去，肯定是想窃取情报后，立刻就地用电台发出去。"

唐新说罢，不禁瞪大眼睛，他被自己的判断给吓坏了。

"对，他们没打算撤离！这是破釜沉舟的做法。"

"如果他们已经开始行动，就来不及阻止了！"

"现在怎么办？"

赵云清焦急地问唐新。

唐新想到了戴笠给他的那个电话号码。

"附近有公用电话吗？"

"有，我带你去！"

华相成带着唐新和赵云清来到那间有公用电话的杂货铺。

此时，正好有一个人在用电话。

情急之下，赵云清走过去不由分说挂断那人的电话，并将电话听筒从那人手里夺过来，交给身旁的唐新。

那人见赵云清如此粗暴，刚要开口骂人，就见赵云清的手枪顶住他的脑门，吓得他将吐出的半截脏话咽下，赶忙转身离去。

唐新开始拨打戴笠给他的号码，电话马上就通了。

"莫西莫西？"接电话的是冈本矢一。

听到电话那头居然说的是日语，唐新不禁大吃一惊。

唐新犹豫了片刻，立刻用日语说：

"你好，我找李国盛讲话。"

幸亏唐新会说日本话。

这回轮到冈本矢一目瞪口呆了。他简直不能想象这个时候有人打电话到他的办公室找李国盛。他瞪大眼睛看着李国盛，用手捂住电话，轻声对坐在桌子对面的李国盛说，

"找你的。"

"找我的？"

李国盛简直不敢相信自己的耳朵。

冈本矢一冲李国盛点点头，

"是的，找你的。"

李国盛犹豫了一下，从冈本矢一手里接过电话。

"我是李国盛。"李国盛说的是中国话。

"宁国的亚夫让我转告你，你的病情是误诊，你是健康的，请放弃自杀的念头，立刻回家。"

听到电话里面说话的是李国盛，唐新立刻将戴笠教给他的暗语说给李国盛听。

李国盛听出是唐新的声音。

"你的意思是说，我的病情是误诊，我的生命是安全的？"

"是的，绝对可靠。请立刻回家！"

第七十章　破釜沉舟

"好，好的，明白了。"

李国盛挂断电话。

李国盛从唐新的暗语大致获悉，戴笠发现李国盛的小组并没有暴露，因此命令他放弃自杀式的行动方案。

李国盛心中的疑惑全都解开了，不由得兴奋地朝大家挤了挤眼。

"怎么回事？谁打来的电话？"

冈本矢一困惑不解地问李国盛。从方仁先和杜兴城脸上的表情看，他们也同样想知道答案。

"总部派人紧急通知我，我们小组并没有暴露。老板要我们立刻放弃行动，回去后再从长计议。"

大家听李国盛这么说，心里的疑团顿时解开，脸上的疑惑一扫而光，露出欣喜的表情。

刚才，冈本矢一手里拿着"一号作战"计划，怀着难以置信的心情回到自己的办公室。他们准备不惜一切代价去夺取的"一号作战"计划，居然由龟田敏夫亲自送到手里，现在就放在冈本矢一的办公桌上。

这个戏剧性的变化让李国盛和冈本矢一一下子难以相信。难道真有天上掉馅儿饼的事？惊喜之余的冈本矢一和李国盛反而陷入了迷惑之中。难道日军情报机关没有告诉龟田敏夫他们的真实身份，致使龟田敏夫在无意中将文件交给冈本矢一？还是龟田敏夫早已知道他们的身份，刚才只是配合日军情报部门演一场戏，给他们设下另外一个圈套。

冈本矢一和李国盛怀着疑惑的心情，快速浏览了一下这份"一号作战"计划。从这份文件的内容来看，二人都认为不像是假的。

既然这份文件是真的，只能说明这并不是一个圈套。那么龟田敏夫说的话就是可信的，"一号作战"计划已经降低密级，冈本矢一能够通过正常手段得到"一号作战"计划。

想到这里，冈本矢一建议临时改变行动计划。他要求李国盛小组马上带着电台撤离。他会在一两天内将文件带出司令部，然后交给李国盛用电台发出去。这样做可以减少不必要的牺牲。

李国盛觉得冈本矢一说得有道理。可转念一想，如果日军特工怀疑他们图谋不轨，在他们撤离时逮捕他们，那他们就会失去传送情报的宝贵的机会。

正当李国盛和冈本矢一在犹豫要不要现在就在冈本矢一的办公室将情报发给总部时，冈本矢一桌上的电话响了。唐新及时打来电话，将戴笠的指示转达给李国盛。

原来自己并没有暴露，所有疑问都来自一场误会。

冈本矢一在办公室的窗口目送李国盛、方仁先和杜兴城带着电台开车离开第十一军司令部。

第二天下班时，冈本矢一将一份"一号作战"计划带出司令部，来到李国盛的办公室，将文件交给李国盛。

第三天晚上，汪鸿翔将李国盛译好的"一号作战"计划密码电文，通过方仁先的车载电台发给重庆总部。

与此同时，冈本矢一将"一号作战"计划译成密信，将文件寄到死信箱。

情报终于发出，现在只能看军事委员会是否来得及作出部署调整，尽量减低损失。

三

危机虽然是一场误会造成的，可冈本矢一的内心一点都没有变得轻松。他的脑海里产生了一些疑问，而这些疑问越来越强烈，一直困扰着他。

不久前，当冈本矢一看到自己亲手画的第十一军司令部内部布置图出现在李国盛手里的时候，他除了感到惊奇之外，脑海里更是产生了疑问。他怎么也想不通，组织上怎么会将这份情报原原本本地交给军统。就算双方精诚合作，也没必要这样做。这个疑问一直在他的脑海里挥之不去。本来他想就此事询问组织，可是一来由于联络不便，二来有情报工作的纪律约束，因此他放弃了这个念头。

可前几天，当冈本矢一和李国盛正在窃取"一号作战"计划时，军统人员居然打电话到冈本矢一的办公室找李国盛，这件事让冈本矢一内心的疑问一下子加大了许多倍。

冈本矢一分析了各种可能性，但他又一一予以否定。只有一种可能性，那就是组织上将他的信息透露给了军统高层，只有这种可能比较符合逻辑。

当然，还有另外一种可能，即他一直都是在为军统工作。当年和他接头的并不是党组织，而是军统冒充党组织与他接头。每当这种想法出现在脑海的时候，冈本矢一都会感到全身发冷，不寒而栗。

可是，这种想法越来越强烈，让冈本矢一无法去回避。他决心弄明白事情的真相，可他再也不敢向组织询问此事，因为所谓的组织很可能是军统。

第七十章 破釜沉舟

因此，冈本矢一决定去问问李国盛，听听李国盛的看法。

戴笠知道李国盛和冈本矢一彼此取得信任，相互配合窃取日军情报之后，虽然有些担心，但并没有意识到有什么大问题。现在冷静下来仔细回忆了事情的经过以后，他突然意识到自己犯了一个错误。

戴笠当初让人将冈本矢一画的草图原件直接寄给李国盛，是因为他不知道李国盛和冈本矢一相互之间已经取得信任。现在看来，如果李国盛与冈本矢一商量如何窃取情报的时候拿出这份草图，那么冈本矢一肯定能够认出这图是他自己画的，因此他肯定会起疑心。这是第一个错误。后来由于救人心切，让唐新在危急情况下打电话到冈本矢一的办公室找李国盛就更不应该。这是第二个错误。

戴笠想，如果将这两件事结合起来思考，冈本矢一一定会产生疑问，进而可能推断出事情的真相。想到这里，戴笠内心里不免有些懊恼，他懊恼自己怎么会犯这样的低级错误。

不过，戴笠并不十分担心由于他的错误而产生的后果。因为，冈本矢一不一定能够发现破绽，此其一。其二，就算冈本矢一发现了戴笠的破绽，怀疑自己一直受军统欺骗、利用而为其工作，他也没办法去证实这件事。其三，抗战打到这个份上，日本人战败已成定局，就算冈本矢一发现自己被军统欺骗利用，不再愿意为军统提供日军情报，也不会对大局有多大影响。

冈本矢一走进李国盛的办公室时，李国盛正坐在办公桌后面看报纸。见冈本矢一进来，李国盛赶紧起身迎接冈本矢一。

冈本矢一进门之后，立刻转身将门关上，然后才走到李国盛的办公桌对面，在一张椅子上坐下。

冈本矢一顾不得寒暄，便直接进入重点。

"老同学，你是军统的高级干部，就你所知，军统和中共情报组织会互通情报吗？"

"这要看是哪方面的情报。"

李国盛疑惑地看着冈本矢一，他有点好奇冈本矢一为什么会提出这么幼稚的问题。

"我是指双方情报员的身份。"

冈本矢一说这话的时候，带着复杂的眼神盯着李国盛。

"绝对不会！这样做无异于出卖自己的同志。"

冈本矢一满脸不解地点了点头,接着问道:

"你还记得当初你被捕时我给你传过密信吗?"

"记得。"

"你没觉得组织上让我这样做,会暴露我的身份吗?"

李国盛表情严肃地点了点头。

"我当初也是这样认为的。不过,后来我仔细想了一下,觉得不一定是这样。假设我以前根本不认识你,也不知道你是秘密中共党员,那么我就不能肯定是你给我传的密信,其他人也有可能。"

"嗯,这样也说得过去。"冈本矢一看着李国盛若有所思地说。

"你今天怎么啦?出什么问题了?"李国盛关切地看着冈本矢一。他的直觉告诉自己,冈本矢一遇到了大麻烦,否则说话不会这么吞吞吐吐。

"记得你的那张草图吗?"

"什么草图?"

"那张第十一军司令部的草图。"

"哦,记得。怎么啦?"

"那张图是我亲手画的,我将这张草图通过秘密邮箱寄给了组织。"

"什么?"

李国盛听了冈本的话之后,不禁从椅子上跳起来。

组织上绝不可能将这张图直接交给军统。那么只有一种可能,这张图本来就在军统手上。

冈本矢一面色凝重地点了点头。

李国盛现在回想起来,那天冈本矢一看到那张草图时的反应确实有些异常。李国盛当时就曾产生过一种可怕的假设。不过这种假设太可怕,他马上就否定了。

除此之外,思维敏捷的李国盛马上联想到另外一件事。

"还有,上次军统的人打电话到你的办公室找我,也非常不合常理!"

"是的!我也想到这个问题。就是因为这件事,使我产生了巨大的疑问。我希望你能帮我解开这个谜团。"

冈本矢一看着李国盛。

"你知道这意味着什么吗?冈本君!"

李国盛没有直接说出自己的判断,他知道,冈本矢一早就得出了与他相同的结论。

第七十章　破釜沉舟

"我知道，这意味着我所谓的组织其实是军统，军统冒充党组织，让我给他们提供情报。他们从一开始就在欺骗我！"

冈本矢一的心里充满了屈辱和沮丧，当然还有愤怒。

李国盛此刻的心情非常复杂。他既为冈本受骗感到不平，又为军统的不义感到义愤，还为冈本现在的处境感到尴尬和同情。

二人沉默下来，足足有一两分钟。

短短的这一两分钟让冈本矢一感觉很漫长。他忽然觉得这么多年来自己就像是做了一个很长、很甜蜜的梦，现在终于从梦中醒来，却突然发现自己仍然是一个失去组织的日籍秘密中共党员。他现在的感受就像是一个无家可归、在外面受到欺负却又无处诉苦的流浪儿。

想到这里，冈本矢一的眼泪一下子涌进眼眶，他满腹的委屈和失望随着泪水流淌出来。

李国盛知道，现在用任何语言都无法安慰冈本矢一。他默默地看着冈本矢一，同病相怜的他眼眶里也慢慢地浸满了泪水。

过了一会儿，冈本矢一才渐渐平静下来，他用手绢擦干脸上的泪水。

见冈本矢一的情绪平静下来，李国盛这才半开玩笑、半认真地安慰冈本矢一，就算戴笠欺骗了他这么多年，那也只不过是让他向军统提供日军情报，其效果和向党的情报机关提供情报几无差别，因此不必太过挂怀。不管怎么说，打败日本毕竟是国共两党目前的共同目标。

冈本矢一明白李国盛说的是实话，他冲着李国盛苦笑了一下，然后无可奈何地摇了摇头。

冈本矢一完全冷静下来后，忽然想起自己曾经按照李国盛的要求向组织——现在看来也就是戴笠——报告过李国盛中共秘密情报员的真实身份并请求组织核实的事。想到这里，冈本矢一的心不禁咯噔一下，又悬在了嗓子眼。

冈本矢一急忙提醒李国盛，戴笠已经知道他的身份，他随时都处在危险之中。

李国盛听了冈本矢一的话之后，并没有表露出惊讶。

其实，刚才分析戴笠欺骗、利用冈本矢一的事情时，李国盛马上就意识到戴笠很可能已经知道了自己的真实身份；更糟糕的是，李国盛为了证实自己对党的忠诚，将王家瑞的武汉特委通过冈本矢一透露给了戴笠，这对王家瑞的组织是一个巨大的潜在威胁。

虽然李国盛的内心里为此充满了不安和焦虑，但他并没有在冈本矢一面前

武汉谍战

表露出来。他知道冈本矢一已经很难过,因此不希望冈本再为他担忧。

尽管知道自己已经暴露,可李国盛并没有打算撤离,他也没地方可去。他现在的当务之急,是想尽快通知王家瑞,让王家瑞尽早作出妥善的安排。至于戴笠发现他的真实身份后会怎样对付他,李国盛没有多考虑,因为他对此无能为力。

尽管情况如此险恶,李国盛仍然向冈本矢一保证,他一定能够帮冈本矢一找到党组织。他并不是在安慰冈本矢一,因为他还有王家瑞这条线。

第七十一章　重返故地

一

繁星璀璨的夜空笼罩着广袤的中原大地。原野上，一列火车正沿着平汉铁路向南疾驶。

这列火车总共只挂着三节车厢，这是日军冈村宁次大将乘坐的专列。这列专列从北平出发，沿着平汉铁路向南行驶，目的地是平汉铁路的最南端终点汉口。

此刻，冈村宁次大将正坐在第三节车厢里的一张办公桌前低头沉思。冈村宁次大将这次是奉命到武汉担任新组建的日军第六方面军司令官。他的这次任命是由他的老上级，中国派遣军总司令畑俊六元帅极力推荐的。

自武汉会战以来，畑俊六一直对冈村宁次欣赏有加，这主要是因为他们二人的战略思想不谋而合。

他们二人都主张日本应该优先解决支那事变，反对冒险南进与美英列强对抗。他们认为，日本的国力和军力与美英相比，差距甚大。如果贸然与美英开战，日本将会陷入被动，最终很可能面临战败的危险。

太平洋战争爆发前，畑俊六和冈村宁次一再反对南进，主张集中力量优先解决中国事变。可是，日军大本营主张南进的强硬派根本没有采纳他们的建

武汉谍战

议，一意孤行地发动了太平洋战争。

太平洋战争爆发后，战局的发展果然如畑俊六和冈村宁次所预料的一样，日军面对科技、工业发达，军事力量强大的美国，在取得战争初期的几次胜利之后不久，其自身的弱点就开始在强大的美国海空军面前暴露无遗，很快就陷入被动。

面对日益恶化的南太平洋战局，日军大本营不得不采纳畑俊六和冈村宁次早前提出的大陆战略。虽然为时已晚，但大本营希望至少能够拖延战败的时间，等待转机的出现。

因此，日军大本营指示中国派遣军司令畑俊六大将制订一份实施大陆战略的详细计划，即现在的"一号作战"计划。

几个月前，也就是1944年4月中旬，冈村宁次指挥的华北方面军按照中国派遣军司令畑俊六大将的命令，开始实施"一号作战"计划第一阶段作战，即豫中作战。到5月下旬豫中作战结束，冈村宁次的华北方面军击溃中国第一战区军队，全面打通平汉铁路。这是自抗战爆发以来，日军首次打通平汉铁路，使平汉铁路全线贯通。

长衡会战结束后，日军根据战局需要，决定组建第六方面军，全面负责"一号作战"计划最后阶段的作战，即湘桂作战，完成打通大陆交通线的战略任务。

因此，畑俊六大将推荐任命自己最为欣赏的冈村宁次大将担任第六方面军司令官，指挥部队完成自己精心制订的"一号作战"计划。

本来，冈村宁次可以乘坐空军的飞机从北平飞往武汉上任。但他本人坚持要求乘坐列车。

冈村宁次之所以乘坐列车，主要是担心乘坐飞机飞往汉口不太安全。

由于中美空军在中国战场已经取得空中优势，因此除了早晨和黄昏的一段时间之外，日军飞机在中国上空的飞行已经变得很不安全，随时都有可能遭到中美战机的拦截。

除了安全方面的原因外，冈村宁次还想借此机会回味一下自己率部打通平汉铁路的战绩，并亲自体验一下列车风驰电掣般驰骋在华北平原上的快感。

离开武汉几年后又要重回武汉，让冈村宁次感到兴奋不已。他对这座城市怀有一种复杂的感情。

1938年7月，冈村宁次受命担任新组建的日军华中派遣军第十一军司令官，负责指挥第十一军的武汉作战。

第七十一章 重返故地

那时，冈村宁次率领几十万日军沿长江两岸向武汉发动进攻，在武汉周围地区与中国军队展开空前激烈的战斗。经过几个月的艰苦作战，在付出数以万计日军士兵生命的代价之后，冈村宁次率部于当年10月25日占领了中国华中的这个重要城市。

从那时起，冈村宁次就一直担任日军在中国战场最强大的机械化攻击兵团第十一军司令官，直到1940年3月。

由于冈村宁次主张优先解决支那问题，反对日军冒险南进与英美作战，因此遭到日军大本营的贬谪，并于1940年3月被调回日本本土担任军事参议官。

1941年7月，冈村宁次重新回到中国战场，担任日军华北方面军司令一职，负责指挥华北方面军作战，直到这次调任第六方面军司令官。

冈村宁次担任第十一军司令官时，曾经与武汉周边地区的中国第五战区、第九战区和第六战区军队，以及第一战区和第三战区的部分军队打过交道，胜多负少。在此期间，武汉周边地区的中国军队给他留下了深刻的印象。

那时，中国的国际军事援助被完全切断，训练和装备都很落后，因此根本不是日军对手。

现在，中国军队获得了美国的援助，训练和装备大有改善，与以前不可同日而语。特别是中美空军已经变得愈来愈强大，逐步取得了对日军的空中优势。日本空军在中国天空耀武扬威的日子已经一去不复返，开始陷入被动挨打的局面。

此次"一号作战"关系到日本的前途和命运。如果日军能够打通大陆交通线，那么，在东南亚与盟军作战的日军南方军就能够得到强大的后勤支援，足以与盟军对抗，延缓盟军的进攻，并将战场引向大陆，缓解美军对日本本土进攻的压力。

南太平洋的战局已经一落千丈，美军已经在太平洋上展开强大反攻，向日本本土逼近。

这个结果是冈村宁次早就预料到的，可他却无法阻止局势的进一步恶化。他甚至有些懊悔当初为什么没有能够阻止大本营那些狂热分子失去理智的南进计划，让日本陷入失败的深渊。现在，他能做的只是尽量延缓日本战败的时间。他心里明白，任何人都无法挽救日本战败的命运。

冈村宁次从沉思中回到现在中来。他抬起头来，伸手打开车窗的窗帘，朝列车外面看去。可外面一片漆黑，什么也看不见。他这才意识到现在是夜晚，于是抬手看了看手表，发现时间已经是午夜一点钟了。

武汉谍战

　　列车预计早上七点到达汉口。还有几个小时，冈村宁次决定睡一会儿。到达武汉后，当天上午冈村宁次还要出席一个有记者参加的欢迎会，因此他不能让自己在公众前面显得太疲惫。

　　冈村宁次并不喜欢参加这样的欢迎会，可是由于有记者参加，为了宣传的需要以及鼓舞日渐低落的日军士气，他才勉强答应参加这个欢迎会。

　　冈村宁次躺在车厢里的柔软卧铺上，想着上任后即将开始的湘桂作战，迷迷糊糊地睡着了。

　　不知过了多久，远处传来的剧烈爆炸声和列车的紧急刹车将冈村宁次从睡梦中惊醒。

　　冈村宁次晕晕乎乎地从卧铺上坐起来，四处张望，想弄清楚究竟发生了什么事。

　　这时，副官走进冈村宁次的车厢向他报告，前方传来爆炸声和火光，情况暂且不明。据判断，很可能是前面一列运送军用物资的军列遭到游击队袭击，发生爆炸。情况正在核实中。

　　冈村宁次问副官列车现在停在什么地方。副官回答说列车刚经过湖北广水站不久，应该是停在广水南附近。

　　冈村宁次朝副官挥了挥手，示意他下去。

　　副官离开后，冈村宁次穿上军装和马靴，走出他的专用车厢，来到车厢连接处的车门边。他吩咐值班卫兵打开车厢门，打算下车去看看前面到底发生什么事。卫兵按照吩咐打开车厢门，请冈村宁次下车。

　　冈村宁次下车后，抬头向列车前方看去。

　　只见前方大约两三公里远的地方正燃烧着熊熊大火，火光映红了黑暗的天空。伴随着熊熊火光，还不时传来零星的爆炸声。看来那里就是游击队袭击军列的地方。

　　半个小时后，派出去查看情况的参谋跑步回来报告，前面一列满载军需品和少量弹药的军列，遭到游击队的袭击。游击队在军列通过时，引爆埋在铁轨下面的炸药。剧烈的爆炸让军列当场脱轨倾覆翻滚，引起列车上的弹药发生连串爆炸，并且起火燃烧。特别是加挂的两节客车受损严重，车厢里面的三十多名日军军官伤亡惨重。另外，铁轨被炸断，路基被炸塌，加上列车残骸阻断了铁路，估计短时间内无法恢复列车通行。

　　听了参谋的报告后，冈村宁次之前因为打通平汉铁路而产生的那么一点点自豪感，顿时一扫而光。

冈村宁次现在终于明白，只要战争还在进行，所谓的大陆南北交通线永远不可能实现真正意义上的全线贯通。

看着远处熊熊的火光，冈村宁次忽然对打通湘桂铁路的作战失去了原来的热情。

到达武汉后，冈村宁次大将统率日军第六方面军开始实施"一号作战"第三阶段作战。

9月10日，冈村宁次指挥日军第六方面军第十一军和第二十三军，开始向桂林、柳州发起进攻。日军于11月11日占领桂林和柳州。

11月23日，根据大本营的命令，冈村宁次大将从武汉赴南京，接替奉调回国担任教育总监的畑俊六元帅担任中国派遣军司令，成为侵华日军最高统帅。

11月24日，日军占领南宁。

12月10日，日军第21师团和第22师团在绥渌会师，至此，日军的大陆交通线全线打通，豫湘桂会战结束，日军取得了会战的胜利，达成"一号作战"的战略目的。

豫湘桂会战让中国军队遭受淞沪会战以来最大的一次全线大溃败。

二

李国盛直接打电话给王家瑞，告诉他遇到大麻烦，急需和他面谈。李国盛还在电话中特意暗示王家瑞赴约时一定要谨慎，防止被人跟踪。

王家瑞接到李国盛的电话之后，虽然不知道具体发生什么事，但他明白情况非常紧急，否则李国盛不会用这种方式和自己联络。

当天傍晚，王家瑞按照李国盛指定的时间，来到江边的河街。他沿着江滩不紧不慢地朝北走，前面不远处就是江边的兰陵路口。

王家瑞的身后不远处，于连浩和雷明亮拉开一定距离，分别跟在王家瑞后面，暗中观察是否有人跟踪王家瑞。

王家瑞已经看到前面不远处的马路边停着的一辆汽车。

他走近汽车，看清车尾的车牌号码，知道这是李国盛的汽车。王家瑞注意到，汽车仍然开着引擎。

当王家瑞从汽车旁边走过时，突然伸手拉开汽车副驾驶座车门，迅速钻进汽车，然后关上车门。

武汉谍战

几乎就在车门关上的一刹那间,汽车就开动起来,沿着河街加速朝北驶去。

跟在王家瑞后面的于连浩和雷明亮在路边暗中观察着渐渐驶远的汽车,确信没有人跟踪后,才转身离去。

王家瑞上车后,朝正在开车的李国盛点了点头。

李国盛也朝王家瑞点了点头,继续专注地开车。他开车沿着河街继续朝北行驶,然后转进一元路。

一路上,李国盛一边开车一边通过后视镜观察汽车后面的情况。确信没有被其他汽车跟踪后,李国盛才放慢车速,一边在街上转圈,一边将发生的事情告诉王家瑞。

讲完事情的经过之后,李国盛愧疚地对王家瑞说,由于自己迫切希望找到组织,因此不惜违背情报工作的原则,将王家瑞的武汉特委暴露给军统局长戴笠,使王家瑞的情报组织陷入危险之中。他建议王家瑞及武汉特委所有人员在危险来临之前尽快撤离。

听完李国盛的话之后,刚开始王家瑞确实对李国盛有些恼怒。他难以想象李国盛这样一个经验丰富的情报人员,怎么会犯这样低级的错误。

不过,王家瑞转念一想,现在埋怨李国盛已经没有任何意义。更何况,李国盛多年来与组织失去联系,想要找到组织的迫切心情可以理解。想到这些,王家瑞心中的恼怒才渐渐平息下来。

"根据你刚才说的情况,戴笠似乎还没有发现你已经识破他的阴谋,可以这样认为吗?"王家瑞尽量用平和的口气问李国盛。

"是的,我是这样认为的。"李国盛坦率地回答。

"你认为戴笠近期会对我的武汉特委动手吗?"

"我认为近期不会,毕竟国共还在合作抗日,军统不敢公然破坏抗日统一战线。但戴笠是否会派人暗中监视你们,就很难说。以我对戴笠的了解,他肯定会派人暗中监视你和你的同事,他绝对不会让这条重要线索轻易从他的手中断掉。"

"好吧。我马上向上级报告,请求上级的指示,再决定下一步怎么做。我会通知我的人,让他们密切注意是否有人在暗中监视他们,如果发现任何情况,我会及时通知你。我们之间可以用电话或者信件保持联系。我认为电话是安全的,军统绝不敢在日占区长期监听我们的电话。"

李国盛同意王家瑞的判断。

第七十一章　重返故地

事情谈完后，李国盛按照王家瑞的要求，送王家瑞到大智门火车站对面的铁路街。这里离王家瑞的家公德里不远，步行只需几分钟时间。

李国盛按照王家瑞的要求在铁路街放王家瑞下车。

王家瑞下车后并没有直接回家，而是立刻赶去昌淇电器行。他必须马上发出密电，向上级报告这里发生的事情，请求上级指示。

于连浩和雷明亮按照之前与王家瑞的约定，此时已经在铁路街等着王家瑞。见王家瑞从汽车上下来，于连浩和雷明亮便悄悄地跟在他后面，暗中保护着王家瑞。

一路上没有发现任何情况。

王家瑞、于连浩和雷明亮顺利地回到电器行。

进门后，王家瑞吩咐于连浩和雷明亮到电器行外面的街道上暗中担任警戒，观察街上有没有日军无线电侦测车，自己则立刻上楼给上级发报。

上楼来到自己的房间后，王家瑞从里面锁上房门。接着，他打开橱柜，从橱柜的背板后面取出电台和密码本。

王家瑞草拟了一份密码电文，然后用电台将电文发出去。

半小时后，上级回电指示王家瑞，除了让他提醒武汉特委下属所有成员提高警惕，留意观察是否被人监视之外，暂时不要采取任何行动，等待上级的进一步指示。

现在，重庆军统和延安情报机关已经相互摸清对方在武汉的秘密情报组织。不过，由于双方目前的敌人仍然是日寇，因此还不至于马上向对方的秘密情报组织动手。

第七十二章　日本投降

1945年8月15日，日本天皇发表诏书宣布日本投降。

武汉日军认为他们并没有战败，因此不甘心按照日本天皇诏令向盟军投降。

宪兵队长福本龟治、特高课长伍岛茂，接任落合鼎五的新任特务部长福山太乙郎、特务部第二课课长山下内二、日军第六方面军情报课长岩田正隆、作战课长冈本矢一以及担任武汉警备任务的独立混成第83旅团参谋长佐川中佐等日军军官正坐在五花宾馆会议室的会议桌前。他们一边议论着当前的局势，一边等着参加会议的汪伪军官到来。

日本人先到会场等待参加会议的中国人，这种情况还是第一次出现。

这次会议是在汉口日军第六方面军司令官冈部直三郎大将和参谋长中山贞武少将的授意下，由福本龟治召集的。会议的主要议题是"善后计划"。所谓"善后计划"其实就是日军拒绝投降，准备联合伪军抵抗到底。

此刻，福本龟治的心里充满了愤怒和沮丧。他的右手搁在会议桌上，张开的手掌支撑着自己的额头；他的双眼半眯，好像是在思考着什么，他的神情看起来很黯淡。会议室里其他军官的神情也都显得有些彷徨和不安。

侵华日军中国派遣军认为，虽然东南亚和太平洋上的战局已经无法挽回，但是美军想要进攻日本本岛，必须付出惨重的代价，这已经是被美军一系列攻岛作战证明过的事实。而在中国大陆战场，日军仍然掌握着主动。日军完全可

第七十二章 日本投降

以依托整个中国大陆为腹地，坚持抵抗下去。

可现在仅仅由于美国人向日本本土扔了两颗原子弹，天皇就下令日军无条件投降，这让日军难以接受。他们当中相当一部分官兵认为投降是军人的耻辱，即使是奉天皇之命也不能原谅。

日本天皇发布投降诏书之后，各战区的侵华日军根本不愿意接受战败的事实，他们公然违背日本天皇的诏令，拒绝投降。

不过，自从日本天皇发布投降诏书后，日军虽然在表面上依然显得很强大，但是人们不难察觉到，以前凶残无比、不可一世的日军官兵，现在全都失去了往日的威风，显得惶惶不可终日。

面对战败的结果，驻武汉的日军第六方面军司令部高层和其他侵华日军一样，不愿意接受这个事实。他们决心率部抵抗到底，为天皇玉碎。汉口宪兵队长福本龟治和特务部长福山太乙郎就是其中的坚定分子。

参加会议的汪伪人员陆陆续续到齐了。

他们当中包括汪伪武汉行营杨参谋长，陆军第14军和第13军正副军长以及下属各师师长，汪伪政治保卫部（原特工总部）武汉区区长张孟青以及几个军事高参等汪伪官员。这些人绝大多数都是投降日军的原国军将领。除了军事人员外，日本人还邀请了日伪宣传喉舌武汉《大楚报》社长胡兰成出席会议，负责宣传工作。

武汉行营参谋处长李国盛也在出席会议的代表之列。

所有人到齐之后，福本龟治宣布会议开始。他做了简短发言，主要是强调日军并没有战败，希望日中双方精诚团结，集中力量抵抗到底。

接着，福本龟治请特务部长福山太乙郎给出席会议的伪军军官们讲话。

福山太乙郎开始讲话，他认为日本虽已宣布投降，但武汉日军乃至中国各战场的日军都并未战败。

为了鼓舞士气，福山太乙郎向与会的汪伪军官透露，目前武汉日军手中还贮藏着可供十万人使用五年以上的武器装备、弹药和粮秣给养，如果再加上就地自力生产，还可作更长久的坚持。

接着，福山太乙郎提出把日伪双方的力量全部集合起来，转移到鄂南幕阜山区长期隐蔽，保存实力。他强调，日本虽然宣布战败，但武汉日军决不投降，坚决与南京政府及其军队站在一边，对付共同的敌人蒋介石。他希望这些汪伪军官能够与日军并肩作战。

福山太乙郎进一步分析，随着日本投降，国共两党之间的矛盾很快就会爆发，双方必然会兵戎相见，中国不久将会陷入大规模武装冲突，再次爆发内战。因此，退守幕阜山区的日伪军可以根据时机选择与八路军、新四军合作。如此，日伪的力量不但不会削弱，还会发展壮大。

福山太乙郎强烈要求与会日伪头目同意他的意见，并提议举手表决。当与会者举手表决时，福山太乙郎让他的随从用预备好的照相机拍下照片。随后，福本龟治拿出一个会议记录簿子，要求与会者亲笔签字，以此和表决时拍下的照片一道，作为每个与会者支持他的证据。

根据目前的形势，日本宣布投降，大势已去，因此几乎所有出席会议的伪军军官都不同意福山太乙郎的建议。伪军军官们认为归顺中共绝没有好下场，说不定还会搭上性命，还不如投靠蒋介石政府。但慑于日军在武汉拥有的实力，大家不敢违拗日军的意思，只得勉强在簿子上签了字。

大家签完字后，福本龟治宣布散会，只留下日本军官和几名重要的伪军高级军官共同密谋下一步行动方案。

留下来的几名汪伪高级军官是武汉行营参谋处长李国盛、第13军李军长和第14军邹军长以及刘副军长。

等其他人离开后，福山太乙郎这才对几位留下来的伪军高级军官透露武汉日军高层的真正意图。

福本龟治向大家透露，武汉日军高层希望与新四军联合，共同对抗重庆政府。目前新四军代表已经到达汉口，正在与日军谈判。

说罢，福本龟治打开会议室的门，请进来二位身着便衣的人与大家见面，将这二人介绍给大家。

原来这二人是新四军代表老张和肖清。

福本龟治这样做的目的，是想让几名伪军官相信，日军与新四军合作是轻而易举的事，为伪军官们打气，希望他们继续为日军效力。

邹军长是老于世故的人，他明白当下的处境不便马上表态，因此推诿说需要回去与部属商量，了解部属的想法之后，才能作出决定。

李军长见状，赶紧附和邹军长的话，推诿过去。

李国盛倒是希望日伪投靠八路军、新四军，这样至少能够在以后国共对抗时，八路军和新四军不至于处于压倒性的劣势。因此，他立刻接过李军长的话，表示坚决支持日伪军投向八路军和新四军的计划。

福本龟治见两位掌握兵权的汪伪军长耍滑头不愿意表态，也不好进一步逼他们。因此福本龟治只好建议大家回去后好好考虑一下，再行定夺。

第七十二章 日本投降

从会议室出来之后,冈本矢一要求李国盛用自己的汽车送他回日军第六方面军司令部。

李国盛意识到冈本矢一有事与自己商量,便爽快地答应了。

李国盛和冈本矢一走出五花宾馆大门,上了李国盛的汽车。

上车后,李国盛吩咐开车的方仁先送冈本矢一回办公室。

没多久,汽车开进迁到汉口郊区的日军司令部大院停下。

李国盛让方仁先和杜兴城留在汽车上等他,他自己陪同冈本矢一下了汽车,走进司令部大楼。

冈本矢一领着李国盛来到自己的办公室,然后关上办公室的门。

二人在沙发上坐下后,李国盛便开门见山地对冈本矢一说,他希望能够策动日伪军队,特别是汪伪军队投向新四军,配合新四军占领武汉。

冈本矢一不太同意李国盛的观点。他提醒李国盛,以他对日军的了解,事情绝对没有这么简单,这很可能是日军的一个阴谋。他认为日军投降八路军和新四军的真正原因,是要让战后的国共两党军队势均力敌,双方谁都不能轻易战胜对方,从而让中国陷入长期内战。如此,日军便可以渔翁得利,以图东山再起。

经冈本矢一这么一提醒,李国盛也认为这很可能是日本人的一个阴谋。他不由得感慨道,战败的日军还在妄想使阴招,念念不忘分裂中国。

第七十三章　垂死挣扎

　　李国盛、方仁先和杜兴城开车前往设在中国银行大楼里面的汉口宪兵队本部。李国盛打算去见福本龟治，希望从他这里打听新四军谈判代表的情况。
　　方仁先将车停在宪兵队大门外的马路边。
　　李国盛吩咐方仁先和杜兴城留在这里等他，他独自一人进宪兵队找福本龟治。
　　日军汉口宪兵队有规定，除了极少数持有特别通行证的中国人之外，禁止其他中国人出入。
　　李国盛身为武汉汪伪高级军官，加上曾经在日本士官学校留过学，精通日语，颇受日本人的尊敬，因此日军给他颁发了一张特别通行证，允许他进入宪兵队。
　　李国盛交代完之后，正准备打开车门下车，可他在无意中看到的情形让他开门的手不由自主地停了下来。
　　李国盛透过汽车前面的挡风玻璃，看到他要找的汉口宪兵队长福本龟治就在汽车前面不远处。只见福本龟治身着便装，戴着一顶遮阳草帽，正鬼鬼祟祟地走进街对面一座二层楼房子的大门，离李国盛的汽车只有几十米远。福本龟治进门后，还转身朝外面张望了一下，才将门关上。
　　福本龟治虽然穿着便服，戴着遮阳草帽，并将帽檐压得很低，但李国盛还是能够一眼认出他来。

第七十三章 垂死挣扎

福本龟治形迹可疑,不禁让李国盛警惕起来。

日军宣布投降之后,福本龟治居然扮作平民,偷偷地溜进一间民房,一定有什么不可告人的阴谋。

于是,李国盛改变主意,暂时不去宪兵队。他决定跟踪监视福本龟治,看看他到底要耍什么阴谋。

打定主意后,李国盛告诉方仁先和杜兴城,暂时不去宪兵队,并吩咐方仁先继续朝前开。

汽车经过福本龟治进去的那座房子时,李国盛仔细观察了这座房子周围的情况。

这座房子大门临街,房子两边和其他房子相连,要想接近房子而不被人发现,最好是绕到房子的后面,从后门接近房子。

汽车继续朝前行驶几十米之后,李国盛看到马路对面有一条小巷子,便吩咐方仁先将汽车停在马路边让他下车。

汽车停下后,李国盛吩咐方仁先和杜兴城留在汽车里等他,然后开门下车,急匆匆地朝马路对面的巷子走去。

李国盛对这一带非常熟悉,他知道这条巷子通向福本龟治进去的那所房子后门。

方仁先和杜兴城不知道发生什么事,心里虽然充满疑问,但又不能问李国盛,因此只能满腹狐疑地看着李国盛走远。

几分钟后,李国盛来到那座二层楼房的后门。

李国盛发现房子的后门是关着的。虽然天气炎热,可房子一楼和二楼的窗户却都紧闭着。

李国盛走到后门前,用手轻轻地推了推后门,发现后门从里面锁住了。

正当李国盛在想办法怎样进入房子时,突然听到隐隐约约的说话声,李国盛侧耳听了一下,发现说话声是从二楼紧闭的窗户传来的。

李国盛赶紧竖起耳朵仔细听,隐隐约约听到二楼有两个人在用日语交谈。由于声音很微弱,李国盛听不清楚他们说话的内容。

李国盛抬头仔细看了看,发现房子的墙面上装着一条直径十几公分粗的下水管,从二楼的墙壁一直通到一楼墙根边的水沟。这条下水管离二楼的一个窗户只有不到一米远。

这个发现让李国盛心中大喜。他决定顺着水管爬上二楼,看看能不能听清楚里面的说话声。虽然担心看到他的人会把他当成小偷,但他顾不得这么

武汉谍战

多了。

决心一下，李国盛便毫不犹豫地走到下水管边，双手握住下水管，双脚踏着墙面，一步步朝上攀去。

李国盛很快就爬到二楼的窗户边。他的双手紧紧抓住下水管，左脚踩着下水管接头的突出部分，腾出右脚，朝一楼窗户上面伸出墙面的窗楣够过去，最后终于踩在窗楣上。他马上将身体的大部分重量移到右脚，整个人顿时感到轻松了许多。

李国盛站稳之后，立刻侧耳倾听。由于距离窗户很近，李国盛现在能够听清楚房子里面的说话声。

屋里有两个人在说话，李国盛能够分辨出其中一个人是福本龟治，另外一个则是陌生人，福本龟治称此人为井上谦。

李国盛隐约觉得井上谦的声音似乎在以前听到过，不过李国盛现在没功夫去细想这些，他得聚精会神地去听才能勉强听清楚屋里面的谈话。

只听福本龟治说，在支那的大日本皇军并没有战败，他们还有足够的实力与美、中、英三国军队在陆地上进行决战。大日本皇军能否取得最后胜利取决于中国是否爆发内战。只有中国爆发全面内战，留在支那的大日本皇军才能够游走于内战各方之间，生存发展下去。因此只要井上谦按照他们制订的秘密计划行动，新四军和国军就必然会爆发激烈的武装冲突。到时候中国大规模的内战将无法避免，日军就可以坐收渔翁之利。

井上谦立刻表示，目前老张已经返回新四军根据地向上级汇报谈判的情况，只留下他一个人在武汉担任新四军和日军之间的联络人。因此他有把握调动新四军，让新四军钻进日军设计的圈套。

趴在窗外偷听的李国盛被日军的这个歹毒阴谋吓了一跳，踩在窗楣上的双脚不由得一滑，差点从二楼窗外跌下来，幸亏他的双手及时抓牢下水管。

福本龟治充满信心地说，只要井上谦能够让新四军钻进日军圈套，他有把握让国军和新四军打起来。

井上谦听了福本龟治的话之后，显得兴奋异常。

福本龟治和井上谦的一番话让李国盛意识到，日军有一个巨大的阴谋，企图挑起中国内战。由于李国盛是半路才偷听到他们的谈话，因此，日军这个阴谋的具体内容还不清楚。另外，井上谦是打入新四军内部的日军间谍，是新四军负责与日军谈判的代表之一。因此李国盛马上就猜测井上谦就是新四军代表肖清。

第七十三章　垂死挣扎

接着，福本龟治鼓励了井上谦几句，然后告诉井上谦自己还有事，得马上离开这里。

临走前，福本龟治吩咐井上谦，自己从前门出去。等他离开之后五分钟，井上谦再从后门离开。

李国盛听到福本龟治让井上谦从后门离开，庆幸自己运气好。他刚才还在担心看不到井上谦的真面目。虽然他猜到井上谦就是肖清，但那只是推测。现在可好了，井上谦等一会就会从后门出来，到时候李国盛就可以看清他的真面目。

因此，李国盛赶紧沿着下水管溜下来。

李国盛的脚刚着地，就有人在他背上扶了一下，把他吓了一跳。

李国盛回头一看，见是方仁先和杜兴城，提到嗓子眼的心才放下来。

原来，方仁先和杜兴城见李国盛急匆匆地走进巷子，知道一定发生了什么事情，因此对李国盛的安全有些不放心。于是两人商量了一下，决定跟在李国盛后面，保护他的安全。

方仁先和杜兴城远远地看着李国盛沿着下水管爬上一座房子的二楼，便在巷子中保护他。

李国盛赶紧示意方仁先和杜兴城跟着自己离开房子的后门，在离后门不远的地方停下来，然后转身紧盯着房子的后门。

方仁先和杜兴城不知道怎么回事，只好安静地站在李国盛身边，观察着事态的发展。

几分钟后，那座房子的后门打开了，只见一个人从后门走出来。

这个人一身农夫打扮，头上戴着一顶破草帽，可李国盛立刻就认出此人就是肖清。

方仁先和杜兴城没见过肖清，因此不认识他。

肖清出门后，朝巷子两头看了看，然后转过身去加快脚步朝巷子口走去。

李国盛必须尽快将他刚才偷听到的消息报告组织。

方仁先和杜兴城不知道李国盛刚才在干什么，因此忍不住问李国盛。李国盛搪塞说目前暂时不能告诉他们。

虽然方仁先和杜兴城是李国盛出生入死的战友，但他们毕竟是军统特工，因此李国盛担心他们知道此事后对他产生误解和怀疑。

方仁先和杜兴城见李国盛不愿意告诉他们事情的真相，便不敢多问。不过，他们还是对李国盛近来一些不同寻常的行为产生了疑问。

二十分钟后，李国盛回到他伪武汉行营的办公室。

武汉谍战

不等在办公桌的椅子上坐稳，李国盛就立刻拿起电话打给王家瑞。他必须立刻与王家瑞见面，将刚才偷听到的情报告诉王家瑞，请王家瑞马上将情报报告给组织。

可是，王家瑞电器行的电话没有人接听。李国盛连续拨打了好几次，始终没有人接听电话。

李国盛又打给周秉炎，没想到也没人接听。

李国盛失望地放下电话。

思考了一下之后，李国盛便有了主意：他决定马上将此情报发给戴笠，提醒国军不要中日军的诡计；然后再和王家瑞联系，时间还来得及。

于是，李国盛将情报草拟成一份密码电文，然后将方仁先和杜兴城叫到自己的办公室，吩咐他们马上开车出发，有紧急情报需要马上发给总部。

李国盛、方仁先和杜兴城三人开车驶出伪武汉行营大门。

十分钟后，方仁先将汽车停在一条僻静的小街里。

虽然日本人已经宣布投降，但李国盛三人还是不敢大意。杜兴城从汽车上下来，站在汽车旁假装等人，像以前一样警戒四周的情况。方仁先留在汽车的驾驶位上，随时准备开车撤离。

李国盛打开汽车后座坐垫，接通电台电源后开始发报。

十五分钟后，李国盛发完密电，开始等待总部回电。

不到五分钟，李国盛就收到戴笠的回电。戴笠的回电很简单，只是通知李国盛总部收到情报，命李国盛等待总部的进一步指示。

收到总部回电后，李国盛着急的心情平静了许多。目前，至少军统已经知道日军的阴谋，因此国军肯定不会轻易上日本人的当。

过一会儿，李国盛还会继续与王家瑞联系，希望能够尽快将此情报发给党组织。

戴笠坐在办公桌前，他的面前放着李国盛刚才发回的情报。

戴笠认为这是李国盛故意放出的假情报，意在阻止国军向武汉进军，以便让新四军抢先占领武汉。

想到这里，戴笠的脸上露出一丝冷笑。他的目光有一瞬间变得非常冷酷，随后很快又恢复到平时的柔和表情。

戴笠划着一根火柴，将桌上的电文点燃烧掉。他的双眼凝视着前方空间中的某一点，慢慢陷入沉思。

沉思中的戴笠，目光时而显得迷惑，时而变得清晰，时而显得犹豫，时而

第七十三章　垂死挣扎

变得坚定。看得出来，戴笠的内心正在进行激烈的斗争。

半小时后，戴笠的目光不再显得犹豫不决，已经完全变得坚定起来。戴笠的内心经过一番挣扎之后，终于作出决定。

他拿起一支笔，在电文稿子上拟好一份绝密电文，然后让电讯处长将这份密电立刻发出去。

第七十四章　身份确认

一

仲夏的下午，骄阳依然如火，将四周的田野烤得灼热。

田里的晚稻已经长高，使田间显得一片青葱翠绿。田边的野草虽然开始由青返黄，但大地仍然是一片绿色。

田间小路上，王家瑞、雷明亮和于连浩正顶着仲夏的烈日，匆匆往汉口方向赶路。

王家瑞刚在新四军五师总部开完会。

这次会议的主要议题是关于日军投降后，新四军接受日伪军投降以及伺机进占武汉的工作。

会议进行了三天。

在会上，新四军谈判代表老张向与会者介绍了与武汉日伪军谈判的进展情况。老张乐观地表示，日伪军肯定会按照双方商定的条件向新四军投降，并配合新四军抢在国军之前全面占领武汉。

听了老张的报告，会场气氛顿时热烈起来。兴奋的与会者们开始你一言，我一语地憧憬着占领武汉后的美好生活。毕竟与会者们大多数都是乡下人，多年来一直蹲在山沟里打游击，有的人从没有见识过城市的奢华和现代化生活。

第七十四章 身份确认

这次如果能够占领武汉,他们就可以享受享受令人羡慕的城市生活。

会议结束后,五师首长和敌工部负责人单独召见了王家瑞,向他布置任务。

五师首长告诉王家瑞,新四军五师的四个旅,将按照与日伪军商定的时间表,于8月22日早上出发,分别从东、北、西三个方向进军武汉。在双方规定的时间,8月25日上午进入武汉,接受日军投降并实施对武汉的占领。

五师首长向王家瑞透露,新四军谈判代表肖清,将用电台与新四军五师进军武汉的各旅保持联系,全权负责日伪军和新四军五师之间的协调工作。

五师总部要求王家瑞回去后,利用武汉特委的所有情报来源秘密配合新四军占领武汉,并暗中协助新四军维持武汉的安全与稳定,防止日伪及国民党特务的破坏活动。

接受任务后,王家瑞立刻动身赶回汉口。他希望早点赶回武汉向特委传达上级指示,布置任务,配合新四军接受武汉日伪军投降并伺机占领武汉。

此刻王家瑞的心情非常好。

虽然由于匆匆赶路,再加上仲夏依然炎热的天气已经让他满头大汗,可他的脚步依然轻快。他已经等不及了,希望早一点赶回汉口。

一来,日军已经宣布投降,抗战就要胜利结束,中国人民经过艰苦卓绝的抵抗,在付出数以千万计的牺牲之后,终于战胜日本强盗,取得抗战的胜利。

日军投降的消息让所有中国人都兴奋不已,这个消息让八年来冒着随时被捕牺牲的危险一直战斗在沦陷区日寇铁蹄下的王家瑞更是欣喜若狂。

除了日军投降之外,另外一件事也让王家瑞非常开心。此事与李国盛有关。

临出发返回武汉前,王家瑞收到延安总部请五师首长转给他的一份密电。

密电指示王家瑞,回去后立刻通知李国盛,组织上已经证实他的身份,并决定立刻恢复他的组织关系。总部请李国盛耐心等待组织上的进一步指示。

这个消息让王家瑞激动万分,他为李国盛高兴得几乎落泪。十几年来,李国盛在和组织失去联系的情况下,仍然能够坚持自己的信仰,不顾危险,想方设法创造条件为党工作,这份对党的忠诚和对信仰的执着,让王家瑞感动不已。

王家瑞恨不得能够生双翅膀,马上飞回汉口将这个好消息告诉李国盛。他能够想象得到李国盛听到这个消息后,会有多么激动!

当年,王家瑞也与组织失去过联系。这段时间虽然只有两年,但他那时的心情一直非常压抑,像失去根基的浮萍,整天惶恐不安,度日如年。直到他的表哥代表组织到汉口找到他,这才恢复了他与组织的联系。他当时的激动心情

武汉谍战

简直无法用语言来表达。

可李国盛与组织失去联系长达十多年。这十多年时间对李国盛来说无异于炼狱般的煎熬。在惶恐、焦虑甚至绝望中，依靠残存在心底的一丝希望度过艰难的岁月。这种长达十多年的折磨给李国盛造成的痛苦，让王家瑞感同身受。

因此，王家瑞非常荣幸能够由他本人将这个天大的好消息亲口告诉李国盛。

二

自从李天驰找张菲菲了解李国盛过去的事情之后，无意中触动了一直埋藏在张菲菲内心深处的一丝希望。

张菲菲内心深处一直埋藏着一个坚定的信念：她认为李国盛被逐出湘鄂西根据地，一定存有什么隐情。

根据当时的严酷斗争环境，如果李国盛真的是"改组派"，夏博绝不可能让李国盛活着离开根据地。因为那样做会给党组织和红军根据地带来致命的危险。

即使在李国盛加入国民党特务组织南昌行营调查科和军统之后，张菲菲也从没有动摇过这种信念。她了解李国盛，她认为他不可能背叛党。

抗战爆发后，张菲菲从一些不同的渠道了解到一些李国盛的情况。她从这些情况中得知，即使在李国盛加入国民党特务组织之后，他也从来没有出卖过自己原来的同志。这一点更加坚定了她的信念。不过，她只能将这种信念深深地埋藏在心底。

只有在夜深人静的时候，张菲菲才会偶尔将封存在心底的这种信念捧出，以此温暖一下自己的心，同时抖落掉由于长久的封存而蒙在这信念上的灰尘，从而让自己内心深处的这份情像初恋时一样清新而甜蜜。

实际上，从李国盛被逐出根据地那一刻起，张菲菲就认为李国盛是带着崇高的秘密使命离开的。虽然她没有证据，也没机会亲口问李国盛，但她一直固执地这样认为。后来，她的这种想法逐渐在她的心里形成了一种信念。

李天驰找她谈话之后，张菲菲心里的这种信念变得更加强烈。她深信，李天驰找她了解李国盛以前的情况，并不是无缘无故的，一定是因为他们也产生了和她一样的想法。她为此激动得几乎几夜没有合眼，她希望能够找到证据。

接下来的一段日子，张菲菲一遍又一遍地回忆当时的情形。

第七十四章　身份确认

　　李国盛被夏博抓起来后，张菲菲只和他见过一次面。当时见面的时间很短，除了一次又一次地告诉她，要她相信他绝不会背叛党组织之外，李国盛什么都没有说。

　　后来，红军被迫放弃湘鄂西根据地，转移到黔湘鄂川边区。

　　有一天，夏博将一块手表、一支钢笔和一支带枪套的手枪交给张菲菲，说是李国盛的个人物品。夏博还感慨地对张菲菲说，即使李国盛背叛了革命，但他毕竟是她的丈夫，因此希望她好好收藏这几件物品，留着做个纪念。

　　张菲菲认识这几件东西，确实是李国盛的，因此她怀着激动的心情收下了这几件物品。

　　张菲菲将这几件物品当作自己最珍贵的东西。她总是将它们藏在随身的挎包里面，从来不让它们离开自己的身边。长征时那么艰苦，她扔掉了很多东西，但她却一直保留着李国盛留下的这三样物品。

　　到延安后，张菲菲和孩子有了自己的住所，她就将这几件东西锁在自己的箱子里，从来不愿意让别人看到。

　　夜深人静的时候，张菲菲有时偷偷地从箱子里拿出这几样东西，放在油灯下的桌面上仔细地端详。每次看到这几样东西，她就仿佛看到了李国盛。这几样东西总是将她带回到他们在一起的日子，让她感到既甜蜜又心酸。

　　当李天驰问张菲菲，夏博有没有交给她什么东西时，她对李天驰撒了谎。因为她当时不信任李天驰，她担心李天驰会收缴她最珍贵的东西。

　　后来，她好几次拿出这三样东西仔细地检查过。可遗憾的是没有发现任何线索。

　　一天下午，李浩从学校回家，正好看见妈妈坐在桌前凝视着桌上的一支钢笔、一块手表和一支手枪发呆。

　　张菲菲由于发呆，儿子走到她面前她才发现。

　　张菲菲发现有人来，担心被别人看到这些物品，因此慌张地想要藏起这些物品。她惊慌的样子让儿子感到很诧异。

　　见来人是儿子李浩，张菲菲这才放下心来。

　　李浩问妈妈，这些东西是哪来的？

　　儿子已经长大。既然他问起这些东西的来历，张菲菲认为干脆将他爸爸的事情全部告诉他，希望他能正确对待这件事。

　　因此，张菲菲让李浩坐下，开始给他讲他爸爸李国盛的故事。

　　由于幼年时就离开了父亲李国盛，李浩对李国盛的记忆非常模糊，只在记

武汉谍战

忆中留下一些残存的碎片。

李浩依稀记得，父亲李国盛是红军军官，可后来就没有再见到他。

李浩小时候曾经问过妈妈，爸爸去了哪里？妈妈告诉他，爸爸早年为革命牺牲了。因此，李浩一直相信爸爸是革命烈士。虽然失去了父爱，但李浩为爸爸感到自豪。

直到有一天，儿子李浩鼻青脸肿地放学回到家。

张菲菲见状，忙问李浩发生了什么事情。

李浩见妈妈问自己，压抑在胸的怒火一下子爆发出来。他既委屈又生气地质问张菲菲，他爸爸李国盛到底是不是叛徒？妈妈为什么要骗他？

原来，李浩的一个同学无意中听到自己的父母在闲聊中说起老战友李国盛的事情。这个同学从父母的对话中得知，李浩的父亲李国盛早年背叛革命，加入国民党特务组织，是党的叛徒。

第二天上学的时候，这个同学便告诉班上别的同学，李浩的父亲是叛徒，根本不是什么烈士。

李浩听了之后，非常生气，便和这个同学吵了起来，最后两人打成一团，结果双方都被打得鼻青脸肿。

儿子李浩的质问像一柄冰冷的利剑一样刺穿了张菲菲表面上已经麻木但实际上仍然痛苦不堪的心脏。痛苦和无助让她的眼泪一下子涌进眼眶，更让她失去了理智。她下意识地抬起右手，重重地扇了李浩一耳光。

妈妈的反应吓得李浩目瞪口呆。自从李浩记事以来，妈妈从没有打过他，这是第一次。他忘记了疼痛，圆瞪双眼惊恐地看着妈妈。

儿子惊恐的样子让张菲菲从极度的痛苦中清醒过来。她意识到自己不该拿儿子来发泄自己内心的痛苦，不由得为李浩感到心酸。她一把将李浩揽在怀里，嘴里不住地对李浩说，妈妈不是生他的气，请他原谅妈妈。

孤立无助的母子俩再也无法忍受内心的痛苦和折磨，开始抱头痛哭。他们的哭声中充满了复杂的情绪，既带着痛苦和屈辱，又包含着辛酸和委屈。

当时，张菲菲一边哭，一边告诉李浩事情的经过。

爸爸的事就像一把锋利的尖刀，深深地刺伤了李浩骄傲的心。李浩虽然不愿意相信这是真的，可他心里明白，妈妈不会骗他。

原来爸爸并不是革命烈士，而是革命的叛徒。

从拥有一个革命烈士爸爸到拥有一个叛徒爸爸，这个巨大的落差让李浩稚嫩的心灵无法承受，他对爸爸李国盛满腔的自豪感现在已经转变成无尽的羞

第七十四章　身份确认

耻。从那时起，一直快乐开朗的李浩开始变得沉默寡言，失去了往日的快乐。

妈妈从李浩的眼神中看出了他的失望和痛苦，但她并没有试着去安慰他，而是将埋藏在自己内心深处的希望告诉他。

"孩子，其实，我始终认为你爸爸并不是叛徒。"

这么多年来，这是张菲菲第一次对另外一个人说出自己内心的想法。说这话时，她的眼神是那么的坚定和执着。她热切地看着儿子，希望儿子支持她的想法。

"你为什么这么认为呢，妈妈？你有什么根据吗？"

听了妈妈的话，李浩黯淡的眼神突然闪出一丝亮光。他何尝又不希望爸爸不是叛徒！

"我没有任何根据，我只是凭直觉认为你爸爸没有叛变！我非常了解你爸爸，他绝对不会背叛革命。"

听妈妈这样说，李浩内心里刚刚燃起的一线希望马上就破灭了，他的眼神又变得黯淡起来。

"相信妈妈，孩子！妈妈一直有一个信念，你爸爸当年是奉组织的命令打入国民党内部的，是潜伏在国民党内部的情报员。"

"可你没有证据，妈妈。这只是你的一厢情愿罢了。"

李浩的语气明显带着失望。

"也不是完全没有任何证据。"

张菲菲显得有些犹豫。

"那就是说你有证据？"李浩立刻又兴奋起来，"快告诉我，妈妈。"

张菲菲告诉李浩，当年长征的时候，组织上为了摆脱国民党军队的围追堵截，要求所有人尽量轻装从简。因此很多红军干部都不得不忍痛将自己的孩子留下来，寄养在老百姓家里。可是夏博不顾很多人的反对，特许张菲菲带着李浩长征。而李浩的爸爸李国盛当年却是被夏博打成反革命后逐出根据地的。

夏博特许张菲菲带着李浩长征的举动引起很多红军官兵的不满。他们认为，许多革命者的孩子尚且被迫留下来寄养在老百姓家里，一个叛徒的孩子却可以带在身边，实在叫人难以理解。

"就这样，你才没有像很多孩子那样，被父母抛下，从此杳无音讯。"

说到这里，张菲菲的眼里闪着泪花，痛惜地看着李浩。

李浩觉得妈妈的分析很有道理，心中快要熄灭的希望又重新燃烧起来。

"那你为什么不去问夏博呢？"

"夏博在长征中死了。"张菲菲的语气充满无奈,"如果他还活着,事情可能早就弄清楚了。"

"夏博死了?"

"死了。"张菲菲长长地叹息了一声,"桌上这几样东西就是他死之前转交给我的。我认识这几样东西,确实是你爸爸的。"

"哦?为什么过这么久他才将爸爸留下的这些东西交给你呢?"

李浩略有所思地问道,他低下头看了看这几样物品,"这几样东西有什么特别之处吗?"

"我查看过,没什么特别之处。"

"你打开过吗?妈妈。"

"没有。你的意思是……"

"妈妈,按照你的分析,我只是在想,如果爸爸真的是夏博秘密派出的情报员,而夏博想要留下这件事的重要证据,却又不想让其他人知道,最好的办法就是将这些证据交给你。"

李浩虽然只有十六岁,可天资聪明、善于思考让他分析事物的能力明显超出他的年龄。

李浩的推测让张菲菲如同在无尽的黑暗中看到一丝光亮,虽然这亮光很微弱,但毕竟看到了希望。她抑制不住内心的激动大声叫道:

"李浩,快想办法将这几样东西打开来看看,说不定秘密就藏在里面!"

李浩依照妈妈的话,首先拆开手枪,检查手枪的枪膛、枪管和弹夹和其他零部件,结果没有发现任何东西藏在里面。接着,李浩又拆开钢笔,仔细检查所有的零件,仍然没有发现他希望找到的字条之类的东西。

现在,唯一的希望就只剩下这块手表了。因为没有工具,李浩无法用手拧开手表的后盖。

可是手表这么小,里面能藏住什么秘密呢。虽然心里不再抱什么希望,但张菲菲和李浩在没有亲眼看到结果前,决不会死心。

李浩拿起手表,和妈妈打了声招呼,然后冲出家门,去找镇上的修表匠帮忙打开手表后盖。

半个小时后,李浩兴冲冲地跑回来。还没进家门,他就激动地大声叫道:

"妈妈,找到了。找到了!妈妈。"

屋里边,一直焦急地等着李浩回来的张菲菲听到儿子兴奋的叫喊声,知道事情可能有了转机,不由得激动起来,"是吗?快,快给妈看看!"张菲菲霍

第七十四章　身份确认

的一下站起身来朝门口的李浩奔去。

李浩奔到妈妈身边，张开手掌，将紧紧握在手心的手表盖伸到妈妈面前，

"妈，你看，手表盖里面刻着字，你看，你快看！"

张菲菲接过手表盖仔细看了看，只见手表底盖的内侧面刻着几个字：

李人伊代号73
夏博

从字迹来看，字是用刀手工刻上去的，显得有些凌乱。由于手表盖是用不锈钢制作的，因此即使过去了这么多年，字迹依然清晰可辨。

虽然这几个字的意义现在还不十分明确，但张菲菲和李浩坚信，这几个字里面包含的秘密信息，是夏博死之前秘密为李国盛留下的身份证据，这个证据足以证明李国盛的身份。

夏博是不是预感到自己的生命即将走到尽头，才特意给张菲菲留下这个揭开她丈夫李国盛秘密身份的线索，就不得而知了。

第二天天还没亮，兴奋得几乎整晚没合眼的张菲菲和儿子李浩便早早起床，匆匆赶往中共中央社会部驻地找李天驰。

张菲菲和李浩在李天驰的办公室见到李天驰。他们顾不得客套，便迫不及待地将手表底盖交给李天驰，请他看手表底盖里面刻的字。

李天驰仔细看了看手表底盖里面刻的字，联想到夏博留下的秘密文件，心里顿时明白了事情的真相。

在核实李国盛身份的过程中，李天驰仔细查阅过夏博留下的所有秘密档案。

夏博的秘密档案中，确实记录着一个代号73的秘密情报员。

这名情报员奉夏博的命令打入国民党情报组织内部，深深潜伏起来，等待夏博的指令。可能是为了保密，在夏博的秘密档案中，将这个秘密情报人员的真实姓名用墨水给涂掉了。

看到这份秘密档案后，李天驰当时马上就联想到李国盛。他推测李国盛就是代号73的秘密情报人员，可是，谍报工作的严谨性和严格性要求他必须找到证据去证明他的推测。

现在事实已经清楚。手表盖里面刻下的字足以证明李天驰的推测。73号就是李人伊，也就是现在的李国盛。

虽然证实了李国盛的中共情报员身份，但由于李国盛的真实身份属于组织

武汉谍战

的最高机密，根据情报工作的原则和纪律，李天驰现在更不能向张菲菲和李浩证实李国盛的真实身份。

因此，李天驰只是模棱两可地向张菲菲和李浩表示，组织上会重视他们找到的这个线索，并对此认真地进行调查。

张菲菲和李浩感到李天驰是在故意回避问题的实质，不免有些失望。他们再三追问李天驰，可得到的答案和之前的一样。

临别前，李天驰严肃地吩咐张菲菲和李浩，不管事情的真相如何，他们俩都必须忘掉这件事，就当没有发生过一样，再也不要跟任何人提起。最后，李天驰向张菲菲和李浩承诺，一旦组织上的调查有了结果，他会马上通知他们。

张菲菲和李浩虽然没有从李天驰这里得到他们想要的答案，可从李天驰要求他们对此事保密这一点来看，李天驰已经很明显地向他们暗示李国盛的身份确实很神秘。因此，他们现在比任何时候都坚信，李国盛绝对是组织派出打入国民党内部的中共情报人员。

此时此刻，张菲菲一直埋藏在内心深处的信念变成现实，她激动得开始轻声地抽泣起来。

这么多年来，为了不让儿子李浩幼小的心灵因李国盛的叛变而蒙受耻辱和创伤，张菲菲主动放弃在中央机关工作的机会，带着儿子到抗大教书，希望能够避免让儿子听到关于他父亲的事。她独自一人背负着叛徒家属的耻辱，经过无数次内心的痛苦挣扎，凭着自己对李国盛的信念，终于快要熬到头了。她知道，他们一家团聚的日子不会太远。到时候，她的丈夫，儿子李浩的父亲李国盛将会彻底抛掉背负多年的叛徒罪名，作为一名谍报战线的英雄凯旋。她和他们的儿子李浩将会因李国盛而倍感荣耀。

李浩的眼里也闪着激动的泪花。昨天，当他听妈妈说爸爸李国盛的往事时，他的内心里充满了矛盾。虽然妈妈坚信爸爸李国盛是组织派出的特工，但他只是半信半疑。

现在，李浩坚信妈妈的话是真的——爸爸李国盛绝对是组织派出的卧底。他内心的耻辱此刻已经烟消云散，取而代之的是自豪感。

张菲菲和李浩娘俩都期盼着能够早日和李国盛团聚。

送走张菲菲和李浩后，李天驰马上到档案室再次复查了夏博当年留下的秘密档案，对照手表盖上留下的字迹，最终确认李国盛就是夏博派出的73号情报员。

回到自己的办公室之后，李天驰立刻给中央写了一份秘密报告，向中共中央详细报告对李国盛身份的调查过程和调查结果以及李国盛多年来的表现，并

第七十四章　身份确认

请求中央恢复李国盛的共产党员身份。

李天驰的秘密报告交上去后不久，中央就作出决定，同意恢复李国盛的党籍和情报员身份。

李天驰收到中央的决定后，马上给正在新四军五师总部开会的王家瑞发了一份密电，指示他返回武汉后，立刻通知李国盛，中央决定恢复李国盛的党籍和身份。

第七十五章　决　战

一

天黑以后，李国盛独自一人来到王家瑞的昌淇电器行。

刚才，李国盛找了一个由头，费尽口舌才说服方仁先和杜兴城没有跟在他身边保护他。

李国盛希望能够在电器行见到王家瑞。他必须将他偷听到的情报告诉王家瑞，向组织发出警报，避免让新四军落入日本人设下的圈套。

可是，当李国盛来到马尔纳街昌淇电器行门前时，发现电器行的大门紧闭，门上挂着一把大锁。电器行里面也是黑灯瞎火，看起来里面没有人。

李国盛知道，平时这个时间电器行应该是开着的。今天这个情况似乎有些不同寻常，他不知道是不是出了什么事，因此不敢贸然去敲门。

李国盛在昌淇电器行附近徘徊了几分钟，暗中观察电器行及四周的情况，可是周围的一切看起来都很正常。

情报非常重要，形势非常紧急，这样干等下去也不是个办法，李国盛必须采取行动。他想了一下，决定先给王家瑞的副手、警察局长周秉炎打电话，看看到底是怎么回事。

李国盛来到附近巴黎街的郎次咖啡厅。

第七十五章 决 战

进门后，李国盛直接走到柜台前的电话旁，拿起电话打给周秉炎。他心里暗暗祈祷，希望周秉炎此刻还待在办公室，能够接听他的电话。

李国盛的祈祷果然起了作用，周秉炎此刻还在办公室里面。电话铃声响起后，周秉炎马上伸手拿起电话。

"喂？"

"喂，是周局长吗？"

"我是周秉炎。请问你是哪位？"

"我是李国盛，还记得我吗，周局长？"

"记得，当然记得。请问你找我有什么事？"

"没什么重要的事情，只是想请你出来喝杯咖啡，现在。"

李国盛不能在电话里和周秉炎谈如此重要的事，因此借故邀请周秉炎出来喝咖啡。

周秉炎当然心领神会，他知道李国盛肯定有重要事情，否则不会冒险直接和他联系。因此，周秉炎马上答应李国盛的邀请，出去喝咖啡。

"能和李将军一起喝咖啡是我的荣幸，请问在哪间咖啡厅？"

"巴黎街的郎次咖啡厅。"

李国盛放下电话后，在咖啡厅里的一个空位上坐下来，然后要了一杯咖啡，等着周秉炎。

没过多久，李国盛透过咖啡厅的玻璃窗看到一辆黑色汽车停在咖啡厅门前的马路边。

周秉炎从车上下来，走进咖啡厅。

看到李国盛朝自己挥手，周秉炎立刻走过去，在李国盛的咖啡桌对面坐下。他也要了一杯咖啡。

"周局长，刚才我去电器行找王家瑞，可是电器行的大门紧闭，里面看起来也没有人，情况异常，不知道发生什么事情。我有非常重要的情报报告组织，此事十分紧急，刻不容缓。可是我找不到王家瑞，情非得已，只好贸然与你联系。"

侍者离开后，李国盛轻声地对周秉炎说。

"接到你的电话后，我就明白肯定发生了紧急情况，否则你不会直接与我联系。"周秉炎表示理解，"王家瑞那边没发生什么事，他是去根据地开会，因此这几天电器行关门停业。请你不要担心。"

"原来是这样！没出事就好。"

武汉谍战

　　李国盛终于松了一口气。接着，他将偷听到的日军阴谋告诉周秉炎，特别强调新四军谈判代表肖清是日军间谍，名叫井上谦。

　　周秉炎听了之后，不由得惊出一身冷汗来。没想到已经完蛋的日本人不甘心失败，竟然使出挑起中国内战的毒计，实在是太卑鄙。

　　"不知道王家瑞几时回来，你有没有办法尽快将此情报传送出去？"

　　"如果不出什么意外，王家瑞明天下午或者晚上就会回到汉口，到时候我会在电器行和他见面，将情报转告交给他，请他马上发给组织。你别着急，如果王家瑞明天晚上还没有回来，在万不得已的情况下，就算是违反纪律，我也会将此重要情报送出去。放心吧，我有办法。"

　　周秉炎知道组织在横店的交通站。万不得已时，他会亲自去横店交通站，请他们将情报发给组织。

　　见周秉炎有应急措施，李国盛终于放下心来。

　　"这样我就放心了。另外，请你转告组织，我会想办法尽快除掉打入组织内部的日军间谍，就是那个肖清，他的日本名字叫井上谦。这个日军间谍会以新四军的名义从事破坏活动。他多活一天，对组织和国家就多一份威胁。"

　　"这件事不必由你亲自动手，我会请示上级安排专门负责锄奸的行动人员干掉这个日本特工。"

　　"可时间太紧，恐怕来不及，而且目前只有我认识井上谦的长相。"

　　"好吧，你就见机行事吧，不过不必太冒险。组织上收到你的情报后，不会再相信肖清这个日军间谍，他的危害性不会再像以前那么大。"

二

　　第二天晚上，大约半夜2点左右，李国盛带领方仁先和杜兴城来到汇通路德润里。

　　汇通路德润里29号是一间二层楼的民居，新四军谈判代表就住在这里。几天前，李国盛专门到这个地方观察过，亲眼看到新四军谈判代表出入这间房子。这个地方离日军汉口宪兵队不远，一旦有情况，日军宪兵会在几分钟之内赶到。

　　直到当天下午，李国盛才告诉方仁先和杜兴城，晚上要去执行暗杀日军特工的任务，目标就是上次从他偷听的那座房子后门出来的那个人。

第七十五章 决 战

方仁先和杜兴城马上就想起李国盛说的暗杀目标，依稀能够记起这个日军特工的长相。

接着，李国盛向方仁先和杜兴城说明了一个简单的行动计划。

通常情况下，执行暗杀任务前都有一个准备阶段，而这次却没有。这不免让方仁先和杜兴城感到有些诧异，不过他们对老上级李国盛充分信任，因此并不介意。

李国盛、方仁先、杜兴城三人隐蔽在巷子里的黑暗中，远远地观察着德润里29号的情况。

这所房子的门紧闭着，但一楼和二楼都亮着灯，灯光从开着的窗户透出来。

看起来屋里有人。

李国盛发现，29号房子门前有一个人在巷子里来回走动。

李国盛知道这是日军宪兵队派出的一个便衣流动哨，负责警戒周围的情况。除了这名流动哨之外，日军宪兵队还在屋里安排了一名特工，负责保护新四军谈判代表的安全。

"按计划行动，不要惊动其他人。"

李国盛轻声对方仁先和杜兴城下达命令。

方仁先和杜兴城朝李国盛点了点头。

李国盛三人朝29号走去。

经过29号门前时，那名便衣流动哨站在那里警惕地看着李国盛三人。

李国盛满脸堆笑地走到便衣面前，假装问路。

"请问保华街怎么走？"

便衣依然警惕地看了看李国盛一眼，才转过头去指着巷子口不耐烦地回答说："往前走，到巷子口右拐笔直走就到了。"

原来是个汉奸。李国盛原以为这个流动哨是日军特工，没想到却是一个中国人。

没等这名便衣特工回过头来，方仁先和杜兴城已经一左一右用枪口指着他的脑袋。

便衣特工见状，马上明白过来是怎么回事，不禁吓得直哆嗦。

"别，别，别这样。兄弟只是，只是混口饭吃，并不想真心当汉奸。请手下留情。"

"好说！只要你配合我们，保你一条命。"

"好，好的，兄弟一定配合。"

"新四军代表在屋里吗？屋里有几个保镖？"

"屋里没人，屋里没人。"

"没人？你撒谎！屋里亮着灯，怎么会没人？"

"屋里真的没人。一个小时前，新四军代表和几个日军头目一道乘车离开这里，说是有重要事情。"

"他们去了哪里？"

"说是去了第六方面军司令部。"

"打开门，我们要进去查看一下。"

汉奸特工掏出钥匙，打开房子大门。

方仁先用枪指着汉奸特工的脑袋走进房门，李国盛和杜兴城跟在后面。进门后，他们赶紧将门关上。

房子里空空如也，没有任何人。

"他们去第六方面军司令部干什么？"

"这个真不知道。说是有大事。哦，对了，那个新四军代表会说日本话。"

杜兴城和方仁先将汉奸特工用绳子绑起来，然后将绳子绑在二楼的屋梁上。

"我们都是中国人，今天饶你一命，你要好自为之。日本人已经彻底完蛋，不要再为他们卖命。等天亮后，你再大声求救，然后自己逃命去吧。"

临走时，方仁先规劝汉奸特工。

三

李国盛、方仁先和杜兴城开车来到日军第六方面军司令部。方仁先将汽车停在日军第六方面军司令部大门的斜对面。

在开车来这里的路上，李国盛将日本人准备挑起国军和新四军内战的阴谋简要地告诉方仁先和杜兴城。

方、杜二人听了之后，知道事关重大，因此完全同意李国盛的决定，深入虎穴查清日军行动计划，干掉日军特工井上谦，粉碎日军挑起国共内战的阴谋。

李国盛、方仁先和杜兴城坐在汽车里观察日军司令部的情况，没发现什么异常。

日军第六军司令部大门口除了两名站岗的哨兵之外，没有任何人。

李国盛注意到日军司令部二楼有几个窗口透出灯光，其他窗口都黑漆漆的。

由于担心盟军轰炸，日军第六方面军司令部机关已经从这里撤到汉口郊

第七十五章 决 战

外,这里虽然仍然挂着日军第六方面军司令部的招牌,但实际上只是一个象征性的地方。

在外面观察了一阵子之后,李国盛决定直接闯进日军司令部,看看日军到底在搞什么阴谋。

方仁先开车来到司令部大门口。

大门口站岗的日军哨兵拦住方仁先的汽车,查问他们进去干什么。

李国盛对日军哨兵撒了一个谎,他告诉哨兵作战部冈本矢一少佐请他们到司令部开会。

由于日军第六方面军司令部已经转移到汉口郊区,加上日军已经宣布投降,汉口的日军第六方面军司令部失去了以往的重要性,没有什么需要保卫的;再则,刚才确实有几名日本军官进入司令部开会,因此日军哨兵没有阻拦李国盛他们,马上就放他们进去了。

李国盛猜对了。

此时冈本矢一确实在司令部二楼的一间办公室里。这是岩田正隆情报课的办公室,这间办公室相当大,足足可以摆放好几张办公桌。

除了冈本矢一外,办公室里还有岩田正隆、福本龟治、福山太乙郎、伍岛茂和山下内二等日军军官,以及打入新四军内部的日特井上谦,他穿着便装。

办公室的两张办公桌子上分别摆放着两部电台,两部电台都已经处于待机状态。

日军军官们有的坐在办公桌边,有的坐在沙发上,正在谈论着即将发生的事情。他们的言谈之中表现出难以掩饰的兴奋。

原来,驻守武汉的日军不甘心向中国军队投降,因此制订了一个秘密计划,这个计划的核心就是制造新四军和国军的冲突。参与制订这个计划的人只有十来个,除了第六方面军几名高级军官以及武汉日军守备部队指挥官之外,还包括主管情报的岩田正隆,主管治安的福本龟治和主管政权工作的福田太乙郎。

按照这个计划,日军暗地里分别与重庆军和新四军谈判,答应向他们投降,让重庆军和新四军都以为日军会向自己投降。当重庆军和新四军部队分别按照与日军商定的计划向武汉开进时,换上新四军和重庆军军装的日军以及一部分铁杆伪军将在半路上分别伏击重庆军和新四军,造成重庆军和新四军为了争夺武汉而火拼的假象,从而引发国军和新四军之间的对抗,促使双方爆发直接冲突。到时候,武汉日军和伪军则乘机转移到幕府山区坚守,等待局势的变化,再伺机而动。

武汉谍战

等日伪军伏击进军武汉的重庆军和新四军之后，井上谦和其他打入新四军内部的间谍马上煽动新四军对周边的重庆军发动报复性的攻击，制造双方的直接冲突；另一方面，隐藏在重庆军内部的日军间谍也会煽动重庆军向新四军发起攻击，这样就能够制造国共双方更大的冲突，最终促使中国再次爆发内战。

这的确是一个费尽心机的阴谋诡计。岩田正隆、福本龟治等都为自己能够参与制订这个计划感到自豪。冈本矢一也不得不佩服制订这个计划充满智慧。

此刻，冈本矢一坐立不安，正心急火燎地思考着对策。

冈本矢一几个小时前接到通知，让他马上赶到第六方面军司令部开会。

冈本矢一到达司令部后，才从岩田正隆口中得知，日军将在第二天早上开始行动，分别对进军武汉的新四军和国军进行伏击，制造国军伏击新四军，新四军伏击国军的假象。

此刻，分别装扮成新四军和国军的日、伪军已经在国军和新四军行进的必经之路设下埋伏，只等国军和新四军进入圈套。

冈本矢一刚才借口回自己原来的办公室拿东西，到自己办公室给李国盛打电话，希望将日军的阴谋通知李国盛，由李国盛紧急电告组织，避免钻进日本人的圈套。

可是，李国盛办公室和家里的电话都没人接，冈本矢一感到非常沮丧。除了李国盛，他目前没有其他办法将这个紧急情报传送出去。

冈本矢一只好回到二楼岩田正隆的办公室，等待机会。

此时，冈本矢一已经下定决心。

如果到时候仍然没有其他办法，那么冈本矢一就会采取断然措施，亲自动手杀死在场的所有日军军官，然后电令日军伏击部队取消伏击行动。他希望这样做能够阻止日伪军对国军和新四军的伏击行动，从而粉碎日军的阴谋。

决心既下，冈本矢一的内心反而平静下来。他坐在那里冷静地观察着事态的发展，随时准备采取行动。

冈本矢一唯一担心的是，自己独自一人无法阻止日军的阴谋，因为隔壁办公室里面还有几名日军第六方面军司令部情报课的军官。这几名军官是岩田正隆的手下，他们利用一部无线电台，负责与隐藏在国军和新四军内部的日军特工保持无线电通讯联系。

一旦冈本矢一在岩田正隆的办公室采取行动，将很难避免被隔壁办公室的几名日军军官发现。

顾不了那么多了，到时候见机行事！冈本矢一默默地告诉自己。

第七十五章 决 战

冈本矢一决定到隔壁办公室去看看，了解一下隔壁办公室的具体情况。

他站起身来，走到办公室门口，打开门走了出去。

就在他走到隔壁办公室门前，正要推门进去的时候，忽然发现李国盛他们出现在二楼的走廊上。

冈本矢一见状心中大喜，立刻收回准备推门的手，转身朝李国盛迎上去，同时抬手示意李国盛不要走过来。

李国盛三人看到冈本矢一的手势后，马上停下脚步，并迅速闪身退回到走廊的转角后面藏起来。

冈本矢一走到李国盛身边，示意李国盛跟着他走。他带领李国盛三人来到二楼走廊另一边的一间办公室。

他们不敢打开办公室的灯，只能在黑暗中说话。

冈本矢一将日军的阴谋简短地告诉李国盛。

李国盛知道日军的阴谋，但他不知道阴谋的细节，更不知道日军再过几个小时就会实施阴谋。

听了冈本矢一的话之后，李国盛决定采取行动，阻止日军的阴谋得逞。

于是，冈本矢一将自己阻止日军阴谋的初步方案告诉李国盛，李国盛完全同意。现在他们是四个人，完全有可能用武力阻止日本人的阴谋。

经过简短的商量之后决定，李国盛和方仁先负责控制住岩田正隆办公室里的日军军官，冈本矢一和杜兴城负责控制岩田正隆隔壁办公室里的日军军官，然后将所有日军军官押到岩田正隆办公室一同看管。

商量好行动方案之后，冈本矢一让李国盛他们藏在这间办公室等他。他先回去观察一下另外一间办公室的情况，再回来通知李国盛采取行动。

四

冈本矢一来到岩田正隆隔壁的办公室。

这间办公室里面有四名日军军官，正围着一张桌子坐着，桌子上有一部电台。

四名日军军官都与冈本矢一很熟，见冈本矢一进来，四名军官都转过头来与冈本矢一打招呼。

冈本矢一和四名日军军官闲聊了几句之后，便离开了这间办公室，回到隔壁岩田正隆的办公室。

冈本矢一进去时，井上谦正在向岩田正隆和其他军官报告新四军和国军情况。

武汉谍战

根据最新收到的密电，新四军14旅正在王家湾一带宿营。王家湾离日军伏击地点大约8公里。

与此同时，从西面向武汉逼近的国军第六战区192师，正在蔡家湾宿营，离日军伏击地点不到10公里。

按照与日军商定的时间表，这两支部队都应该在中午进入武汉市区。因此，日军判断，天亮后这两支部队就会立刻拔营启程，继续向武汉进军。

两个方向的日军部队都已经进入伏击阵地，只等国军和新四军落入陷阱。

听完井上谦的报告后，熬了大半夜的岩田正隆、福本龟治等军官顿时困意全消，开始兴奋地议论起即将爆发的伏击战来。他们预计伏击新四军14旅和国军192师的战斗会在天亮后一小时之内打响。到时候，一场精心策划的"好戏"就会上演。

冈本矢一看了看手表，现在是凌晨4点半。半个小时后，天就要亮了。

不能再等了，必须马上采取行动。冈本矢一默默地对自己说。

冈本矢一站起身来，一边活动身体，一边装作漫不经心的样子走到办公室门前开门出去，并随手将门带上。

冈本矢一来到李国盛藏身的那间办公室，李国盛他们正等得有些着急，见冈本矢一终于来了，才松了一口气。

冈本矢一将两间办公室的情况简短地向李国盛三人介绍了一下后，便开始行动。

李国盛、方仁先、杜兴城跟在冈本矢一身后，握着手枪轻手轻脚地摸到岩田正隆办公室门边。

冈本矢一用手势比画了几下，示意李国盛和方仁先负责岩田正隆的办公室，然后和杜兴城摸到隔壁办公室门口。

接着，冈本矢一抬起左手向下一挥，方仁先和杜兴城几乎同时用力推开两间办公室的门，率先冲进两间办公室。冈本矢一和李国盛分别跟在他们身后冲了进去。

李国盛冲进岩田正隆的办公室之后，立刻用日语大声命令办公室里的所有日军军官不许动，交出武器，举起双手。

办公室里的岩田正隆及其他日军军官全都被突然冲进来的方仁先和李国盛吓得目瞪口呆。他们不知所措地看着李国盛和方仁先，似乎不敢相信眼前发生的事情。

屋里的日军军官基本上都认识李国盛。在他们的眼里李国盛是一个绝对忠

第七十五章 决 战

于皇军的伪军官，因此一时弄不清楚到底发生了什么事情。

看到李国盛的背叛行为，福本龟治和伍岛茂本来想开口质问李国盛。可面对李国盛和方仁先手中黑洞洞的枪口，虽然心里充满疑惑，但他们也只能和其他人一样，顺从地解下枪套扔在地板上，乖乖地举起双手。

这时，冈本矢一和杜兴城已经控制住隔壁办公室里的四名日军军官，正押着他们来到岩田正隆的办公室。

看到冈本矢一用枪押着隔壁办公室的几名日军军官走进来，屋里的所有日军军官全都不敢相信自己看到的情景。特别是岩田正隆、伍岛茂和山下内二。

过了片刻，岩田正隆、伍岛茂和山下内二终于恍然大悟。

岩田正隆、伍岛茂和山下内二7年前曾负责过日军"武汉作战"计划泄密案的内部调查工作。当时冈本矢一是泄密案的三名嫌疑人之一。不过由于日军参谋部情报部的证明和澄清，内部调查组最终洗清冈本矢一的罪名。

面对着冈本矢一的枪口，他们终于意识到，冈本矢一才是那名隐藏在日军内部的中国间谍"云和"。原来，7年前他们对冈本矢一的怀疑是对的！

此时此刻，岩田正隆、伍岛茂和山下内二的内心里充满了悔恨和恼怒。7年前他们几乎抓住冈本矢一，可最终却让他逃脱。

恼羞成怒的山下内二一下子失去理智，突然大叫一声："你这个大和民族的叛徒！"然后冲向冈本矢一，挥起拳头想要揍他，以解自己的心头之恨。

可没等山下内二靠近冈本矢一，方仁先已经挥起枪柄重重地砸在山下内二的头上。

脑袋被砸的山下内二双眼冒着金星，身子一软，一声不吭地缓缓倒在地上。旁边的几个日军军官立刻将山下拖到墙边，让他靠在墙上。

方仁先将所有日军军官赶到办公室的一个角落，让他们举着双手靠墙站着。

控制住所有日军军官后，冈本矢一命令他们交出无线电通讯密码。岩田正隆的一名手下看了看岩田正隆，然后无可奈何地交出密码本。

冈本矢一知道井上谦手里还有另外一本专门用来与日军伏击部队联系的密码，因此，他朝井上谦伸出手，让井上谦交出密码。

井上谦犹豫了一下，然后从上衣口袋掏出一个密码本，交给冈本矢一。

李国盛马上用日军密码向参加伏击的两支日军部队发报，告诉他们情况有变，命令他们放弃伏击行动，立刻撤回。

接着，李国盛给重庆发报将日军阴谋报告戴笠，希望国民军事委员会下令国军第192师和新四军第14旅停止向武汉进军，因为武汉日军目前根本就没打算

武汉谍战

向中国军队投降。

发完密电后，天已经大亮。

两支分别伏击新四军和国军的日军部队接到"放弃行动，立刻撤回"的命令时，新四军14旅和国军192师正朝日军的伏击阵地行进，离日军伏击阵地只有不到一里地。再晚五分钟，新四军14旅和国军192师就会遭受日军伏击，后果不堪设想。

日军指挥官接到命令后，虽然不情愿放弃几乎到手的猎物，但必须服从命令。因此，两支伏击部队的日军指挥官下令放弃伏击任务，率部撤离。

李国盛和冈本矢一现在还不能撤离，他们必须继续控制住所有被扣的日军军官，以免他们再次与日军伏击部队取得联系，确保日军伏击部队完全撤离，让日军阴谋彻底破产。

第七十六章 成 仁

一

李国盛走到靠墙站着的日军军官面前,要求他们交出潜伏在国军和新四军内部的日军间谍名单。

"先生们,日本已经战败,继续顽抗已经没有意义。交出你们隐藏在我们内部的间谍吧,这样兴许还能救他们一条命,也算是为他们找到一条生路。"

岩田正隆明白李国盛说的是对的,日本已经战败,他们今天的最后一搏也已失败。因此,他决定尽快了结此事,保住自己和其他人的性命。于是,他爽快地交出了隐藏在国军内部的间谍。

福本龟治本来不想交出隐藏在新四军内部的间谍,可是他明白现在没有人能够改变日本战败的命运,如果负隅抵抗,只会让他和其他被扣的军官立刻丧命,他觉得这样做太不值得。因此他也交出了隐藏在新四军内部的几名日军间谍,其中包括混在学生中潜入根据地的日军间谍。

现在只剩下福山太乙郎的特务部。当李国盛问到福山太乙郎时,他矢口否认他的特务部有间谍打入到国军和新四军内部。

杜兴城知道福山太乙郎在撒谎,于是走到福山太乙郎面前,将枪口抵住他的脑门,然后伸出三个手指,意思是告诉福山太乙郎,他数到三之后就会开枪。

了解杜兴城的人都知道，他绝不是在吓唬福山太乙郎，到时候他会毫不犹豫地开枪。

福山太乙郎表面上看起来一副无所畏惧的样子，可他的腿却开始微微发抖。

杜兴城数到一，他的食指开始慢慢地扣动扳机。

福山太乙郎的眼神里闪出一丝恐惧，但武士道精神还在支撑着他。

"二——"

福山太乙郎的眼里露出绝望的神情，脸色已经吓得惨白。他本想屈服，可是死要面子的性格让他骑虎难下。

杜兴城的"三"字马上就要数出来了。

正在此时，外面传来了汽车和摩托车的引擎声。引擎声救了福山太乙郎的命。

李国盛听到引擎声后，立刻制止杜兴城，然后走到窗户边，侧身观察外面的情况。

只见一辆汽车和两辆三轮摩托车缓缓停在司令部大楼前。

重藤宪文和河野从汽车上下来。坐在两辆三轮摩托车斗里的两名宪兵也从车斗上下来，他们的手里各自提着一个日式大食笼。

重藤宪文和河野下车后，马上朝司令部大门走来，两名提着食笼的宪兵跟在他们的后面。

重藤宪文是给熬夜的福本龟治等日军军官送早餐来的。

福本龟治等人想得还真周到，看来他们打算庆贺一番他们的阴谋取得成功。

看到此番情景，李国盛内心里不禁发出一阵阵冷笑。

"注意，有人来了，是重藤宪文和河野，另外还有两名日军宪兵。"李国盛提醒大家。

此刻，福本龟治等日军军官脸上都露出窃喜的表情，他们刚才还黯淡无光的眼神现在已经闪出一线希望。他们知道，重藤宪文和河野即将让他们重获自由。即使重藤宪文救不了他们，至少也可以让外面的日军发现他们被人扣押在办公室里。

"等一下设法控制住重藤宪文等人，如果他们敢反抗，就干掉他们！"

李国盛对方仁先和杜兴城下达命令，他的命令故意忽略掉冈本矢一。他可不想让冈本矢一亲手杀死自己的同胞，即使这些人该死。

说完，李国盛用枪对着被俘的日军军官。告诉他们如果他们有反抗的举动，他会毫不犹豫地开枪射杀他们。

冈本矢一非常感激李国盛对他的了解和体谅。他站在李国盛身旁，举着手

第七十六章　成　仁

枪帮助李国盛监视靠墙站着的日军军官。

走廊上传来脚步声，很快就到了办公室门前。

"福本君，你看我给你们带什么来了？"

重藤宪文一边推开办公室的门，一边大声地说。

门开了，迎接他的是两支黑漆漆的枪口。眼前的情景让刚刚踏进门的重藤宪文仿佛突然触电一样，身子猛然抖了一下，然后直愣愣地僵在那里，脸上的笑容也凝固了。

重藤宪文身后的河野发现自己被杜兴城的枪指着，不禁吓得目瞪口呆。他知道自己不可能从枪下逃走，只好站在原地一动不动，脸上带着苦笑。

不过，河野身后离得比较远一点的两名日军宪兵见此情景，吓得扔掉手里的食笼，不顾一切地掉头逃走。

方仁先和杜兴城并没有朝逃走的两名宪兵背后开枪。因为他俩看清两名宪兵还带着稚气的脸，这是两个十五六岁的孩子。再说，杀不杀他们都避免不了被楼下的日军发现。

两名年轻的日军宪兵惊慌失措地大叫着跑下楼。他们的叫喊声惊动了重藤宪文的司机和随从，大门口站岗的两名日军哨兵也闻声跑过来。

方仁先拨弄着手指示意重藤和河野解开腰间佩戴的手枪和军刀扔在地上，然后让他俩举起双手走到墙角边与其他被俘军官站在一起。

李国盛和冈本矢一站在窗前查看，只见一名日军哨兵跑回岗亭打电话。他们知道不出一会儿，日军就会包围整座司令部大楼。

"冈本，你这个大日本帝国的叛徒！你逃不掉了，投降吧，像一个军人一样接受帝国军事法庭的审判，然后有尊严地去死！"

苏醒过来的山下内二恨恨地对冈本矢一吼叫。

"这个用不着你来操心。"

"冈本君，你能不能告诉我，你为什么为他们工作，是为了钱吗？"

岩田正隆比较理智，他知道他们的阴谋已经破产，因此不再对任何挽回败局的行动感兴趣。他现在更感兴趣的是冈本矢一的神秘身份。

"不是，是为了信仰。"

"你是什么时候加入他们组织的？"

"我在陆军士官学校读书时，有幸认识了李国盛先生，并从他这里学到很多东西。不久之后我就加入了他的组织。"

"是军统吗？哦，对不起，那时还不叫军统，应该叫蓝衣社，或者叫特务处，对吗？"

"嗯，不是。不过，你也可以这样说。很复杂，很难一下子说清楚……"

冈本矢一本来想说自己是日籍中共党员，可是顾及到李国盛的秘密身份，才没有说出实情。

"你是什么时候开始向他们提供情报的？"

伍岛茂和岩田正隆一样，对冈本矢一身上的秘密非常感兴趣。

"日中战争爆发之前吧，差不多是那个时候。"

"你确实是'云和'，对吗？武汉作战计划是你提供给中国方面的，对吗？"

"是的。"

"你不认为你做的事损害了大日本帝国的利益吗？难道你从来没有感到过愧疚和后悔吗？"

山下内二仍然痛恨冈本矢一对大日本帝国的背叛。

"不，我从来不认为我做的事损害了日本的利益。相反，我认为我做的事是在帮助日本尽快从战争的罪恶深渊中解脱出来。说实话，有时我也感到彷徨，但在大义面前，我问心无愧！"

这时，走廊上传来嘈杂的脚步声，打断冈本矢一与岩田正隆的对话。

包围司令部大楼的日军已经上了二楼，在二楼走廊上架起轻机枪，同时占领了岩田正隆办公室对面的几个房间，将岩田正隆的办公室包围起来。

走廊上的日军开始用中文向李国盛他们喊话，要求李国盛放下武器投降，并承诺日军会宽待他们。

包围司令部大楼的日军到现在还不知道冈本矢一和李国盛是一伙的。

李国盛大声对外面的日军说道：日本天皇已经宣布投降，可这些被扣的日军军官不仅拒绝遵从日本天皇的命令向中国军队投降，而且继续玩弄阴谋妄图挑起中国内战，实属罪大恶极。中国军人制止日军的阴谋本是正当行为，为什么要向日军投降？正相反，所有日军应该立刻放下武器向中国军队投降。

李国盛的一席话让外面的日军哑口无言。

见李国盛态度强硬，走廊上的日军开始商量对策。

碍于有多名日军军官被扣在办公室，日军不敢强行冲进去武力解决。如果日军强行用武力解决，那么被扣的日军军官势必会被牺牲掉。

如果是在以前，日军根本不会顾及到里面日军军官的生命，他们会毫不犹豫地冲进去消灭扣押日军军官的敌人。

第七十六章 成 仁

可是现在情况完全变了。日本天皇已经宣布投降，战争已经结束。这个时候再这样不顾自己人的生命安危冲进去，大多数日军官兵都认为没有任何意义，更没这个必要。他们中的大多数人现在更希望顺利地向盟军投降，然后安全地遣返回国与家人团聚。

能够在残酷的战争中活下来实属幸运，他们不愿再拿自己的生命冒险。

因此，走廊上的日军并不主动向李国盛他们发起进攻。双方就这样僵持着。

日军包围第六方面军司令部的行动引起了附近居民和行人的注意，大家奔走相告，消息很快传开。

由于日军只是封锁了司令部前面的一小段街道，因此第六方面军司令部大楼外街道两头很快聚集起许多看热闹的市民。

赵云清的绸布店离日军第六方面军司令部不远，消息很快就传到这里。

赵云清听到这个消息后，起初以为是日本人起内讧，因此并没有太在意。

可是随着不断传来的消息，赵云清感觉到事情并没有那么简单，因此派汪鸿翔去现场打探情况。

汪鸿翔来到日军司令部前面的街道，只见围观的民众里三层、外三层的挤满街道看热闹。

汪鸿翔打听到，被日军围在司令部里面的是伪军一位姓李的将军和他的两名助手。这个情况让汪鸿翔大吃一惊，他马上联想到李国盛、方仁先和杜兴城。

于是，汪鸿翔马上开车赶回绸布店向赵云清报告打听到的情况。

赵云清听说被围困在日军司令部里面的人可能是李国盛、方仁先和杜兴城三人，不禁为他们的安危担忧起来。

虽然消息不太确定，赵云清与汪鸿翔和华相成商量之后还是决定立刻赶往现场查看。如果被围的果真是李国盛他们，赵云清小组一定会想办法将他们救出。

赵云清吩咐华相成带上狙击步枪，他自己和汪鸿翔也带上各自的武器。

赵云清、华相成和汪鸿翔三人开车来到日军司令部附近，只见司令部大门前的街道两头已经挤满了看热闹的人。

赵云清他们将汽车停在附近的马路边，然后步行来到围观的人群中。

赵云清三人分头向围观的人打听情况，最后基本上确认被日军围困在里面的人就是李国盛小组。

赵云清、华相成和汪鸿翔决定想办法救李国盛、方仁先和杜兴城出来。

可是日军将司令部被日军围得水泄不通，赵云清他们根本没办法接近。

观察了一阵之后，赵云清、华相成和汪鸿翔选择日军司令部对面，离司令部大约100多米远的一座五层大楼的屋顶平台作为观测和狙击点。

赵云清三人挤出围观的人群，来到这座五层的大楼。

他们爬上五层大楼的屋顶平台，发现这里果然视野开阔。从这里看过去，日军司令部大楼的情况一览无遗；同时，这里又是一个很好的狙击地点。

华相成从箱子里取出狙击步枪，通过瞄准镜观察日军司令部里面的情况。很快，华相成就发现司令部二楼一个房间里有人正躲在窗户后面偷偷观察外面的情况。华相成由此断定李国盛他们就在这间屋子里。

赵云清决定继续观察，再相机行事。

从现场的情况看，赵云清心里非常明白，要想救出被日军困在司令部里面的李国盛等战友是不可能的，除非发生奇迹。

想到这里，赵云清的内心里感到一阵绝望。

二

王家瑞一行三人昨天傍晚才回到汉口。

到达汉口后，王家瑞没有直接回家，而是回到昌淇电器行。他要立刻召集武汉特委开会布置任务。

王家瑞、雷明亮和于连浩走到电器行大门前，还没来得及开门，周秉炎就出现在他们面前。

进门后，周秉炎立刻将李国盛告诉给他的情报转达给王家瑞，请王家瑞立刻向组织报告。

王家瑞听了之后，知道事态严重。于是，他吩咐于连浩马上去通知秦晋南过来开会，然后快步上楼来到自己房间里，取出无线电台，将李国盛的情报发给组织。

几分钟后，组织回电说收到王家瑞的情报，总部会立刻采取相应措施。

收到组织的回电后，王家瑞才如释重负。

王家瑞下楼来到自己的办公室，告诉周秉炎组织已经收到情报，让周秉炎放心。

趁着等待秦晋南的时候，王家瑞立刻给李国盛打电话。他已经等不及要将组织上已经查明李国盛身份的好消息告诉李国盛。他先打给李国盛的家里，可没有人接。他又打给李国盛的办公室，结果还是没有人接。

王家瑞失望地放下电话，他太想让李国盛早点知道这个好消息。

第七十六章　成　仁

　　一个小时后，秦晋南到了。

　　王家瑞向周秉炎和秦晋南传达了会议精神和上级交给武汉特委的任务。

　　王家瑞回到家时，已经是晚上十一点。

　　向小雨还没睡，正躺在床上看书。

　　见王家瑞回来，向小雨喜出望外。她立刻从床上爬起来，顾不得穿上鞋，立刻冲上去扑到王家瑞的怀里。

　　第二天早上，王家瑞早早起床后来到电器行。

　　店面的一扇门开着，王家瑞从开着的这扇门走进店堂，看到雷明亮和于连浩正坐在柜台里的一张小桌子旁吃早餐。

　　王家瑞跟雷明亮和于连浩打了一声招呼，然后走进自己的办公室。

　　王家瑞在办公桌前坐下后，立刻拿起电话打给李国盛，但还是没有人接。

　　王家瑞不知道此时李国盛正在日军第六方面军司令部扣押着岩田正隆等日军军官。

　　王家瑞放下电话，不禁开始为李国盛担心起来——他有一种不好的预感。

　　过了一会儿，王家瑞桌上的电话响了，王家瑞接起电话。

　　电话是周秉炎打来的。

　　周秉炎用急切的语气告诉王家瑞，李国盛现在很可能被日军包围在日军第六方面军司令部。目前具体情况不明，他会马上赶往现场，弄清情况之后再和王家瑞联系。说完，周秉炎便匆匆挂断电话。

　　听到这个消息，王家瑞的脑袋"嗡"的一声像要炸开一样，接着就变得一片空白。

　　过了一会儿，王家瑞才回过神来。

　　王家瑞完全想不通，现在抗战已经胜利，有什么重要事情让李国盛非得要去闯日军一个已经空置下来的司令部不可。

　　王家瑞暗下决心，一定要想办法救出李国盛。他必须将李国盛十几年来朝思暮想的好消息亲口告诉他！

　　决心既下，王家瑞立刻站起身来，疾步走到办公室门口，大声叫于连浩和雷明亮到他办公室来。

　　于连浩和雷明亮从王家瑞的声音中听出一定发生了重大事情，否则王家瑞不会这样紧张。因此两人顾不得去关上店门，立刻来到王家瑞的办公室。

　　王家瑞将目前的情况告诉于连浩和雷明亮，然后吩咐他们立刻关上店门，取出武器，准备出发去日军司令部。

于连浩和雷明亮二人转身走出办公室，到二楼去取武器。

王家瑞拿起电话，开始拨打秦晋南的电话号码。

秦晋南马上就接起电话。

王家瑞将情况简短地告诉了秦晋南。他命令秦晋南带领所有行动队员赶往日军第六方面军司令部，准备救援李国盛，并与秦晋南约定了汇合地点。

挂上电话没多久，电话铃声又响起来。

应该是周秉炎打来的，王家瑞迅速拿起电话听筒。

周秉炎在电话中告诉王家瑞，他得到准确的消息，证实李国盛在日军司令部扣住福本龟治等十几名日军军官，现在正被日军包围在一间办公室里面。

消息得到证实，王家瑞的心开始一阵阵地往下沉。

王家瑞站起身来，伸手接过雷明亮递过来的手枪，检查了一下弹夹，然后将手枪插在腰间。他向于连浩和雷明亮吩咐了几句，便带领他们赶往日军司令部。

王家瑞来到现场时，现场已经聚集了很多看热闹的人。王家瑞带着于连浩和雷明亮穿过人群，来到和秦晋南约定的汇合地点，司令部附近的一个小巷子里的一间热干面铺子。

一进门，王家瑞就看到秦晋南坐在一张桌子旁正等着他。

王家瑞走到秦晋南的桌边坐下。

于连浩和雷明亮也拣了一张空桌子坐下。他们看到秦晋南行动组的小郑、小蒋和老严坐在另外一张桌子，正冲他们暗暗点头打招呼。

没过多久，周秉炎也来到这间铺子。他进门后走到王家瑞桌子边坐下。

王家瑞正等着周秉炎，见他来了，赶忙问他李国盛目前的情况。

周秉炎告诉王家瑞，目前情况还不算很糟。由于日本已经宣布投降，包围李国盛的日军不再像以前那样肯卖命，他们根本就没有强行进攻的打算，双方现在对峙着。不过随着时间的推移，日军是否会强行进攻就不得而知了。

王家瑞问周秉炎，以目前的情况看，他们这些人有没有可能救出李国盛？周秉炎惭愧地摇了摇头，表示很难。

王家瑞只好请周秉炎去现场继续了解情况。

周秉炎离开后，王家瑞吩咐大家立刻到司令部门前的街道上去，混在看热闹的人群中观察事态的发展，再相机行事。

三

当李国盛再次问福山太乙郎的时候，福山没有继续抵抗，马上交出日军汉口特务部打入国、共内部的谍报人员名单。

福山明白，刚才如果不是被外面的汽车引擎声打断，杜兴城真的会朝他的脑袋开枪。他不想死在这个疯子手里，更不愿意现在死去。战争已经结束，他想回家和家人团聚。

李国盛立刻通过电台将隐藏在国、共内部的日军间谍名单发给重庆的戴笠。

现在已经是上午9点多了。按照时间推测，国军先遣部队192师和新四军14旅应该接到命令停止前进。

日军的阴谋已经破产，李国盛的心情本来应该很轻松，但是，他在为冈本矢一、方仁先和杜兴城的安危担心，他希望他们能够活着出去，享受光复后的和平生活。

特别是冈本矢一，由于他背叛了日本，成为一些顽固日军官兵的公敌，如果让他落到日军手里，肯定会没命。

可是，怎样才能让冈本矢一安全地离开这里呢？李国盛一时想不出什么好办法来。

李国盛转过头去看了看冈本矢一，发现他的表情显得很淡然，既没有表现出丝毫的害怕，也没有表现出一点兴奋。

冈本矢一的遭遇和李国盛有些相像，这一点让李国盛在内心里生出无限的感慨。

冈本矢一为了自己的信仰，多年来内心承受着背叛祖国的巨大折磨，冒险为党工作。可具有讽刺意味的是，到头来却发现，自己为之工作的其实并不是党组织，而是党组织以前的敌人，这个以前的敌人很有可能成为将来的敌人。这种遭遇足以让冈本矢一陷入崩溃。

好不容易熬到日本投降，冈本矢一却变成了日本的全民公敌。在很多日本人眼里，他是一个十恶不赦的叛国者和卖国贼，人人可以得而诛之。

李国盛不禁为冈本矢一和自己的命运感到悲哀，几乎就要潸然泪下。

窗口传来汽车的引擎声和一片嘈杂声，打断了李国盛的思绪。李国盛用手揉了揉自己有些湿润的双眼，走到窗口前，查看楼下发生什么事。

只见两辆汽车缓缓停在司令部大院。

一位身穿西装的人和几名日军高级军官分别从两辆汽车上下来。

武汉谍战

这名穿西装的人在几位日军高级军官的簇拥下，朝日军司令部大楼走来。他们走到司令部大楼门前停下，并没有进入大楼。

穿西装的人是日本天皇的特使，陪同特使来到现场的是日军第六方面军司令官冈部直三郎大将、参谋长中山贞武少将，以及另外几名高级军官。

由于日军中国派遣军在天皇宣布战败投降之后，拒绝遵从日本天皇的诏令向盟军投降，企图顽抗到底。因此日本天皇派出多名特使到南京及中国各战区敦促日军指挥官遵从天皇的诏令，立刻向盟军投降。

日本天皇特使是在今天清晨乘飞机抵达汉口的。

一下飞机，天皇特使便向前来迎接的日军第六方面军司令官冈部直三郎大将转交了日本天皇的亲笔信。冈部直三郎大将看完天皇的亲笔信之后，马上表示遵从天皇诏令，立刻下令武汉日军投降。

日军特使到达汉口下榻的宾馆后，还没来得及休息一下，就听说几名中国军官扣押了十多名日军军官。特使担心事态扩大，有负天皇的嘱托，因此要求马上到现场解决此事，结束敌对状态。

冈部直三郎大将见特使态度坚决，只好同意特使的要求，并亲自陪同特使前往出事现场。

参谋长中山贞武少将看了特使一眼，然后朝前走了两步，站在那里大声对大楼里面的人喊话。

李国盛听得很清楚，中山贞武少将是在向大楼里面的日军宣布天皇特使的命令。特使带来天皇的口谕，敦请武汉日军立刻向盟军投降，不得违抗。

接着，中山贞武少将命令大楼里的日军立刻撤出大楼。

包围李国盛的日军听到天皇的口谕和撤离大楼的命令后，迅速撤出大楼。

日军撤出大楼后，中山贞武少将开始对李国盛喊话，一名翻译将他的话翻译成汉语。

中山贞武少将继续说，武汉日军已经同意向盟军投降，目前正在和盟军协商受降事宜，战争已经结束。请李国盛立刻释放被扣押的日军军官，结束敌对状态。只要被扣押的所有日军军官被释放，日军将不再追究李国盛及其同伙的行为，他们可以自由离去。

不等翻译的话说完，外面的民众立刻发出一阵阵的欢呼声，日军终于投降，战争真的结束了！

李国盛听到中山贞武少将的话之后，如释重负。

不过，他仍然为冈本矢一的安全担心。因此，他站在窗口大声地用日语对

第七十六章　成　仁

中山贞武少将说，有一名叫做冈本矢一的日军军官是为中国工作的，日军必须承诺保证冈本矢一的安全，他才可以释放所有日军军官。

中山贞武少将和天皇特使及冈部直三郎司令官小声商量了一下之后，告诉李国盛，特使和司令官以天皇的名义保证冈本矢一的安全，并承诺不再追究冈本矢一以前的叛国行为。

得到日本天皇特使和日军司令官的承诺之后，李国盛与冈本矢一、方仁先和杜兴城商量了一下，决定立刻释放所有的日军军官。

李国盛向被扣押的日军军官宣布，他们现在自由了，马上送他们出去。

李国盛、冈本矢一、方仁先和杜兴城带领日军军官们走出日军司令部大楼，将他们交给司令部大楼门前的天皇特使和日军第六方面军司令官冈部直三郎大将。

虽然冈部直三郎已经同意向盟军投降，但他仍然对这些当了俘虏的日军军官们感到丢脸。他用厌恶的眼光看了他们一眼，然后命令他们马上离开。

重藤宪文和山下内二离开时，不约而同地转头朝冈本矢一恶狠狠地盯了一眼。他们两人的目光带着杀机。

日本天皇特使对李国盛说了几句客气话后，转身和其他日军高级军官分乘两辆汽车离去。

李国盛发现，日本特使跟他说话时，故意用轻蔑的目光看了冈本矢一一眼，其他日军高级军官更是对冈本矢一露出鄙视的表情。

现在整个日军司令部大院只剩下门口站岗的两名日军哨兵和李国盛他们四人。

李国盛等人目送日本天皇特使和冈部直三郎等日军高级军官的汽车离去后，转身朝他们自己的汽车走去，准备开车离开这里。

大家上车后，方仁先开始发动引擎，可是不知道什么原因，引擎就是发动不起来，试了好几次都不行。

李国盛四人只好从汽车上下来。

他们决定先步行离开这里，免得又生出什么事来。

李国盛等人朝日军司令部大院大门外走去，两名日军哨兵向他们行持枪礼。

日军司令部大门外仍然有很多围观者没有散去，这些人都想一睹李国盛等人的风采。见李国盛他们从日军司令部出来，围观的民众马上发出一阵欢呼声。

李国盛等人边走边朝欢呼的民众挥手致意。

混在人群中的王家瑞没想到事情发生戏剧性的转机。

看到李国盛安然无恙地走出日军司令部，王家瑞这才放下心来，他为李国盛等人感到高兴。

李国盛走出日军司令部大门后，王家瑞本来想叫住李国盛，马上将好消息告诉他。可王家瑞转念一想，李国盛身边还有另外三个人，现在告诉他这个消息并不合适。因此，王家瑞决定跟着李国盛，等待机会再叫住李国盛。

让王家瑞感到不解的是李国盛身边的冈本矢一。难道李国盛成功策反日军军官参与这次行动？

正当王家瑞感到迷惑不解时，围观的人群一阵骚动。

王家瑞扭头一看，只见刚才被李国盛释放的两名日军军官带着七八名荷枪实弹的日军宪兵朝李国盛他们冲过去，拦住他们的去路。

这两名日军军官是重藤宪文和山下内二。

欢呼的人群见此情形，一下子全都紧张得安静下来。

李国盛知道，重藤宪文和山下内二肯定是冲着冈本矢一来的，他们想要杀死冈本矢一这个大和民族的叛徒。

李国盛赶紧拦在冈本矢一的身前，方仁先和杜兴城一左一右并排站在李国盛身边。

"你们要干什么？"

李国盛厉声质问重藤宪文。

"李将军，我们要惩罚这个卖国贼，这是我们日本人的事。我们不想为难你，请你让开，带着你的人马上离开这里。"

重藤宪文指着冈本矢一大声说道。

"难道你们天皇特使的承诺一文不值吗？难道你们的司令官不讲信用吗？"

李国盛见重藤宪文这帮人失去理智，冈本矢一的生命处在危险之中。因此，他抬出日本天皇特使和日军司令官，希望能够让重藤宪文和山下内二清醒一点。

"这事与特使大人和司令官无关，这是我们和冈本矢一之间的事。懦夫，躲在别人后面不怕丢人吗？有种的站出来受死！"

山下内二恶狠狠地冲着冈本矢一大声吼叫。

冈本矢一不是一个贪生怕死之人，为了信仰和尊严，他可以随时献出自己的生命。遭到山下内二如此羞辱，冈本矢一哪里还能忍受。他一把推开拦住自

第七十六章　成　仁

己的李国盛，缓缓朝前走了几步，站在重藤宪文和山下内二面前。

"你说谁是懦夫？拔出你的军刀来，看看我们俩到底谁是懦夫！"

冈本矢一高傲地看着山下内二，面带冷笑向他发出挑战。

冈本矢一虽然为中国提供情报，但他非常在意被日本人当作卖国贼。他是个热血之人，宁死也不愿意被当作懦夫。

山下内二没想到冈本矢一会向自己发出挑战，心里不禁有些发怵。毕竟他是仗着这里仍然是日本人的天下，才敢回来找冈本矢一的麻烦。

"你以为我怕你？"

山下内二的话缺乏底气。

"拔出你的军刀！"

冈本矢一威严地重复道。

"嘿嘿，来吧，来吧！嘿嘿……"

山下内二再不应战就会颜面尽失。因此，他只好强作镇静地慢慢拔出悬在腰间的军刀，双手握住刀柄，平端军刀，双腿一前一后开成弓步，摆开格斗的架势。他的喉咙里发出干笑，借以掩饰自己的心虚。

冈本矢一见山下拔刀应战，也跟着拔出自己的军刀，双手握柄，缓缓将军刀举起，并用冷酷的目光盯着山下。

两人的目光对视几秒后，山下内二突然朝前跨上一步，同时飞快地挥舞军刀朝冈本矢一头上砍去。

冈本矢一早有防备，他迅速挥起军刀，架开奔他脑门砍下来的军刀，同时向左边腾挪，化解了山下的攻势。

山下一击不中，再次挥起军刀，拦腰向冈本矢一砍去。冈本矢一急忙向后跃开一步，躲开山下的致命一击。

山下的攻击再次落空，招数已经使老。

当山下开始往回抽刀时，躲过攻击的冈本矢一趁势开始反击。只见他向山下跨上一步，挥刀朝山下砍去。

由于招数已经使老，山下已经来不及移动脚步闪避，因此只能硬生生地偏头躲避冲他脑袋砍下来的军刀。虽然他的头躲过了砍下来的军刀，可是他的右肩膀却被砍中。只听"咔嚓"一声，山下的肩胛骨像是被砍断。

"啊……"

山下发出一声惨叫，手里的军刀脱手而出，跌落在地上。

受重伤的山下内二痛苦地捂着血流如注的伤口，他的神志已经变得不清。

他跟跟跄跄地走了几步，便扑倒在地，昏死过去。

围观的人群见山下倒下，不禁发出一阵尖叫声。

几个日本兵赶忙跑到山下身边，蹲下来查看他的伤势。

重藤宪文没想到冈本矢一的刀术如此高明，只用两三个回合就击败山下，不免有些胆寒。

幸亏冈本矢一挑战的不是我，否则躺在地上的人就会是自己。重藤宪文暗暗庆幸道。

"给我上！"

重藤宪文向他的士兵发出命令。

听到重藤宪文的命令后，几个日军宪兵只好端着上刺刀的步枪朝冈本矢一逼过来。

情况十分危急，冈本矢一此刻命悬一线。

"站住！"

李国盛见状，不禁大喝一声再次冲到冈本矢一身前，用身体挡住冈本矢一，同时举起手里的枪瞄准走在前面的一个日军宪兵。

方仁先和杜兴城一左一右，也举起手枪瞄准逼过来的日军宪兵。

本来就不情愿趟这蹚浑水的日军宪兵见李国盛拦住他们，正好顺势停下来。

这些日军宪兵并不是傻瓜，他们全都明白，日本已经战败，他们即将成为战俘。如果此时伤到李国盛和他的随从，他们将会死无葬身之地。因此，他们全都停了下来，不敢再往前冲。

"你们愣着干什么，冲过去杀死冈本矢一，如果谁敢阻拦，格杀勿论！"

所有日军宪兵仍然不听重藤宪文的命令，站在那里一动不动，有的干脆放下手中的枪。

重藤宪文见士兵们不听自己的命令，知道他们害怕伤及李国盛和他的随从，顿时火冒三丈。

他拔出手枪，将枪口对准李国盛：

"李先生，请你让开，否则别怪我不客气！"

李国盛、方仁先和杜兴城立刻将枪口转向重藤宪文。

重藤宪文见李国盛毫不退让，拿他没办法，只好破口大骂冈本矢一。

"冈本矢一，你这个出卖大和民族的败类，你这个见利忘义的卑鄙小人，你这个贪生怕死的胆小鬼，你是个懦夫！懦夫！"

第七十六章　成　仁

　　冈本矢一一直认为他向中国提供情报是正义行为。他相信他这样做最终是在帮助日本摆脱军国主义狂热，逃出战争的罪恶深渊，使日本重新回到正轨上来。因此，他既害怕，又痛恨被别人当作为了一己私利而出卖日本利益的民族败类。

　　重藤宪文的辱骂触到冈本矢一的痛处，再次将他激怒。愤怒的冈本矢一一把推开挡在身前的李国盛，挥舞着军刀朝重藤宪文冲过去。

　　重藤宪文没料到冈本矢一会挥刀冲过来，不禁有些惊慌失措。他慌张地往后退，同时本能地扣动手枪的扳机。

　　砰！

　　重藤宪文手里的枪响了，子弹击中冈本矢一的胸部。

　　正朝重藤宪文冲过去的冈本矢一像是突然撞上一堵无形的墙一样，整个身体猛然停顿下来。摇晃了几下之后，他才慢慢地倒下。

　　见冈本矢一中弹倒下，李国盛、方仁先、杜兴城三人手中的枪几乎同时开火。

　　砰！砰！砰……

　　一阵乱枪，一颗颗子弹射进重藤宪文的胸膛。

　　重藤宪文的胸部和腹部多处中弹。他圆瞪双眼，张开大嘴想要呼吸，可是他的心肺已经被子弹打烂，根本不能呼吸，只剩下喉咙发出的呕、呕声。

　　重藤宪文圆瞪的双眼开始变得黯淡，接着，他的身体慢慢向后倒下。

　　重藤宪文身边的七八个日军宪兵见冈本矢一和重藤宪文先后中弹倒下，一个个都显得不知所措。他们只是端着枪呆呆地看着李国盛，一点都没有向李国盛等人开枪复仇的冲动。

　　这时，岩田正隆、福本龟治和伍岛茂带着一队日军宪兵赶到现场。

　　原来，岩田正隆、福本龟治和伍岛茂三人发现山下内二和重藤宪文不知去向，马上意识到他们是去找冈本矢一算账了。因此，岩田正隆和福本龟治立刻带着一队宪兵赶回来想要阻止他们。

　　到达现场后，福本龟治立刻命令宪兵将现场包围起来。

　　见山下内二、重藤宪文和冈本矢一三人全都倒在地上，他们赶紧询问几名在场的日军宪兵发生了什么事。几名日军宪兵如实地向他们报告刚才发生的事情。

　　因为是山下内二和重藤宪文首先违背特使和司令官的承诺，想要杀死冈本

武汉谍战

矢一，因此李国盛他们杀死重藤宪文属于正当防卫，日军无法追究李国盛等人的责任。

岩田正隆、福本龟治和伍岛茂虽然想为重藤宪文报仇，可慑于当前的形势，他们不敢这样做。

因此，他们吩咐手下将重藤宪文的尸体送回宪兵队，并让他们将受伤的山下内二送往附近的医院抢救。

日军宪兵抬着重藤宪文的尸体和受伤的山下内二离开现场。

福本龟治觉得就这样放走李国盛不免太便宜了他。因此，他走到李国盛面前，冷冷地盯着李国盛，突然冲着李国盛冒出一句："奸诈之徒！"

福本龟治这句话是在骂李国盛。

李国盛听了之后，不仅不怒，反而一下子乐了：

"兵不厌诈，只怪你们太愚蠢。另外，你应该叫我节义之士才对。"

福本龟治本来想羞辱李国盛一下，没想到反被李国盛嘲弄，他一时词穷，只好翻了翻白眼。

旁边的伍岛茂虽然是坚定的军国主义分子，但他一直对李国盛的学识、胆识、风度和人品敬佩有加。在李国盛投降后，伍岛茂对李国盛的气节和人品一度有些看不起。现在知道李国盛当初是诈降，虽然受到李国盛的愚弄，但彼此之间当时毕竟是敌人，因此伍岛茂反而对李国盛的气节人品更加敬佩。

"确实是这样，李先生。你实在令人敬佩！希望战争结束后，我们有机会再见面，我相信我们绝对能够成为好朋友。"

说完，伍岛茂向李国盛深深地鞠了一个躬。

李国盛见状，也礼貌地向伍岛茂鞠躬回礼。

一旁的福本龟治虽然内心里也暗自佩服李国盛，但他恼怒李国盛老是让他遭受挫败。因此他在鼻子里哼了一声，转身和岩田正隆及伍岛茂带着他的宪兵们离开了。

李国盛、方仁先和杜兴城见日本人走了，立刻围住倒在地上的冈本矢一。

冈本矢一左胸中弹，鲜血染红了胸前的军装。由于失血过多，他的脸色苍白，呼吸微弱，生命垂危。

"快！快送他去万国医院！谁有板车？借用一下！"

李国盛大声叫道。

听到李国盛的叫喊声，一个围观的民众立刻拉着自己的板车穿过围观的人

第七十六章　成　仁

群跑过来。

方仁先和杜兴城将冈本矢一抬到板车上，板车夫拉起板车便朝附近的万国医院奔去。

李国盛、方仁先和杜兴城跟着板车一同送冈本矢一去医院。

"李国盛！"

王家瑞见事态已经平息，李国盛准备送冈本矢一去医院，因此觉得此时正好是一个机会。

李国盛听到有人叫他，便回头去看，发现是王家瑞。

王家瑞挤过人群，来到李国盛身边。

李国盛意识到王家瑞有重要事情找自己，需要单独说话。因此他让方仁先和杜兴城先送冈本矢一去医院，自己和王家瑞说几句话，随后就赶去。

方仁先和杜兴城按照李国盛的吩咐，和板车夫一起先送冈本矢一去医院。

方仁先和杜兴城跟着板车刚离去，王家瑞便笑呵呵冲李国盛说：

"李先生。"

"王老板，找我有事？"

"是的，我有好……"

王家瑞刚说到这里，只听砰的一声枪响，打断了他的话。

随着这声枪响，李国盛的身体晃了晃，然后慢慢向后仰面倒下。

听到枪声时，王家瑞愣了一下，接着便被眼前的情景吓得目瞪口呆。在枪响的一瞬间，他看到李国盛脑门出现一个黑乎乎的小洞，接着就看到鲜血从李国盛的后脑喷出。

李国盛额头中弹，子弹穿透他的头部再从后脑射出。王家瑞明白，是狙击手干的！

王家瑞抬头朝四周观察，但没有看到狙击手。他蹲下身来，抱起倒在地上的李国盛，悲痛难忍。

李国盛已经死了。

王家瑞悔恨自己刚才叫住李国盛，让狙击手有机会杀死他。他也悔恨自己没有在李国盛死之前，将组织恢复李国盛身份和党籍的消息告诉他，让他带着遗憾死去。

"醒醒，你醒醒！听我说，你听我说啊……组织已经恢复你的关系，确认你的身份。"王家瑞压低嗓门，带着哭腔对着李国盛的耳朵说道。

见没反应，王家瑞忍不住用力摇晃着李国盛的身体，大声地喊叫："你

武汉谍战

听到了吗？你听到了吗？你可以回家了，你可以回家了！老天爷，为什么会这样，为什么？事情不是已经结束了吗？"

王家瑞仰天长啸，泪流满面。

听到枪声后，还没走远的方仁先和杜兴城立刻意识到出了事，立刻往回跑。

方仁先和杜兴城快步奔回现场，见躺在王家瑞怀里的李国盛额头中弹，立刻明白李国盛是被狙击手杀死的。

方仁先和杜兴城虽然不认识王家瑞，但他们知道他是李国盛的朋友。

他们问王家瑞，子弹是从什么地方射出的？王家瑞茫然地摇摇头。

方仁先和杜兴城抬头观察四周的建筑物，想找到狙击手的位置，可是什么都没发现。

此刻，王家瑞、方仁先和杜兴城全都认为这是日本人干的。

特别是方仁先和杜兴城，他们痛恨日本特使和日军司令官太卑鄙，当面承诺不追究，背后却下此毒手。

砰！

又是一声枪响。

方仁先和杜兴城本能地朝枪响的方向看去。他们正好看到不远处有一个人从三层楼顶的平台上跌落下来，而另外一座大楼的平台上有几个人在朝他们挥手。

仔细一看，原来是赵云清、华相成和汪鸿翔三人。

方仁先和杜兴城马上明白过来，从楼顶跌落下来的人就是杀死李国盛的狙击手。这名狙击手开枪打死李国盛后，还没来得及撤离，就被华相成给击毙，从楼顶跌落下来。

刺杀李国盛的枪手也死了，线索就此断了，再也没有人知道这个枪手是谁派来的。

从此，李国盛到底是被谁杀死的就成了一桩历史悬案。

尾 声

1945年9月18日下午3时,汉口中山公园受降堂。

日军第六方面军司令冈部直三郎大将在参谋长中山贞武少将及另外两名高级军官的陪同下,交出军刀,向国军第六战区司令孙蔚如将军投降。

沦陷七年后,武汉终于光复。

赵云清来到宋岳的办公室。

宋岳现在是军统武汉办事处主任,唐新奉派到南昌担任市长。

宋岳见赵云清进来,便起身给他让座。

两人在沙发上坐下后,宋岳从上衣口袋里拿出一份密电,递给赵云清。

赵云清看了一遍电文,将密电还给宋岳。

密电是戴笠发来的。

戴笠命令宋岳停止监视王家瑞和其他武汉特委成员,并指示宋岳派人将王家瑞等人护送到延安。

原来,戴笠几天前收到李天驰的密电。

李天驰在密电中主动向戴笠透露了武汉特委的情况。

李天驰在密电中告诉戴笠,武汉特委在王家瑞的领导下,潜伏敌后奋战7年,立功无数。现在倭寇已逐,国家光复,因此武汉特委的历史使命已经结束。王家瑞和他的战友准备返回延安,李天驰请求戴笠给这些抗战英雄提供帮

武汉谍战

助，派人将他们护送到延安。

戴笠接到李天驰的密电后，知道这次又吃了共党的哑巴亏。他不得不答应李天驰的要求。王家瑞可是抗日英雄呢。

戴笠一直希望战后能够从武汉特委这条线索获取有价值的中共情报。没想到中共早已识破他的阴谋，主动向他透露"秘密"，让他的计划落空，最终一无所获。不仅如此，他还得像傻瓜一样，派人将这些人护送到延安。

"去通知方仁先和杜兴城把人撤了吧。"

说完，宋岳起身走到自己的办公桌前，从桌子上拿起一个信封递给赵云清。

"将这份公函交给华相成和汪鸿翔，让他们去和王家瑞联系，安排护送王家瑞去延安的事宜。"

赵云清接过信封。

"那个日本人呢？"

宋岳突然问了一句。

"你是说冈本矢一？伤还没完全好就从医院失踪了。"

"失踪了？"

"失踪了。"

说完，赵云清拿着信封离开了宋岳的办公室。

不久之后，王家瑞、向小雨以及武汉特委其他已经暴露的成员，在军统的护送下，离开武汉前往延安，袁方易等没有暴露的武汉特委成员奉命继续潜伏在武汉，准备迎接新的斗争。